Les Ombres de l'Aube

Charlotte Deghilage

Roman Fantasy

© Charlotte Deghilage, 2024

Édition : BoD · Books on Demand,
31 avenue Saint-Rémy, 57600 Forbach, bod@bod.fr
Impression : Libri Plureos GmbH,
Friedensallee 273, 22763 Hamburg (Allemagne)

Couverture : Charlotte Deghilage
Illustrations intérieures : Canva pro.

ISBN : 978-2-3225-0549-4
Dépôt légal : décembre 2024

*À toutes celles qui offrent leur fidélité à tous,
sauf à elles-mêmes.
Croyez en vous.
Vous êtes la seule personne dont vous avez besoin.*

La monnaie sur l'aquoria

un Bourgeon = un centime
un Pétale = cent bourgeons
une Fleur = cent pétales
un Bouquet = mille fleurs

Somme offerte à Wyllina pour ses sacrifices envers le royaume :
trente Bouquets.

Finance actuelle du royaume :
environ trois cent cinquante Bouquets.

Dans le tome précédent

L'Ancien Royaume avait été détruit. Dans cette tragédie, les natifs de ce royaume appelé Vaquoria s'étaient trouvés propulsés sur Terre. Ils durent apprendre à vivre parmi les humains et les espèces non natives de Vaquoria : les vampires, les loups-garous, les sorcières…

Pour préserver une certaine harmonie entre les peuples et protéger l'humanité des espèces magiques, l'Agence Royale de Protection Magique fut créée par des figures importantes de l'Ancien Royaume.

Wyllina, une nocturna, travaillait pour celle implantée à Bruxelles, sous les ordres de Pullman, un gonthor, une espèce de guerriers de Vaquoria, qui l'avait pris sous son aile après la disparition de l'Ancien Royaume. De la destruction du royaume, elle avait été aux premières loges.

Sa sœur jumelle Éva, garde personnelle du Rova de Vaquoria, avait perdu le contrôle. Quand Wyllina, tout juste évincée de la chevalerie pour trahison – une raison fausse, selon elle –, avait rejoint sa sœur et le palais en cours de destruction, le constat lui avait glacé le sang.

Le Rova, le grand roi de Vaquoria, était mort, ainsi que toute la famille royale. Sous la douleur, Éva maîtrisait difficilement ses pouvoirs et ébranlait la terre tout autour d'eux. Le royaume allait sombrer si Wyllina n'intervenait pas. Alors, elle dut faire un choix. Sauver Vaquoria, ou sombrer avec sa sœur et tous les natifs.

De sa sœur, il ne restait qu'une obsidienne qu'elle conserva durant les cinq cents années suivantes, après que tous les natifs se furent retrouvés sur Terre quelques secondes après la mort d'Éva. Cette soirée restait un mystère.

De ces sujets, elle évitait de parler avec Erwin, son coéquipier à l'Agence Royale de Protection Magique, l'ARPM. Depuis deux cent cinquante ans, il était son plus fidèle confident, et sur le terrain, ils étaient les meilleurs.

Mais voilà qu'un jour, Erwin disparut. Wyllina était inquiète, mais leur patron, Pullman, ne semblait pas s'en préoccuper. Pas plus que Peter, son bras droit. Ils trouvèrent aussitôt un nouveau coéquipier à Wyllina, un jeune homme qu'elle n'avait jamais vu auparavant, arrogant et ressemblant étrangement à une espèce dont il était impossible qu'il fît partie. Seul problème, ce nouveau membre, Dimitri, semblait la connaître et à plusieurs reprises, il lui fit comprendre qu'il souhaitait se venger.

Visiblement, il en savait plus qu'il ne le laissait entendre. Il accepta d'enquêter sur la disparition d'Erwin auprès de Wyllina malgré l'interdiction de Pullman, en échange de l'obsidienne qu'elle conservait depuis si longtemps et qui représentait, d'après elle, le cœur de sa sœur.

Mais l'enquête ne se déroula pas comme prévu. Alors qu'ils interrogeaient un vampire qui aurait été le dernier à être vu par Erwin, celui-ci affirma qu'il était mort.

Wyllina était pourtant persuadée d'avoir aperçu Erwin, désigné comme un vendeur de pierres de l'Ancien Royaume par deux lycans.

Dimitri avait réussi à subtiliser l'opale, et pour savoir s'ils disaient vrai, une seule solution : rendre visite à l'elfe Elienor, pour qui les objets magiques n'avaient aucun secret.

Après une négociation complexe, l'elfe accepta d'analyser la pierre, contre une mèche de cheveux de la nocturna. C'était un sacrifice dangereux, puisqu'il pourrait s'en servir contre elle, et manipuler son corps comme une marionnette.

Les doutes se multiplièrent ensuite contre Dimitri. Il lui donna des réponses après qu'une dispute eut éclaté entre eux deux. Il affirma être le dernier héritier de Vaquoria, dont le prénom était Ardamir. C'était Éva qui avait tué la famille royale, et il était parvenu à s'échapper in extremis grâce à une domestique.

Wyllina tomba des nues. De victime, sa sœur passait à assassin. Et Dimitri était formel : elle était toujours en vie.

Au même moment, Elienor contacta la nocturna pour lui révéler ce qu'il avait découvert sur la pierre. Elle venait bien de Vaquoria, et datait de cent cinq ans.

L'Ancien Royaume était probablement de retour et Erwin avait un lien avec cette histoire. Pour récupérer la pierre, elle se rendit chez Elienor, accompagnée de l'héritier. L'elfe brouilla les pistes. Il n'était plus en possession de la pierre. Il accepta de donner un nom en échange de trois des larmes de la nocturna. Sacrifice plus coûteux encore que celle de sa mèche de cheveux, car s'il venait à les boire, l'elfe pourrait contrôler ses pensées durant un cycle de lune.

Wyllina décida de partir sur le terrain, seule. Elle rencontra Erwin et découvrit plusieurs choses : il était capable de voyager entre Vaquoria et la Terre en créant des portails et il était devenu un vampire. En plus de tout cela, il avait volé le stock entier d'armes à feu que le nain Serge avait créé.

Quand elle revint à l'ARPM, Pullman la convoqua dans son bureau et prononça un code d'extraction.

La nocturna s'empressa de rejoindre Dimitri et de préparer leurs affaires pour être évacuée au plus vite. Mais ce n'était pas un agent de l'ARPM qui les attendait, c'était Erwin.

Erwin et Wyllina s'affrontèrent. Il n'était plus son ami. Sans qu'elle comprît comment, ils se retrouvèrent sur Vaquoria. Sous le choc, elle perdit connaissance.

Quand elle se réveilla, elle se trouvait dans le palais royal en cours de reconstruction. Erwin avait imposé sa présence et soumis quelques natifs à sa volonté. Mais par-dessus tout, elle retrouva Éva, bien vivante.

Tout s'enchaina ensuite, et Wyllina comprit le plan qu'Erwin préparait en réalité depuis plus de six cents ans. Une vengeance qu'il souhaitait assouvir sur le Rova depuis qu'il avait dû massacrer une partie de son peuple lors de la guerre contre les elfes noirs. Et plus encore, c'était également lui qui avait fait en sorte d'évincer Wyllina de la garde royale. Il n'avait jamais été son ami.

Éva avait dû tuer toute la famille royale et aurait dû l'épouser pour qu'il devînt roi à son tour. En l'absence d'héritier, c'était à l'assassin du roi et de la reine que revenait le pouvoir des terres. En théorie, Éva hériterait donc du pouvoir en tuant Wyllina, que tout le monde pensait responsable de l'assassinat de la famille royale à cause des mensonges d'Erwin. Quand Éva s'approcha en tenue de reine, Wyllina repéra l'obsidienne qu'elle avait chérie durant cinq cents ans au centre de sa couronne.

Erwin n'avait pas prévu que sa complice tenterait de sauver sa sœur jumelle en la poignardant avec une arme multidimensionnelle forgée par une naine de pouvoir.

Lorsqu'Éva blessa sa sœur, celle-ci fut renvoyée sur Terre.

En théorie, Éva n'aurait pas dû être reine. Elle avait épargné Ardamir en toute conscience, pour contrer le plan de l'elfe noir. Mais les terres de Vaquoria étaient vivantes et avaient leur propre volonté. Et puisque reine de substitution elle avait prétendu être, reine de substitution elle serait. Le pouvoir lui revint, et Erwin l'épousa. Ils devinrent alors les souverains de Vaquoria.

En rappelant le pouvoir à eux, la magie disparut de la Terre. En conséquence, les espèces magiques jusqu'alors dissimulées aux yeux des humains furent découvertes. Certains se rendirent compte qu'ils avaient épousé un elfe. D'autres, un gonthor ou même un orque. Une guerre civile éclata, et le temps pressait. Sans magie, les natifs ne pouvaient survivre au-delà de deux semaines, sur Terre. Il fallait trouver une solution pour les rapatrier au plus vite dans l'Ancien Royaume.

Wyllina était blessée, et même si Pullman, Dimitri et Peter étaient parvenus à la retrouver, sa blessure ne pouvait se soigner qu'à Vaquoria. L'elfe Elienor leur vint en aide. Après que Pullman eut tenté de les trahir, Wyllina et Dimitri s'échappèrent en direction des Alpes et ses nombreux tunnels, mais la blessure de Wyllina s'aggrava. À cause d'elle, Wyllina semblait liée à sa sœur et échanger sa place avec elle durant quelques secondes.

Quand on vint à leur secours et les mena dans la ville de Brinthorum, une enclave de natifs creusée sous les Alpes, la fée qui soigna Wyllina fut formelle : elle ne pourrait guérir tant qu'elle serait sur Terre.

Mais cela donna une idée à Elienor. Si Wyllina était liée par sa sœur grâce à sa blessure, ils pouvaient tenter de communiquer avec elle grâce à une préparation dont il avait le secret. Ce fut ainsi que, pendant quelques minutes, Éva et Wyllina échangèrent leurs places. Durant cet instant, la véritable identité de Dimitri fut mise à jour, parce qu'Éva le reconnut.

Et Wyllina découvrit que les larmes et la mèche de cheveux qu'elle avait cédées à l'elfe étaient à présent entre les mains d'Éva, au palais royal de Vaquoria.

Quand Erwin la surprit, elle paniqua et toucha par réflexe l'obsidienne qu'on lui avait dérobée pour la placer sur la couronne de la reine. Et en une seconde, elle se retrouva sur Terre, aux pieds de ses amis et de sa sœur inconsciente.

Tous comprirent que cette pierre n'était en réalité pas le cœur d'Éva. Il s'agissait des restes de la couronne de roi, et cette obsidienne avait la faculté de téléporter son porteur. Voilà comment Wyllina avait envoyé tout le peuple de Vaquoria sur Terre, cinq cents ans plus tôt. Brinthorum fut attaquée par Erwin.

Pour sauver Wyllina et Éva, Elienor les fit traverser les mondes grâce à l'obsidienne. Mais Dimitri et les autres restèrent sur place, où un funeste sort les attendait sûrement.

En revenant sur Vaquoria, le pouvoir rongeait Éva. Elle et Vaquoria se détruisaient. Éva s'éloigna sans se retourner, noircissant tout à son contact. Les jours suivants, Elienor parvint à guérir Wyllina et elle commença à rapatrier les natifs vers Vaquoria grâce à l'obsidienne.

Un syltain connaissant Peter leur donna une pierre, qui ressemblait beaucoup à celle des deux lycans que Dimitri avait volée.

Ce serait Pullman qui lui avait fait parvenir, mais la nocturna n'en avait que faire. Pullman était un traitre, et elle ne comptait pas lui laisser de deuxième chance.

Pourtant, un soir où elle jeta l'opale dans le feu, sous la colère d'avoir perdu le seul héritier qui aurait pu les sauver, la pierre révéla son réel pouvoir. Pullman apparut en projection, parce qu'il en possédait une également, et malgré tout, Wyllina accepta de le rencontrer.

Elienor l'accompagna, et ils établirent tous ensemble un plan pour faire tomber Erwin : lors de son premier séjour, Wyllina avait subtilisé quelques cheveux d'Éva qu'ils utiliseraient pour la maîtriser le temps de tuer Erwin.

Mais rien ne se passa comme prévu. Erwin vint à la rencontre de Wyllina, ses cheveux trouvés dans la chambre d'Éva enroulés autour du poing. Il lui révéla un secret supplémentaire. S'il cherchait à tout prix à garder la nocturna sous sa coupe et l'évincer du royaume, c'était parce que le Rova avait murmuré qu'un jour, Wyllina deviendrait reine. Et les murmures du Rova se réalisaient toujours…

Il les téléporta dans la bibliothèque du palais où Elienor se trouvait déjà. Quelqu'un menaçait Éva, contrainte à l'immobilité par son meurtrier, dont les doigts tenaient fermement les cheveux de celle-ci, ceux-là mêmes que Wyllina avait donnés à Pullman. Après un combat, Wyllina parvint à tuer Erwin, mais l'assassin camouflé acheva Éva avant qu'elle ne pût agir. Elle reconnut aussitôt le poignard qu'il tenait dans les mains. C'était celui qu'Éva avait utilisé contre elle. Le poignard multidimensionnel.

Quand elle se rendit compte de qui était l'assassin, son cœur explosa de joie, mais se détruisit en même temps. Dimitri, qu'elle croyait mort, reprit sa place de Rova de Vaquoria.

Wyllina s'isola. Elle refusa de voir quiconque, mis à part Elienor. Un soir, il lui apporta un cadeau. La main d'Erwin, coupée durant leur combat, et un pendentif que Dimitri souhaitait lui faire parvenir, contenant un éclat de l'obsidienne qu'elle connaissait si bien. Sur le bijou, une inscription était gravée : « Pour que tu trouves ton chemin, où que tu sois ».

Mais alors qu'elle pensait avoir définitivement tourné la page, un oiseau maladroit, un mevelba, atterrit sur son terrain, un mot glissé dans son bec…

Chapitre 1

Wyllina rabattit la capuche de sa cape sur ses cheveux, dissimulant leur couleur d'une lune pleine. En hâte, elle remonta la rue pavée peu fréquentée de Quatham, une ville côtière d'une région au sud de Vaquoria. Seul le bruit de ses pas se heurtait à celui des battements lents de son cœur.

Dans un recoin de cette ruelle ascendante, une porte se démarquait de ses voisines, peinte en rouge, apposée sur la façade d'une maison légèrement en retrait des autres. Elle s'arrêta en face, et contrôla les environs d'un coup d'œil, son souffle créant une brume devant son visage. Personne ne l'observait, à part un chien en contrebas, qui devait avoir senti l'odeur du sang dans sa sacoche.

La nocturna se tourna vers la porte rouge, et toqua trois fois, veillant à ne pas révéler son apparence. À hauteur de son nez, une petite trappe s'ouvrit, et deux yeux noirs la scrutèrent pour vérifier son identité. Elle fixa celui qui s'apprêtait à l'accueillir, et s'engouffra dans le bâtiment lorsque celui-ci la reconnut et lui ouvrit l'accès. Le pharorc referma la porte derrière elle, la dissimulant aux passants.

Le regard de Wyllina s'arrêta sur son apparence, toujours impressionnée de constater sa taille immense, ses canines inférieures proéminentes et sa mine froissée.

Le teint verdâtre de sa peau ne se voyait qu'à peine, dans la lumière tamisée rougie du couloir où ils se trouvaient. Il était vêtu d'une chemise en lin noire, trop petite, et d'un pantalon en toile trop grand, les mêmes à chacune de ses visites. Ses pieds nus offraient une appréciation particulière de ses ongles mal taillés, et l'absence de bonnet trahissait une calvitie naissante sur l'étroit sommet de son crâne.

Pour un œil non averti, cette créature aurait pu passer pour un orc. Seuls les plus érudits des natifs savaient que les canines qui caressaient ses joues lui conféraient une intelligence accrue, et un degré d'éducation supérieur. Bien que, ces derniers temps, cela ne voulût plus rien dire. Sur Terre, tout le monde ou presque avait bénéficié du même traitement.

— Il t'attend à l'étage, grogna-t-il d'une voix si profonde que le ventre de Wyllina vibra.

Mais elle n'était pas impressionnée. Ce pharorc était aussi inoffensif que les mouches qui l'accompagnaient.

— Merci, Falco.

Sans prêter attention à l'odeur fétide de son haleine, elle le laissa reprendre son poste et arpenta le couloir de la bâtisse. À sa droite, un escalier en bois sombre l'invita à monter. Doucement, elle retira la chaine qui en bloquait le passage, prévue pour empêcher les clients de s'immiscer dans les tréfonds du club de frivolité. Et sans attendre, elle gravit les marches une à une, faisant grincer le vieux bois sous ses semelles en cuir.

Arrivée à l'étage, elle dut se faufiler parmi les fées de joies et leurs ailes encombrantes, maquillées pour l'occasion.

La plupart la connaissaient, à présent, et s'écartaient de son chemin en couvrant leur corps dénudé, ne souhaitant pas avoir affaire à elle. Pourtant, elle n'aurait jamais eu l'idée de leur faire quoi que ce soit.

Ces filles étaient aussi prisonnières qu'elle.

À l'extrémité des coulisses, une large porte en acier lui barra la route. Sans cérémonie, elle y frappa dans un claquement métallique, et attendit qu'on lui ouvrît. Cela dura un certain temps, si bien qu'elle en profita pour observer les horizons. Il faisait sombre, mais les yeux des fées de joies brillaient à la lueur des bougies accrochées au mur. Certaines la guettaient d'un air inquiet. Mais lorsqu'elle croisa le regard d'une fée qui ne devait pas avoir plus de quinze ans, l'effroi lui tordit le ventre et déforma sa bouche. Cette fée n'avait rien à faire ici, bien trop jeune pour exercer dans cet endroit. Indignée, elle serra ses mains de toutes ses forces pour se maîtriser. Il était exclu que sa colère explosât au beau milieu de ce club de frivolité. Pour de nombreuses raisons, mais surtout parce que sa couverture s'évaporerait en un clin d'œil.

La porte s'ouvrit tout d'un coup, et un elfe blond, aux longs cheveux pâlis par le sel et le soleil, quitta le bureau en lui lançant un regard mauvais. L'espace restreint obligea leurs deux corps à se frôler, au grand dam de Wyllina qui retint ses remarques en serrant les dents. L'elfe la dépassa doucement, le regard fixé sur elle, si bien qu'elle se sentit obligée de baisser la tête. Par gêne et par souci d'anonymat. Ce fut seulement grâce à l'attention que l'une des fées lui accorda qu'il la quitta des yeux.

Wyllina frissonna. Elle détestait cet endroit.

— Oui ? s'éleva une voix depuis l'intérieur de la pièce.

En reprenant ses esprits, elle s'intéressa à sa mission.

Elle se trouva dans le bureau en un coup de vent, et referma la porte derrière elle. Une odeur d'iode l'envahit, mêlée à celles de la fumée de cigare et de l'alcool fort. Elle se tourna vers son interlocuteur, un abyssien dont la peau écaillée, les yeux jaunes et les dents ciselées en nacre auraient effrayé n'importe qui. Mais pas elle. En l'apercevant, il lui offrit un large sourire, tout en aspirant de l'eau dans ce qui ressemblait à une chicha, ce qui provoqua un bourdonnement désagréable.

— Ah, Lysia, dit-il en écartant ses mains palmées et griffues. Je ne t'attendais pas si vite.

La nocturna retira sa capuche en résistant à l'envie de se boucher le nez. Son regard voyagea sur le bureau étriqué et surchargé de l'abyssien. Bon nombre d'objets y traînaient, et la grosse citerne d'eau de mer qui se tenait à ses côtés occupait une énorme partie de la surface au sol. Elle observa son patron et remarqua que ses branchies s'agitèrent lorsqu'il reprit une bouffée d'eau. L'effort qu'elle dut faire pour ne pas avoir l'air écœurée fut considérable.

— Eh bien, je t'écoute ? s'impatienta-t-il.

Wyllina secoua la tête pour se ressaisir, et s'approcha de son bureau jonché de documents en tout genre. Là, elle se débarrassa de sa sacoche, et la laissa mollement tomber devant lui, au milieu des cartes et des encriers. Intrigué, l'abyssien lui jeta un regard brillant, et abandonna sa pompe à eau pour s'intéresser de plus près au contenu du sac. Il en arracha le cuir d'un coup de griffe, et attrapa à pleine main la tête de valtari coupée qui s'y trouvait.

Wyllina n'avait aucune idée de ce que cette femme avait bien pu lui faire pour qu'il en réclamât la tête, mais après tout, ce n'était pas son affaire.

Elle s'occupait de chasser, le reste ne l'importait guère. Ce n'était pas très moral, mais là encore, ce n'était pas son affaire.

D'un air satisfait, il la leva devant ses yeux, n'ayant que faire du sang qui s'écoulait le long de ses doigts. La nocturna détourna le regard, le nez froncé. S'apprêtait-il à la manger ? Plus rien ne l'étonnerait, à vrai dire.

— Parfait, Lysia, dit-il en reposant la tête sur le cuir, comme un vulgaire morceau de viande. Comme toujours.

La nocturna inclina le menton en guise de réponse. Pour ce genre d'activité, elle avait jugé préférable de ne pas exercer sous son vrai prénom. Si la rumeur se répandait que la sauveuse du royaume était devenue chasseuse de primes, elle aurait certainement eu quelques problèmes. Le peuple savait que c'était grâce à elle et Elienor que l'héritier légitime avait retrouvé sa place, après avoir tué Éva, sa sœur jumelle. C'est pourquoi elle avait emprunté à nouveau le nom de sa mère disparue. Il s'agissait d'une maigre couverture, mais personne ne penserait à faire le lien. Du moins, l'espérait-elle.

— Je suppose que tu ne veux pas de la récompense, comme d'habitude ?

Il s'adossa sur sa chaise, scrutateur, et remit le tuyau de sa pompe à eau en bouche. Elle inspira une grande bouffée d'air, ignorant les mauvaises odeurs qui l'entouraient. Non, elle ne voulait aucune récompense. Pour la simple raison qu'il ne serait jamais en mesure de lui offrir ce qu'elle désirait vraiment.

— Tu supposes bien, Nérion, répondit-elle. Tu sais bien que je fais ça pour le…

— Sport ? la coupa-t-il, un grand sourire aux lèvres. *Ith'rii th'athos.*

Elle ne comprenait pas l'abyssien, et il le savait parfaitement. Wyllina serra les dents. C'était un peu étrange, dit comme ça, mais c'était la vérité.

Elle n'en était pas fière, mais l'ennui s'était vite installé, après le couronnement d'Ardamir.

Pour venger la mort de sa sœur, peut-être, ou par simple amour du terrain et des enquêtes, elle n'était pas près de s'arrêter. Et pour l'instant, elle n'avait aucune envie de dépendre de qui que ce soit.

— Très bien. Tu peux tout de même boire un verre, au rez-de-chaussée, si le besoin t'y appelle. Je dirai à cet abruti de vampire que c'est pour moi.

Nérion renifla avant de cracher sur le sol. Wyllina dut se maîtriser plus encore pour ne pas vomir. Les abyssiens n'étaient pas le peuple le mieux éduqué. Et il faisait partie des plus cruels. Leur morale ne tenait qu'à une chose : rien.

Certains, comme Nérion, étaient parvenus à construire une vie de petites mœurs sur le continent, et arrivaient à jouer avec brio de leur amphibie. D'autres restaient blottis dans les abysses, aux confins de l'océan. On racontait pourtant que c'étaient eux les responsables de la plupart des épaves de bateaux qui jonchaient les profondeurs. Une légende disait que par temps de brume, les abyssiens délaissaient leurs eaux natales pour piller les navires et les envoyer par le fond. Des contes que Wyllina ne se risquerait jamais à vérifier, puisqu'elle détestait l'océan et fuyait les navires comme la peste.

Nérion congédia la nocturna d'un geste de la main, et celle-ci lui obéit, pour éviter de le mettre en colère. Elle aurait certainement remporté un combat contre lui, mais ici, il n'était pas seul. Elle, si.

— Lysia ? l'interpella-t-il alors qu'elle s'apprêtait à quitter la pièce.

Wyllina lui jeta une œillade par-dessus son épaule, ne souhaitant pas lui laisser l'occasion de la retenir plus que de raison.

— Es-tu sûre qu'il n'y a rien qui te ferait envie ?

La nocturna soutint son regard doré pendant quelques secondes.

Elle repensa soudain à la jeune fée qu'elle avait aperçue en arrivant, et à sa condition sans doute misérable, ici. La morale ne lui tenait pas particulièrement à cœur, ces derniers temps, mais elle ne pouvait approuver cette situation. Et d'après elle, même si la plupart de ces fées étaient là par choix, ce n'était certainement pas le cas de celle-ci, beaucoup trop jeune pour se rendre compte des choses.

Malgré elle, Wyllina était incapable de la laisser aux mains de ce brigand.

— En fait, il y a bien quelque chose.

Nérion l'interrogea du regard, surpris qu'elle changeât d'avis.

— Il y a une jeune fée dans le couloir, je ne crois pas qu'elle soit en âge d'être ici.

L'abyssien se lécha les lèvres et mesura un moment ce qu'elle essayait de lui dire. Mais comme il n'était pas du genre à faire des suppositions, il l'invita à poursuivre d'un geste de la main.

— Libère-la, et on sera quitte, assura-t-elle.

— Et que comptes-tu en faire, exactement ?

La nocturna ricana en replaçant la capuche sur ses cheveux.

— Je ne t'ai pas demandé de me l'offrir, mais de la libérer. Si je la vois encore ici quand je repasserai, c'est ta tête qui trônera sur tes documents.

Sa réponse parut lui plaire, puisqu'il s'esclaffa, crachotant de l'eau salée un peu partout autour de lui. Wyllina en profita pour se rapprocher de la porte de son bureau, pressée de quitter les lieux. Rester ici était un vrai supplice chaque fois qu'elle lui rendait visite.

— D'accord, d'accord, lui concéda Nérion d'un hochement de tête. Je tiens à mes branchies. Je te recontacte vite, comme toujours.

Pendant un moment, Wyllina envisagea de lui demander une preuve, au risque de dénoncer ses trafics au roi. Mais tout compte fait, elle n'avait aucune envie de faire une chose pareille.

Déjà, parce qu'elle ne voulait rien n'avoir à faire avec le roi, et en plus parce que cela la mettrait dans l'embarras, elle aussi.

— Je te fais confiance, lui dit-elle en quittant le bureau.

— Au plus grand plaisir, petite.

La nocturna se retrouva en un clin d'œil sur son terrain, dans la région des nocturnas, en serrant le pendentif qui ne la quittait plus. C'était celui que Dimitri lui avait fait parvenir, après qu'il eut récupéré sa place sur le trône. L'obsidienne qui y était logée, extraite de celle du *Rova* qu'on lui avait enlevée, lui permettait de voyager n'importe où, n'importe quand. Et plus rapidement que n'importe qui d'autre.

Maîtriser le pouvoir de la pierre n'avait pas été une mince affaire. Plusieurs fois, elle s'était retrouvée sur Terre, où la situation avec les humains ne s'était pas améliorée. Plusieurs fois encore, elle avait fait irruption là où elle n'aurait pas dû. Dans le bain d'un elfe, un jour, le surprenant dans le plus simple appareil. Ou encore dans le chaudron d'une famille nombreuse, bouillonnant sur le feu.

Mais à présent qu'elle savait parfaitement l'utiliser, il lui offrait un sacré avantage pour son nouveau rôle de chasseuse de primes. Le plus dur était de localiser ses proies, mais une fois cela fait, elle les rattrapait en quelques secondes, avec un effet de surprise qui la ravissait toujours.

Son regard s'attarda sur les collines verdoyantes et rouges qui l'entouraient, et en elle-même, elle se réjouissait que le retour du *Rova* eût stoppé la gangrène du royaume. Depuis la mort de sa sœur, le processus de pourrissement des terres s'était inversé, et au couronnement de Dimitri, Vaquoria avait paru renaître de ses cendres. Les arbres avaient fleuri, les champs s'étaient remis à pousser, les maisons avaient cessé de s'effriter...

En prenant place sur le trône, Dimitri avait mis la main sur la réserve d'armes qu'Erwin avait volée au nain Serge, sur Terre. Elle ne savait pas exactement où, mais Elienor lui avait assuré que ces armes avaient été dissimulées, aux confins du royaume, dans un endroit que seuls le roi et une autre personne connaissaient.

Désormais, il ne restait presque rien du règne d'Éva et d'Erwin.

Et d'ailleurs, nombreux étaient les natifs qui étaient passés à autre chose aussi rapidement que si cela ne s'était jamais produit. Le royaume avait retrouvé en quelques semaines sa gloire et sa vigueur d'antan. L'économie avait vite repris, ainsi que les cultures, les voyages et les cours de magie. C'était comme s'ils n'étaient jamais partis.

La seule différence avec l'Ancien Royaume était les similitudes que l'on y rencontrait avec la Terre, à présent. On sentait clairement l'influence que vivre parmi les humains durant un demi-millénaire avait eue sur les natifs. On retrouvait parfois, au milieu d'une auberge peuplée de nains, un aspirateur sans fil ou un mini frigo. Et même s'il n'y avait pas d'électricité sur Vaquoria, ces objets fonctionnaient quand même. Qui avait besoin d'électricité, quand il y avait de la magie ?

Mais il semblait tout de même manquer quelque chose aux terres pour qu'elles récupérassent de leur superbe. Et c'était normal. Dimitri était seul au pouvoir, à présent. Auparavant, le *Rova* ne se séparait que rarement de sa *Vasta*, sa reine, et de ses précieux héritiers.

Wyllina gravit la colline qui menait à son cottage, parmi les herbes hautes, et repéra plusieurs insectes jusqu'à présent disparus.

Sur les murs en pierre ocre de sa modeste maison surmontée d'un toit en chaume, elle aperçut des lézards bleus s'attarder sous la chaleur d'un soleil naissant.

Qu'on ne s'y trompât pas, elle se réjouissait d'assister à la renaissance des terres. Mais elle aurait préféré que cela ne passât pas par la mort de sa jumelle.

En avançant encore, profitant du début de matinée pour cueillir quelques bouquets, elle remarqua une silhouette. Quelqu'un était assis sur l'une des deux chaises disposées sur la devanture, en face d'une petite table de jardin en bois.

Elle baissa les bras en soupirant. De là où elle se trouvait, elle reconnaissait déjà parfaitement celui qui l'attendait. Ses épaules plus larges que la table et ses boucles blanches ne laissaient aucun doute. C'était son ancien patron, sur Terre. Le gonthor responsable de l'Agence Royale de Protection Magique, plus couramment nommée l'ARPM.

Pullman.

C'était à cause de lui que Wyllina s'était retrouvée seule face à Erwin, lorsqu'ils avaient décidé de le contrer. Le plan devait se passer autrement. Il n'avait pas hésité à la trahir une seconde fois, puisque lors de la première, il avait manqué de les livrer, elle et Dimitri, à Erwin.

Depuis la dernière fois qu'ils s'étaient vus, à l'auberge du lac, la nocturna n'avait pas cherché à le recontacter. C'était peu avant qu'Éva fût tuée par Dimitri et que Wyllina ne tuât Erwin. Depuis ce jour, elle n'avait recontacté personne. Elienor lui rendait souvent visite, mais il était le seul qu'elle acceptait dans les parages à condition qu'ils ne parlassent ni du passé ni du roi.

Alors, que lui voulait Pullman ? Pensait-il sincèrement pouvoir encore traiter avec elle après toutes les trahisons qu'il lui avait fait endurer ?

Mais puisqu'il ne partirait certainement pas avant de l'avoir vue, elle serra les dents et activa le pas, soulevant les pans de sa robe pour éviter de s'y prendre les pieds. Arrivée à sa hauteur, elle déposa les quelques fleurs qu'elle avait cueillies sur la table, frappant le plat de sa main sur le vernis écaillé de sa table de jardin. Surpris, parce qu'endormi, Pullman se réveilla en sursaut, et cligna plusieurs fois des yeux avant de remarquer Wyllina.

Elle croisa les bras et, d'un regard, tenta de lui faire comprendre qu'il n'était pas le bienvenu. Un échec manifeste, puisqu'il se leva d'un air ravi avant de la serrer dans ses bras épais sans lui demander l'autorisation. Prise de court, la nocturna ne réagit pas et ne lui rendit pas son étreinte. Dans l'attente qu'il s'expliquât, elle préféra garder le silence.

— Je suis si content de te voir, Wyllina, dit-il en s'écartant sans lâcher ses épaules, pour l'observer.

Il parut surpris qu'elle fût vêtue d'une robe. Depuis qu'il la connaissait, sur Terre, elle n'en avait jamais porté. Mais sur Vaquoria, la vie était bien différente.

— Qu'est-ce que tu veux ?

Ne remarquait-il pas qu'il la dérangeait ? Ou devait-elle le lui dire ? Son visage n'était peut-être pas assez expressif ?

Dans le doute, elle repoussa vivement ses mains dans un geste d'agacement.

Le gonthor pinça les lèvres, comme s'il prenait conscience qu'elle se montrerait moins docile que ce qu'il avait prévu. Pourtant, il ne prit pas ses jambes à son cou.

À l'inverse, il se rassit sur la petite chaise en bois qui craqua sous son poids, invitant Wyllina à le rejoindre.

Stupéfaite, la nocturna replaça ses cheveux avec timidité.

— Je ne suis pas intéressée par ce que tu veux me dire, quoi que ce soit. Je te prie de bien vouloir me foutre la paix. Et pour toujours.

Il rit de bon cœur, comme s'il n'avait aucune estime pour ce qu'elle pouvait ressentir.

— Allons, Wyllina, je t'en prie. C'est ta façon d'accueillir un vieil ami ?

Ce fut au tour de la nocturna de pouffer. Les petits yeux noirs de Pullman la fixaient avec intensité, comme s'il mesurait son état d'énervement. Celui-ci n'était pas aussi élevé que Wyllina l'aurait voulu, malgré tout ce qu'elle pensait.

— « Ami » n'est pas exactement le terme que j'aurais employé.

Il tiqua en avalant sa salive, mais insista du regard pour qu'elle s'assît en sa compagnie. Visiblement, elle n'avait pas le choix. Est-ce qu'un jour quelqu'un ferait attention à ce qu'elle voulait ? À ce qu'elle ressentait ?

Lassée, elle finit par prendre place face à lui, et joua avec les tiges des fleurs des champs qu'elle venait de cueillir.

— Il parait que tu ne veux voir personne, dit-il enfin. Est-ce que… tu vas bien ?

Franchement, il osait réellement poser la question ?

— À ton avis ?

— Wyllina, on n'avait pas d'autre solution. Éva serait morte quoiqu'il serait arrivé. Dimitri n'a fait que son devoir.

Elle planta ses yeux argentés dans ceux de son ancien patron.

— Je le croyais mort. Je le croyais enseveli sous les Alpes, et toi tu semblais parfaitement savoir que ce n'était pas le cas. Autrement, comment aurait-il pu avoir les cheveux de ma sœur entre ses doigts ? Tu m'as tendu un piège… encore.

Il soupira en détournant les yeux, rien qu'une seconde. Wyllina en profita pour l'étudier plus en détail. Ses vêtements étaient soignés, ses cheveux et sa barbe aussi. Pendant leurs années passées sur Terre, elle ne l'avait probablement jamais vu si apprêté. Était-ce pour elle qu'il avait fait un effort de présentation ? Ou sa nouvelle situation lui permettait-elle de ne plus s'inquiéter du coût que cela représentait ?

— C'est Dimitri qui nous a demandé de ne rien dire. Il savait que tu refuserais d'agir comme c'était prévu. Il te connaît bien, ce petit.

— Tu parles de notre roi, s'agaça-t-elle en levant les yeux au ciel.

Même si elle ne voulait plus en entendre parler, elle ne supportait pas qu'on lui manquât de respect. L'ambivalence de ses sentiments la troublait souvent, surtout la nuit, mais puisqu'elle n'avait aucune explication à ces contradictions, elle les laissait s'exprimer sans tenter de les refouler.

— Et Elienor… continua Pullman. Sérieusement, tu t'attendais à mieux de sa part ?

La nocturna fut intriguée. Qu'avait fait Elienor, à part l'aider et lui rendre visite régulièrement, depuis la mort de sa sœur ?

— Tu n'es pas au courant, c'est ça ?

Elle jaugea l'aplomb de Pullman en observant son visage. Il semblait sincèrement tracassé. Et la curiosité de Wyllina était piquée. Elle ne pouvait pas le nier, même si cela impliquait de ravaler sa fierté face au gonthor.

— Au courant de quoi ?

— Lorsque tu étais inconsciente, il est parti à sa recherche. Mais il ne l'a pas trouvé, parce que Dimitri était déjà sur Vaquoria. Visiblement, Erwin l'aurait croisé après votre départ, lorsqu'il a attaqué Brinthorum. Une occasion pour notre souverain de lui subtiliser son poignard, celui d'Éva.

D'accord, cela expliquait pourquoi il était en possession de ce poignard. Il avait pu, de ce fait, s'éclipser sur Vaquoria en créant un portail grâce à cette arme. Mais ?

— Eh bien, qui s'est retrouvé bloqué sur Terre, à ton avis ? Et qui est venu le chercher pour le faire passer ?

Le cœur de Wyllina tomba dans sa poitrine, alors qu'elle prenait conscience de ce que lui annonçait Pullman. Elienor. Elienor était venu en aide à Erwin.

Mais pourquoi ?

— Et ce soir-là, après que tu m'aies révélé l'identité de Dimitri, qui nous a dit qu'il était bel et bien en vie, et qu'il l'avait contacté pour l'aider à tuer ta sœur ?

Une minute, tout allait trop vite. Elle secoua la tête, pour tenter de comprendre.

— Qui nous a demandé de te trouver une distraction, le temps qu'il transporte le souverain près de la *Vasta* ?

Lorsqu'Erwin l'avait téléporté dans la bibliothèque, Wyllina n'y avait pas réfléchi, mais Elienor se trouvait déjà sur place, avec Dimitri et Éva. Elle se leva, ne pouvant supporter davantage de révélations. Est-ce qu'il arrivait à quelqu'un d'être honnête, sur cette foutue planète ?

Mais curieusement, elle ne parvint pas à se mettre en colère. Au lieu de ça, elle ressentit une intense tristesse. Elienor cachait bien son jeu, mais après tout, elle savait ce qu'il était, bien avant de lui avoir fait confiance, dans la forêt elfique.

Un elfe, porté par son propre intérêt, et prêt à manger à tous les râteliers, s'il le fallait, pour atteindre son but.

— Wyllina… les choix que tu as faits peuvent être discutables, eux aussi. N'étais-tu pas prête à sacrifier une partie de notre peuple pour sauver Éva ?

La nocturna s'attrapa le visage, désespérée. Tout cela était passé. Elle en avait assez de ressasser. Assez de vouloir changer ce qui ne pouvait l'être. Elle prit une profonde inspiration pour chasser ses larmes et fit face à Pullman.

— Nous avons tous nos propres intérêts, dit-elle d'une voix tremblante. C'est pourquoi je n'en voudrais pas à Elienor. Il a toujours été comme ça. Et je comprends que tu aies pensé agir pour le bien du plus grand nombre.

Mais était-il nécessaire de me manipuler ?

Le gonthor ouvrit la bouche pour répondre, mais Wyllina l'en empêcha d'un geste de la main.

— Je ne veux plus entendre parler de tout ça. Ce qui est fait ne peut être défait. C'est la règle, chez nous, et tu le sais. À quoi me servirait-il de comprendre, de punir tout le monde ? Je préfère rester loin des autres et vivre ma vie tranquillement.

Pour appuyer ses mots, elle s'éloigna de quelques mètres en contrebas, et désigna les collines en entrouvrant les bras.

— *Ir rekh gurak, fah morir dethral* ? Sérieusement Pullman, pourquoi venir me voir maintenant ? Pourquoi me révéler tout ça ? Qu'est-ce que tu attends de moi ?

Pullman se leva en douceur, et afficha soudain un air grave. Son but était-il simplement de la retourner contre Elienor ? Parce que, si c'était le cas, il en faudrait davantage. L'elfe avait peut-être comploté dans son dos, mais en fin de compte, il avait été le seul à vraiment l'épauler.

— En fait, je ne suis pas venu pour te dire tout ça, annonça-t-il en appuyant chaque mot. Mais pour te demander de l'aide, avec l'ARPM. L'Agence de Reconstruction du Pays Magique.

Wyllina fut surprise par le changement de signification de l'acronyme. Comment Pullman pouvait-il penser, après tout ce qu'elle venait de lui dire, qu'elle voudrait revenir travailler auprès de lui ? Et ça ne collait pas du tout avec son activité secrète de chasseuse de primes. Pourrait-elle concilier les deux ? Difficilement. Pourtant, malgré elle, elle souhaita en savoir plus.

— Et quelle aide pourrais-je t'apporter, au juste ?

— J'ai besoin de ma meilleure agente. Et elle se trouve sous mes yeux.

Chapitre 2

Le palais semblait magnifique, vu du centre de Morum. Le lac brillait sous le coucher de soleil, projetant sur les pierres blanches des taches de lumières multicolores. Quelque part, au fond d'elle, Wyllina aurait aimé voir à quel point l'intérieur était tout aussi grandiose. Elle observait l'immense bâtisse et ses sept tours, une pour chaque région de Vaquoria, à l'endroit où, quelques semaines plus tôt, elle avait affronté Erwin.

Même la ville de Morum avait repris de l'envergure. À présent, elle n'avait plus rien d'une ville fantôme et délabrée. Et l'auberge du lac, qui avait témoigné de leur plan avant le meurtre d'Erwin, avait trouvé un nouvel usage. Pullman en avait fait la base de son agence, l'ARPM. Il y avait d'ailleurs fait accrocher les lettres sur la façade, dans un or brun de la région des nains. Ici, l'ARPM n'avait aucune raison de se cacher, pas comme sur Terre. Les humains ne partageaient plus leur quotidien, il n'était donc pas nécessaire de leur dissimuler une partie de la vérité.

Pullman posa une main sur l'épaule de la nocturna, l'incitant à quitter ses pensées. Le regard brumeux, elle s'intéressa à lui, et le suivit lorsqu'il l'invita à entrer dans l'auberge.

Elle n'avait pas spécialement envie de l'aider, mais la curiosité de savoir ce qu'il lui proposerait dépassait sa rancœur. Et elle voyait là une excellente occasion de glaner des informations qui pourraient lui être utiles dans le cadre de son activité parallèle. En tant que chasseuse de primes, elle pouvait agir dans l'ombre pour le bien du royaume.

Malgré elle, Wyllina se sentait également responsable des natifs. C'était à cause de sa sœur que tout avait commencé. Et maintenant qu'Éva n'était plus là pour répondre de ses actes, elle se devait de réparer les erreurs de sa sœur jumelle. Même si elle ne promettait pas de travailler à nouveau avec Pullman, elle voulait au moins se laisser une chance de reconstruire l'image de sa famille.

À l'intérieur de l'auberge qu'elle connaissait bien, tout avait changé. En fait, l'endroit n'avait plus rien d'une auberge, à part peut-être l'odeur qui semblait avoir infusé le bois. Il n'y avait plus de tables, ni de bar, ni de verres. À la place, Pullman y avait installé des bureaux en *open-space*. Et si tout cela était bien plus fouillis que leur ancienne agence à Bruxelles, cela donnait le change. Parmi les employés recrutés, elle repéra les quatre hommes qui l'accompagnaient quelques semaines plus tôt, dont un vampire et un loup-garou. Il y avait aussi Peter, le syltain bras-droit de Pullman depuis de nombreuses années, qui lui adressa un timide signe de la main, et enfin un elfe.

Ses yeux s'attardèrent sur l'elfe, puisqu'elle le reconnut. C'était lui qu'elle avait croisé à l'aube, chez Nérion. Promptement, elle rabattit ses cheveux devant son visage et se détourna, pour être sûre qu'il ne le discernât pas. Heureusement pour elle, il semblait absorbé par ses dossiers, et n'avait même pas levé le nez de son bureau quand Pullman avait salué tout le monde. La nocturna tenta de ne pas y voir un signe qu'il cherchait lui aussi à garder l'anonymat à la suite de leur rencontre matinale.

— Comme tu peux le voir, nous ne sommes pas très nombreux, lui expliqua Pullman. Pour l'instant, en tout cas. Mais nous avons le soutien du roi. Et il nous a donné une mission : rédiger des textes de loi visant à protéger le royaume et leurs habitants. Et règlementer l'accès de Vaquoria aux non-natifs.

La nocturna hocha la tête en tâchant de garder un air neutre. Évidemment, elle n'en pensait pas moins. Durant toutes ses années sur Terre, les non-natifs et les natifs n'avaient cessé de se quereller. Et voici qu'à présent, ils obtenaient l'asile. Une décision du roi contestée par la plupart des sujets du royaume.

— Et donc, tu as besoin de moi pour… ?

Pullman lui lança un regard outré alors qu'il attrapait une tasse en terre cuite, sur le bureau le plus proche. Son propriétaire, le loup-garou, voulut protester en notifiant à son patron qu'il s'agissait de son café, mais se ravisa lorsque celui-ci en vida le contenu d'une traite.

— C'est évident, non ? déclara-t-il en reposant la tasse brusquement, qui se brisa en mille morceaux.

Le loup-garou retint un râle d'agacement. Les yeux de Wyllina s'étrécirent face au doute. À vrai dire, pas vraiment. Que comptait-il faire d'elle parmi une équipe si petite ?

— Tu m'avais aidé à rédiger ces traités, il y a cinq cents ans, sur Terre. Je me disais que tu pourrais être une assistance précieuse pour établir les lois avec nous.

— Et par « nous », tu entends l'ARPM en association avec le roi ?

Pullman garda le silence. Néanmoins, il lui adressa un signe de la main pour lui faire comprendre de le suivre. Elle l'imita dans un soupir ; elle regrettait déjà de lui avoir laissé le bénéfice du doute. Il l'entraina dans l'arrière-chambre, où un bureau personnel avait été installé.

Encore vide, il ne semblait demander qu'à être nourri de dossier en tout genre. Un bureau en roche volcanique avait été aménagé au centre, accompagné d'un fauteuil en cuir de daim. Quelques étagères désertes en bois avaient été disposées contre les murs en chaux, et une petite chaise se trouvait en face d'elle, pour les convives. Sur l'une des étagères vides, elle repéra pourtant les deux opales qui leur avaient servi à elle et à Pullman avant de se débarrasser d'Erwin.

Ces deux gemmes étaient idéales pour communiquer en toute discrétion, projetant l'image de celui qui possédait la seconde à celui qui mettait la première en contact avec une source de chaleur.

Pullman l'invita à prendre place après avoir fermé la porte en bois derrière eux. La nocturna s'installa sur la chaise. Mais le gonthor l'observa d'un air curieux, avant de la faire se relever.

— Tu n'as pas compris, dit-il, avant de la pousser derrière le bureau. Cet endroit est pour toi.

Il l'obligea à s'asseoir sur le siège principal, ce qui lui donna une sensation étrange. Et malgré le confort et la douceur incroyable du fauteuil rembourré de paille, elle n'était pas censée se trouver ici. Pullman aurait dû y être.

— Avant que tu ne dises quoi que ce soit, oui, j'ai déjà un bureau. Le mien est au palais.

Wyllina hocha la tête, sans savoir que dire. Son regard balaya les environs. Elle n'avait jamais eu de bureau personnel, mais cela avait fait partie de ses objectifs. Pourtant, maintenant qu'on le lui proposait, et que cela la laissait imaginer tout ce qu'elle pourrait y faire, elle ne fut pas tentée pour autant.

— C'est quoi, l'embrouille ? Qu'est-ce que tu attends de moi exactement ?

Pullman se recula, et prit place face à elle, sur la chaise bien trop petite pour sa carrure.

— En fait, c'est plutôt qu'est-ce qu'*il* attend de toi, que tu devrais te demander.

La nocturna comprit directement ce que le gonthor essayait de lui dire. Et il en était hors de question. Elle se leva du fauteuil à contrecœur, et secoua la tête en signe de refus.

— Je ne veux pas travailler pour lui, dit-elle d'une voix étouffée.

— Tu serais un peu sa consultante, insista Pullman. Toi qui étais si dévouée à notre défunt roi, n'as-tu pas envie qu'on te reconnaisse enfin à ta juste valeur ?

Malgré elle, elle se surprit à considérer cette proposition. Son rôle passé auprès du *Rova* s'était mal terminé, à cause d'Erwin et de sa sœur. Cette injustice lui avait laissé un goût amer pendant de nombreuses années. Et maintenant qu'elle n'en avait plus besoin, on lui offrait une place de choix aux côtés du souverain ?

Elle n'était pas certaine de faire preuve de la même loyauté envers Ardamir. Cela aurait pu être différent, s'il n'avait pas tué sa sœur.

— Ma juste valeur se repère sur le terrain, dit-elle. Je ne suis pas faite pour…

— Alors, sois sur le terrain, la coupa Pullman en soulevant les mains.

— Je devrais diriger tous ceux qui se trouvent ici ?

Il opina du menton en guise de réponse. Wyllina replaça ses cheveux en mordillant l'ongle de son pouce.

— Je ne peux pas faire ça. Je n'y connais rien.

Pullman l'observa avec attention. Il se leva pour venir à sa rencontre. Sa large main la fit basculer lorsqu'il la posa sur son épaule, avant que ses pupilles se plantassent dans les siennes.

— Wyllina, ne t'interdis pas de faire des choses que tu aimes par peur d'échouer. C'est toi, qu'il veut. Il a été très clair là-dessus.

Par peur d'échouer ? Ça n'avait absolument rien à voir.

Elle retira avec vigueur la main du gonthor de son épaule.

— *Dethra*… Depuis qu'il est devenu *Rova*, il a perdu l'usage de sa langue ? Il mandate tout le monde pour me parler en son nom.

En réalité, cela l'énervait au plus haut point. Peut-être craignait-il qu'elle l'envoyât promener, et c'était tout à fait légitime, parce qu'elle agirait sans doute de cette façon. Mais s'il avait pris la peine de se déplacer en personne, elle aurait pu reconsidérer ses choix et ses rancœurs. Qu'il se cachât derrière des connaissances à qui elle osait rarement dire non l'agaçait plus encore. Il était loin d'arranger les choses.

Le gonthor baissa les épaules, comme un signe de défaite. Allait-il vraiment la laisser filer de cette façon ?

Mine de rien, se faire supplier n'était jamais désagréable…

— Il savait que tu dirais ça. Il a dit aussi que tu avais autour de ton cou quelque chose qui te permettait de lui rendre visite bien plus facilement que n'importe qui d'autre.

Pour illustrer ses mots, Pullman appuya sur le pendentif que le roi lui avait offert et qui ne quittait jamais sa nuque. Oui, l'obsidienne lui permettait de voyager sur tout le royaume, et bien plus encore. Et elle savait être à présent la seule à en avoir un éclat. Mis à part le *Rova* lui-même, puisque les différents morceaux avaient été enfermés dans un coffre avec les objets précieux de l'Ancien Royaume, l'alliance d'Erwin et le poignard d'Éva. Il y avait bien une mine de cette précieuse pierre quelque part, mais personne n'avait pu la trouver depuis leur retour sur Vaquoria.

Mais elle n'avait pas eu envie de le voir, jusqu'à présent.

Et à cet instant précis, elle n'était pas certaine que ce fût une bonne idée qu'elle lui rendît visite. Elle ne voudrait pas être en cause dans la chute d'un autre *Rova* de Vaquoria. La colère pourrait très bien chatouiller son poignard, qui déciderait de se planter dans le cœur froid du *Rova*. Aussi froid que son souffle.

— Prends au moins le temps d'y réfléchir, insista Pullman. Et si tu ne le fais pas pour le peuple ni pour toi, fais-le pour Éva.

Jouer sur sa corde sensible ne fonctionnait plus. Elle n'avait plus rien à perdre, désormais. Cela dit, c'était une proposition alléchante. Sans pour autant vouloir noyer le royaume, elle pourrait avoir la main mise sur de nombreux aspects.

Rester chez elle à broyer du noir n'était pas la solution, à tel point qu'elle s'était lancée dans une activité illégale pour pimenter son quotidien. Peut-être devrait-elle réfléchir sérieusement à la réponse qu'elle devait fournir ?

Et la présence de cet elfe parmi les nouvelles recrues de l'ARPM la laissait perplexe, pour l'avoir croisé chez l'abyssien Nérion. Si elle n'était pas toute blanche, elle refusait que le royaume se fît gangréner par la trahison et la manipulation à nouveau.

Elle ne voulait plus entendre parler du roi, mais excluait que quelqu'un d'autre qu'elle le détruisît.

La nocturna lâcha son pendentif en apercevant son salon. La nuit était tombée depuis longtemps, et elle n'avait pas voulu répondre à Pullman avant d'avoir pu y réfléchir durant son sommeil. Il y avait pas mal de choses à prendre en compte, et pour cela, il fallait qu'elle vît plusieurs personnes.

Qu'elle en discutât, qu'elle envisageât d'autres pistes, avant de pouvoir dire que c'était celle-là qui l'intéressait le plus.

Elle s'avança vers la cheminée, et y alluma un feu d'un claquement de doigts. Il ne faisait pas froid, mais les flammes l'avaient toujours aidé à réfléchir. Elle suspendit un chaudron au-dessus des braises, et attendit que celui-ci s'échauffât. Lorsqu'un bruissement attira son attention, derrière elle.

Elle attrapa très vite un couteau fin dissimulé dans son corset, se retourna à l'aveugle et attrapa par la gorge celui qui s'était introduit chez elle, avant de placer la lame contre l'artère. Mais lorsqu'elle croisa les cheveux bleu ciel et le regard noisette de Dimitri, elle se pétrifia.

— *Dethra* ! jura-t-elle.

— J'ai toujours détesté quand tu faisais ça, dit-il d'une voix pincée, les mains levées en guise de démission.

Mais Wyllina ne le lâcha pas tout de suite. Elle prit quelques secondes pour évaluer la situation sur le visage de Dimitri, devenu le *Rova*. Dans son regard, une nouvelle lueur brillait.

Celle du pouvoir.

Pourtant, elle remarqua qu'il ne portait pas de couronne, et que son habit n'était pas celui qu'elle s'était imaginé. Il semblait tout à fait banal, comme n'importe quel autre habitant de Vaquoria. Seule une chevalière, passée à son index, trahissait son haut statut. Une chevalière surmontée d'une obsidienne semblable à celle que Wyllina portait autour du cou.

Après un instant durant lequel Dimitri n'osait bouger, il se racla la gorge, comme pour rappeler Wyllina à elle. La nocturna serra les dents. Qui était au courant de sa présence ici ? Personne, certainement. Elle aurait très bien pu le tuer sur le champ, sans que quiconque s'en aperçût.

Mais puisqu'elle avait trop de conscience et de respect, elle finit par le lâcher avant de se désintéresser de lui.

— Va-t'en, persiffla-t-elle.

Elle lui déroba un regard. C'était la première fois qu'ils se revoyaient depuis la mort d'Éva. Et malgré elle, elle fut soulagée qu'il eût si bonne mine. La couronne ne semblait pas avoir le même impact sur lui que sur Éva et Erwin. Aucune marque sanguinolente ne venait rompre la perfection de son front. Et son teint était plus éclatant que jamais. Ardamir et Vaquoria se faisaient du bien, là où Éva et elle se détruisaient.

Le *Rova* s'épousseta, dans une tentative de retrouver une contenance. Alors que la nocturna attrapait une gourde en peau de chèvre remplie d'eau pour feindre de ne pas s'intéresser à lui, il prit la parole.

— Il parait que j'ai perdu l'usage de ma langue. Je suis venu te prouver le contraire.

Wyllina pesta dans ses cheveux lorsqu'elle devina le sourire en coin de son ancien collègue. Pullman…

— Je n'ai rien à te dire, répondit-elle en versant de l'eau dans son chaudron.

Elle l'entendit ricaner, dans son dos. Agacée, elle abandonna sa préparation, et se tourna vivement pour lui faire face. Malgré tout, il semblait avoir changé. Il avait l'air… plus imposant. Plus sérieux. Plus beau, aussi. Mais c'était certainement à cause de tous les soins dont il bénéficiait chaque jour, au palais. Vivre dans un écrin doré réussirait à beaucoup.

— Je ne te crois pas, lui dit-il en la fixant, les lèvres frémissantes.

Elle se mordit la lèvre sans cesser de l'observer, ne sachant que faire. Devait-elle lui arracher la tête ? L'insulter de tous les noms ?

Lui rappeler ô combien il était difficile pour elle de respirer dans la même pièce que le meurtrier de sa sœur ?

— Ton rôle de *Rova* t'étouffe déjà au point de devoir faire le mur ?

Il haussa les sourcils, moqueur, et s'appuya sur une petite commode en bois, les bras croisés.

— Allons donc, elle sait faire des phrases !

Wyllina fulmina face à ses provocations.

— Tu devrais partir. Tes chevaliers et serviteurs vont s'inquiéter. Je ne tiens pas à être accusée d'avoir kidnappé le roi.

Il baissa les yeux, et sembla retrouver son sérieux. Ses bras se décroisèrent, et tandis qu'elle restait immobile, il fit quelques pas mesurés vers elle. À quelques centimètres de son visage, il s'arrêta. Les flammes conféraient une lueur particulière à ses iris noisette. Ils semblaient enflammés.

— Wylli… murmura-t-il. Je t'en prie.

Comme elle inclinait la tête, il l'obligea à lui faire face en soulevant son menton de son index. Elle remercia intérieurement l'obscurité. Ses joues brûlantes passaient inaperçues. Malgré elle, son souffle s'accéléra. À cause de la colère, mais également parce qu'elle n'avait pas eu l'occasion de lui dire à quel point elle était soulagée qu'il fût en vie. Elle humidifia ses lèvres alors qu'il ne la quittait pas des yeux. Est-ce qu'il cherchait à la déstabiliser ? Elle le croyait bien. Et ça marchait.

— Je me suis inquiété pour toi, souffla-t-il. Je n'avais aucun moyen de savoir que tu étais en vie. Et je ne supporte pas de savoir que tu me détestes.

Elle comprit qu'il faisait référence au moment où Elienor les avait fait traverser, elle et Éva, depuis Brinthorum, la ville sous les Alpes. Elle détourna le regard, et se dégagea de son emprise, plus difficilement qu'elle ne l'admettrait jamais.

Il la suivit des yeux, comme s'il ne pouvait se détacher d'elle.

— En parlant de ça, je dois toucher deux mots à Elienor pour m'avoir caché que tu étais en vie alors que j'étais abattue par ta mort.

Comme il sourit, elle claqua sa langue contre ses dents et secoua la tête.

— Je ne te déteste pas… soupira-t-elle finalement. C'est seulement que…

Elle se frotta le front, à la recherche de ses mots. Elle avait imaginé cette rencontre tous les soirs depuis la mort de sa sœur. Tous les soirs, des centaines de scénarios différents lui venaient à l'esprit. Pour crier au roi, tremblante, à quel point elle se sentait trahie, à quel point elle ne pourrait jamais lui pardonner, à quel point elle ne voulait plus jamais le voir. Mais aucun ne prévoyait la réaction qu'elle avait à cet instant. Aucun ne prévoyait celle de son cœur.

— Tu as tué ma sœur. J'ai besoin d'un peu de temps.

Il soupira et observa le plafond. Le crépitement des flammes et le bouillonnement de l'eau étaient les deux seules choses qui brisèrent le silence pendant plusieurs longues secondes. D'ailleurs, le regard de la nocturna s'y ancra, comme pour ne pas avoir à faire face à ses sentiments.

Elle entendit des pas, derrière elle. Elle attendit le contact de la main du roi sur son épaule, sans qu'il se produisît. Quand elle se retourna, elle aperçut sa porte d'entrée se refermer. Dimitri s'en était allé. Pendant un instant, elle resta pantoise.

Venait-il de la laisser seule, au beau milieu d'une conversation ? Il n'avait donc aucune combativité ? Aucun scrupule ?

Elle se précipita à l'extérieur de sa maison, et repéra les cheveux du roi scintiller dans la nuit parmi les herbes hautes de son jardin. La frustration de Wyllina grandissait à mesure qu'il s'éloignait. Il devait l'entendre.

Savoir à quel point elle était en colère. Ressentir ce qu'elle ressentait pour comprendre, et peut-être s'excuser.

Non, elle ne pouvait pas le laisser partir comme ça.

— Dimitri ! cria-t-elle.

Il s'arrêta, et jeta un regard par-dessus son épaule. De là où elle était, elle pouvait apercevoir son sourire en coin qui l'avait tant agacée, lorsqu'ils s'étaient rencontrés. En hâte, elle attrapa les pans de sa robe, et courut vers lui. Elle dévala la colline de son terrain en se repérant grâce à la lueur de la lune gibbeuse.

Elle aurait voulu lui dire à quel point elle était fière de le voir à sa juste place. À quel point elle était flattée par ses nombreuses tentatives pour reconquérir son amitié, et qu'elle en voulait encore. À quel point elle se sentait privilégiée de pouvoir courir vers lui, à cet instant. Elle aurait voulu lui dire que s'il insistait un peu plus, elle pourrait peut-être envisager d'accepter ce qu'il lui proposait. Mais surtout, elle aurait voulu lui dire de ne jamais l'abandonner, sous aucun prétexte, pas même si elle répétait sans cesse qu'elle le haïssait.

Au lieu de ça, elle se jeta dans ses bras, et avant même qu'il pût réagir, elle posa les lèvres sur les siennes.

Elle se recula presque avec autant de vigueur, le transperça d'un intense regard, et lui administra une baffe si forte que le bruit résonna en écho dans les collines rouges de la région des nocturnas.

Le souffle court, Dimitri resta silencieux, ses yeux rivés aux siens. Pendant quelques secondes, le calme replongea entre eux deux, Wyllina brûlante de rage, Dimitri soufflé par la surprise.

Alors que sa colère se muait en autre chose, les épaules de Wyllina s'abaissèrent, et elle poussa un profond soupir. Son geste avait été aussi libérateur que tous les mots qu'elle aurait pu prononcer.

Le roi avança vers elle, avec une telle mesure qu'il donnait l'impression de ne pas vouloir l'effrayer, de peur qu'elle ne s'enfuît.

Lorsqu'il l'effleurait presque, il attrapa doucement son visage entre ses mains, et l'embrassa à nouveau. Wyllina se laissa porter, répondant à son baiser plus ardent à chaque seconde.

En la soulevant du sol, il la prit dans ses bras et elle encercla sa taille à l'aide de ses jambes. Perdant l'équilibre, le *Rova* les allongea dans l'herbe, soulevant le pollen des fleurs soudainement écloses, partout autour d'eux. Wyllina enfouit son visage dans le cou de l'héritier, profitant de son odeur boisée si particulière qui lui rappelait celle des forêts, alors qu'il embrassait la moindre parcelle de peau qui dépassait de sa robe. Il s'attarda sur la naissance de ses seins, avant de se redresser et de l'observer. Le contact de leurs deux peaux provoquait de la vapeur, comme si la glace rencontrait la braise.

Doucement, il attrapa les lacets qui nouaient son corsage, et les desserra. D'un geste de la main, il l'ouvrit, et dévoila la pâleur de sa poitrine à la nuit. La nocturna ferma les yeux en se cambrant, avant qu'il ne récupérât l'emprise qu'il avait sur ses lèvres.

Ce soir-là, les arbres fleurirent sur Vaquoria.

Chapitre 3

L'aube se levait lorsque Wyllina ouvrit les yeux. En s'étirant, elle remarqua la place vide à côté d'elle, dans son lit. Dimitri n'était plus là. Elle se redressa vivement, couvrant son corps nu à l'aide de sa couverture en fibres de chêne.

Depuis combien de temps s'était-il éclipsé ?

Elle se frotta le visage, honteuse de la nuit qu'elle venait de passer, et complètement perdue dans ses sentiments. Au lieu de lui crier à quel point elle ne voulait plus jamais le revoir, voilà qu'elle s'était offerte à lui. Et cela n'allait pas arranger les choses.

Finalement, c'était peut-être mieux qu'il fût parti avant le matin. Il était le roi. S'il venait à disparaitre, tout le royaume serait à sa recherche et elle ne voulait pas être accusée à tort, à nouveau. La bile monta dans sa gorge quand elle se rappela son éviction de la garde royale, qu'Éva et Erwin avaient manigancée main dans la main. Mais ce n'était pas le pire.

Pendant cinq cents ans, elle avait été accusée du meurtre de la famille royale, plongeant le royaume de Vaquoria dans le chaos, et propulsant tous ses habitants sur Terre.

De cela, une seule chose était vraie : son implication inopinée dans le transfert des natifs sur la Terre, à cause de l'obsidienne dont un éclat pendait à son cou et qu'elle avait pris pour le cœur de sa sœur. Il s'agissait en réalité d'un fragment de la couronne du *Rova*, le père de Dimitri, tué par sa jumelle, alors guidée par les paroles d'Erwin, l'elfe noir impitoyable qui souhaitait venger la guerre contre son peuple.

Le reste n'avait été que des mensonges propagés par sa sœur et par Erwin, qui avait partagé son amitié durant toutes ces années avant de révéler son vrai visage. Tout cela lui donnait d'excellentes raisons de rester prudente face au *Rova* actuel que représentait Dimitri et face au reste du royaume.

Mais malgré elle, elle ne put s'empêcher de sourire en repensant à lui.

Et un flash de sa main en train de poignarder sa sœur lui barra les yeux, et ce ne fut plus l'insouciance de cette intimité partagée qui l'assaillit, mais une culpabilité affreuse et destructrice.

Qu'avait-elle fait ? Comment avait-elle pu oublier à ce point la loyauté qu'elle éprouvait envers sa sœur ? Cela ne se reproduirait plus jamais. Il s'était agi d'un égarement. Tout au plus, de la pire façon de clore leurs différends. Cela ne voulait rien dire.

Elle bascula doucement sur le côté de son lit et se leva en chassant la couverture. Sur le sol, elle repéra sa robe et son corsage, qu'elle enfila l'esprit ailleurs après avoir pris un bain dans une bassine en bois remplie d'eau réchauffée au contact de sa main. Elle descendit ensuite l'échelle qui séparait la mezzanine de sa pièce à vivre et profita de l'odeur du feu mourant dans la cheminée.

Un geste de la main suffit à le raviver, et elle s'attabla, l'esprit perdu dans le paysage qui l'entourait au travers d'une fenêtre.

Néanmoins, quelque chose attira son regard, posé contre une tasse de thé froide. Elle remarqua un morceau de papier griffonné.

Aussitôt, elle l'attrapa en même temps que la tasse, qu'elle réchauffa dans le creux de sa main.

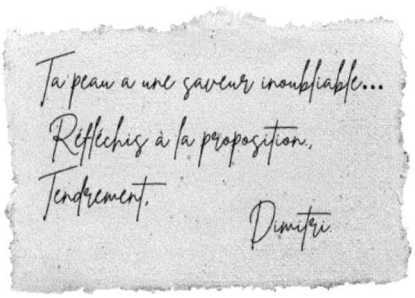

Ta peau a une saveur inoubliable...
Réfléchis à la proposition.
Tendrement.

Dimitri.

Un sourire naquit sur son visage malgré elle, suivi d'une moue de détresse. Elle claqua le parchemin sur la table, tentant de ne pas céder à ses sentiments. Tout ça était une très mauvaise idée. Une énorme erreur.

Pour quel genre de nocturna passerait-elle ? Auprès de ses amis ? Auprès d'Elienor ? Auprès de sa sœur, si elle pouvait la voir depuis l'au-delà ? Et surtout, pour quel genre de nocturna Dimitri la prenait-il, à présent ? Elle soupira longuement, le visage enfoui dans le creux de ses mains.

Mais qu'avait-elle fait ?

La confusion de ses actes l'emporta un moment, jusqu'à ce que des coups frappassent son carreau. Un cliquetis léger, mais suffisamment agaçant pour qu'elle y prêtât attention. Lorsqu'elle releva la tête, elle aperçut un mevelba, un oiseau d'envergure semblable à celle des albatros, et dont le plumage était d'un bleu aussi profond que l'océan.

D'ordinaire, ces oiseaux ne s'aventuraient jamais plus loin que les ports, si par hasard ils devaient survoler la terre. Ils accompagnaient les marins et les aventuriers, au large du continent.

Celui-ci avait un plumage sale et collant. Dans son bec orange, une enveloppe avait été glissée. Elle sut d'instinct qui lui faisait parvenir un message : Nérion.

En hâte, elle se releva, ignorant ses pensées, et lui ouvrit le carreau. Le mevelba lâcha l'enveloppe en même temps qu'il croassa, d'un cri si fort qu'elle serra les paupières pour résister à la douleur de ses tympans. Dans l'océan, avoir une voix portante était un atout. Sur la terre ferme, c'était un puissant désavantage.

— Merci, lui dit Wyllina sans maquiller son ironie.

Elle voulut refermer la fenêtre, mais comme l'oiseau campait sa position, ses yeux trouvèrent l'enveloppe, tombée sur sa table à manger. Elle comprit que ce message requérait une réponse immédiate et s'agaça plus que nécessaire. Nérion était loin d'être connu pour sa patience.

Sans attendre, elle avala une gorgée de son thé et ouvrit l'enveloppe tachée de gouttes d'eau salée. Une missive écrite sur une feuille sale s'y trouvait, imprégnée de l'odeur de cigare et d'alcool. Elle la déplia et s'intéressa à ce que Nérion y avait inscrit à l'encre de seiche. Son écriture était aussi bancale que s'il l'avait rédigée sur un bateau en pleine tempête.

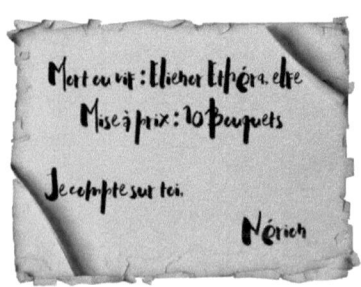

Face à ces mots, la nocturna resta immobile, le cœur battant. Mais avait-elle bien lu ? Peut-être avait-elle mal déchiffré l'écriture tortueuse de son patron ?

Mais non. Il n'y avait pas d'erreur.

Elienor ? Elienor était victime d'une prime réclamant sa tête ? Qu'avait-il pu bien faire pour se mettre Nérion à dos ? Sans compter que dix Bouquets représentaient une somme énorme. Environ dix-mille euros. Et sur Vaquoria, c'était plus que suffisant pour vivre le reste de sa vie en tant que modeste villageois.

À titre de comparaison, elle avait reçu trente Bouquets de la part du royaume pour la mort de sa sœur et son aide pour l'accession au trône de Dimitri. Pour Nérion, Elienor avait plus de valeur que toutes les cibles qu'elle avait été priée de lui rapporter, ces dernières semaines. Et plus la prime était élevée, plus Nérion en voulait à ces cibles.

Elle replia la lettre avec soin, déterminée à ne pas afficher sa confusion. Nérion était capable de comprendre les croassements disgracieux du mevelba. D'ailleurs, ces oiseaux et les abyssiens travaillaient souvent palmes dans le bec pour piéger les navires, au milieu de l'océan.

— D'accord, dit-elle. Mais j'aurais besoin de plus de précisions. Je passerai voir Nérion dans les jours qui viennent.

Si jamais cet oiseau repérait que Wyllina doutait, il ne manquerait pas de le répéter à son maître. Et pour savoir à quel point Nérion était impitoyable, elle ne voulait pas qu'il se doutât que la cible était l'une de ses très bonnes connaissances. Conflit d'intérêts ou preuve de prudence, toujours est-il qu'elle se contenta de glisser la lettre dans son enveloppe et d'observer les plumes bleu nuit du mevelba.

Mais celui-ci sauta sur sa table, griffant le bois de ses serres, et ramassa la lettre dans son bec. Il déploya ses ailes en croassant, si bien que Wyllina se boucha les oreilles et s'éloigna pour ne pas se faire fouetter par les plumes, lorsqu'il repéra le mot de Dimitri. Là, il planta l'une de ses pattes dessus et l'enserra puissamment.

— *Dethra !* Non !

Mais avant qu'elle n'eût pu faire quoi que ce soit, l'oiseau s'envola, renversant son thé au passage. Il s'échappa par la fenêtre de son salon, avec la lettre de Nérion. Et le mot de Dimitri.

Wyllina fixa le point minuscule qu'il devenait dans le ciel, avant de se laisser tomber sur sa chaise. Heureusement pour elle, le mot de son amant ne révélait pas sa réelle identité. Puisque Dimitri n'était pas son vrai prénom, mais un subterfuge qu'il avait utilisé sur Terre pour que personne ne sût qu'il était en réalité Ardamir, dernier héritier de l'Ancien Royaume.

Mais Nérion était loin d'être stupide, et il attachait une importance capitale à connaître ses employés sur le bout des doigts. Cela promettait une longue discussion où il chercherait à savoir qui était ce Dimitri.

Elle revint à elle lorsque du thé goutta sur sa robe, et lâcha un grognement agacé.

— *Oiseau de malheur*, pesta-t-elle en langue des nocturnas, dans le silence de la matinée.

Peu importait que Nérion se demandât qui avait passé la nuit chez elle. Cela ne se reproduirait pas et elle avait autre chose en tête, à l'heure actuelle.

Elienor s'était attiré l'attention d'un chasseur de primes et elle se demandait bien pourquoi.

Depuis leur retour sur Vaquoria, Elienor était resté dans cette petite cabane qu'il avait dénichée dans la forêt elfique et où il avait soigné Wyllina après qu'ils se furent échappés de Brinthorum, sous les Alpes françaises. Il y avait apporté plusieurs améliorations, à tel point que sa maison n'avait plus rien d'une cabane.

Elle lâcha son pendentif en observant les arbres imposants de la forêt au cœur du territoire des elfes, de nouveau empreinte de murmures et de mystère.

Elle raffolait de cette région, mis à part le fait qu'il y faisait trop humide. D'ailleurs, elle retira sa cape, trop chaude pour le climat ambiant. Elle adorait arpenter les sous-bois, écouter les arbres et les oiseaux, chercher à comprendre les secrets de leur beauté et de leur sagesse. Souvent, elle venait ici pour rendre visite à son ami et ils parlaient pendant des heures, imprégnés de cette ambiance si particulière.

Mais ce jour-là, elle n'était pas venue pour se balader avec Elienor en refaisant le monde.

Sans attendre, elle se tourna vers sa maison, de laquelle une volute de fumée s'échappait par la cheminée, indiquant qu'Elienor était présent. Elle s'approcha d'un pas vif et s'apprêtait à toquer sur sa porte en bois humide, mais celle-ci s'ouvrit avant même qu'elle n'eût le temps de lever le poing.

L'elfe aux longs cheveux blancs planta son regard bleu électrique dans le sien, une moue déjà lasse sur le visage.

— Tiens, petite nocturna. Que fais-tu ici ?

Wyllina observa son poing et l'abaissa. Elle étudia Elienor et se rendit compte à son manteau en laine piquée posé sur ses épaules qu'il était sur le point de s'absenter.

— Je tombe mal ? s'enquit-elle.

Mais elle n'attendit pas la réponse et le poussa pour pénétrer dans sa maison sans qu'il l'y invitât. Elle n'avait aucun scrupule à le faire parce qu'il agissait de la même façon, lorsqu'il voyageait jusque chez elle. Elienor resta immobile un moment en la suivant des yeux, et referma la porte.

— Plutôt, oui, mais tu ne demandes pas par réel intérêt, n'est-ce pas ?

— J'ai besoin de te parler, éluda-t-elle avant de déposer sa cape sur l'une de ses chaises.

Après un regard circulaire, la nocturna ne repéra rien d'inhabituel, à part peut-être que sa maison était en désordre. Elienor accumulait toujours beaucoup de choses en tout genre, mais il était plutôt ordonné, en général. Là, on aurait dit que quelqu'un avait fouillé les lieux de fond en comble.

— Comme tu peux le constater, ce n'est pas le moment.

— Tu t'es fait cambrioler ? s'intéressa Wyllina en repoussant du pied les débris d'un bocal dans lequel un doigt de troll se trouvait auparavant.

Elle refoula une moue de dégoût et posa les mains sur ses hanches.

— Dans quoi tu t'es fourré, Elienor ?

L'elfe ne s'attendait certainement pas à ce ton de reproche, puisqu'il parut surpris. Il abandonna l'idée de quitter sa maison dans l'immédiat et se décala de la porte d'entrée pour s'attabler près d'elle.

— Tu me demandes par inquiétude ou parce que tu connais déjà la réponse ?

La nocturna croisa les bras. Elle ne pouvait pas lui révéler qu'un chasseur de primes le voulait mort ou vif, parce que cela aurait impliqué qu'elle dévoilât son activité secrète. Et Elienor n'avait aucun talent pour garder les secrets.

Elle ne pouvait pas lui mentir non plus, parce que leurs deux espèces en étaient incapables. En revanche, elle pouvait la jouer fine.

— J'ai entendu dire qu'on te cherchait, annonça-t-elle, ce qui n'était pas complètement faux.

— Qui ça « on », petite nocturna ?

Elle haussa les épaules alors qu'il jouait avec un fragment de terre cuite, vestige d'un plat de fruit qui avait été brisé sur la table.

— Un abyssien, dit-elle simplement.

Elienor renifla et sa mâchoire frémit. Se méfiait-il ? Certainement.

— Et comment aurais-tu pu entendre une chose pareille ?

— Je ne suis pas contre toi, Elienor.

— D'accord, alors je t'écoute ?

Elle décroisa les bras et son regard voyagea dans la pièce. Celui qui avait fait ça cherchait quelque chose de précis. Mais quoi ?

— C'est grâce à mon nouveau rôle, au sein de l'ARPM.

Bon. Ce n'était pas un mensonge. Elle avait l'intention d'accepter l'offre que Pullman lui avait faite, de toute manière. Même si, à présent, elle n'en avait plus le choix.

— Je vois, se détendit-il. Ils n'étaient pas sûrs que tu acceptes.

— Tu étais au courant ? Peu importe. Dis-moi ce qu'il se passe.

Elienor s'appuya, nonchalant, sur le dossier de sa chaise et leva ses longs doigts fins à hauteur de ses yeux.

— Oh, tu sais…, dit-il en agitant ses doigts dans un rayon de lumière. J'ai retrouvé ma maison dans cet état après être revenu de ma dernière mission, mais rien n'a disparu. C'est un avertissement. Tu sais que je continue de rapatrier des gens depuis la Terre, n'est-ce pas ?

Elle l'ignorait, mais cela l'étonnait. Les natifs qui avaient refusé de les suivre quelques semaines plus tôt avaient malheureusement connu un sort funeste.

Car quand Éva avait pris le pouvoir, la magie avait disparu de la Terre pour rejoindre Vaquoria, révélant les espèces qu'elle dissimulait jusqu'à présent aux yeux des humains. Non seulement une guerre civile avait éclaté entre les natifs et les humains, mais un problème de taille s'était ajouté.

Sans la magie, les natifs n'auraient survécu que deux semaines sur terre. L'urgence de transférer le plus de vaquoriens possible dans le royaume les avait pris aux tripes, et grâce à Elienor, cela avait été réalisable. Mais tous n'avaient pas souhaité revenir, après cinq cents ans à construire une vie sur Terre. Ceux-là avaient malheureusement péri. Qui restait-il donc à rapatrier ?

— Des non-natifs, pour la plupart, précisa-t-il. C'est Pullman qui a insisté, et ton cher *Rova* est de son avis.

Wyllina tiqua. Pour à peu près tout ce qu'il avait dit. Les non-natifs, ceux qui appartenaient à une espèce magique mais qui n'étaient pas issus de Vaquoria. Parmi eux, les loups-garous, les vampires ou encore les sorcières. Ils venaient de la Terre, et ne risquaient donc pas leur vie en y restant, et ce, même s'ils n'étaient plus dissimulés aux yeux des humains.

— Mon roi ? Des non-natifs ? Je croyais que c'était terminé, maintenant, et qu'ils voulaient règlementer l'accès.

L'elfe haussa les épaules, de toute évidence en désaccord avec l'asile offert aux non-natifs. Son nez se fronça alors qu'il renifla.

— Eh bien, ce n'est pas tant l'accès à Vaquoria qui leur pose un problème, mais ce qu'ils y font. C'est vrai, que fait un vampire qui meurt de faim ? Il boit du sang. Qu'importe si celui-ci provient d'un humain ou d'un elfe. Et ici, ils n'ont plus de risque de se faire capturer par la police.

Wyllina acquiesça.

Oui, elle voyait le problème, et c'était exactement pour cette raison que la plupart n'étaient pas pour le rapatriement des non-natifs chez eux. Pour ça, et parce que depuis toujours ils se tiraient dans les pattes. Natifs, non-natifs… une sorte de lutte d'authenticité s'était créée entre toutes ces espèces. Partager la Terre n'avait pas été simple, et à présent, il fallait tout recommencer.

Et elle comprenait aussi pourquoi Elienor était problématique. En tant que passeur, on pouvait même dire qu'il était la source du problème.

— Tu n'as qu'à arrêter de les faire traverser.
— Je ne peux pas faire ça, petite nocturna. Le *Rova* me tient.
— Pourquoi ?
— Parce que c'est moi qui ai ramené Erwin sur Vaquoria, quand tu étais inconsciente. Je dois payer ma dette à notre terre natale. Lui obéir en fait partie.

Ah oui. Elle avait oublié ce détail. Néanmoins, son manque de réaction mit la puce à l'oreille de l'elfe.

— Mais tu le savais déjà, je me trompe ?
— Sinon, que fera-t-il ? l'ignora Wyllina.

Il l'observa un moment puis se redressa sur sa chaise, comme s'il prenait soudain conscience qu'elle se trouvait devant lui.

— Ton comportement est étrange.

Malgré elle, la nocturna rougit et détourna les yeux.

— C'est seulement que je m'inquiète pour toi. Je…

Si ce n'était pas elle qui ramenait Elienor à Nérion, lequel de ses collègues s'en chargerait ? Et si elle pouvait se montrer cruelle et sans pitié, ce n'était rien comparé à ce que certains des chasseurs que Nérion avait engagés étaient capables de faire. Elle n'avait aucune envie de perdre à nouveau un de ses amis.

— Sinon je suis banni. Tu imagines, un héros banni pour avoir planifié sa victoire ?

Planifier sa victoire ? Effectivement, Elienor avait ramené Erwin, tout ça pour mieux aider à s'en débarrasser le moment venu. Pour quelle raison l'avait-il ramené sur Vaquoria, plutôt que de le laisser mourir sur Terre ?

Pour s'attribuer le mérite d'avoir participé à sa chute, à coup sûr. Mais pour l'heure, ce n'était pas tant le fait d'être banni qui devait inquiéter Elienor, mais celui de rester en vie. Bien sûr, il n'en savait rien et bien sûr elle ne pouvait rien lui dire. Mais au vu de la prime que Nérion réclamait pour sa vie, n'importe qui pourrait se mettre en chasse de l'elfe.

— Où comptais-tu te rendre ? lui demanda-t-elle en s'approchant, après avoir récupéré sa cape.

— Au palais, répondit Elienor.

— C'est à trois jours de voyage, depuis chez toi.

Il haussa les épaules. Il était hors de question qu'elle le laisse arpenter le royaume avec le message qu'elle avait reçu de Nérion, un peu plus tôt. Il ne ferait pas cent mètres sans se faire pourchasser. Et Elienor était doué en beaucoup de choses, mais la course à pied et le combat n'en faisaient pas partie.

— Je t'accompagne, nous y serons dans quelques secondes.

Elienor la regarda avec suspicion. Un sourire dévoila légèrement ses dents blanches. La nocturna se tendit, mais resta silencieuse.

— Tu veux te rendre au palais ? Avec moi ?

Elle inspira jusqu'à ne plus pouvoir, et avala sa salive. Ce n'était pas si improbable, si ?

Bien sûr que si.

— Oui, répondit-elle simplement.

— Est-ce que tu sais quelque chose que je devrais savoir ?

Elle pesta en elle-même. Ne pouvait-il pas tout bonnement accepter son aide ?

— Je veux t'aider, c'est tout. Cet abyssien n'a pas l'air... je pense que tu es peut-être en danger.

Il l'observa un long moment en gardant le silence, comme s'il mesurait la sincérité de ses propos. Sans doute savait-il qu'elle maquillait une partie de la vérité. Mais pour une fois, il ne sembla pas vouloir lui tirer les vers du nez. Il se leva et s'approcha d'elle.

— Je ne te demande pas à quel point tu tiens à moi, petite nocturna, pour accepter de recroiser le *Rova* par ma faute.

Wyllina resta coite et se contenta d'humidifier ses lèvres. Elle ne comptait pas lui dire, non plus, que Dimitri avait passé la nuit avec elle. Elle posa une main sur lui et attrapa son pendentif.

— J'espère que tu es prêt.

En un clin d'œil, la maison de l'elfe se retrouva vide.

Chapitre 4

Les couloirs du palais apparurent dans la seconde qui suivit la disparition de la maison d'Elienor. Wyllina lâcha son pendentif et l'elfe, qui sembla se sentir nauséeux pendant quelques secondes.

— J'avais oublié cette sensation… dit-il en inspirant.

Cela faisait longtemps que la nocturna ne s'était pas aventurée dans le palais, et le moins qu'elle pût dire, c'était que tout avait changé. Tout paraissait plus propre, plus clair. Plus beau. Et les travaux étaient terminés.

Elle était sur le point d'avancer, pour rencontrer le roi, mais des gardes arrivèrent de tous côtés pour les empêcher d'avancer. Menacée par leurs lances longues de deux mètres, la nocturna leva les mains en signe de capitulation. Comme Elienor restait droit comme un I, un air dédaigneux sur le visage, elle lui lança un coup de coude dans les côtes. Il fut contraint de l'imiter, alors que les gardes leur intimaient de ne pas bouger.

— C'est ridicule, soupira l'elfe, on travaille pour le roi.

Wyllina avala sa salive alors que l'un des gardes, un syltain courageux, s'approchait d'eux.

Sa lance était clairement trop lourde pour lui, dont la hauteur ne devait pas dépasser la poitrine de la nocturna. Mais elle se garda bien de lui faire une remarque. Ceux qui l'accompagnaient avaient une tout autre carrure, à laquelle elle ne souhaitait pas être confrontée.

— Le *Rova* ne vous attend pas. Comment êtes-vous arrivés ici ?

L'elfe lança un regard mauvais de biais à Wyllina, qu'elle ignora. Oui, peut-être aurait-elle pu les transporter ailleurs que dans les couloirs du palais. Comme dans la salle du trône ou bien l'entrée du château. Mais elle considérait que c'était le plus sûr pour ne pas être repérés.

Elle s'apprêtait à répondre, lorsqu'une voix qu'elle connaissait bien les interrompit.

— Rompez, gardes.

Avant de l'apercevoir, ce furent les cliquetis de son costume que la nocturna entendit. Malgré elle, son cœur se serra d'angoisse. Comment devait-elle agir devant celui qui avait partagé son lit quelques heures plus tôt ? Elle chassa ses doutes en déglutissant. Il s'agissait du roi. Elle n'avait qu'à se comporter comme s'il était roi.

Lorsqu'il se présenta et qu'il écarta les gardes pour venir à leur rencontre, elle ne put s'empêcher de l'admirer. Son habit bleu nuit était surmonté d'un bon nombre de médailles. Une cape noire avait été installée autour de ses épaules, lui conférant une allure de pouvoir. Plusieurs broches en or maintenaient le tout en place, et surtout, une couronne imposante, mais finement taillée, surmontait ses cheveux bleu ciel. C'était peut-être la seule chose de lui qui ne changeait pas : ses cheveux en bataille.

Il avait tout de son père. La prestance, l'élégance, le regard. Si elle avait pu connaître feu le *Rova* à l'âge de Dimitri, elle aurait certainement trouvé que son fils était sa copie conforme.

Dans tous les cas, son ami avait tout d'un roi, si bien qu'elle se demanda comment elle n'avait rien remarqué, avant qu'il ne lui dévoilât son identité. Mais ce n'était pas Dimitri qui se trouvait devant eux.

C'était Ardamir.

Il leva le menton en les étudiant et sourit face à l'air béat de Wyllina, qui détourna les yeux pour se reprendre, ignorant la brûlure de ses joues.

— Elle a cru que ce serait une bonne idée, se défendit Elienor. Je n'ai rien à voir là-dedans.

Le regard de Dimitri trouva le sien et elle dut fournir un effort monstrueux pour garder la tête froide et se souvenir qu'elle lui en voulait à mort. Surtout que son regard était chargé d'une émotion qu'elle ne parvenait pas à nommer.

— Elienor est en danger, expliqua-t-elle. J'ai pensé qu'il serait plus en sécurité si je l'accompagnais au palais.

Le roi hocha la tête et laissa passer quelques secondes durant lesquelles il étudia ses deux amis. Il se tourna ensuite vers les gardes, qu'il dispersa. Maintenant qu'ils étaient seuls, Wyllina se sentirait certainement plus libre de parler et d'agir comme elle le faisait avec Dimitri.

— Ils sont sur le qui-vive, justifia-t-il. Tu aurais pu entrer par la salle du trône, ça aurait été moins suspect.

Sa voix ne masquait aucune forme de reproche et pourtant la nocturna le prit comme tel.

— Peux-tu lui accorder l'asile, oui ou non ?

Il laissa planer sa réponse. La confusion qui émanait de son visage serra le cœur de Wyllina, malgré elle. Sans doute ne comprenait-il pas sa froideur soudaine, à la suite de la nuit qu'ils avaient passée ensemble.

La nocturna le défia du regard, tandis que l'elfe observait l'échange d'un œil amusé.

— Oui, finit par répondre le *Rova* en se frottant le menton. Évidemment. Elienor, tu es ici comme chez toi.

— Heureusement que cette petite travaille pour l'ARPM, répondit Elienor. Sinon, j'aurais cru son comportement étrange.

La fée nocturne s'agaça. Elienor n'en ratait pas une, décidément. Maintenant, elle n'avait d'autre choix que d'accepter l'offre de Pullman. Mais elle le soupçonnait de l'avoir consciemment mise dans cette situation inconfortable.

— Oh, vraiment ? s'étonna Dimitri d'un air moqueur.

— Oui, en fait… répondit la nocturna en se raclant la gorge.

Elienor pouffa entre ses dents, si bien que Wyllina le fusilla du regard.

— J'allais accepter. Je veux dire, j'accepte.

Dimitri lui sourit. Elle refoula ce qu'elle pouvait ressentir en constatant la fierté dans les yeux du roi et prit une profonde inspiration.

— D'ailleurs, je dois y aller.

Elle attrapa son pendentif, mais Dimitri posa précipitamment la main sur son bras. Ce contact aussi douloureux que délicieux l'électrifia, les yeux rivés vers les doigts du roi.

— Attends, tu ne veux pas… qu'on discute ?

Wyllina déroba un regard à l'elfe, qui ne semblait pas remarquer la tension naissante entre ses deux amis. Elle secoua vivement la tête et s'écarta du roi de quelques pas.

— Non, je n'ai pas le temps.

Elle devait comprendre pourquoi Nérion réclamait la tête d'Elienor. Et ce n'était pas en restant au palais qu'elle y verrait plus clair, tant sur cette affaire que sur ses propres sentiments.

Et avant qu'il pût insister, qu'il pût lui faire changer d'avis, elle disparut.

Elle ouvrit les yeux lorsqu'elle fut arrivée à destination. Elle souffla longuement, comme si le face-à-face avec Dimitri lui avait coupé la respiration. Et malgré elle, ses doigts tremblaient. Mais elle ignorait si c'était parce qu'elle devait lutter pour ne pas lui trancher la gorge, ou pour ne pas sauter sur ses lèvres.

Devant le club de frivolité de Nérion, à Quatham, c'était le calme plat. Le jour peu avancé ici, où le soleil était en décalage d'environ trois heures comparé au palais, en était certainement la raison. Dans cette ville côtière, la plupart des habitants ne commençaient leur journée qu'en fin d'après-midi, une fois que les pêcheurs revenaient de leur dur labeur.

Ce qui l'arrangeait pour ne pas être repérée. Pourtant, elle enfila sa cape à nouveau, et en recouvrit ses cheveux. Les rues n'avaient pas besoin d'être bondées pour camoufler des yeux indiscrets.

Wyllina observa les alentours. Une légère brume enveloppait le village biscornu, si bien que, des bateaux amarrés dans le port à quelques dizaines de mètres de là, on ne voyait que les mâts survolés par des mouettes bleues.

Elle se tourna vers la porte rouge, faisant crisser ses semelles en cuir sur les pavés humides, et toqua après avoir pris plusieurs grandes respirations. Il lui fallut attendre plus longtemps que d'ordinaire pour que Falco, le pharorc gardien des lieux, lui ouvrît la porte. Et quand il le fit, Wyllina resta immobile un moment face à son apparence.

Il était blessé. Ça aurait pu ne pas être flagrant, mais la nocturna commençait à le connaître sur le bout des cils. Son visage, ainsi que ses membres, présentaient quelques entailles, et l'une de ses défenses avait été arrachée.

Elle grimaça en imaginant la douleur qu'il avait dû ressentir et lui adressa un regard compatissant.

— Si tu cherches Nérion, dit-il de sa voix profonde, il n'est pas là.

Première surprise. Wyllina tenta de jeter un œil à l'intérieur. Le pharorc l'en empêcha.

— Où est-il ?

— Parti en mer.

Elle hocha la tête, déçue qu'il ne lui en dévoilât pas davantage. Puis, elle observa le port.

— En bateau ? demanda-t-elle en s'intéressant de nouveau à Falco.

Celui-ci ne lui répondit que par un grognement. Wyllina trouvait son attitude suspecte. D'habitude, il ne traînait pas à la faire rentrer. Le regard du pharorc balaya les environs, et il lâcha un nouveau grognement, comme s'il sentait l'odeur de quelqu'un qu'il détestait.

— Il doit y avoir des elfes, dans le coin. Je sens leur odeur.

Wyllina se glaça. En réalité, l'odeur d'elfe venait sans doute d'elle, étant donné qu'elle se trouvait avec Elienor quelques secondes auparavant. Elle se décala légèrement, pour échapper au courant d'air qui portait son odeur jusqu'aux narines du pharorc.

— Que s'est-il passé, Falco ? Je vois que tu es blessé. Tu ne veux pas me faire entrer ?

Il posa ses minuscules yeux gris sur elle et la toisa un moment. Pour seule réponse, il ferma un peu plus la porte, ne laissant assez d'espace que pour sa mâchoire. Wyllina ricana en baissant les épaules. Alors elle était suspecte, maintenant ?

— Je t'en prie, je pensais qu'on avait dépassé ça.

— Ordre de Nérion. Personne n'entre.

Bien. Voilà qui compliquait les choses. Falco ne semblait pas enchanté à l'idée de coopérer. Elle devrait donc se débrouiller seule.

— Très bien, dit-elle. Peut-être que je pourrais laisser un message ?

Il s'apprêtait à répondre, faisant rouler sa langue sur ses longues et imposantes canines, mais un cri que Wyllina reconnut avec une facilité déconcertante retentit, un peu plus loin.

Elle se tourna vers le port d'où il provenait et repéra le mevelba sale et abîmé sur le mât de l'un des bateaux. Le mevelba de Nérion. Elle jeta un œil à Falco, qui l'avait remarqué également et qui le fixait en silence.

— Merci, Falco. Ça ira.

Sans en attendre davantage de sa part, elle se détourna, le laissant fermer la porte d'un air méfiant. Et en observant à travers la brume, elle se dirigea vers le port. L'odeur de poisson et d'iode remplit ses poumons à tel point qu'elle fronça le nez, parce qu'elle n'aimait pas spécialement ces odeurs. D'ailleurs, elle n'aimait pas particulièrement l'océan. Et elle espérait que Nérion n'était pas sur le point de partir, sans quoi elle devrait le suivre en mer pour lui soutirer des informations.

Ses pas résonnèrent dans le brouillard, et elle croisa un pêcheur agacé qui démêlait ses filets sur le quai. Celui-ci l'observa d'un air sombre. Tous les poissons qui se trouvaient piégés dans ses cordes étaient morts. Cela aurait pu paraître normal pour n'importe qui, mais sur Vaquoria, les pêcheurs gardaient leurs proies en vie le plus longtemps possible, jusqu'à la dernière seconde avant d'en vendre la chair. Si ces poissons étaient déjà morts, c'était parce qu'il les avait pêchés morts.

Elle détourna les yeux en le dépassant pour s'intéresser aux pontons qui s'avançaient sur l'eau à partir de l'endroit où elle se trouvait. Elle inspira profondément, et fit un premier pas en avant. C'était loin d'être stable, mais elle devrait faire avec.

Le mevelba cria à nouveau et sembla la fixer, comme s'il l'avait reconnue et qu'il prévenait son maître de son approche. Les bras levés pour garder l'équilibre, la nocturna s'approcha du mat sur lequel il était perché. Au fur et à mesure qu'elle avançait dans la brume, un immense pavillon en bois se révéla, à l'image de ceux que possédaient les pirates, sur Terre. Comme elle perdait l'équilibre, elle s'appuya sur la coque du navire, et celui-ci se recula de quelques centimètres. Assez pour qu'elle manquât de tomber à l'eau.

Elle se rattrapa *in extremis* à une corde, et leva la tête pour tenter d'apercevoir quelque chose, sur le pont du bateau. Là, elle repéra Nérion, penché par-dessus bord, qui l'observait les mains croisées.

— Tu as déjà mon elfe ? lança-t-il en postillonnant.

La nocturna se hérissa à la réception des gouttelettes de sa salive, et les essuya aussi discrètement que possible, ne voulant pas paraitre impolie. Elle se recula un peu, pour mieux le voir et pour se mettre à une distance raisonnable de ses crachats.

— Je viens te voir à ce sujet. Est-ce qu'on peut en parler sur la terre ferme ?

Être sur les pontons était déjà bien trop inconfortable pour la nocturna, qui, déjà, sentait une nausée la surprendre.

— Je ne quitte pas ce bateau jusqu'à nouvel ordre. Si tu veux me parler, tu montes.

Wyllina pesta entre ses dents. Malheureusement, elle s'attendait à ce type de réponse de sa part. Et puisqu'elle voulait tant en savoir plus, elle devrait faire un effort pour le rendre enclin à lui livrer des informations supplémentaires.

Elle aurait aussi pu lui dire qu'elle était une agente de l'ARPM, et le contraindre à se rendre disponible. Mais dans l'immédiat, elle n'était pas certaine que ce fût une bonne idée. Mieux valait garder cette carte pour plus tard, sans savoir comment il pouvait réagir.

Quand il découvrirait qu'elle lui mentait depuis tout ce temps, il ne serait certainement pas clément.

Ce fut donc en serrant les dents que la nocturna grimpa à l'échelle en corde instable que Nérion avait déroulée depuis le pont de son navire. Elle maudissait l'abyssien au contact gras de la corde salée qui lui arrachait la peau des mains. Une fois qu'elle eut terminé son ascension, elle se glissa sur le pont avec autant de maladresse que son mevelba sur la terre ferme. Lorsqu'elle se redressa, la capuche de sa cape glissa de ses cheveux, révélant leur couleur flamboyante à Nérion et à ses marins.

Parce qu'il était loin d'être seul, sur ce navire. Une vingtaine d'hommes s'activait autour de lui, préparant, sans doute, un voyage en mer. Parmi eux se trouvaient des abyssiens, mais également un syltain, une fée mâle, et un nain.

Elle voulut remettre sa capuche, mais le bateau tanguait déjà trop pour qu'elle parvînt à rester immobile et le vent plus fort en hauteur l'aurait balayée de toute façon. À cet instant, elle admirait Nérion et son équipage, capables de voyager en haute mer, alors qu'elle avait déjà le mal de mer en étant à quai.

— Alors ? s'impatienta Nérion en aspirant de l'eau, qui se trouvait dans un seau au lieu de la cuve habituelle, restée très certainement dans son bureau.

Le mevelba croassa et vola jusqu'à l'épaule de son maître, depuis laquelle il perça le corps de Wyllina de ses yeux jaunes. Ce fut seulement lorsque Nérion avala un morceau de crabe cru qu'elle remarqua qu'il était en plein repas, une carcasse dans les mains.

La nocturna prit appui sur le bastingage, tentant de chasser le goût âpre qui remontait dans sa gorge.

— C'est une grosse prime que tu demandes, pour cet elfe.
— Oui, Lysia. Et ?

L'oiseau croassa, et Nérion lui donna une pince du crabe décortiqué dans ses mains. Celui-ci s'envola sans attendre, le bec plein. Elle retint un haut-le-cœur, le front brûlant.

— Je me demandais… pourquoi ?

Nérion s'immobilisa et l'observa en fronçant ses sourcils écaillés. Ses branchies s'agitèrent. Peut-être devrait-elle la jouer plus finement.

— Peut-être que j'accepterai la récompense, mais j'ai besoin de savoir ce qu'il a fait pour te mettre autant en colère.

Il pouffa, puis haussa les épaules en croquant dans le crabe, carapace comprise. Wyllina détourna les yeux et s'intéressa un moment aux cordages agités par les marins de l'abyssien, un moyen désespéré de se concentrer sur un point fixe pour chasser son malaise.

— *Kah'sok*… Tu veux savoir ? Très bien, suis-moi.

Il fit signe de sa main palmée de le suivre, crachant la carcasse du crabe sur le pont. Il ne le remarqua pas, mais le syltain qui nettoyait au même moment le bois poli par le sel lui lança un regard noir. Wyllina en fit abstraction, elle aussi. Elle était bien trop occupée à se rendre compte que marcher droit sur un navire à quai était aussi compliqué que de chasser ses vertiges.

Il l'emmena près de la cale, et en souleva les grilles rongées par l'eau de mer. Là, il l'invita à descendre. Les escaliers tortueux en bois noirci par le temps ne lui inspiraient pas confiance et Nérion aurait pu lui tendre un piège. Mais si les choses tournaient mal, elle avait toujours son pendentif autour du cou pour la tirer d'affaire.

Après quelques secondes d'hésitation, elle posa un pied sur la première marche. Aussitôt, l'odeur âcre qui lui parvint l'obligea à se couvrir le nez de sa cape, accentuant ses nausées. Elle recula.

— Allez, vas-y, je te dis, insista l'abyssien. Tu comprendras.

Comme elle hésitait encore, il roula des yeux et la devança.

Il lança la grille pour qu'elle s'ouvrît tout à fait et qu'il ne dût plus la tenir, et s'engagea dans la cale sombre, humide, et puante. La nocturna le suivit en avalant difficilement sa salive, la gorge nouée, sous le regard attentif des marins.

— Ça fait quelques semaines que ça dure, expliqua Nérion en allumant une bougie, fixée sur l'une des poutres en bois du navire.

La luminosité était faible, et pourtant l'horreur la frappa déjà de plein fouet. Plus elle descendait dans la cale, et plus l'odeur de pourriture était prononcée. Et au milieu de tonneaux de vin et de provisions, un amas de poissons morts et de corps d'abyssiens entassés les uns sur les autres attiraient mouches et larves. La nocturna dut faire appel à toutes ses forces pour ne pas vomir. Elle appuya un peu plus la laine de sa cape sur son nez et sa bouche en se tenant en apnée le plus possible.

— *Dethra…* marmonna-t-elle.

— Les abyssiens et les poissons meurent. Ils fuient les abîmes pour se rendre dans les eaux moins profondes. Les miens se prennent dans les filets, mais ce n'est pas ça qui les tue.

Il attrapa le corps de l'un de ses semblables, et le traîna jusqu'à la nocturna. Celle-ci dut faire preuve de maîtrise de soi pour ne pas se dérober, remonter sur le pont et quitter le navire. Elle remercia, pour cette fois du moins, les cours que Pullman lui avait imposés, sur Terre.

Il attrapa un couteau émoussé tiré de sa botte droite, et coupa la gorge du cadavre. Elle savait que cette espèce avait le sang-froid, mais ce qui s'écoula de ses veines n'avait rien de normal. Un genre de goudron noir. Il lui montra ses branchies, comme noircies par du pétrole. Elle détourna la tête une fois qu'elle eut bien observé, le souffle court et la bouche pâteuse.

D'accord. Les profondeurs souffraient d'un mal inconnu. Mais quel était le rapport avec Elienor ?

— Je ne crois pas qu'un elfe puisse faire ça, dit-elle d'une voix étouffée par la laine de sa cape.

Nérion renifla et cracha sur le sol, avant de renvoyer le cadavre sur le tas pourri d'un coup de pied.

— Peut-être pas, mais c'est lui qui ramène les non-natifs sur Vaquoria. Et ces portails définitifs, que le *Rova* a fait installer, il faut les fermer. Je suis sûr que c'est à cause de ça que les océans se gangrènent. L'équilibre est rompu, et les terres se meurent. Sans compter que j'ai eu affaire à des vampires, qui en plus d'être stupides, ne savent pas garder leurs crocs dans leur poche.

Wyllina ferma les yeux, le temps de maîtriser les soubresauts de son estomac. Elle fit signe à Nérion qu'elle regagnait le pont.

Il la suivit en silence, et ce fut avec soulagement qu'elle huma l'air frais du port, prenant une grande inspiration en sentant ses joues pâlir. Elle n'aurait jamais cru penser ça quelques minutes auparavant. Attirés par l'odeur de la charogne, plusieurs mouettes bleues et le mevelba tournaient maintenant autour d'eux. Ils cherchaient à atteindre la cale encore ouverte du bateau.

— Les miens se meurent à cause des actions de cet elfe et du *Rova*. Je ne peux pas demander la tête du roi, alors je me tourne vers ceux qui travaillent pour lui. Je veux sa tête, quitte à l'arracher de mes propres mains.

Elle tressaillit en pensant que son identité était maigrement cachée et qu'il pourrait découvrir un beau jour qu'elle aussi travaillait pour le roi. Pire, qu'elle était sa consultante et que c'était en partie grâce à elle qu'il avait retrouvé sa place sur le trône.

Serait-elle tenue pour responsable par le peuple, si les décisions du roi ne leur plaisaient pas ?

Serait-elle tenue pour responsable d'avoir donné du pouvoir à un roi qui n'y connaissait rien ?

Mais la nocturna hocha la tête, compréhensive, en chancelant sous le vent. Et quand bien même elle ne partageait pas son point de vue. Elienor n'avait rien à voir là-dedans. Il ne faisait qu'obéir. Mais bien sûr, Nérion ne pouvait pas le savoir. Quant à la gangrène qui s'attaquait aux océans, comme il avait l'air de le penser, elle n'était pas sûre que les non-natifs et les portails définitifs en fussent la cause.

Mais après tout, sur Vaquoria, tout était possible. L'équilibre que le monde avait retrouvé lorsque Dimitri s'était hissé sur le trône était fragile. Qui pouvait prétendre savoir ce qui le briserait ou le conserverait ?

Dans le doute, il fallait trouver une solution. Nérion n'avait peut-être pas tout à fait tort.

— Alors, est-ce que tu as une piste ? lui demanda-t-il en aspirant de l'eau, postillonnant partout autour de lui.

La nocturna observa l'abyssien et ses hommes, appuyée sur une corde tendue, l'estomac secoué. Aucun ne s'approchait d'eux, et aucun ne le montrait clairement, mais tous semblaient pendus à ses lèvres. Comme si, par-delà les ports, elle était la seule à pouvoir porter leur parole. Et malgré elle, elle s'en fit la promesse.

— Je vais voir ce que je peux faire, dit-elle. Ça ne sera pas facile, s'il est proche du roi.

Nérion renifla encore en se grattant le front. Elle lui fit un signe de tête, pour lui signifier qu'elle prenait congé. Lorsqu'elle passa maladroitement le bastingage pour descendre l'échelle de corde, Nérion l'interpella.

— Au fait, c'est qui ce Dimitri ?

Elle se paralysa en se rappelant le mot que le roi avait laissé chez elle, à l'aurore.

Ainsi donc, ce foutu oiseau l'avait déjà confié à son maître. Mais l'abyssien n'avait l'air ni en colère ni suspicieux. Il semblait surtout curieux.

— Il n'est pas important, répondit-elle. Je te tiens au courant, Nérion. Comme toujours.

Il lui adressa un signe de la main avant de se désintéresser d'elle, la laissant retrouver le ponton, puis la terre ferme, alors que la brume était chassée par le vent montant, qui dévoilait une lune pâle et gibbeuse sur un ciel bleu. Si Nérion tenait vraiment à savoir qui était Dimitri, cela pourrait mal tourner pour elle. Autant qu'il pensât qu'il n'était rien d'important, pour qu'il ne voulût pas chercher plus loin.

Et d'ailleurs, c'était exactement ce qu'il était pour elle. Rien.

Chapitre 5

La nocturna quitta Quatham dans la précipitation, sans vraiment faire attention à l'endroit où elle se rendait. Ce fut dans la forêt elfique qu'elle atterrit et dès que son pied eut touché terre, elle tomba à quatre pattes dans la mousse et vomit. Tant à cause de son mal de mer que des cadavres qu'elle avait observés. Et leur odeur… une odeur âpre, inoubliable. Comment Nérion faisait-il pour la supporter ? Sans doute n'avait-il pas le choix, et l'habitude aidant, elle n'était même pas sûre qu'il s'en rendît encore compte.

Une fois ses nausées soulagées, Wyllina se redressa et essuya sa bouche d'un revers de la main. Les arbres qui l'entouraient et le silence qui planait dans cette forêt l'aidèrent à retrouver sa contenance. Mais quelque chose était inhabituel.

Le silence était trop lourd. Trop présent.

Elle cligna des yeux, et son regard voyagea vers les cimes des arbres centenaires. Elle y aperçut plusieurs oiseaux, mais tous étaient immobiles, comme s'ils n'osaient plus bouger. Curieuse, elle se releva, ayant retrouvé son équilibre. Elle siffla pour les faire réagir, mais aucun ne lui répondit. Pourtant, la plupart des espèces présentes dans ces bois étaient connues pour leurs répondants.

À ses pieds, elle observa la mousse, pourtant vive et gorgée d'eau. Perplexe, elle en arracha une touffe de la pointe du pied, et ce qu'elle découvrit la laissa interdite. Sous cette couche d'apparence saine, la terre s'était assombrie. C'était comme si du pétrole filtrait à travers le sol. Elle s'accroupit pour toucher la matière, et la frotta entre son pouce et son index. Aucune odeur particulière ne s'en dégageait, et pourtant, on aurait dit la même matière qui avait remplacé le sang de l'abyssien, dans la cale du bateau de Nérion.

Sa main retomba mollement, accoudée sur son genou, alors qu'elle observait à nouveau les arbres. Cela lui rappelait étrangement quelque chose. Mais c'était impossible, n'est-ce pas ? Dimitri avait repris sa place, les terres avaient guéri. À moins que ça n'eût été qu'une apparence ? Manifestement, quelque chose nuisait à Vaquoria. Et à moins de savoir quoi, il serait difficile de comprendre comment faire pour inverser la tendance.

Wyllina se releva, et s'approcha d'un tronc verdâtre. À l'aide de son poing, elle en éloigna la mousse, et son souffle se coupa à nouveau. Le bois avait pourri. Elle se détourna et observa la forêt silencieuse. Que se passait-il pour que les terres se gangrénassent à nouveau ? Avaient-elles vraiment guéri un jour ?

Est-ce que tout cela venait de Dimitri ?

En secouant la tête, elle effleura son pendentif, sans parvenir à décider de l'endroit où se rendre. Chez elle, pour y réfléchir à tête reposée ? À l'ARPM, pour en faire part à Pullman ? Au palais, pour savoir si Dimitri lui cachait quelque chose ?

Elle laissa sa main retomber, sans parvenir à se décider. D'autres régions étaient-elles touchées par le même mal ? Si cela s'étendait du sud à l'ouest, où se trouvait la région elfique, jusqu'où se propagerait ce goudron ? D'où provenait-il ?

Wyllina se calma. Il ne servait à rien de céder à la panique. La gangrène n'était pas aussi développée que lors du règne d'Éva. Cela pourrait être pire et c'étaient peut-être simplement les terres qui accusaient le coup. Qui évacuaient le mauvais pour repartir sur de bonnes bases. Oui, ce devait être ça. Elle n'avait jamais pensé, auparavant, à regarder ce qui se trouvait sous la mousse de cette forêt. Elle n'avait jamais connu personne qui naviguait autant que Nérion à l'heure actuelle dans les océans. Tout cela était sans doute un vestige, un symptôme qui disparaitrait au fur et à mesure.

Encore quelques semaines, et tout redeviendrait normal.

C'était en tout cas ce dont elle se persuadait.

Le lendemain, lorsqu'elle apparut au beau milieu des bureaux de l'agence, l'entièreté des employés de Pullman sursauta. Elle avait passé la nuit à réfléchir, et même si elle n'avait plus le choix d'accepter l'offre de Pullman et de Dimitri, y songer l'avait privée de sommeil. C'était donc sous le quartier d'une lune pâlie par le lever du jour qu'elle avait décidé, le matin même, de se rendre à l'agence pour prévenir son ancien patron gonthor. Et grâce à son pendentif, elle y était arrivée en quelques secondes.

Ses collègues retinrent les feuilles volantes de leur bureau, chassées par le souffle qu'avait provoqué son arrivée. Avant même qu'on pût lui poser une question, elle repéra Pullman, et s'approcha de lui d'un pas vif.

Là, elle claqua une main sur son bureau, tandis qu'il l'observait d'un air ahuri.

— J'accepte, dit-elle simplement.

Il lui sourit, et commençait à se lever, mais elle se détourna tout aussi rapidement et se dirigea vers son bureau.

Le sien, rien qu'à elle.

En hâte, elle s'y introduisit et ferma la porte, avant de prendre une profonde inspiration. Il ne fallait pas qu'elle eût le temps de regretter sa décision. Elle se débarrassa alors de sa cape, qu'elle croyait imprégnée de l'odeur de charogne, et la jeta sur la petite chaise face à son bureau. D'ailleurs, elle remarqua que plusieurs dossiers avaient été placés sur la roche volcanique lisse et elle les effleura du bout des doigts. Elle prit place sur le fauteuil en cuir de daim. Doucement, elle en caressa les accoudoirs, se délectant de la douceur de son assise.

Elle renversa la tête en arrière et ferma les yeux. Et pendant un instant, elle profita du calme et du confort que cela lui apportait. Calme très vite brisé par des coups donnés sur sa porte. Les choses sérieuses commençaient. Elle rouvrit les yeux en humidifiant ses lèvres, et prit une profonde inspiration avant de se redresser.

— Oui ?

La porte fut timidement poussée, et Pullman apparut sur le seuil. Il sembla la questionner du regard avant d'entrer. D'un geste de la main, Wyllina l'invita à avancer. C'était curieux que leur place fût inversée. Pendant un moment, elle fut presque tentée de lui céder la sienne sur le fauteuil confortable, mais s'y résigna. Maintenant qu'elle avait accepté, elle devait endosser son rôle et tout ce que ça impliquait.

Pullman s'avança lentement jusqu'à son bureau, qui lui parut soudain minuscule tant il remplissait l'espace. Il dégagea la cape de la nocturna, et la garda en main avant de faire crisser les gongs de la minuscule chaise en bois en s'y asseyant.

Wyllina l'observait avec intérêt, sans savoir ce qu'il attendait d'elle à ce moment précis. Elle attendit qu'il prît la parole.

— Je suis ravi que tu aies fait le bon choix, Wyllina, dit-il en se raclant la gorge.

Son regard était fuyant, comme s'il n'osait pas la regarder dans les yeux. Et pendant un moment, elle se demanda si elle n'avait pas quelque chose sur le visage. Comme la honte de sa nuit passée avec le roi ou l'horreur de sa matinée précédente, à Quatham.

Elle replaça ses cheveux derrière ses épaules, avant de poser les avant-bras sur son bureau.

— Je ne sais pas encore si c'est le bon choix, répondit-elle. Que puis-je faire pour toi ?

Il la regarda en face. Elle aurait pu croire qu'il était vexé s'il ne lui avait pas souri par la suite.

— Je venais simplement te faire un topo. On t'a déjà fourni les dossiers sur lesquels on a avancé.

Il désigna la pile qu'elle avait remarquée un peu plus tôt, posée sur son bureau.

— Pour le moment, Ardamir souhaite que tu te concentres sur la gestion des non-natifs. Il faut qu'on leur fixe des règles.

Elle opina du menton pour seule réponse, et pinça ses lèvres.

— À ce sujet, je crois que le peuple préfèrerait qu'ils cessent de venir sur Vaquoria.

Pullman l'interrogea du regard, comme s'il ne comprenait pas ce qui pouvait lui faire penser une chose pareille. Elle inspira et appuya sa joue sur son poing.

— C'est que, j'ai entendu dire qu'ils créaient le trouble auprès des natifs. Et c'est plutôt logique, quand on y pense. Ces terres ne leur appartiennent pas et ils constituent une menace pour la tranquillité du peuple.

Les épaules de Pullman s'abaissèrent. Comment pouvait-il à ce point soutenir les non-natifs alors qu'il ne souhaitait pas leur adresser la parole, sur Terre ?

— Je ne suis pas d'accord avec toi. La plupart d'entre nous ont appris à vivre à leur côté, durant toutes ces années sur Terre. Certains sont même mariés. Ils ont un vrai désir de s'intégrer. Et sur Terre, c'est compliqué pour eux, à présent qu'ils ont été découverts. Deux de tes collègues en sont, je te signale.

Wyllina ricana, ce qui sembla heurter le gonthor.

— Oui, et après quoi ? On va rapatrier des humains qui ont épousé un elf sans le savoir ? Vaquoria est fragile, Pullman. Il faut qu'on la protège. Et qu'on protège les nôtres.

Il baissa les yeux sans répondre. Wyllina abaissa son poing, et attrapa le premier dossier de la pile.

— Ne me dis pas que c'est déjà le cas ?

Il leva vers elle des yeux penauds. Elle lâcha un soupir d'agacement.

— Pullman, les humains, sérieusement ?

Il haussa les épaules, comme s'il était impuissant.

— Ce n'est pas moi qui prends les décisions finales. Et tu le sais.

La nocturna secoua la tête en ouvrant son dossier, agacée. En première page, elle découvrit un brouillon de suggestions de lois pour la règlementation des non-natifs sur Vaquoria. Elle le repoussa d'un geste du bras, et croisa les mains sur son bureau.

— Pourquoi est-ce que Dimitri voudrait leur venir en aide ? A-t-il oublié qui était son peuple ?

Pullman perdit son regard sur les étagères encore vides du bureau de Wyllina. Il se leva ensuite, libérant la chaise de la pression qu'il lui faisait subir.

— Il ne sait pas comment s'y prendre et il veut être un bon *Rova*. Je crois qu'il cherche à se faire aimer. On ne peut pas le lui reprocher. Le royaume revient de loin, et lui aussi.

Wyllina pouffa avec dédain. Ce n'était pas des non-natifs dont il devait chercher à se faire aimer, mais de son peuple. Mais ça, bien sûr, Pullman le savait déjà.

— Que se passe-t-il, Wyllina ? Tu as l'air… en colère.

Ses mains se décroisèrent alors qu'elle cherchait à comprendre son état d'esprit. Ce geste suffit pourtant à la détendre.

— Je ne le suis pas, avoua-t-elle. Je suis agacée, peut-être. Et…

Elle hésita. Devait-elle parler à Pullman de ce qu'elle avait découvert la veille ? Était-ce réellement un sujet d'inquiétude ou cela pouvait-il attendre ? La vraie question était de savoir si cette gangrène s'étendait ou si elle se résorbait des suites du règne d'Éva et Erwin.

Et pour le moment, elle n'avait pas la réponse. Elle décida donc de tenter une autre approche.

— Certains natifs pensent que les non-natifs sont source de tous leurs problèmes. Et ils risqueraient de se retourner contre Dimitri s'il ne les entend pas. Ce que nous voulons éviter. N'est-ce pas ?

Pullman l'observa en silence. Sans doute sentait-il qu'elle ne lui dévoilait pas tout. Pourtant, il ne la questionna pas davantage.

— Jette un œil à ces dossiers, lui intima Pullman. Un diner d'affaires est prévu demain midi avec le roi. Si tu as des suggestions, tu pourras les lui soumettre. En attendant, fais ce pour quoi tu es payée.

Après ces mots, Pullman se détourna et quitta le bureau sans laisser place à la discussion. La nocturna resta pantoise pendant quelques secondes. Alors c'était ainsi que ça se passerait ? Elle se retrouvait enchainée à nouveau, contrainte d'agir pour quelqu'un qui ne mesurait pas l'impact de ses décisions ?

En tant que consultante, elle se devait de lui transmettre les pensées du peuple. Parce qu'un roi sans peuple ne pouvait être un *Rova* puissant.

Ses yeux trouvèrent le dossier et les lois griffonnées à la vavite. L'une contraignait les vampires à ne mordre aucun natif, au risque de se voir banni. Une autre leur proposait une partie du territoire où ils vivraient ensemble, et où tout leur serait autorisé, aux risques et périls des natifs qui s'y aventureraient. Une autre encore proposait de mettre en place des élevages destinés à l'alimentation des vampires. Elle n'avait rien contre les non-natifs, mais toutes ces propositions risquaient d'être mal accueillies par les vaquoriens.

C'en était trop. Elle ferma le dossier aussi sec. Ses jambes repoussèrent le fauteuil dans un grincement lorsqu'elle se leva. En hâte, elle contourna son bureau et attrapa sa cape avant de quitter la pièce. Là, elle observa ses employés, tous plongés dans des dossiers de plaintes. Elle repéra l'elfe qu'elle avait croisé chez Nérion, lorsqu'elle avait déposé sa dernière cible.

D'un pas pressé, elle s'approcha de son bureau, et enfila sa cape en l'interpellant.

— Qu'est-ce que tu fais, Wyllina ? lui demanda Pullman, une minuscule tasse de thé en main.

Tout le monde leva les yeux vers elle, y compris l'elfe. Elle ne prêta pas attention à son ancien patron, et se pencha vers l'elfe.

— Toi, tu viens avec moi. On va sur le terrain. Prépare-toi, je t'attends dehors.

Sans lui laisser le temps de répondre, elle se retourna et affronta le regard de Pullman.

— Je suis une fille de terrain, Pullman. Dimitri doit entendre la voix du peuple, et s'il n'accepte pas qu'elle vienne de moi, alors que je vais la lui fournir. Brute et sans artifice. C'est pour son bien que je fais ça.

Il ne tenta même pas de la retenir. La chaleur soudaine qui avait envahi l'agence et qui provenait d'elle en était peut-être la raison. Lorsqu'elle passa devant le bureau de Peter, elle attrapa au hasard six dossiers en attente. Elle ne souhaitait pas rester une minute de plus enfermée dans cette agence imprégnée de bière et d'humidité. Alors, elle quitta l'auberge du lac.

L'elfe se dépatouillait avec les dossiers que Wyllina lui avait confiés et ouvrit le premier. En comparant le croquis de Peter à la fermette qui se trouvait devant eux, il affirma que c'était bien l'endroit qu'ils cherchaient à rejoindre. La nocturna lui lâcha le bras ainsi que son pendentif, et l'observa un moment. Contrairement au soir où elle l'avait croisé chez Nérion, il ne semblait pas menaçant, mais plutôt l'air timide et inexpérimenté. Mais elle ne s'attarda pas sur cette apparence. Elle-même était plutôt bien placée pour savoir qu'il était facile de jouer un double jeu.

— Comment tu t'appelles ? lui demanda-t-elle en s'avançant vers la petite ferme, sans lui accorder un regard.

— Lysandre, lui répondit-il, courant maladroitement pour rester à sa hauteur.

Elle se tourna à demi vers lui et lui arracha le dossier des mains sans arrêter sa course, avant d'en parcourir le contenu en diagonale. Ce fermier de la région des elfes noirs se plaignait que son bétail disparaissait, et que ses récoltes étaient pourries. À cet endroit de Vaquoria, le jour ne se levait qu'à peine. Elle referma le dossier, qu'elle jeta presque au visage de l'elfe.

— Est-ce que j'ai fait quelque chose de mal ?

La nocturna s'arrêta et le regarda droit dans les yeux.

— Je ne sais pas, répondit-elle en levant le menton pour le toiser. As-tu quelque chose à te reprocher ?

L'elfe ne répondit rien, mais sembla perplexe. Wyllina sourit, mais pas pour le rassurer. Elle aurait des aveux avant le soir, elle en était certaine.

— Bien, allons interroger ce fermier, Lysandre. Tu as déjà fait du terrain ?

Il secoua la tête, et Wyllina fut perplexe. Un elfe ne mentait pas. Il n'avait donc jamais été sur le terrain, du moins, pas pour l'ARPM.

— Et avant de travailler pour l'ARPM ?

Son visage se ferma et il serra les dossiers contre lui. Son comportement était étrange. Rien de ce qu'il faisait à présent ne pouvait être comparé à celui qu'elle avait croisé chez le chasseur de primes.

— D'accord, alors voilà ce qu'on va faire. Je pose les questions, et tu notes tout ce que tu peux. Je veux que ces dossiers soient le plus complets possible. On a une grosse journée en prévision. Est-ce que ça ira ?

Il répondit par l'affirmative. La nocturna crut voir passer dans ses yeux une note de défi, qu'elle retint pour plus tard. Elle se remit en route, l'elfe sur les talons.

En observant les horizons, la nocturna se souvint de la raison pour laquelle elle n'aimait pas particulièrement cette région. Plus froide, sèche et aride, les rares plantes sauvages qui poussaient dans la terre grise semblaient déjà mortes. Pourtant, le fermier n'avait pas fait un mauvais choix en installant son exploitation à cet endroit. Pour les cultures, le sol était parfait depuis la guerre.

Au loin, on pouvait voir la chaine de montagnes qui séparait ce territoire et celui des syltains de celui des elfes. Les pics s'élevaient dans l'aube, comme une promesse que la journée à venir serait aussi aiguisée que leurs pointes. C'était dans ces montagnes qu'un sanctuaire avait été construit, niché au creux d'un pic qui n'avait trouvé aucun propriétaire. On l'appelait le temple d'Ambre. En terrain neutre, il abritait autrefois une sage et ses disciples, de toutes les origines confondues, qui s'appliquaient à étudier les terres et leurs légendes. Si une question restait sans réponse, c'était là-bas que la plupart des natifs se rendaient. Mais l'expédition étant périlleuse, cela était réservé aux plus téméraires et endurants. À présent, Wyllina ignorait si ce sanctuaire entièrement bâti d'ambre avait résisté aux évènements récents.

Wyllina et Lysandre atteignirent leur destination, après une descente rapide de la colline qui les séparait de la ferme. Et d'ici déjà, la nocturna pouvait apercevoir dans les champs du fermier que ses récoltes infertiles n'étaient pas une exagération. Autour du domaine, une odeur de pourriture s'élevait.

Construite en pierres noires, la bâtisse avait été rénovée, mais portait encore les traces de la guerre qui avait éclaté des centaines d'années auparavant, contre les elfes noirs. La nocturna en frissonna, et resserra les pans de sa cape autour de son cou, cherchant à se protéger du vent fort. Tout cela la ramenait à Erwin, et la raison qui l'avait poussé à agir comme il l'avait fait envers elle et sa sœur jumelle.

Wyllina et son acolyte s'approchèrent de la porte d'entrée, verte à l'origine, mais que la pluie et le vent avaient rendue grisâtre. Elle y frappa trois coups, et attendit qu'on vînt leur ouvrir en étudiant l'elfe.

Quelques secondes passèrent durant lesquelles ils se battirent avec le vent qui décoiffait leurs longs cheveux. La porte s'ouvrit enfin, et laissa apparaitre un orc bourru au teint gris et dont les cheveux ne formaient qu'un mince filet sur son crâne dégarni. Ses habits étaient abîmés et bien trop légers pour le temps qu'il faisait, mais Wyllina se souvint que les orcs ne craignaient pas le froid en règle générale. Les bretelles en cuir qui tenaient son pantalon en lin étaient abaissées, et lorsqu'il se rendit compte de l'identité de ses visiteurs, il les renfila en vitesse, pour se rendre plus présentable.

— Bonjour, le salua la nocturna. ARPM. On peut s'entretenir ?

Il sembla hésiter en les dévisageant, sans ouvrir la porte tout à fait.

— Déjà ? s'étonna-t-il. J'ai déposé ma plainte il y a quatre jours, et votre agence est à deux jours de voyage.

Wyllina lui sourit en échangeant un regard avec son collègue.

— Bien sûr, dit-elle. Nous portons votre tranquillité au cœur de nos préoccupations.

L'orc hocha la tête, la bouche entrouverte, comme s'il ne savait pas vraiment s'il devait les croire. Il jeta un œil au-dehors, et sa méfiance sembla pourtant s'alléger. Il se décala du seuil de sa maison et ouvrit la porte pour les inviter à entrer. Wyllina ne se fit pas prier et s'engouffra dans la fermette pour se mettre à l'abri de la morsure du vent. En frottant ses mains pour les réchauffer, elle suivit l'orc qui les emmena dans son salon, une pièce plus grande, chauffée, et munie de chaleureuses banquettes confortables. Il leur fit signe de s'asseoir, et la nocturna prit place aux côtés de l'elfe, qui ne bronchait pas.

— Vous désirez boire quelque chose ? leur demanda-t-il.

La nocturna fut surprise par sa courtoisie et sa politesse, qui n'étaient généralement pas monnaie courante chez les orcs. Mais elle refusa d'un geste de la main.

— Désolée, mais nous sommes pris par le temps.

Le plaignant haussa les épaules et s'installa face à eux, sur un pouf en peau de mouton.

— Et si vous nous parliez de votre plainte ? l'encouragea Wyllina.

L'intéressé s'étira le dos en soupirant, comme s'il avait beaucoup à dire. Il se frotta le crâne, les yeux dans le vide.

— Ça a commencé il y a quelques jours, peut-être quelques semaines. Mes cultures qui prenaient bien auparavant ont commencé à pourrir. Vous savez, on me traite de fou pour être venu dans cette région, mais la terre y était bonne et très fertile. Et ici, j'ai l'avantage de n'avoir aucun voisin à plusieurs kilomètres à la ronde. Nous y sommes tranquilles avec mon mari.

La nocturna hocha la tête, et donna un coup de coude à l'elfe pour qu'il prît des notes. Seulement, celui-ci se rendit compte qu'il n'avait pas de stylo, et observa Wyllina avec des yeux ronds.

Celle-ci soupira.

— Excusez-moi, pardon de vous interrompre, mais vous auriez un stylo ?

L'orc acquiesça et se souleva avant de se diriger vers un petit secrétaire, installé contre un mur en chaux. Il le tendit à l'elfe avant de reprendre sa place, observant la façon dont ce dernier inscrivait ses paroles.

— Ça, et mon bétail qui disparait. J'ai quelques moutons et plusieurs chèvres. Elles me sont utiles pour leur lait et leur peau. Maintenant qu'elles disparaissent une à une, je m'inquiète de mon avenir et de celui de mes terres. J'ai placé toutes mes économies dans cette fermette après notre retour sur Vaquoria.

Je n'ai pas les moyens de déménager et mon mari est en mer une bonne partie du temps.

Wyllina opina d'un air compréhensif.

— Peut-être avez-vous remarqué quelque chose d'anormal, depuis que ça se produit ?

L'orc sembla réfléchir, et soupira.

— Eh bien, il y a bien ces loups qui rôdent les soirs de lune. Mais j'ai discuté avec le chef de leur famille, ils m'avaient promis de ne plus toucher à mes bêtes. Et si au départ mon bétail portait clairement des traces de morsures et de luttes, ce n'est plus le cas à présent. Sauf peut-être avant-hier, lorsque j'ai croisé une ombre dans mon champ. Un vampire, à coup sûr.

L'elfe nota tout, sous l'œil avisé de la nocturna. Elle hocha à nouveau la tête, et encouragea l'orc à continuer. Elle dut néanmoins retenir la curiosité qui la titillait face à son discours. Il s'exprimait bien et semblait éduqué. Son séjour sur Terre avait certainement été un avantage, pour lui.

— Mais ces derniers temps, c'est autre chose, je crois. On dirait que leur sang devient noir. Et mes cultures sont recouvertes de… d'une sorte de goudron.

Cela lui disait malheureusement quelque chose. La fée nocturne réfléchit à toute vitesse : Quatham se trouvait dans la région voisine, ainsi que la forêt où Elienor avait élu domicile. Cela faisait trois régions touchées par cette gangrène. Et cela avait reparu quelques jours auparavant, d'après les dires de l'orc.

Elle craignait ce qu'elle était sur le point de découvrir.

— Je vois… dit-elle d'un air concerné. Est-ce que… peut-on y jeter un œil ?

Le plaignant acquiesça. Il les mena à l'extérieur, leur fournissant les détails de son exploitation. Près des deux tiers étaient rongés par la pourriture. Ce qui expliquait l'odeur.

En s'approchant de plus près, la nocturna resta silencieuse. Ce qu'elle avait craint se révélait à ses yeux comme une évidence. Entre ses doigts, elle frotta un genre de goudron similaire à celui de la forêt, récupéré sur les plants de pommes de terre du fermier. Elle observa l'elfe, qui prenait ses notes en silence.

Wyllina se redressa et s'essuya les mains sur sa cape. Que pouvait-elle bien dire à ce fermier ? Il attendait une réponse concrète, or, à cet instant, elle était incapable de lui en donner une. Elle se tourna vers lui, rabattant ses cheveux chassés par le vent derrière son dos.

— Merci pour vos éclaircissements. Diriez-vous que les vampires et loups-garous vous nuisent ?

Sa question pouvait paraitre abrupte, mais c'était en fin de compte ce qu'elle cherchait à démontrer. Si elle ne pouvait lui expliquer la gangrène qui gagnait ses terres dans l'immédiat, elle pouvait au moins lui assurer que ses problèmes liés aux non-natifs pourraient être réglés. C'était une maigre compensation, mais les deux problèmes étant certainement liés, il devrait patienter pour en savoir davantage.

L'orc observa les alentours, prêt à entrer dans la confidence.

— Pour être honnête, je ne comprends pas vraiment la décision de les accueillir sur nos terres. Depuis toutes ces années où ils se fichaient de nous, sur Terre... et même si j'ai été capable de discuter avec certains d'entre eux, les pertes que je subis à cause d'eux ne sont pas négligeables.

Wyllina observa l'elfe. Il hésitait à noter ce que venait de révéler l'orc, mais la nocturna le bouscula pour qu'il s'exécutât.

Il agita sur-le-champ son stylo sur la feuille, déjà bien remplie, de l'interrogatoire.

— Merci, monsieur... Adgar, reprit-elle en vérifiant son nom sur le dossier. Nous ferons notre possible pour améliorer votre situation. Si jamais vous souhaitez être rapatrié vers une région plus fertile et sécuritaire, l'ARPM peut se charger de payer les frais. Pour vous et votre mari, bien entendu.

L'elfe marqua une pause, pendant laquelle il lança un regard outré à la nocturna. Celle-ci prit soin de l'ignorer, et sourit au fermier qui s'extasia devant tant de générosité.

— D'ici quelques jours, l'un de nos émissaires viendra vers vous pour organiser tout ça. En attendant, portez-vous bien, et bon courage.

Elle posa un doigt sur l'épaule de l'orc en se hissant sur la pointe des pieds. Il était trop grand pour qu'elle pût y placer toute sa main. Celui-ci lui attrapa les doigts avant de les serrer avec fermeté, la couvrant de remerciements.

Quelques minutes plus tard, les deux agents remontèrent la colline par laquelle ils étaient arrivés sous un vent battant. La nocturna s'arrêta à son sommet, et attendit que l'elfe la rejoignît. Il traînait le pas, sans doute parce que porter tous ces dossiers le ralentissait. La nocturna s'en félicita. Encore trois heures comme ça, et il craquerait.

Il s'arrêta à côté d'elle, et elle s'apprêtait à lui demander quelle était leur prochaine destination, lorsqu'il soupira profondément. Elle l'interrogea du regard, avant que celui-ci ne l'observât avec dédain.

— Comment peux-tu te permettre d'engager l'argent du royaume pour aider cet orc ?

Manifestement, il n'était pas aussi ouvert d'esprit qu'il tentait de le faire croire. La nocturna pencha la tête de côté, et mordit l'intérieur de sa lèvre.

— Ce qu'il traverse est la faute de nos décisions. Celle de Pullman et du roi. Ils ne verront donc aucun inconvénient à payer les frais pour lui rendre sa vie si agréable. Et s'ils s'y refusent, ils auront le choix de prendre en compte les suggestions que j'apporterai.

— Tu vas ruiner le royaume en un après-midi.

La nocturna se tourna vers lui, un sourire au coin des lèvres.

— Mais j'y compte bien. Ainsi, peut-être qu'on m'écoutera.

Chapitre 6

— Est-ce qu'au moins tu as essayé de discuter avec le *Rova* ? lui demanda Lysandre en la suivant au pas de course.

La nocturna releva les yeux du quatrième dossier sans cesser de marcher et l'observa un moment. La journée avançait, et ils avaient encore trois plaintes à traiter. Les quatre précédentes s'étaient toutes conclues de la même manière. Les non-natifs avaient tué les bêtes du premier. La seconde s'était fait agresser et mordre par un loup-garou lors d'une promenade de détente. Le troisième s'était fait dérober une partie de sa marchandise – des sacs en osier qu'il confectionnait lui-même – et affirmait que c'était un vampire qui les lui avait pris.

Mais aucun, hormis le fermier, ne s'était plaint de la pourriture de leurs terres. Ils se trouvaient dans une région plus au nord, qui semblait épargnée pour le moment. Ainsi donc, leur après-midi prenait pour le moment la tournure qu'elle espérait pour que Dimitri revît sa position concernant les non-natifs. Elle n'aurait pu envisager mieux.

— Je sais qu'il est inutile de lui parler, répondit-elle en fermant le quatrième dossier. Ce gars est une vraie tête de mule. Il nous faut des preuves, sans quoi il dira qu'on se fait des idées.

— Eh bien, peut-être que tu t'en fais sur le *Rova*, justement. Des idées.

Elle stoppa sa marche, et le confronta. Mais devant son air dédaigneux, elle ne trouva pas l'utilité de le contredire. Après tout, cet elfe pouvait bien penser ce qu'il voulait. Wyllina connaissait Dimitri, et sans doute plus qu'elle l'aurait voulu. Elle savait qu'il était parfaitement inutile de lui parler sans avoir de preuves tangibles. Le mettre au pied du mur ne lui donnait aucune sorte d'issue, que ce fût de réclamer le temps d'analyser la situation plus en profondeur, ou de laisser aux non-natifs le bénéfice du doute.

Pendant une seconde seulement, elle trouva pourtant sa réaction disproportionnée. Comment réagirait-il lorsqu'il se rendrait compte du montant total auquel s'élevaient les indemnités qu'elle avait promises aux plaignants ? Était-elle bel et bien motivée par le bonheur des natifs ou voulait-elle simplement entrer en vendetta contre lui ?

Elle secoua la tête en retirant sa cape. Ici, il faisait trop chaud et l'après-midi était bien avancé. Elle redonna le dossier à l'elfe, suspicieux à son égard, et avança vers la quatrième maison. Cette affaire concernait une valtari. Cette espèce, connue pour leurs grands liens avec la nature et les éléments, ne comptait plus beaucoup de représentants. Installée à Overtus, un village côtier qui n'avait rien à voir avec Quatham, dans la région du Rova, à l'est de Vaquoria, celle-ci se plaignait de la disparition de sa sœur. On aurait pu comparer ce village à une ville de plaisance, prisée pendant la saison estivale.

La nocturna observa les dunes qui entouraient la maison de la plaignante, et s'approcha de la façade en argile mélangée de paille. Ce genre d'habitation était représentative du climat chaud de cette région. Et lorsqu'elle frappa à la porte, Wyllina sentit la chaleur du soleil cuisant sur le bois blanchi. Si elle avait craint la chaleur, elle se serait certainement brûlé le poing.

— C'est seulement que je ne voudrais pas être tenu pour responsable, quand tu te feras virer, reprit l'elfe après l'avoir rejointe.

La nocturna roula des yeux. Cet elfe n'était pas de mauvaise compagnie, en réalité. Mais qu'il s'acharnât à la contredire l'agaçait.

Après quelques secondes, la porte s'ouvrit. La valtari plaignante se présenta à eux dans une grande sobriété, un voile noir posé sur ses cheveux et masquant les tatouages géométriques de son visage. Mais même au travers du voile en soie, on devinait la tristesse de la femme, et ses larmes luisaient sur le tissu collé à ses joues. L'espace d'un instant, Wyllina crut avoir mal lu le dossier. Sa sœur était disparue, mais rien ne leur indiquait qu'elle était décédée.

— Bonjour, euh... Alma ?

La valtari les toisa avec intérêt, et serra un mouchoir en tissu sur son cœur.

— Oui ?

Sa voix était brisée. La nocturna passa sa cape sur son bras avant d'arracher le dossier numéro quatre aux mains de l'elfe. Elle l'ouvrit en silence, pour en vérifier les informations.

— Je peux vous aider ? insista Alma d'une voix étouffée par le chagrin.

Wyllina referma le dossier, un sourire forcé aux lèvres. Soit celui-ci n'avait pas été mis à jour, soit quelque chose leur avait échappé.

— Désolée, dit-elle. ARPM. Vous avez déposé une plainte concernant la disparition de votre sœur, mais... est-ce que...

La valtari renifla et s'écarta de la porte sans leur dire un mot. L'elfe et la nocturna échangèrent un regard perplexe.

— Je suppose qu'elle nous invite à entrer, dit-il.

Wyllina haussa les épaules, et se risqua à entrer la première. Doucement, elle pénétra dans la maison de la valtari, dont la fraicheur était conservée par un toit en chaume. Lysandre la suivit et referma la porte derrière eux. Une obscurité étrange les enveloppa, et ils furent plongés dans une tout autre ambiance. Dans l'air naviguait une odeur de sauge blanche et d'ambre brûlée. Wyllina se racla la gorge, ne sachant pas où se trouvait la plaignante. Celle-ci reparut, une bougie placée dans un bougeoir en pierre d'une main, une carafe de thé dans l'autre.

— Pardonnez-moi, dit-elle. Je ne vis que dans l'obscurité, ces derniers jours.

La nocturna lui sourit pour lui signifier que ce n'était rien, et les deux agents la suivirent dans sa cuisine. Elle les invita à prendre place sur une petite table en fer forgé peinte en blanc, et Wyllina s'exécuta en même temps que son collègue. En face d'eux étaient déjà disposées deux tasses, comme si la valtari avait tout préparé avant qu'ils n'arrivassent.

Ce qui était sans doute le cas.

Sans leur laisser le choix de refuser, elle versa du thé dans chacune des tasses, avant de poser la carafe au centre de la table et de prendre place à leur côté. Gênée, la nocturna observa la buée que la chaleur du thé créait sur le métal peint, puis leva les yeux vers l'elfe.

— Ma sœur est morte, reprit la valtari. Il ne sert plus à rien de la chercher.

Wyllina cilla en se tournant vers elle. Un mauvais pressentiment venait de la gagner. Elle observa la valtari plus en détail.

Sous son voile qui descendait jusqu'à sa taille, elle portait une large tunique grise, et des bottes en cuir noir. Elle repéra le manche brillant d'un poignard, coincé entre son mollet et la chaussure.

Elle se montra deux fois plus prudente, tentant néanmoins de ne rien laisser paraitre. Elle tenta de prévenir l'elfe, mais cet imbécile ne comprit rien à ses regards insistants.

— Mais… dit-elle pour briser le silence. Nous n'avons pas été mis au courant. Navrés de nous présenter malgré la tournure funeste de cette affaire.

— Oh, répondit-elle, vous n'auriez pas pu être mis au courant. Personne ne le sait. Je suis la seule qui le sent.

À vrai dire, Wyllina comprenait parfaitement ce qu'elle voulait dire. Et cela résonna en elle bien plus qu'elle ne voulait l'admettre. Après tout, Éva était morte quelques semaines seulement auparavant. Sa blessure était encore fraiche.

Peut-être aurait-elle dû réfléchir avant de prendre des dossiers au hasard.

— Comment ça ? Vous ne l'avez pas retrouvée ?

La valtari nia de la tête. Wyllina posa sa paume sur la main de l'endeuillée, pour la soutenir.

— Il reste peut-être un espoir, l'encouragea-t-elle. Racontez-nous, et nous ferons le maximum pour vous aider.

Elle retira violemment sa main, si bien que Wyllina en resta bouche bée.

— Je n'ai pas besoin de vous, répondit la valtari, son regard intense soudain plongé dans le sien. Je sais ce que vous avez fait. Je le sens. Les terres me parlent, vous savez.

La nocturna secoua la tête, sans comprendre. Dans la pièce, elle remarqua sur une armoire en bois blanc, un vestige de sa vie sur Terre coincé dans la porte.

Une photo sur laquelle la valtari devant eux posait avec sa sœur. Le cœur de Wyllina se médusa.

Non…

Sur la photo, elle reconnut la cible que Nérion lui avait réclamée quelques jours plus tôt, et qu'elle avait abattue de sang-froid avant de lui trancher la tête. Le sang quitta ses joues alors qu'elle se relevait d'un bond, renversant sa chaise dans un fracas métallique. Comme si la valtari avait compris que Wyllina savait, elle se pencha pour retirer le poignard de sa botte et se jeta sur elle.

La nocturna para son attaque en levant un bras. Le poignard lui transperça le poignet, lui arrachant un cri de douleur dans une gerbe de sang.

— Pourquoi vous avez fait ça ? hurla la valtari d'une voix déformée par la rage. Pourquoi vous l'avez tuée ?

Incapable de bouger sous la douleur, la nocturna serra les dents et tenta de la repousser à l'aide de ses genoux. Mais la valtari était forte, et la pression qu'elle exerçait sur son bras la faisait flancher un peu plus chaque seconde. Lorsque l'elfe décida enfin d'agir et tira l'endeuillée en arrière, délogeant le poignard de l'os de sa collègue, celle-ci hurla une nouvelle fois.

Elle se plia en deux, le souffle coupé, et attrapa son bras avec fermeté : le sang s'en échappait en abondance. Son regard se fit vague alors qu'il s'emplissait de paillettes blanches dues à la douleur.

Lysandre lutta contre la valtari avec brio, laissant à Wyllina le temps de quitter la pièce, vacillante et nauséeuse. Aussi vite qu'elle le put dans l'obscurité, elle rejoignit la porte d'entrée. Mais elle perdait trop de sang et se sentait déjà affaiblie. Un cri, suivi d'un sinistre craquement, lui parvint alors que les bruits de lutte cessaient. Lorsqu'elle prit appui sur un mur, elle remarqua les traces de sang qu'elle avait dispersées sur son passage.

Apeurée, elle se tourna vers le seuil de la cuisine, où des pas se dirigeaient vers elle. Là, Lysandre reparut, à bout de souffle, l'air sombre. S'il était là, cela voulait-il dire que… ?

— Il faut qu'on parte, dit-il d'une voix soudain plus profonde.

La nocturna retint un cri de douleur et son visage se tordit sous l'émotion.

— Tu l'as tuée ? demanda-t-elle dans un soupir.

— Est-ce que j'avais le choix… Lysia ?

Wyllina hoqueta de surprise. Alors il savait qui elle était, depuis le début ? Elle resta interdite un moment, durant lequel Lysandre se rapprocha d'elle. Elle eut d'abord un mouvement de recul. Après tout, il travaillait pour Nérion, qui aurait très bien pu mettre une prime sur sa tête, à elle aussi. Mais il attrapa son poignet et l'étudia. Il récupéra ensuite la cape de la nocturna, tombée au sol, et en arracha un morceau avant d'en enrouler la plaie. Il serra fermement, si bien que la nocturna en eut le tournis.

— Tu saignes beaucoup, dit-il. Il va falloir te soigner avant de retourner à l'ARPM.

Wyllina lui lança un regard empli d'interrogations. L'urgence de la situation ne s'y prêtait peut-être pas, mais des centaines de questions se bousculaient dans sa gorge.

— Mais… tu…

Il lui adressa un bref coup d'œil, avant de s'intéresser à la scène de crime et au sang éparpillé un peu partout dans la maison de celle qu'il venait d'assassiner. Il la fit s'asseoir sur le sol avec délicatesse, et la recouvrit du reste de sa cape pour qu'elle ne se refroidît pas.

— Je nettoie et on fiche le camp.

La nocturna ne put qu'acquiescer. Il venait de tuer une victime plaignante de l'ARPM.

Cela constituait une grave bavure professionnelle. Mais s'il avait agi de cette façon, c'était sa faute à elle, pour avoir tué la sœur de cette femme lors de son activité secondaire secrète. Ils étaient, à présent, tous deux forcés à la confidence. Si elle le dénonçait, il en ferait de même.

La brutalité avec laquelle la réalité lui revint au visage lui broya le corps.

Lysandre la soutenait pour l'aider à marcher, alors que la nocturna affichait un air livide. Il cala les dossiers sous son bras avant de les faire atteindre sur la plage. Le bruit avec lequel les vagues frappaient le sable sembla assourdissant aux oreilles de Wyllina. Dans l'atmosphère, l'odeur de la nuit qui approchait rappela à la nocturna les longues soirées d'été, sur Terre. Au loin, on devinait, derrière l'horizon brisé par le village, que le soleil se couchait.

L'elfe déposa les dossiers sur le sol, et attrapa les épaules de la fée nocturne, la priant de revenir à elle.

— Il faut que tu nous téléportes près de Nérion.

Livide, la nocturna leva des yeux sans vie vers lui. Qu'avait-il dit ?

La réalité de ses actes lui surgissait en pleine figure, et elle ne s'attendait pas à ressentir cela. Mais lorsqu'elle tuait ses cibles, elle aurait dû se douter qu'un jour, elle rencontrerait leur famille. Même si, sur l'instant, ses cibles n'étaient qu'un nom sur un morceau de parchemin sale. Le déroulement des évènements lui avait sauvagement rappelé que non.

— Tu entends ce que je te dis ?

Il tenta de s'emparer de son pendentif, mais elle chassa vivement sa main avant d'étouffer un cri de douleur.

— Il va me tuer pour lui avoir caché qui j'étais, dit-elle.

Lysandre ricana en étudiant son bandage déjà imbibé de sang. Wyllina se laissa tomber sur le sable, à bout de force.

— Je ne crois pas, non. Mais si tu continues, tu finiras morte quoi qu'il arrive.

La nocturna planta ses yeux dans les siens. Elle avait tant de questions, et pourtant, aucune ne parvint à franchir le seuil de ses lèvres. Elle se sentait affreusement coupable d'avoir privé cette femme de sa sœur. Elle se sentait affreusement mal de n'avoir pas prédit ce qui se passerait, le jour où elle prendrait sans doute conscience de ce qu'impliquait d'être une chasseuse de primes. Tous ces gens n'étaient pas qu'un nom sur un papier chiffonné. Ils avaient une famille, une vie, des rêves. Tout comme elle. Tout comme Elienor, qu'elle s'efforçait de protéger. Et tout comme Éva.

— Je crois que je vais vomir.

Mais depuis sa mort, c'était la première fois qu'elle ressentait autre chose que de la colère. Peut-être était-ce ce qu'elle cherchait, en fin de compte. Une baffe en pleine figure pour lui remettre les idées en place. Voilà qui était réussi.

— Et toi… reprit-elle, les dents scellées par la douleur. Tu ne payes rien pour attendre.

Elle renversa sa tête en arrière alors que l'elfe se moquait en riant.

— Je pourrais en dire autant de toi. On fait la course à celui qui va cafter en premier ?

Elle voulut répliquer, mais se retint. Tout cela était étrange. Il ne cherchait pas à lui nuire, au contraire. Ça cachait quelque chose. Lysandre souleva légèrement le bandage de fortune pour observer sa blessure, ce qui lui arracha une grimace.

— Tu ne comptes pas tout dire au roi ? À Nérion ?

Il haussa les épaules, et lui adressa un sourire en coin. Cette attitude lui serra le cœur, pour lui rappeler quelqu'un : Dimitri.

— Il savait déjà que tu traînais trop près du *Rova* et de sa cour. En réalité, c'est en partie pour ça qu'il t'a engagée.

— Quoi ?

Dans sa confusion, Wyllina se souvint du jour où elle avait commencé à travailler pour l'abyssien. Elle se trouvait chez elle et le mevelba avait fait une chute malencontreuse sur son terrain. Dans son bec, il serrait un mot, sans signature et sans qu'un destinataire fût mentionné. Mais il y avait une adresse. Il disait : « Rejoins-moi au club de Quatham ». Ni plus ni moins.

Puisqu'elle avait compris que cet oiseau de malheur avait un propriétaire, elle s'y était rendue. Trouver le club n'avait pas été difficile, les passants s'étaient montrés coopératifs et lui avaient indiqué son emplacement. Et puisque tous avaient observé le mevelba qu'elle tenait dans ses bras avec amusement, le club de Nérion et son oiseau devaient être connus. Lorsqu'elle s'était retrouvée face à Falco, le pharorc, il l'avait fait entrer sans même lui parler, avant de lui indiquer la route du bureau du Nérion. Celui-ci l'avait remerciée aussi chaleureusement qu'il lui était possible de le faire, pour lui avoir ramené son oiseau sain et sauf, avant de lui proposer un job. Et sans raison particulière, elle avait accepté en se faisant appeler Lysia. Le prénom de sa mère.

— Tu pensais vraiment que ton pseudo suffirait à te protéger d'un gars comme Nérion ? Mais ne panique pas, tout ça l'arrange.

Il se redressa et renvoya ses cheveux balayés par le vent derrière son dos.

— Qu'est-ce que tu veux dire ? lui demanda-t-elle, chassant son malaise.

Lysandre observa les alentours, et son regard se perdit un instant sur l'océan.

— Si tu es proche du roi, et tu m'as prouvé que oui tout à l'heure, tu es la mieux placée pour l'atteindre, pas vrai ?

La nocturna en perdit le souffle, mais ne laissa rien transparaitre. Alors voilà ce qu'elle était, une fois de plus. Un pantin, un plan sur un échiquier qu'elle n'avait même pas vu se construire.

— Il est hors de question que je fasse une chose pareille.

— Oh, je te rassure, il ne tient pas à ce que tu le tues. Mais tu pourrais vivement le conseiller de changer d'optique. Et je suis ravi de constater que depuis ce matin, c'est exactement ce que tu as l'attention de faire.

La nocturna serra les dents. Subrepticement, elle leva ses doigts vers son pendentif. Peut-être parviendrait-elle à s'éclipser avant que l'elfe ne l'en empêchât ? À regret, elle était trop faible, et Lysandre comprit ses intentions avant que sa main ne fût à mi-chemin. En riant, il attrapa son pendentif, et le lui arracha sans qu'elle ne pût agir. Son bras retomba mollement, et elle soupira. En fin de compte, elle ne s'attendait à aucune autre issue.

— Depuis ce matin, tu ne cesses de me contredire en faisant le lèche-botte, dit-elle, à bout de souffle.

— Je voulais te tester, savoir jusqu'où tu serais prête à aller pour t'opposer au *Rova* et à ses lois. Je suis ravi de t'annoncer que tu as réussi le test.

Elle secoua la tête, les yeux fermés. Tout cela dépassait son contrôle, et pourtant, une querelle entre amis trop étalée devant les mauvaises personnes devenait matière à complot. Elle penserait à être plus discrète, dans les jours prochains. Si tant était qu'elle fût toujours en vie…

— Non, j'étais en colère, je ne…

— Je crois que tu n'as plus trop le choix, malheureusement. Autrement, je me ferais un malin plaisir à dire au *Rova* à quel genre de loisir tu aimes t'adonner durant ton temps libre.

— Tu peux bien lui dire, cela m'est égal à présent.

Lysandre ne masqua pas sa surprise.

— Et que crois-tu qu'il fera de toi, une fois qu'il saura ?

La nocturna garda le silence. Lysandre ignorait à quel point elle et le roi étaient intimes et c'était mieux comme ça. Mais Dimitri serait-il capable de la bannir ? De la tuer ? De l'emprisonner ? Il n'avait pas hésité à menacer Elienor de le faire, pour avoir aidé Erwin. Mais la concernant, serait-il aussi intransigeant ? Elle n'en savait rien, à vrai dire. Maintenant qu'il était le roi, il pouvait faire ce que bon lui semblait. Comment savoir la façon dont il agirait avec elle s'il se rendait compte qu'elle trahissait le royaume ?

— Je pourrais tout aussi bien lui dire que tu mens, osa-t-elle, et que tu as tué une victime.

Mais elle soupira en sachant que c'était impossible. Lysandre était un elfe. Un elfe ne mentait pas. Et si elle devait dévoiler le meurtre qu'il venait de commettre, elle devrait expliquer sa blessure et la raison pour laquelle cette femme l'avait attaquée. Et puisqu'elle était elle-même incapable de mentir…

— Je pourrais tout aussi bien te laisser te vider de ton sang sur cette plage, répondit Lysandre. Mais Nérion tient à ce que tu restes en vie. Il t'aime bien, tu sais. Je crois qu'il voit en toi une sorte de messie, ou quelque chose comme ça.

La nocturna laissa planer un silence, seulement brisé par le bruit du vent et des vagues. En observant l'océan, elle soupira et tenta de se relever. Un malaise la surprit, et elle dut s'appuyer sur l'elfe pour ne pas tomber dans les pommes.

— Très bien… puisque vous avez tout prévu, c'est quoi le plan ? Qu'allez-vous faire de moi ?

Lysandre sembla jauger sa résilience. Il l'aida pourtant un peu plus à tenir debout.

— Pour commencer, on va te soigner. Et puis, tu iras à cette réunion dont Pullman a parlé tout à l'heure. Bien sûr, on garde le dossier numéro 4 secret. Et tu agiras exactement comme ce que tu comptais faire. La seule différence, c'est que je serai présent aussi. Et que si tu tentes quoi que ce soit de stupide, cette blessure ne sera pas la dernière, et Elienor, que tu as mis en sécurité, n'aura plus l'occasion de faire traverser qui que ce soit.

Pour marquer ses propos, il appuya sur sa plaie, lui arrachant un cri. Le souffle coupé, elle tâcha de ne pas céder à la douleur. Lysandre se recula, et fourra le pendentif de Wyllina dans sa main éclopée. Elle dut faire appel à toutes ses forces pour serrer ses doigts autour de l'objet et ne pas le laisser s'enfouir dans le sable.

— Direction Quatham, je suppose ? lâcha-t-elle, amère.

Lysandre l'observa, amusé. La nocturna prit conscience du jour déclinant, qui les enveloppait au fur et à mesure dans une obscurité douce.

— Non. Direction la route de l'ivoire, en haute mer.

Chapitre 7

La route de l'ivoire était l'une des voies de navigation les plus empruntées sur Vaquoria, et reliait le continent à l'île de Tenarith, territoire des gonthors, dont Pullman faisait partie. Au départ de Quatham, il fallait compter cinq jours de voyage. Si Nérion était parti la veille, après qu'elle lui eut rendu visite, il se trouvait au beau milieu de l'océan. Les trouver dans ces conditions relevait de l'impossible, mais Lysandre semblait savoir où se situait le navire avec précision. La nocturna n'eut pas la force de lui demander comment cela était possible, à moins qu'il fût un génie de la navigation, et suivit ses instructions. Mais désormais, venant de lui, plus rien ne l'étonnait.

Ce fut ainsi qu'ils atterrirent droit sur le pont du bateau de Nérion, secoué par de hautes vagues poussées par un vent fort et une pluie battante. Dès que le navire les accueillit, la nocturna tomba sur le pont, à bout de force. Sa blessure ne cessait de saigner. La valtari devait avoir touché une artère. En les apercevant au travers du rideau de pluie, les hommes de Nérion se figèrent.

— Inconnus sur le pont ! cria l'un d'entre eux avant d'être propulsé par une vague contre le bastingage.

L'elfe aida Wyllina à se redresser tant bien que mal, malgré la houle. Elle fut traînée par Lysandre qui leva les mains en guise de capitulation. Plusieurs marins les entourèrent. La nocturna peinait à garder les yeux ouverts, tant à cause de sa faiblesse que de la pluie glacée.

— On vient voir Nérion ! cria Lysandre pour se faire entendre au milieu du fracas de la pluie, du vent et des vagues.

Le bateau tangua, si bien que tout le monde perdit l'équilibre. Une vague s'infiltra sur le pont et chassa les pieds du syltain que Wyllina avait aperçu la veille. Par miracle, elle parvint à rester debout, accrochée fermement à son collègue. Lorsque le navire se stabilisa, une porte s'ouvrit depuis la cabine du capitaine, située à la poupe. Dégoulinante, la nocturna reconnut Nérion au travers de ses cils humides.

— Par Néréia, qu'est-ce que vous fichez ici, *Kah'sok* ?

D'un geste de sa main palmée, il dispersa ses marins et les invita à entrer. Lysandre l'entraina à l'intérieur, et aussitôt qu'ils furent à l'abri de la pluie et du vent, la nocturna se détendit.

— Qu'est-ce qu'elle a ? demanda l'abyssien en remarquant l'état livide de la nocturna.

On la fit s'asseoir sur une chaise fixée au sol par d'épais rivets, sans doute pour qu'elle ne glissât pas en tout coin à cause des vagues.

— On était en mission et la sœur d'une de tes victimes l'a attaquée, expliqua l'elfe.

Nérion les observa tour à tour, comme s'il ne comprenait pas.

— La valtari, précisa Wyllina, le souffle court et le teint plus pâle encore que d'ordinaire. Celle que je t'ai ramenée il y a quelques jours.

L'abyssien fit claquer ses branchies.

L'eau qui y ruisselait était directement aspirée dans ses poumons. Wyllina en frissonna, et s'essuya le front à l'aide de sa main valide tout aussi humide.

— On t'expliquera tout, reprit Lysandre. Mais il faut la soigner. Elle a déjà perdu beaucoup de sang.

La nocturna observa Lysandre avec intérêt. Se pourrait-il qu'en fin de compte, Nérion ne fût pas au courant de tout ? Comme du fait qu'elle travaillait pour le roi ou qu'elle avait mis Elienor en sécurité ? Lysandre avait facilement accès à ce genre d'information, grâce à l'ARPM. Mais de quoi avait-il fait part à Nérion, exactement ?

Elle réfléchit à toute vitesse alors qu'on l'oubliait pendant quelques secondes, seule sur sa chaise. Dans tous les cas, s'il ne savait pas déjà tout, Nérion le découvrirait très vite.

Sentant la douleur s'accentuer quand l'elfe retira son bandage, elle ferma les yeux et se laissa sombrer.

Des rumeurs de conversations la réveillèrent. Deux voix discutaient dans la langue des abyssiens, qu'elle ne comprenait pas. Wyllina ouvrit doucement les yeux, prise de nausées. Allongée dans un lit, elle devina se trouver dans la cabine de Nérion.

Au travers d'un carreau sali par le sel, l'aube étirait ses premières lueurs jusqu'à son poignet, enveloppé dans un bandage en peau de chèvre. Ignorant ses vertiges, elle se redressa sur ses coudes et observa les environs.

Nérion et Lysandre discutaient quelques mètres plus loin, penchés sur une table de navigation. Comment faisaient-ils pour garder l'équilibre ?

Elle avait déjà du mal à rester immobile en étant allongée. Elle porta les doigts à son cou, mais la déception la frappa. Son pendentif n'y était pas. Elle n'avait aucun moyen de s'éclipser.

Lysandre leva les yeux vers elle, remarquant qu'elle s'était réveillée, et donna une tape à Nérion, qui l'observa par-dessus son épaule.

— Bonjour Lysia, dit celui-ci dans la langue native unifiée. Ou devrais-je dire Wyllina ?

Ses dents pointues se révélèrent dans un large sourire. La nocturna soupira en s'asseyant sur le bord de la couchette avant de se frotter le front. La douleur à son poignet était encore cuisante. Mais la blessure ne saignait plus.

Comme elle ne répondit pas, les deux marins s'approchèrent et Nérion trouva une place en face d'elle, sur un coffre en bois.

— Alors, dit-elle d'une voix enrouée. Qu'est-ce que j'ai manqué ? Mon sort funeste a-t-il été décidé ?

Nérion éclata d'un rire gras, et postillonna partout autour de lui. Lysandre, lui, garda le silence, les bras croisés.

— Allons, je t'en prie. Comme si j'allais me séparer de mon meilleur élément.

Il lui sourit à nouveau. La fièvre la faisait-elle délirer ? Lysandre avait bien dit que sa proximité avec le roi l'arrangeait, mais…

— Je sais qui tu es depuis que Lysandre t'a vue dans l'agence de l'ARPM, après que tu m'as déposé la tête de cette valtari. Il t'a reconnue après t'avoir croisée au club. Je suis ravi d'apprendre que tu as accepté l'offre qu'ils t'ont faite. Tout ça est parfait, pour nous. Maintenant je n'ai plus un, mais deux employés infiltrés.

— Et pourtant, tu m'as demandé de t'offrir Elienor.

Nérion haussa les épaules et échangea un regard amusé avec Lysandre.

— Eh bien, oui, dit-il comme si cela n'avait aucun rapport. Tu n'es pas réellement ami avec lui, pas vrai ?

— Elle l'a confiné au château, intervint Lysandre. C'est Pullman qui l'a dit, l'autre jour.

Wyllina soupira. Tout ça ne lui disait rien qui n'allât. Pourtant, Nérion sembla se régaler devant une telle révélation.

— Donc, tu as accès au palais ? Jusqu'à quel point es-tu proche du *Rova*, Lysia ?

La nocturna ne fit aucune remarque lorsqu'il utilisa son pseudonyme. Cela devait être une question d'habitude, tout comme elle continuait de baptiser le roi, Dimitri.

— Suffisamment pour l'appeler Dimitri, lança Lysandre.

Wyllina l'observa, interdite.

Est-ce qu'il pouvait lire dans ses pensées ?

— C'est comme ça que tu l'as nommé, avant qu'on quitte l'agence hier matin.

Elle se détendit, mais pour quelques secondes seulement, parce que Nérion parut beaucoup moins amical.

— « Le » Dimitri ?

Elle comprit sans délai ce à quoi il faisait allusion. Le mot que son mevelba de malheur lui avait subtilisé. Deux jours plus tôt, elle lui avait dit qu'il n'était rien d'important, afin de ne pas éveiller ses soupçons et qu'il ne tentât pas de profiter de la situation. Voilà qui était raté.

— Je…

— Allons donc, tu es la putain du *Rova* ?

Nouvelle hilarité. Lysandre ne parut pas comprendre ce que l'abyssien racontait, mais Wyllina n'y prêta pas attention. Elle avait déjà suffisamment de mal à garder la face, malgré ses nausées, malgré la douleur et la honte.

— Bon, voilà ce qui va se passer, reprit Nérion en retrouvant son sérieux. Puisque tu as une place de choix, tu seras nos yeux et notre bouche. Tu nous tiendras au courant de tout ce qui se passe dans le royaume, et tu feras tout pour que le *Rova* aille dans notre sens. Tu as tout intérêt à garder ta place, alors sois obéissante et ne fais rien de stupide. Si tu te fais virer, tu ne nous serviras plus à rien.

Elle l'observa d'un drôle d'air, sans vraiment savoir ce qu'elle ressentait en cet instant précis.

— S'il n'est pas déjà trop tard, commenta Lysandre en soupirant. Je pense qu'elle a dilapidé tout l'argent du *Rova* en quelques heures pour venir en aide aux natifs. Comment réagira-t-il, à ton avis ?

Il ne serait sûrement pas ravi, mais cela ne justifierait pas un renvoi. En revanche, d'apprendre son implication dans des meurtres, en tant que chasseuse de primes…

— Sinon quoi ? souffla-t-elle.

Parce que c'était de ça qu'il s'agissait vraiment, n'est-ce pas ? S'il lui demandait de leur obéir, c'était qu'ils avaient les moyens de la faire chanter, non ? Nérion et Lysandre échangèrent un regard, et durant ces quelques secondes, Wyllina se mordit les lèvres. Elle s'était mise dans le pétrin. Et jusqu'au cou.

— Eh bien, sinon tu deviens inutile, et je devrais te tuer pour t'être fichue de moi.

Elle ricana, davantage par nervosité que pour se moquer de lui. Mais elle fut ravie que cette attitude donnât le change.

— Je demanderai à être protégée.

— Et vivre au palais pour le restant de tes jours, aux côtés d'un *Rova* qui n'arrive même pas à te faire jouir ?

Outre le fait que cette remarque était totalement fausse et déplacée, Nérion n'avait pas tort.

Elle ne supporterait pas de vivre enfermée et incapable d'agir par elle-même. Même si, quelque part, c'était déjà le cas. La nocturna détourna les yeux pour masquer ses joues rougies par la honte.

— Lysandre te collera à chacun de tes pas, reprit Nérion d'un air froid. C'est lui qui gardera ton pendentif, dorénavant. Il m'a dit que c'était grâce à ça que tu pouvais voyager à travers le royaume. Au moindre faux pas, il n'hésitera pas à te livrer à moi. Ah, et ton Elienor aussi. Pour l'instant, je lui fiche la paix. En étant obéissante, tu pourras sans doute faire en sorte que cette prime que je réclame pour sa tête ne soit plus qu'un mauvais souvenir. Mais j'ai peut-être une autre information qui pourrait te donner davantage de motivation.

Wyllina se retint de rouler les yeux au ciel. Mis à part l'adrénaline, la justice et la peur de mourir, il n'y avait pas grand-chose qui pourrait la faire plier à quelque chose d'aussi stupide que de trahir le royaume. Et de mourir, cela faisait longtemps qu'elle n'en avait plus peur.

— J'ai entendu dire qu'une Wyllina a perdu sa sœur. C'était la *Vasta*, n'est-ce pas ?

La nocturna ne répondit pas, et son regard s'assombrit. S'il la lançait sur ce terrain…

— Qu'est-ce que tu dirais, si je t'avouais qu'il existe un moyen de lui redonner la vie ?

Wyllina ne put s'empêcher de rire. Le bateau tangua un peu plus fort, la faisant perdre l'équilibre. Le coffre sur lequel Nérion était assis glissa de plusieurs dizaines de centimètres, sans qu'il esquissât la moindre forme de réaction.

Il la fixait avec une telle intensité qu'elle se demanda s'il était sérieux. Elle jeta un œil à Lysandre, qui l'observait avec autant de gravité.

— Tu rigoles, j'espère ? osa-t-elle.

Nérion se redressa légèrement, et croisa les bras.

— Pas du tout.

Elle attendit une explication qui ne vint pas. Pendant un moment, son regard oscilla entre l'abyssien et l'elfe. Devait-elle le croire ? Et s'il disait vrai, était-ce réellement une bonne idée ? Wyllina secoua la tête. Elle ne cèderait pas à ce genre de chantage. Rien, dans l'histoire de Vaquoria, n'avait jamais prouvé que ramener un mort à la vie était une bonne idée.

— Ça ne m'intéresse pas, réfuta-t-elle.

Nérion fit claquer ses mains palmées l'une contre l'autre.

— Bon, très bien. Alors, accroche-toi au désir de rester en vie et de protéger ton elfe.

La nocturna baissa les yeux, le souffle court en raison de ses nausées. Était-ce en réalité un désir suffisant ? Avait-elle vraiment envie de continuer à vivre dans ces conditions ? Ne valait-il mieux pas qu'il la tuât maintenant, afin qu'elle ne pût plus nuire au royaume comme elle le faisait ces derniers temps ? Mais était-elle vraiment en train de nuire au royaume ? S'opposer à un roi dont les décisions provoquaient le malheur du peuple était-il vraiment une nuisance ? Un acte de rébellion ? Un acte de soutien au peuple ?

Tout ça n'avait plus aucun sens. La vie n'avait plus aucun sens depuis qu'Éva était morte. Tout ce à quoi elle se raccrochait à présent, c'était la justice. Et pour le moment, la vie ne lui semblait pas très juste sur Vaquoria.

— Je t'obéirai, Nérion. Mais sache qu'aucune de tes menaces ne me fait peur. Si j'accepte, c'est surtout pour le peuple.

Il souffre et Vaquoria est malade. Je refuse que tu continues de pêcher les corps morts des tiens.

Lysandre parut se détendre. Et sur le visage des deux rebelles, Wyllina put lire du soulagement. Elle garda la face pendant encore quelques secondes.

Aucune des menaces de Nérion ne lui faisait peur, pour l'instant. Elle ferait tout pour que ça ne devînt jamais le cas.

Finalement, sa situation ne changeait pas. Ce que lui demandait Nérion, elle comptait déjà le faire avant qu'elle ne fût découverte. Elle continuerait de vouloir sauver les terres et les natifs. Seulement, à partir de maintenant, elle n'agirait plus pour son propre compte, mais pour celui de l'abyssien.

— C'est encore mieux, répondit Nérion. En fin de compte, tu es des nôtres.

Chapitre 8

Wyllina se tenait devant la porte de la salle de réunion, Lysandre à ses côtés. Ils étaient en retard, et les voix de Pullman, d'Elienor et de Dimitri leur parvenaient déjà. Elle soupira longuement, hésitant à entrer. Lysandre lui donna un coup de coude, comme pour la faire revenir à elle. La tête tournée vers lui, elle remarqua qu'il l'observait d'un air sombre. Elle se concentra à nouveau sur la porte en bois rehaussé de dorures.

— On agit pour le bien, pas vrai ? demanda-t-elle d'une voix qui ressemblait davantage à un murmure.

Comme aucune réponse ne lui parvint, elle leva de nouveau les yeux vers l'elfe. Celui-ci semblait pensif.

— Est-ce que tu doutes ?

Le menton redressé, elle leva des doigts tremblants vers la porte. Son poing se serra pour masquer son malaise. Malgré elle, elle se sentait nerveuse. D'avoir passé un pacte avec Nérion changeait la donne, finalement.

Le pire, dans tout ce qui venait de se passer, était que sa loyauté, qu'elle pensait sans limites, avait dépassé les frontières de l'ignorance. Et trahir la loyauté qu'elle avait envers le *Rova* revenait à trahir Dimitri.

Mais rester loyale envers lui malgré tout ce qu'il se passait revenait à trahir le peuple. Il n'y avait aucune bonne solution. La culpabilité vint se loger dans le fond de sa gorge, comme une bête féroce qui s'accrochait à son larynx.

— Allons-y.

Mais d'abord, elle observa l'elfe et récupéra les dossiers qu'il avait dans les bras. Elle esquissa un geste de la main devant lui. L'elfe disparut dans l'instant et l'effet de ses pouvoirs lui donna mal à la tête. Elle avait rendu Lysandre invisible.

— Sois discret, dit-elle en s'adressant au vide où se trouvait Lysandre. Ils ne savent pas que tu es là.

Sans attendre, elle poussa la porte et entra dans la salle de réunion en trombe, suivie de Lysandre. La conversation s'interrompit et tous les regards se tournèrent vers elle. Wyllina avança jusqu'à l'immense table rectangulaire au centre de la pièce, et y posa sa main valide.

— Désolée, je suis en retard, dit-elle d'un ton qu'elle voulut théâtral.

Pullman se leva d'un bond, manquant de renverser la table.

— Où étais-tu passée, Wyllina ?

Dimitri, en habit de roi, l'observa de longues secondes avant de se lever à son tour. Son regard dévia un moment sur son bras blessé, entouré de peau de chèvre, puis sur les dossiers tenus dans ses bras.

— Tu es blessée ? lui demanda-t-il.

Pour seule réponse, la nocturna serra les dents et sans ménagement, elle jeta sur la table les dossiers qu'elle tenait.

La plupart glissèrent le long du bois verni, pour venir s'étaler au milieu des cartes et de leurs tasses de thé.

— En tant que consultante, je refuse que les non-natifs restent un jour de plus sur Vaquoria. Tu trouveras dans ces dossiers matière à répondre à tes questionnements.

Le silence pesant qui s'ensuivit la fit douter. Peut-être y allait-elle trop fort ?

Pullman jaugea la réaction du roi d'un air outré, alors qu'Elienor masquait sa bouche de sa main pour étouffer un rire. Dimitri, lui, restait immobile, les yeux rivés dans les siens. La nocturna appuya son regard. Elle ne devait pas se démonter, sans quoi Lysandre interviendrait. Et elle n'y tenait pas vraiment.

— D'accord, répondit le *Rova* en esquissant un sourire. Installe-toi et on pourra en discuter.

Elle se tourna furtivement vers Lysandre, sans parvenir à le voir. Son mal de tête s'accentua alors qu'elle renforçait sa concentration. Mais elle n'avait aucune envie de voir ses actes régis jusqu'à la fin de ses jours. Que ce fût par Nérion, par Pullman ou par Lysandre. Et encore moins par le roi.

— Je n'en ai pas envie, le défia-t-elle. Il n'y a pas de quoi discuter. Les non-natifs font souffrir ton peuple et si tu ne le remarques pas, c'est parce que tu es cloisonné dans une prison d'or.

Pour illustrer ses mots, elle désigna l'ensemble de la pièce d'un geste du bras. Cette salle seule aurait pu suffire à nourrir tout le royaume, tant la richesse qui l'avait bâtie transparaissait jusque dans la moquette qui recouvrait le sol.

Pullman sembla désarçonné alors qu'Elienor retenait un nouveau rire. Visiblement, tout cela l'amusait beaucoup. Le roi se redressa, comme s'il cherchait à se grandir.

Mais il adressa à Wyllina un regard complice. La nocturna en fut déstabilisée. Elle ne s'attendait pas à ce genre de réaction.

— Très bien. Alors nous renverrons tous les non-natifs chez eux, les privant pour la plupart de leurs familles et de leurs enfants.

Elle resta sans voix. Alors c'était aussi simple ?

— Je t'ai voulue pour consultante précisément pour que tu t'opposes à mes décisions et que tu m'aides à m'engager sur la voie la plus juste, Wylli. C'est bien ce que tu es en train de faire, n'est-ce pas ?

Wyllina resta interdite un moment. Elle ne s'attendait pas à cette annonce. En fait, c'était tout l'inverse. Dimitri l'avait engagée précisément pour ce qu'elle était au fond d'elle, une rebelle insoumise qui ne donnait sa loyauté qu'avec justesse. Elle n'aurait jamais cru qu'il la connaissait si bien, et plus encore, elle n'aurait jamais cru qu'il ne tenterait pas de la dompter, comme tous les autres.

Que devait-elle répondre ? Oui ? Au risque de faire souffrir, finalement, des natifs qui perdraient leur famille ? Non, parce qu'elle se trouvait à présent manipuler par l'elfe qui se tenait certainement derrière elle et un abyssien qui l'avait engagée en tant que chasseuse de primes ? Et d'ailleurs, ce rôle de chasseuse de primes était-il juste ? Était-il impartial ?

Elle avait eu la preuve que non, la veille. Soudain, elle se rendit compte qu'elle était très mal placée pour exiger la perfection de la part de tous ceux qui l'entouraient. Elle n'était qu'à peine capable de suivre ce pour quoi elle avait été faite : sa loyauté. Derrière elle, Lysandre se racla discrètement la gorge. Un signal qui passa inaperçu pour tous, mais pas pour elle. Dimitri mordilla ses lèvres face à son silence.

— Oui, répondit enfin Wyllina. Et puis, il y a autre chose. Les terres se gangrènent. Je pense que la présence des non-natifs en est responsable. L'équilibre de Vaquoria est fragile et…

Dimitri leva la main pour la faire taire.

Elle fut obligée de s'interrompre, en proie à quelque chose qu'elle n'avait jamais ressenti pour lui : de l'admiration. Dimitri était le roi, et le pouvoir qui émanait de lui aurait suffi à faire taire n'importe qui. Les terres l'avaient choisi.

Son autorité était indiscutable.

Tout le monde retrouva son sérieux et l'observa avec intérêt. Le *Rova* étudia Wyllina un moment, puis Elienor, et enfin Pullman.

— Je vais m'entretenir seul avec Wyllina, si vous voulez bien nous excuser.

Pullman échangea un regard avec elle, avant de se détourner et de s'engager vers la porte. Elienor se leva, terminant son thé d'une traite, et adressa à la nocturna un sourire pincé. Wyllina se tourna à demi vers Lysandre, sans savoir où il se trouvait avec précision. Pendant un moment elle fut tentée de relâcher l'emprise qu'elle exerçait sur lui et qui le rendait invisible, mais cela l'aurait mise dans l'embarras plus que de raison. Incapable de savoir où il se cachait, elle se concentra sur ses deux amis qui quittèrent la pièce. Elle était persuadée qu'une fois que la porte se serait refermée, ils colleraient tous deux leurs oreilles aux dorures pour tenter de capter leur conversation.

Une fois seuls, en apparence, Dimitri quitta son poste et s'approcha d'elle d'un pas mesuré. L'ensemble de ses médailles scintillait sous le soleil de midi qui filtrait au travers des grandes fenêtres, et le cliquetis de son épée, accrochée à sa taille, était le seul bruit qui brisait le silence. Lorsqu'il fut à sa hauteur, il baissa rapidement les yeux vers son cou, où le pendentif qu'il lui avait offert ne se trouvait plus. Il la regarda soudain en face, plongeant ses yeux noisette dans les siens.

La nocturna détourna la tête avant qu'il ne pût lire en elle, et avala difficilement sa salive en tentant de chasser son mal de tête.

La bête qui s'était logée dans sa gorge grossissait de seconde en seconde.

— Tu es blessée, répéta-t-il.

Mais ce n'était pas une question. Sans escompter de réponse, il tendit la main vers son bras meurtri, et elle se laissa faire quand il l'attrapa doucement. Avec autant de délicatesse, il retira le bandage, dévoilant la plaie à la lueur du jour. Wyllina manqua de s'étrangler. C'était bien plus laid que ce à quoi elle s'attendait, et elle comprenait la douleur lancinante qui l'assaillait. Son bras était transpercé de part en part, et si elle avait été recousue, les fils semblaient étirés sous le gonflement de ses tissus. Il grimaça devant l'étendue de la blessure, rougie par un début d'infection. Encore un peu, et la nocturna tombait dans les pommes.

— C'est moche, dit-il en levant les yeux vers elle.

Elle serra les dents, pour contrer la douleur et ne pas lui révéler comment elle s'était fait cette blessure. Mais étrangement, il ne prononça aucune question, et se contenta de poser ses paumes de chaque côté de la plaie en fermant les yeux. Elle tenta de se reculer, de crainte qu'il lui fît mal, mais une intense chaleur se déversa dans son poignet jusqu'au bout de ses doigts. La douleur si puissante s'échappait petit à petit, pour laisser place à un chatouillement qui voyageait dans ses veines.

Comme elle se détendit, elle lâcha, rien qu'une seconde, le pouvoir qu'elle exerçait sur Lysandre. Il apparut derrière le roi, observant avec attention ce qu'il faisait. Wyllina ferma les yeux en se concentrant plus que jamais. Lorsqu'elle les rouvrit, son mal de tête était deux fois plus fort qu'un peu plus tôt, mais Lysandre avait disparu.

Elle ne se rendit pas compte que la douleur de son poignet s'était totalement dissipée.

Ce ne fut que lorsque le *Rova* retira ses mains en vacillant, essoufflé, qu'elle remarqua que la blessure avait guéri, ne laissant place qu'à deux fines cicatrices de part et d'autre de son poignet. Elle eut un léger mouvement de recul, alors que Dimitri s'appuyait sur la table, ses doigts pressés sur son front. Il resta un moment immobile, durant lequel Wyllina agita ses doigts, ravie de retrouver l'usage normal de sa main.

— Comment as-tu… ?

Le roi retrouva son souffle avant de se redresser et de dégager son visage. Il était livide.

— Être le *Rova* de Vaquoria me confère certains pouvoirs, expliqua-t-il. Je peux faire appel à la magie des terres pour faire… à peu près tout ce que je veux.

Elle l'observa sans réagir, bouche bée, et son regard dévia vers l'endroit où Lysandre était apparu un peu plus tôt. Elle soupira, davantage pour chasser les nausées qui naissaient à la suite de son mal de tête puissant que pour répondre à Dimitri. Pourtant, celui-ci s'intéressa à elle en pesant ses mots.

— Mais il y a quelque chose d'anormal, reprit-il. Ça ne me demande pas autant d'effort, d'habitude.

La nocturna baissa les yeux vers sa main guérie. Serait-il possible que le *Rova* subît les conséquences de cette gangrène, lui aussi ?

— L'équilibre est rompu, murmura-t-elle.

Dimitri l'observa en silence, comme s'il ne voyait pas ce qu'elle voulait dire.

— C'est trop tard, reprit-elle un peu plus fort. Tu… Tu ne comprends donc pas ?

Il secoua la tête, mais son air était perdu.

— Wyllina…

— À cause de toi, et de tes idées utopistes, le royaume se meurt à nouveau, et il t'entrainera dans sa chute !

— Wylli…

— Ne m'appelle pas comme ça !

La fée nocturne se détourna en attrapant ses cheveux sous l'effet de la colère. Derrière le roi, Lysandre apparaissait et disparaissait, comme sur un téléviseur mal réglé qui faisait surgir des images fantômes.

— Je…

Elle laissa tomber ses bras et prit le temps de choisir ses mots, pas certaine de vouloir dire ce qui était sur le point d'échapper à ses lèvres. Les yeux humides, elle se tourna vers le roi et observa son allure. Rien ne se remarquerait pour les autres, mais elle, elle le voyait. Il était plus pâle que d'habitude. Moins rieur. L'éclat de ses yeux s'était terni.

— Je ne veux pas te perdre, toi aussi. Je ne veux pas que la couronne me prenne quelqu'un d'autre.

Il détourna la tête, et pendant une seconde elle craignit qu'il ne repérât l'elfe dissimulé derrière lui. Mais heureusement, il se concentra à nouveau sur elle rapidement, l'air grave.

— Je suis au courant pour la gangrène, dit-il.

La façon dont il avait prononcé ces mots laissait sous-entendre que sa phrase n'était pas terminée. Pourtant, aucune suite ne s'ajouta à cette information. Wyllina prit appui sur la table, le regard perdu dans le vide. Alors il savait ?

— Et ? ne put-elle s'empêcher de demander. Que comptes-tu faire pour y remédier ?

Il passa une main sur son visage, puis s'approcha d'elle. Une fois à sa hauteur, il plongea les yeux dans les siens.

— Il ne m'arrivera rien. Je ne suis pas comme Erwin ou comme...

— Comme ma sœur, le coupa-t-elle en retirant ses doigts d'entre les siens. Je sais, oui.

Sans doute se montrait-elle plus sèche qu'elle ne l'aurait voulu. Mais si elle le détestait plus que tout pour avoir tué sa sœur, envisager de le voir périr lentement, rongé par la couronne qu'il portait, comme cela était arrivé à Éva auparavant, la rendait folle de rage. Elle n'accepterait jamais une chose pareille.

Son cœur n'était pas prêt à le perdre de nouveau.

Face à ses sentiments, la maîtrise qu'elle avait de l'invisibilité de Lysandre s'étiolait. Bientôt, elle ne serait plus capable de le maintenir camouflé. Elle devait quitter cet endroit, et vite. Elle se décala de Dimitri, qui resta immobile, comme si la voir fuir une fois encore lui brisait le cœur. En hâte, elle se déplaça jusqu'à l'endroit où se trouvait Lysandre, et fit de nouveau face au roi, une main tendue derrière son dos.

— Je vais trouver la cause de cette gangrène, et je vais arranger les choses. Je n'aurais plus à m'inquiéter si Vaquoria cesse de te ronger au fur et à mesure, comme elle l'a fait avec ma sœur et comme elle le fait avec ses terres.

Dans la paume de sa main, un contact métallique lui suggéra que Lysandre avait compris ses intentions. Elle resserra ses doigts sur le pendentif, et lorsque le roi se tourna vers elle pour la regarder en face, une pression sur son épaule lui indiqua que l'elfe s'accrochait à elle.

— Wyllina, attends...

Sans lui laisser l'occasion de la contredire, elle s'évapora sous ses yeux.

Ce fut chez elle qu'elle atterrit, lâchant le contrôle sur Lysandre après que sa maison fut apparue quelques mètres plus loin. Celui-ci surgit à ses côtés et lui lâcha l'épaule, l'air grave au milieu des champs sauvages couverts par la nuit. Sans avoir envie de discuter de ce qui venait de se passer, la nocturna lui fourra le pendentif dans la main en lui lançant un regard noir.

— Comme ça, tu es sûr que je ne m'échapperai pas.

Lysandre lui rendit son regard, et replia ses doigts autour du collier. Il s'apprêtait à parler lorsqu'elle le coupa en lui tournant le dos, prête à rejoindre sa maison d'un pas rapide.

— Garde ta salive pour plus tard, cria-t-elle, noyée dans les herbes hautes et les fleurs sauvages. J'ai besoin d'un bain.

Un bain glacé.

Elle était morte de peur.

Chapitre 9

Flottant dans une eau glacée par le crépuscule, la nocturna étudiait les feuillages denses des arbres qui l'entouraient, seule couverture contre le ciel étoilé qui la surplombait. La lune décroissante lui apparaissait en transparence. Elle se redressa et observa l'étang dans lequel elle s'était plongée nue, situé en contrebas de sa maison, dissimulé dans les fourrés. Le crépuscule maquillait les pierres rouges et les plantes environnantes d'un voile rosé, réchauffant l'atmosphère qui se refroidissait pourtant.

Cela faisait plusieurs heures qu'elle s'était immergée jusqu'au cou, déterminée à maîtriser ses sentiments. Le froid l'aidait à calmer la fureur de ses émotions, qui la faisait bouillir, elle et tout ce qui l'entourait. Ici, le congélateur que Pullman lui avait offert sur Terre lui manquait. Heureusement, trouver des alternatives n'était pas difficile, et c'était en partie grâce à la présence de cette source, issue d'un glacier au sommet de la région des nocturnas, que Wyllina s'était installée à cet endroit.

Sous ses yeux, l'eau s'écoulait dans un murmure apaisant, scintillant au gré de ses mouvements et de ceux du ciel.

Rien n'était venu perturber ses réflexions, si bien qu'elle se demanda si Lysandre se trouvait encore dans les parages. Mais Nérion avait été très clair : il ne devait pas la quitter. Sans doute se trouvait-il un peu plus loin, la surveillant d'un œil au travers d'un buisson.

À cette idée, la nocturna se sentit rougir. Mais la rage et la peur qu'elle avait ressenties un peu plus tôt s'étaient estompées, emportées par le murmure du ruisseau.

Elle décida de sortir de l'eau lorsqu'elle se sentit suffisamment apaisée pour être capable d'avoir une discussion. Sur un rocher, elle récupéra son corset et sa robe, qu'elle enfila même si son corps était encore humide. Ses vêtements étaient si épais que personne ne remarquerait qu'elle était trempée.

Après avoir essoré ses cheveux, elle regarda à travers les feuilles vert olive d'un arbre, et repéra l'éclairage de sa maison qui, de là où elle se trouvait, ressemblait à un point lumineux surplombant l'horizon. Plus près d'elle, un feu de bois avait été allumé, et sa fumée épaisse s'échappait vers le ciel sans nuage. Elle repoussa les branches à l'aide de ses mains, avant de sortir du bosquet et de remonter le champ qui la séparait de sa demeure.

À mesure qu'elle avançait, elle distingua Lysandre, allongé près du feu qu'il avait probablement allumé quelques minutes plus tôt. Car si auparavant elle n'en sentait pas l'odeur, les effluves parfumés du bois de cèdre la frappèrent tout à coup de plein fouet.

Elle pressa l'allure.

— Quel idiot !

Elle courut vers lui, tâchant de ne pas trébucher sur sa robe, et s'arrêta à quelques mètres de Lysandre et de son feu. Elle secoua la main devant son visage pour en chasser la fumée collante qui l'assaillait.

— Je peux savoir ce qu'il te prend ? toussa-t-elle, étouffée par la fumée qui la suivait malgré ses tentatives de fuite.

Elle finit par le dépasser et se placer près de l'elfe, qui se redressa sur ses coudes, un brin d'herbe dans la bouche. Il l'observa, amusé, alors qu'elle se bouchait le nez, détestant l'odeur du cèdre brûlé.

— Quoi ? Tu ne revenais pas et je commençais à avoir froid.

Wyllina lui lança un regard noir, si bien que l'elfe cracha ce qu'il avait en bouche, et s'assit, ses coudes posés sur ses genoux.

— Quand on le brûle, le cèdre est toxique pour les nocturnas, expliqua-t-elle en apnée.

Lysandre ne parut pas comprendre ce qu'elle voulait lui dire, puisqu'il fronça les sourcils. Avec une moue agacée, elle se détourna pour rejoindre sa maison, déjà nauséeuse. À l'intérieur, elle alluma d'un geste les bougies encore éteintes, et repéra un seau d'eau qu'elle avait toujours dans son salon, pour éteindre son feu de cheminée.

En hâte, elle l'attrapa, et ressortit en le portant d'une main. Elle avança vers le feu, et alors que Lysandre se levait soudain en la voyant arriver, elle y jeta le contenu. Une fumée plus épaisse encore se souleva des braises, et ensevelit les flammes. Elle toussa encore, et Lysandre lui-même se débattit avec la fumée blanche et âpre. Essoufflée, elle s'assit sur le sol, laissant le seau vide rouler jusqu'au pied de l'elfe.

Si cette fumée n'avait pas été stoppée, elle aurait d'abord été à bout de souffle, puis nauséeuse, et enfin, elle aurait vomi tripes et boyaux avant de mourir de suffocation. Et comme si le bois savait qu'il était une arme redoutable contre son espèce, il était celui qu'on trouvait le plus dans la région, et la fumée se collait à eux pour ne plus les lâcher.

Lysandre souleva ses yeux jusqu'à présent fixés sur le seau, pour observer les vestiges du feu qu'il avait allumé. Il se tourna ensuite vers Wyllina avec un air de reproche.

— Mais j'avais froid, moi !

Wyllina leva les yeux au ciel. Les elfes n'avaient pas la réputation d'être altruistes, mais pour Lysandre, cela se confirmait avec une saveur amère.

— J'aurais pu mourir, lui reprocha-t-elle en retrouvant sa respiration. D'ici quelques heures tu aurais dû expliquer au *Rova* et à Nérion pourquoi je ne me manifestais plus !

Lysandre fit battre ses mains sur ses jambes, comme si cela ne l'intéressait pas le moins du monde.

— Oui, eh bien, quelle idée de garder tout ce bois s'il risque de te tuer !

La nocturna secoua la tête et risqua de se relever, chassant l'impression que sa tête tournait au rythme des étoiles. Elle se posta face à l'elfe avant de se pencher pour récupérer son seau.

— Si tu as froid, lâcha-t-elle, creuse un terrier. Le sol est chaud, par ici.

Elle rentra chez elle en claquant la porte avant de la bloquer à l'aide d'une chaise. Elle reposa le seau vide à sa place, déjà fatiguée de devoir le remplir à nouveau, lorsque des coups furent frappés sur le bois de sa porte. Wyllina ricana en repoussant ses cheveux humides. Lysandre s'était déjà imposé à elle, et à présent, il avait failli la tuer. Il n'espérait tout de même pas qu'elle l'inviterait à entrer chez elle ?

— Allez, ouvre-moi ! J'ai commis une erreur, désolé.

La nocturna secoua la tête, même s'il ne pouvait pas la voir. Mais il était hors de question qu'elle partageât plus que son pendentif avec cet elfe.

S'il lui présentait des excuses, c'était uniquement pour profiter de la chaleur de son foyer.

Pas parce qu'il le pensait vraiment.

Elle claqua des doigts pour raviver les braises du feu dans sa cheminée, et s'attabla sur la seule chaise qui lui restait. Lysandre dut comprendre qu'elle ne changerait pas d'avis, puisque le silence se fit au-dehors. Le soulagement qu'elle en éprouva lui fit prendre conscience qu'il la rendait nerveuse. L'impression d'être épiée pour le moindre geste était usante. Le nombre de faux pas qu'elle pourrait commettre à ses yeux et à ceux de Nérion était incommensurable, et elle n'était même pas certaine de savoir exactement ce qui les contrarierait.

Son regard se perdit dans les flammes, alors qu'elle repassait les évènements de la journée dans son esprit. Une fois encore, rien ne s'était vraiment passé comme prévu.

Et une fois encore, elle s'était juré d'agir contre quelque chose qu'elle ne maîtrisait pas.

La nuit fut compliquée. De savoir que Lysandre se trouvait autour de sa maison ne la rassurait pas, même s'il ne semblait pas vouloir lui faire du mal. Mais plus encore, c'était la situation avec Dimitri et les terres qui l'inquiétait le plus.

Des visions horribles du roi enchaîné à une couronne sanglante, le teint livide et le sang noirci par la gangrène l'avaient secouée plusieurs fois au cours de son sommeil. Et les nombreuses fois où elle se réveillait, entre deux, le visage torturé d'Éva lui apparaissait dans l'obscurité aux côtés de tous ceux que Wyllina avait exécutés sous les ordres de Nérion.

Ce fut donc d'une humeur massacrante qu'elle s'éveilla au petit matin, accueillie par un temps aussi maussade qu'elle. Après avoir fait sa toilette et enfilé sa robe, elle chercha Lysandre à l'extérieur, sans parvenir à le trouver.

Peut-être s'était-il finalement éclipsé. Après tout, il était en possession de son pendentif, et même s'il n'avait pas eu l'air de savoir s'en servir, il n'était pas bien compliqué d'en maîtriser le pouvoir. Wyllina n'avait aucun moyen de s'échapper. Sans son pendentif, se rendre à l'ARPM, au palais, ou poursuivre ses enquêtes lui prendrait des jours.

Elle regretta un instant d'avoir choisi de s'installer dans un endroit si isolé.

Mais puisqu'elle avait promis à Dimitri d'agir, elle enfila sa cape qu'elle serra davantage que d'habitude pour combattre la pluie battante. Un dernier regard alentour lui indiqua que Lysandre s'était volatilisé, et quelque part, elle en était soulagée. Il ne manquerait pas de la retrouver bien assez tôt.

Puisqu'elle avait du temps devant elle, elle décida de se rendre dans le village le plus proche, ravivé par les nocturnas qui l'habitaient. Il n'était qu'à quelques heures de marche, et quand elle arriva à destination, les nuages avaient été remplacés par un ciel bleu et un soleil de plomb.

Elle retira sa cape et la tint sur son bras, en observant les rues pavées et l'agitation d'un jour de marché. Plusieurs commerçants étendaient leurs marchandises, qui allaient des fruits et légumes au poisson, en passant par des vêtements et du cuir martelé. Elle se permit d'ailleurs d'acheter une nouvelle tenue, et un grand sac en cuir dans lequel fourrer ses achats, pour cinquante pétales et dix bourgeons, la monnaie de Vaquoria. Cela représentait une cinquantaine d'euros et quelques centimes.

Alors qu'elle achetait un morceau de viande grillée pour le repas du midi, un stand un peu en retrait attira son attention. En fait, ce n'était pas vraiment un stand. Seule une table bancale surmontée d'une nappe orangée accueillait quelques pierres d'ambre, de formes et de couleurs différentes. À sa tête se trouvaient deux femmes drapées de draps rouges savamment noués.

Elle mordit dans sa biche grillée, persuadée d'avoir déjà vu ce genre d'habits quelque part. Et d'ici, elle était incapable de dire à quelles espèces appartenaient ces femmes. Seul leur visage était visible, ne lui offrant que peu d'indices.

Elle avala le reste de son repas en quelques bouchées, et s'approcha d'elles en se frottant les mains l'une contre l'autre pour en chasser le gras. En arrivant à leur hauteur, elle avait fini de mâcher et les femmes levèrent vers elles leurs yeux hazels.

Le stand ne donnait pas très envie, mais leurs pierres étaient magnifiques. L'ambre qu'elles proposaient offrait toutes sortes de teintes, du vert au jaune clair.

— Bonjour, enfant du feu, sourit l'une d'entre elles.

La nocturna lui répondit par un sourire forcé.

— Est-ce que ça vous intéresse ? demanda la seconde en désignant les pierres.

L'ambre était connu sur Vaquoria pour appuyer le pouvoir de persuasion de son porteur. Mais qu'aurait-elle fait de ces pierres, à présent ? Elle n'avait plus personne à convaincre.

— D'où viennent-elles ? demanda-t-elle quand même, subjuguée par leur qualité.

Les deux femmes échangèrent un regard amusé, comme si c'était la seule question qu'elles attendaient depuis le matin et qu'elles avaient enfin l'occasion d'y répondre.

— Des montagnes de Korabazi, répondit la première, le regard pétillant. Nous sommes envoyées par l'Oracle pour faire savoir à tous que le temple d'Ambre connaît une renaissance, lui aussi.

La nocturna ne répondit rien et étudia les pierres. À y regarder de plus près, leurs tenues étaient en effet assorties à celles des disciples qui résidaient au temple d'Ambre, autrefois. Et la sage qui y présidait et qu'on appelait l'Oracle de l'Ambre avait en effet pour habitude d'envoyer ses disciples de région en région pour attirer les âmes perdues en quête de réponses. Toutes sortes de situations pouvaient auparavant être éclaircies par l'Oracle, qui s'appuyait sur la connaissance de Vaquoria, de son fonctionnement et de ses croyances et religions. Mais cela faisait bien longtemps que les religions n'avaient plus la même place pour les natifs, bien avant qu'ils se retrouvassent sur Terre.

Pourtant, elle ne put s'empêcher d'être intriguée. Peut-être que l'Oracle aurait la réponse à ses questions, même si elle doutait que le temple d'Ambre eût retrouvé de sa superbe. Ces filles semblaient trop immatures pour être comparées aux disciples d'antan. Et qui était cette Oracle, sans doute autoproclamée et qui ne concurrencerait en rien l'ancienne Oracle disparue ?

Les Disciples l'observaient d'un air béat, et elle s'apprêtait à les questionner plus en détail, quand quelqu'un posa une main ferme sur son épaule. Surprise, elle se retourna dans un sursaut, et découvrit le visage fermé, mais fier, de Lysandre. Cette expression lui rappela celle qu'il avait lorsqu'elle l'avait croisé chez Nérion. Et soudain, elle frissonna, sans parvenir à comprendre pourquoi.

Sans laisser de place à la discussion, il lui attrapa le poignet et l'entraina un peu plus loin, dans un coin en retrait du marché.

— Alors, on se promène ?

Wyllina se dégagea en chassant sa main de son bras, encore sensible bien que Dimitri l'eût soignée la veille.

— Tu étais introuvable, alors j'ai pensé que tu ne verrais pas d'inconvénients à ce que je me dégourdisse les jambes.

Il ricana mais ne fit aucune remarque supplémentaire.

— Peu importe, j'ai trouvé quelque chose.

Sans la toucher, il se tourna et avança sur la place en observant les alentours. Sans doute un réflexe de chasseur, puisque Wyllina agissait de la même manière à la première occasion. Elle le suivit à contrecœur. Il ne lui laisserait plus de répit, elle le savait.

— Il pleuvait tellement cette nuit que je me suis déplacé jusqu'ici, expliqua-t-il sans arrêter de marcher. Les gens sont très accueillants, dans le coin. Je ne pensais pas que vous étiez comme ça, vous, les nocturnas.

À ces mots, il se retourna pour marcher à reculons en lui adressant un sourire moqueur. Wyllina se renfrogna, mais ne répondit pas à cette provocation. Elle pourrait en dire autant des elfes.

— Et devine qui m'a ouvert la porte de sa maison ?

Elle haussa les épaules, pas d'humeur à répondre à ses devinettes.

Il s'arrêta et la fixa pendant quelques secondes, comme si cela était évident.

— Une veuve éplorée dont le mari a été tué par un vampire.

Wyllina croisa les bras. Oui, les vampires étaient problématiques. Elle l'avait déjà prouvé au roi. Fallait-il en rajouter une couche ?

— Mais ce n'est pas tout, continua-t-il en reprenant sa marche, l'index levé en l'air. Tu ne devineras jamais !

Tout ça avait l'air de beaucoup l'amuser, vu son air enjoué. Ce n'était pas le cas de Wyllina, qui leva les yeux au ciel.

— Abrège.

Il l'observa d'un air concerné et ses oreilles pointues remuèrent.

— Par la grâce de Néréia, ce que tu peux être taciturne !

— Je n'ai pas bien dormi et je ne suis pas d'humeur à écouter les devinettes bancales d'un elfe.

Il s'arrêta en portant une main à son cœur, vexé. La nocturna releva pourtant que prier Néréia n'était pas commun pour un elfe. Car pratiquement plus aucun natif ne croyait aux anciens dieux, mais aussi parce qu'il s'agissait de la déesse des océans, autrefois priée par les fées, les syltains, et les peuples marins. Les elfes priaient autrefois Notura, la déesse des étoiles et de l'astronomie. Mais si cela l'intriguait, elle ne fit aucune remarque et continua de marcher sans prêter attention à son collègue.

— Je crois vraiment que tu devrais voir ça.

Elle se tourna vers lui, qui la dévisageait au milieu des échoppes. Avait-elle réellement le temps de suivre un débutant qui n'y connaissait rien et qui la faisait chanter sous couvert qu'elle était la putain du roi ? Rien que pour ce surnom, elle aurait dû leur trancher la gorge à lui et à Nérion.

Mais puisque son regard se fit plus sérieux, elle croisa les bras. Peut-être avait-ce un rapport avec ce qu'elle tentait de découvrir ? Après tout, elle avait accepté de porter la parole de Nérion et de son peuple, et de trouver ce qui se passait. Elle avait promis au roi de dénicher la cause de cette gangrène étrange qui l'affaiblissait.

Elle regretta déjà les mots qu'elle s'apprêtait à prononcer et sa curiosité débordante.

— D'accord, dit-elle les dents serrées. Tu as intérêt à ce que ce soit intéressant.

Chapitre 10

La nocturna salua la veuve qui avait accueilli Lysandre d'un signe de tête. Elle semblait perturbée. Sans doute parce que, dans la région des nocturnas, Wyllina était connue. Tout le monde savait ce qu'elle avait fait pour le royaume. Et tout le monde savait qu'Éva était sa sœur. Elle l'observait avec des yeux ronds, comme si elle se tenait devant une héroïne.

Cela l'agaça, et elle feignit de l'ignorer.

— C'est par ici, indiqua-t-elle en désignant le bout d'un couloir tortueux qui s'enfonçait dans sa maison.

La nocturna avança, l'elfe sur les talons. Il ne disait plus rien, mais affichait un air triomphant, persuadé d'avoir trouvé quelque chose de capital pour le progrès de leur enquête. Au bout du couloir se situait une petite pièce, une chambre à coucher dont la paillasse abîmée n'avait visiblement pas servi depuis longtemps. Et sur le sol en pierre rouge, une flaque noire de la taille d'un homme luisait à la lueur d'une bougie.

Cela lui rappela quelque chose, et elle dut lutter pour ne pas être envahie par les images de cette nuit-là, lorsqu'elle avait tué Erwin et qu'Éva était morte dans ses bras.

Le corps de l'elfe noir s'était désintégré en une flaque pareille à celle des vampires à leur mort. Mais elle n'avait jamais fait le rapprochement avec la gangrène qui sévissait dans le royaume.

Elle s'accroupit à côté de la tâche, son sac à ses pieds, et l'étudia un moment avant d'en récolter un peu sur le bout de son doigt.

— On dirait la même chose que sur les cultures de cet orc, constata-t-elle.

Lysandre hocha la tête, tandis que la veuve observait la scène en silence, les mains serrées sur sa poitrine.

— Elle dit que c'est à cet endroit qu'elle a retrouvé le corps de son mari. Et que quelques heures plus tard, celui-ci avait disparu.

Elle se tourna vers la veuve, qui confirma d'un signe de tête. Wyllina examina la tâche un moment. Mais aucun indice ne leur permettait de comprendre ce qu'il s'était passé, et à quoi cette tâche était due.

— Tu disais qu'il avait été tué par un vampire ? Peut-être en est-il devenu un ?

Comme elle n'obtint aucune réponse, elle pivota vers Lysandre et la veuve. Celle-ci plaqua un mouchoir humide sur ses lèvres, comme pour s'interdire l'horreur de cette éventualité. Lysandre, lui, haussa les épaules, sceptique. Un bruit attira l'attention de la nocturna depuis une pièce voisine. La veuve jeta une œillade dans son dos.

— Vous vivez seule ? demanda Wyllina en se redressant, essuyant ses doigts sur sa cape tenue dans ses bras.

La veuve hocha la tête. Un intrus se cachait peut-être encore dans la maison.

Wyllina se mit d'emblée sur ses gardes. Doucement, elle souleva sa jupe et attrapa l'un des poignards toujours accrochés à sa cuisse, sous le regard surpris de la veuve et de Lysandre.

— Attendez… commença celle-ci.

Wyllina lui fit signe de se taire, et avança à pas de loup vers le couloir. Le dos calé contre le mur, elle se tint à côté d'une deuxième porte, celle d'où provenait le bruit. On aurait dit que quelqu'un fouillait le sol.

Lorsqu'une ombre passa dans son champ de vision, elle intercepta l'intrus et le plaqua contre le mur opposé, son poignard sur sa jugulaire. Effrayé, celui-ci leva les mains autour de son visage et détourna les yeux. Il avait tout d'un nocturna, mais ses longues canines trahissaient sa transformation et une marque de morsure encore sanglante s'étendait sur son cou. C'était un vampire.

Elle ne lâcha pas sa prise.

— Madame, est-ce que c'est votre mari ?

L'intéressée hocha vivement la tête en signe d'approbation.

— Je vous en supplie, ne lui faites pas de mal.

Wyllina étudia l'homme un moment. Il paraissait plus effrayé par la situation qu'autre chose. Mais elle savait à quel point les vampires pouvaient se montrer dangereux, peu de temps après leur transition. Ça avait été le cas d'Erwin, qui semblait rongé par ses deux natures. Mais cela évoquait un second problème. Les non-natifs, en plus de briser l'équilibre fragile de Vaquoria, se répandaient comme une traînée de poudre en transformant les natifs.

Sans le lâcher, elle attrapa ses mains et le retourna pour les plaquer dans son dos. Les crocs trop longs de l'homme griffèrent le mur dans un bruit de craie sur un tableau.

— Lysandre, il faut qu'on l'amène à l'ARPM.

L'elfe sembla sortir d'un long sommeil, et secoua la tête.

— C'est un civil, Wyllina. Une victime.

La nocturna haussa les épaules.

— C'est ce que tu diras quand il tuera une petite fille de ce village ?

La veuve se jeta presque sur eux, et elle dut lutter contre elle pour la repousser.

— Je vous en prie, c'est mon mari, il ne fera de mal à personne, j'y veillerai !

L'homme gardait le silence, comme s'il ne comprenait pas ce qui lui arrivait. Ce qui était sans doute le cas.

— Il ne fera de mal à personne jusqu'à ce qu'il meure de faim. Et tous les ragoûts, toutes les tartes, tous les pains que vous préparerez ne suffiront pas à le satisfaire. C'est peut-être votre sang qu'il finira par boire. C'est ce que vous voulez ?

Sentant son sort se refermer sur lui, l'homme se débattit, si bien que Wyllina eut du mal à tenir sa prise. Malgré tout, il faisait le double de sa corpulence. Lysandre décida enfin de lui prêter main-forte, et immobilisa l'homme, son avant-bras appuyé sur son cou.

La nocturna se recula en agitant son bras, toujours un peu douloureux. Les deux cicatrices qui lui restaient de sa blessure la brûlaient intensément. Elle ouvrit et serra le poing plusieurs fois pour faire passer la douleur, avant de s'intéresser à nouveau à la veuve. Celle-ci semblait partagée, ce que Wyllina comprenait. Elle s'approcha d'elle et posa une main sur son épaule pour la rassurer.

— Vous pourrez lui rendre visite autant de fois que vous le désirez.

— Qu'allez-vous lui faire ?

La nocturna et l'elfe échangèrent un regard.

— Rien, affirma-t-elle. On va le placer en sécurité, là où il ne pourra faire de mal à personne. Il sera à l'agence de l'ARPM, à Morum.

— Mais c'est à deux jours de voyage, répliqua la femme. Je ne pourrais pas m'y rendre facilement.

Wyllina ne répondit rien, mais voilà qui faisait l'objet d'une nouvelle suggestion à soumettre à Pullman et au roi.

Elle se rapprocha de Lysandre, qui sortait déjà le pendentif de sa poche, maintenant son emprise sur le nouveau vampire. Il lui tendit, et elle l'attrapa au moment où le vampire se débattait encore. Sans attendre, elle posa une main sur Lysandre, et sans plus de cérémonie, les téléporta à l'agence de l'ARPM.

Les bureaux surchargés surgirent, et quelques feuilles volantes furent chassées par le souffle que leur apparition provoqua. Pullman leva la tête dans un sursaut, surpris par leur apparition. Le vampire se débattit encore, et comme le mur ne le retenait plus, il tomba à la renverse, Lysandre sur son dos.

Pullman se dressa en hâte pour aider l'elfe, et maintint l'homme à terre. La nocturna observa ses collègues et croisa le regard de Peter, qui la regardait d'un air sombre. Pendant une seconde seulement, elle tiqua. Mais elle fut vite rappelée à la réalité par le grognement du vampire. Parmi les employés que Pullman avait embauchés, elle repéra les non-natifs qui s'étaient levés de leurs chaises pour mieux apercevoir la scène. Elle voulut leur parler, mais ses réflexions furent écourtées quand Pullman l'apostropha. Son regard bifurqua sur lui et elle remarqua ses traits tendus et sa bouche dont les coins tiraient vers le bas.

Il semblait en colère.

— Je peux savoir ce qui se passe ?

Le vampire fut soulevé et remis sur pied, tenu par Pullman et Lysandre.

— Cet homme a été transformé par un vampire, dit-elle, et son regard se tourna vers le vampire que Pullman avait engagé. Il est trop dangereux pour rester dans son village. Il faut lui trouver un endroit où il ne pourra faire de mal à personne.

Le gonthor étudia l'homme un moment, et examina la plaie sur son cou, puis ses canines. Il se frotta le menton, sans doute conscient que la situation devenait ingérable.

— Mettons-le dans une des chambres, à l'étage.

Lysandre s'exécuta et suivit Pullman à travers la pièce, jusqu'à un escalier en bois rénové dans un renfoncement, tout au fond de l'auberge. Wyllina en profita pour observer à nouveau le vampire. Celui-ci la regardait aussi, d'un air à la fois apeuré et agacé. Il devait certainement savoir ce qui allait se passer, puisqu'il eut la sagesse de se rasseoir avant qu'elle n'avançât vers lui. Elle se posta face à son bureau, et le toisa en étudiant les dossiers qui s'étalaient devant lui.

— *Est-ce que vous avez un porte-parole ?* lui demanda-t-elle en français.

Il sembla surpris par cette question. Ses canines brillèrent à la lueur des torches lorsqu'il sourit à demi. Il devait certainement avoir appris la langue native, mais elle voulait clairement lui signifier qu'il était inutile d'essayer de lui cacher des informations.

— *Pas vraiment*, répondit-il.

Son français était chantant. Elle se rendit soudain compte que c'était la première fois qu'elle lui adressait la parole. Il venait sûrement d'un autre pays que la Belgique ou la France, comme l'Espagne ou l'Italie.

— *Et vous ?* demanda-t-elle en se tournant vers le lycan, dont les cheveux noirs en bataille tombaient devant ses yeux.

Le loup-garou secoua la tête, les yeux baissés par la honte.

— *Qu'est-ce que ça peut te faire ?* cracha le vampire.

— *Est-ce que par hasard certains vampires ne feraient pas en sorte de transformer des natifs pour légitimer leur présence sur Vaquoria ?*

Il ne répondit rien, mais détourna le regard.

S'il était malin, il savait ce que le peuple pensait de la présence des non-natifs sur Vaquoria. Et puisqu'il était encore là, cela signifiait qu'il s'en fichait. Elle croisa les bras en serrant les lèvres.

— *Puisque tu travailles pour l'ARPM, ce sera toi. Félicitations, tu as été promu.*

Ses yeux s'écarquillèrent, mais elle ne parvint pas à déceler si c'était à cause de la joie d'être promu ou la crainte d'assumer un rôle qu'il était incapable de gérer.

— *Comment ça ?*

Elle repoussa ses cheveux derrière son épaule, et s'intéressa au loup-garou.

— *Et toi, tu seras celui des lycans. Puisque c'est surtout d'eux qu'il s'agit, vous devrez instaurer des règles pour les non-natifs qui perturbent Vaquoria. Si par hasard il est décidé que vous ne devez pas quitter les terres sur-le-champ.*

Elle se détourna alors que Pullman et Lysandre descendaient de l'étage, libérés du vampire qu'ils venaient d'enfermer dans l'une des chambres. Le regard du gonthor s'attarda sur ceux des deux non-natifs, outrés.

— Qu'est-ce que tu as encore fait ? la réprimanda-t-il alors qu'elle se dirigeait vers son bureau.

Elle rejoignit son fauteuil en cuir de daim avant de lever les yeux vers Pullman, immobile sur le seuil de la porte. Elle croisa les mains sur la pièce noire et lisse de son bureau, et planta ses iris argentés sur lui.

— Puisque renvoyer les non-natifs chez eux devient impossible, étant donné que certains viennent maintenant du peuple, il faut instaurer des règles. Et puisque ces deux-là travaillent pour nous, ils feront parfaitement l'affaire en tant qu'émissaires pour transmettre les lois à qui de droit.

Pullman se frotta les cheveux et semblait chercher ses mots, comme s'il trouvait tout cela ridicule.

— Et puisque tu aimes tant les non-natifs, tout à coup, continua-t-elle, tu te chargeras de trouver à manger pour notre nouvelle recrue.

Elle désigna l'étage d'un geste du doigt. Pullman se renfrogna.

— Je croyais que le *Rova* et toi aviez déjà discuté de ça et qu'une décision avait été prise.

Wyllina s'intéressa aux dossiers qui se trouvaient sur son bureau. Puisque vivre avec les non-natifs ne devenait plus un choix pour les vaquoriens, elle se voyait contrainte d'étudier les propositions qui avaient été envisagées.

— Non, répondit-elle simplement.

Il resta immobile un moment, fixant Wyllina qui faisait tout pour l'ignorer.

— À ce sujet, reprit-il, et la nocturna ne leva que ses yeux vers lui. Il a demandé à te voir, ce matin. Je crois qu'il n'est pas très satisfait des promesses que tu as faites aux gens interrogés. Tu vas ruiner le royaume.

Elle haussa les épaules. Après tout, ils ne pouvaient s'en vouloir qu'à eux-mêmes. Et si Pullman ne comprenait pas l'intérêt de fixer des règles claires aux non-natifs qui posaient des problèmes, il la décevait. Elle n'avait pas vraiment envie de se débarrasser des non-natifs. Mais définir leurs limites devenait primordial. Tout cela était dans l'ordre des choses, au risque de voir la population entière de Vaquoria devenir des vampires. Wyllina était bien consciente que tous les non-natifs n'étaient pas un problème. Mais avec des pouvoirs comme ceux des vampires et des loups-garous, une poignée suffisait à créer le chaos sur les terres des natifs. Et eux n'étaient pas aussi indulgents qu'elle.

Cela pourrait très bien finir en guerre civile. Que Pullman et Dimitri semblassent l'ignorer l'agaça.

Sans compter que tout cela n'arrangerait rien à cette gangrène, elle en était persuadée. Parce que le vampire qui se trouvait à l'étage de l'agence était bien une preuve supplémentaire que les non-natifs brisaient l'équilibre de Vaquoria. Ce goudron noir qu'il avait laissé derrière lui lors de sa transformation en était la preuve. S'ils voulaient que le royaume, à peine remis, ne retombât pas dans la noirceur et la destruction, c'était la seule solution.

Alors que Pullman attendait une réponse, elle ouvrit un autre dossier, et y plongea le nez. Elle ne laisserait pas tomber. Pour les natifs, pour que Dimitri ne fût pas rongé lui aussi par cette gangrène, pour Vaquoria… mais aussi pour les non-natifs. Pour qu'ils pussent s'épanouir sans se sentir obligés de tuer les vaquoriens pour se faire une place.

Ses interactions avec les autres agents de l'ARPM ne se réduisirent qu'à des regards échangés pour le reste de la journée. En relevant le visage de ses dossiers, Wyllina se rendit compte qu'il faisait nuit. Mais elle avait réussi à entrevoir des solutions qui pourraient être efficaces pour garder les non-natifs sous contrôle, et surtout les vampires.

Néanmoins, aucune d'entre elles ne l'aidait à expliquer cette gangrène et à résoudre le problème. En réalité, il semblait y avoir deux origines à cette maladie. L'une paraissait provenir des vampires, et plus particulièrement, des natifs qui en devenaient, et l'autre… l'autre restait un mystère.

Mais elle était persuadée que tout était lié. Et les solutions qu'elle avait trouvées ne permettraient pas aux terres de guérir si ses craintes se confirmaient. Jusqu'où s'étendrait cette gangrène ? À quelle allure ?

D'après ce qu'elle en savait, elle s'épandait sur les terres bien trop rapidement. Et si les non-natifs en étaient la cause, les autoriser à rester sur Vaquoria, même en suivant des règles, ne ferait qu'empirer la situation. Mais que pouvaient-ils faire d'autre ?

Elle saisit son visage entre ses mains. Cela faisait des heures qu'elle planchait sur une solution viable, sans parvenir à la trouver. Quelqu'un frappa à la porte de son bureau entrouverte, et Wyllina aperçut Lysandre dans l'interstice. Elle se rejeta en arrière, en appui sur le dossier de son fauteuil, l'air morne. Il entra avec hésitation, comme s'il craignait de la déranger.

C'était bien la première fois que ça arrivait.

— Tout le monde est parti.

Cette information la laissa de marbre. Elle réfléchissait mieux quand elle était seule, de toute façon.

— Si tu veux rentrer chez toi, je…

— Non, le coupa-t-elle, et elle lui lança le pendentif pour qu'il s'assurât qu'elle ne bougerait pas. J'ai encore du travail.

Il attrapa la chaine au vol, et la nocturna l'observa un moment en silence, le regard perdu sur sa chemise en lin.

— Tout ça n'a pas de sens… murmura-t-elle.

Lysandre ricana en haussant les épaules.

— On a vécu pire, dit-il. Je suis sûr que ça ira.

Mais Wyllina, elle, n'en était pas si sûre. Lysandre ne se rendait sans doute pas compte de tout ce qui était impliqué dans la résolution de cette pourriture.

— Comment peux-tu en être certain ? On est à deux doigts de perdre à nouveau notre roi, les abyssiens et poissons meurent à cause de cette gangrène, sans parler des cultures. Les vampires se nourrissent parmi le peuple... Ce n'est qu'une question de temps avant qu'on meure tous de faim... ou de soif.

L'elfe s'avança un peu plus vers elle, le pendentif toujours serré dans sa main.

— Ce matin, dans le village, j'ai entendu quelque chose.

Wyllina l'interrogea du regard.

— Certains villageois pensent qu'il manque une *Vasta*. Et je ne suis pas totalement contre leur avis.

Une Vasta. Une reine. Vaquoria manquerait d'une reine ? De toutes les manières, Dimitri ne tarderait sûrement pas à devoir en désigner une. D'un point de vue politique, pour commencer, et parce qu'il lui faudrait un descendant. Avoir un descendant assurait la royauté future, au cas où il serait tué. Si Ardamir était tué sans descendants, le pouvoir reviendrait à ses meurtriers. Et ses enfants auraient déjà grandi dans la royauté, et sauraient à quoi s'attendre en dirigeant le royaume.

L'apprentissage commencerait dès leur naissance.

— Oui, peut-être, admit-elle. Mais quel est le rapport avec la pourriture ?

Il se frotta le menton, plongé dans ses réflexions. Mais comme il ne trouva aucune réponse, il laissa retomber sa main mollement le long de sa jambe.

— Va dormir, lui dit-elle après un long silence. Je dois aller voir le roi.

Il tiqua, et Wyllina roula des yeux.

Ah oui, elle avait failli oublier.

— Je te dirai tout ce qu'il s'est passé. Je ne compte pas lui parler de Nérion et toi. Au final, je crois que je…

Elle n'acheva pas sa phrase, comme si le dire matérialisait sa trahison. Mais c'était pourtant ce qu'elle pensait. Si elle voyait juste, Dimitri était en train de tuer Vaquoria. Elle ne pouvait pas approuver cela, malgré la loyauté qu'elle s'était toujours promis de porter au souverain. Et pourtant, depuis leur retour, il ne cessait de la décevoir et d'engendrer des actions qu'elle ne parvenait pas à accepter.

La mort de sa sœur, son désir de l'avoir à ses côtés malgré tout ce qu'elle avait traversé…

— Je resterai ici, alors, répondit Lysandre. Si je ne te vois pas revenir avant deux heures cette nuit, je préviens Nérion.

Elle déglutit difficilement. Il lui faisait déjà une fleur, de toute évidence. Nérion avait été très clair : il ne devait pas la quitter d'une semelle. Mais peut-être se rendait-il compte qu'elle avait besoin d'intimité ?

— Je serai là, assura-t-elle en se levant.

Elle attrapa quelques-uns des dossiers sur lesquels elle avait travaillé, et contourna son bureau en pierre de lave polie.

— Ne fais rien de stupide, lui conseilla l'elfe.

Sa voix était ferme, mais son regard ne proférait aucune menace. Elle se contenta de hocher la tête en guise de réponse. Alors qu'une fine pluie brumisait la ville, elle quitta l'agence et se laissa avaler par la nuit.

Chapitre 11

Malgré la nuit nuageuse, le palais brillait de mille feux. À l'intérieur, elle devinait l'agitation des domestiques en voyant des silhouettes aller et venir devant les grandes fenêtres. Elle observa un moment la grille ouverte qui la séparait de l'entrée du château, et la franchit sans trop attendre. La pluie s'épaississait, et les dossiers qu'elle portait dans ses bras étaient fragiles. D'un pas rapide, elle avança jusqu'à une grande porte en bois sombre, où deux gonthors en armure montaient la garde. En l'apercevant, ils la prièrent de s'arrêter.

— Je viens voir le *Rova*, dit-elle.

Les gardes ne tournèrent vers elle que leurs yeux.

— Sa majesté le *Rova* ne reçoit plus à cette heure tardive.

— Je suis sa consultante, insista-t-elle.

Les gardes firent pivoter leurs têtes, mais pour échanger un regard entre eux plutôt que pour la détailler.

— Le consultant du *Rova* est déjà au sein du palais, dit l'un d'entre eux.

L'autre ricana, comme s'il était persuadé que Wyllina mentait pour contourner le règlement. Sa mâchoire se contracta alors qu'elle tentait de ne pas s'agacer.

— Ah oui, et qui est-ce ?

Aurait-il finalement engagé quelqu'un d'autre ? Cela la rendait folle de rage de l'imaginer. Pullman lui avait bien dit que ce rôle lui appartenait, non ? Ou devenait-elle trop ambitieuse ?

— Ces informations sont privées.

Elle recula de quelques pas afin d'étudier le palais. Comme si quelqu'un allait passer la tête par l'une des fenêtres et la remarquer avant de rabattre le caquet de ces imbéciles de gardes. En se retournant, elle observa la cour d'accueil du palais, sobre, mais bien entretenue. À quelques mètres d'elle, le lac au milieu duquel il avait été érigé échouait ses vagues timides sur une pelouse parfaitement taillée.

Alors qu'elle s'apprêtait à faire demi-tour, la porte du palais s'ouvrit, et quelques sujets en sortirent. Elle ne les avait jamais vus auparavant, et le fait qu'ils fussent des elfes n'enlevaient en rien le fait qu'ils étaient à l'intérieur alors qu'elle avait interdiction d'entrer comme une malpropre. Les elfes la dépassèrent en riant. Leurs habits prouvaient leur appartenance à la haute société. Elle baissa les yeux vers ses vêtements de paysanne. Peut-être aurait-elle dû prévoir quelque chose de plus…

Non.

Elle secoua la tête et avança encore vers les gardes, déterminée à entrer.

— S'il vous plait, il a dû vous donner mon nom.

Les gardes restèrent de marbre, ne prenant même pas la peine de lui répondre.

La porte s'ouvrit à nouveau, et des rumeurs de fêtes lui parvinrent.

Alors qu'un couple de fées aussi belles l'une que l'autre quittait le palais en s'enlaçant, elle jeta un œil à l'intérieur. Et d'après ce qu'elle pouvait voir, il s'y déroulait un bal.

Son cœur tomba dans sa poitrine. Dimitri avait organisé un bal, et il n'avait même pas pris la peine de l'inviter ? Sans parler du fait qu'il y avait sûrement beaucoup plus important qu'un bal mondain à l'heure actuelle. Qui avait eu cette idée stupide ?

— Je rêve, râla-t-elle. Je suis Wyllina. Laissez-moi entrer !

Elle avait tenté le tout pour le tout, et cela fit réagir les gonthors. Après un échange de regards, ils parurent encore sceptiques, mais la lance d'un d'entre eux s'affaissa, signe qu'ils commençaient à la croire. Pour appuyer ses propos, elle retira la capuche de ses cheveux roux, révélant leur couleur.

Enfin, l'un d'entre eux comprit qui elle était, et se confondit en excuses en lui ouvrant la lourde porte. Elle ne le remercia pas, et entra dans la salle du trône, débordante de monde. Tous étaient mieux habillés et plus apprêtés les uns que les autres. La musique allait trop fort, et elle se demanda comment elle n'avait pas pu la remarquer depuis l'extérieur. Sur l'estrade où s'érigeait le trône, elle repéra Dimitri, en pleine discussion avec... Elienor, assis sur le trône plus petit, destiné à la *Vasta*. Ils riaient naïvement, comme si rien n'avait d'importance.

La lourde porte se referma derrière elle dans un grincement, mais personne ne prêta attention à elle. Et si cela arrivait, c'était pour lui lancer des regards dédaigneux en étudiant sa tenue. Agacée, elle s'avança parmi la foule, bousculée par des danseurs ou des domestiques chargés de petits fours et de coupes de champagne.

Après une bataille de coudes et de genoux, elle parvint enfin à atteindre l'estrade, et se posta au pied des marches.

Elle se racla la gorge, pour attirer l'attention de ses deux amis, mais ceux-ci ne l'avaient même pas aperçue. Elle se tourna vers la foule. Que signifiait ce bal ?

Aux colonnes en pierre qui autrefois portaient le blason de sa sœur, un nouvel emblème avait été installé. Un flocon argenté dont les pointes étaient rouges, sur un fond bleu marine.

Un éclat de rire lui parvint depuis les trônes, et elle observa à nouveau Dimitri et Elienor.

C'en était trop. Furieuse, elle leva une main, et alors qu'elle s'apprêtait à subir son mal de crâne, elle esquissa un geste vers la foule. Tout le monde disparut, sauf elle, le roi, et Elienor.

Le bruit restait le même, mais c'était comme si la fête s'élevait depuis une autre salle, un peu plus loin. Tremblante, contrôlant la moindre de ses cellules, elle se tourna à nouveau vers les trônes, où Dimitri et Elienor avaient cessé de rire.

Ils l'observaient en silence, bouche bée. Quelque chose coula de son nez alors que son mal de tête se faisait insupportable. Ses tressaillements se firent si viscéraux qu'elle relâcha soudain la maîtrise de l'assemblée et tomba à genou, le souffle court.

La foule réapparut. Tout le monde se comportait comme si rien ne s'était passé.

Elienor courut vers elle sous le regard inquiet du roi. En l'aidant à se redresser, il ramassa également ses dossiers. La nocturna essuya son nez. Du sang s'étala sur le dos de sa main, et elle retint une nausée. Jamais elle n'avait rendu invisible autant de monde à la fois.

— Petite nocturna, s'amusa Elienor en la soutenant. Tu deviens vraiment effrayante.

Mais elle ne se préoccupa pas de lui.

Elle le repoussa, et récupéra ses dossiers en s'intéressant à nouveau à Dimitri, immobile sur son trône. Alors, il ne comptait pas descendre de son piédestal ?

Les dents serrées, elle grimpa les marches, dispersant des gouttes d'eau et de la boue à cause de sa cape trempée et sale. Lorsqu'elle arriva à sa hauteur, seulement il se leva. Wyllina eut un léger mouvement de recul face à son charisme décuplé par le pouvoir.

Mais sans rien laisser paraître, elle lui tendit les dossiers.

— Je vois qu'on s'amuse bien, dit-elle sur un ton plus cassant qu'elle ne le voulait.

Il ne répondit rien, et se contenta d'attraper les dossiers avant d'y jeter un œil.

— Ça ne pouvait pas attendre ? répondit-il en les tendant derrière son dos.

Quelqu'un surgit de l'arrière du trône pour lui débarrasser les mains. Wyllina ouvrit la bouche, mais la referma pour soupeser ses mots.

— Non, affirma-t-elle enfin. La survie de ton royaume n'attend pas. Ta survie n'attend…

— Allez ! intervint Elienor en passant un bras autour de son épaule. Laisse-toi aller un peu ! Depuis quand tu n'as pas fait la fête ?

Depuis quand ? C'était une excellente question.

Elle se dégagea des bras de l'elfe, habillé pour les circonstances. Dans sa main, deux coupes en argent étaient remplies de ce qu'elle devina être du vin, à l'odeur.

Elle mordit sa lèvre inférieure avec rage.

— Depuis quand en organises-tu ? lança-t-elle à l'adresse de Dimitri. Je n'étais même pas au courant.

Un sourire en coin se nicha sur ses lèvres, et Wyllina croisa les bras alors qu'il s'asseyait à nouveau sur son trône en pierre de façon lascive.

— Et comment aurais-tu pu l'être ? s'enquit-il en écartant les bras. Tu refuses de m'adresser la parole.

— C'est faux.

— Ah oui ? insista le roi. À chaque fois que j'essaye d'échanger plus de deux phrases avec toi, tu t'enfuis.

Elle s'apprêtait à répliquer que ce n'était pas le cas, mais se retint. En fait, c'était le cas. Son regard se tourna vers Elienor, qui buvait dans les deux coupes qu'il tenait l'une après l'autre.

— Vous êtes ivres.

— Peut-être, admit Elienor en s'asseyant sur l'accoudoir du trône.

Et cela agaça Wyllina plus encore.

— En tant que consultant du *Rova*, petite nocturna, j'exige que tous les sujets de ce royaume s'amusent ce soir, alors vas-y, lâche-toi !

En tant que… consultant… ? Elienor ? Les yeux de la nocturna dévièrent lentement vers ceux de Dimitri, mais il détourna son regard avant que les leurs se croisassent. Ainsi donc, les gardes disaient vrai.

Qu'est-ce que cela faisait d'elle, dans ce cas ?

— Je vois.

Sans en attendre davantage de leur part, elle s'écarta et ses yeux balayèrent la foule. Tous semblaient si inconscients. Que se passerait-il si un vampire se cachait parmi eux et mordait quelqu'un ? Ce bal deviendrait un véritable bain de sang. Ignoraient-ils qu'à quelques kilomètres de là, la gangrène rongeait les terres et certains de leurs semblables ?

Elle commença à descendre les marches, ignorant l'eau qu'elle avait répandue sur son passage.

— Elienor, veille sur la soirée, entendit-elle derrière son dos.

Mais elle ne s'en préoccupa pas. La foule l'avala alors qu'elle jouait des coudes pour quitter cet endroit au plus vite. Elle avait soudain trop chaud, et la bête qui s'était logée dans le fond de sa gorge quelques jours plus tôt refit violemment surface.

Pourquoi se sentait-elle trahie à ce point ? Après tout, Dimitri avait toutes les raisons du monde de chercher un autre consultant, étant donné qu'elle refusait de lui parler et qu'elle dilapidait l'argent du royaume. Pas suffisamment pourtant, s'il restait encore de quoi organiser ce genre de bal.

Quelqu'un lui attrapa le bras et lui fit faire volte-face. La salle du trône disparut avant qu'elle n'eût pu voir de qui il s'agissait, et le bruit de la foule et de la fête s'estompa. Ses pieds touchèrent un sol moelleux et une odeur boisée l'entoura soudain, alors que la semi-obscurité de la chambre du roi l'enveloppait. Elle n'eut plus besoin de le voir pour savoir que c'était Dimitri qui tenait fermement son bras.

Elle se débattit pour le faire lâcher prise, et recula de quelques pas en observant sa couronne briller à la lueur de la bougie unique qui les éclairait. À son doigt, elle repéra sa chevalière surmontée d'une obsidienne, la même qui sertissait son pendentif et qui lui permettait de se téléporter n'importe où.

Par réflexe, elle chercha la sienne à sa gorge, pour quitter cette pièce au plus vite, mais laissa retomber sa main lorsque ses doigts ne touchèrent que sa peau. C'était Lysandre qui l'avait. Elle était coincée ici, jusqu'à ce que le roi la laissât partir. Celui-ci retira sa lourde cape et passa une main dans ses cheveux en soulevant sa couronne. Il avait trop chaud.

Et c'était à cause d'elle.

À cause de sa colère.

Furieuse, la nocturna lui tourna le dos. Elle n'avait aucune envie de se retrouver seule avec lui, et chercha une issue.

La porte de sa chambre n'était pas si loin, mais le temps qu'elle courût au travers des couloirs du palais, Dimitri la rattraperait à coup sûr.

Ses mains tremblèrent alors qu'elle tentait de maîtriser sa rage, sentant qu'elle devenait de plus en plus brûlante à mesure que les secondes passaient. Il lui fallait un bain glacé. Un réfrigérateur. Un glacier. N'importe quoi pour se calmer.

Des pas feutrés avancèrent doucement vers elle, et elle n'eut pas la force de se décaler. Si elle bougeait, elle exploserait. Le *Rova* posa une main sur elle, et même au travers de sa cape, elle sentit sa fraîcheur. Elle observa ses doigts gelés posés sur son épaule. De la vapeur s'échappait de ce contact. Il s'approcha encore, et alors qu'elle était incapable de bouger, il se plaça devant elle.

Elle baissa les yeux, ne trouvant pas la force de lui faire face. Malgré elle, des larmes roulèrent sur ses joues mais s'évaporèrent avant d'atteindre ses lèvres. Elle était brûlante.

— Tu…, commença-t-elle d'une voix serrée.

Mais le roi la pria de ne pas parler, son index posé sur sa bouche. La froideur de sa peau lui fit un tel bien qu'elle en fermât les yeux. Délicatement, il retira la cape à présent presque sèche de Wyllina et la laissa tomber sur le sol, avant d'effleurer la peau brûlante de ses bras du bout des doigts.

Comme lorsqu'on jetait de l'eau sur les pierres d'un sauna, de la vapeur s'échappa d'eux dans un crépitement. La nocturna soupira, tant parce que sa fraîcheur l'apaisait plus que n'importe quoi, que parce que ce contact était agréable. Son ventre se tordit alors qu'il effleurait son cou, puis ses joues, et son menton.

Elle rouvrit les yeux en douceur, cherchant à savoir si elle avait tout compte fait vraiment envie de quitter cette pièce.

Lorsqu'il posa sa paume sur sa joue, elle appuya le contact en penchant la tête et en attrapant sa main. Déjà, l'ébullition qui l'avait gagnée semblait se calmer.

Il caressa ses lèvres à l'aide de son pouce, et elle se risqua à croiser son regard. Il était brûlant, lui aussi. Brûlant de givre. Il laissa retomber sa main en baissant les yeux, mais Wyllina en voulait encore. Timidement, elle s'approcha de lui, et après une hésitation, elle se hissa sur la pointe de ses pieds et posa ses lèvres brûlantes sur les siennes, glaciales et pourtant si douces.

Elle profita de la fraicheur qui se déversa dans tout son corps avant de se reculer. Dimitri resta immobile un moment, le regard perdu, comme s'il s'attendait à ce qu'elle s'évaporât une fois encore.

Mais puisqu'elle en était incapable, il s'élança vers elle en entrelaçant ses doigts dans ses cheveux, encadrant son visage de ses mains. Ses lèvres planèrent à quelques centimètres de celles de Wyllina pendant un instant. Leurs souffles se mélangèrent, et alors que la nocturna leva les yeux vers les siens, il franchit la distance qui les séparait encore, l'embrassant avec deux fois plus d'ardeur.

Son haleine et sa langue la rafraichirent encore, mais à présent, elle ne brûlait plus de colère.

Il la souleva et l'emprisonna dans ses bras, avant d'avancer vers son lit. La nocturna ne brisa pas son baiser. Elle ne l'aurait fait pour rien au monde.

Même si au fond d'elle, elle savait que le royaume mourait. Même si elle savait que Dimitri en pâtissait. Même s'ils avaient des choses à dire, des sujets sur lesquels discuter. Pour une fois, elle appliqua le conseil d'Elienor, et se laissa porter.

Il l'attira à lui pour l'embrasser encore, et le monde se confondit.

Dans la chambre, les vagues de chaleur et de froid se succédaient, gelant les meubles et les réchauffant tour à tour.

Et cette nuit-là, la neige tomba sur Morum malgré les températures estivales.

Chapitre 12

Wyllina quitta la chambre du *Rova* discrètement après s'être rhabillée, veillant à ne pas le réveiller. Le palais grouillait encore d'une agitation sans pareille, si bien qu'elle n'avait aucune idée de l'heure qu'il était. Mais Lysandre l'attendait et elle était déjà sûre d'être en retard. Elle remonta en hâte le couloir et chercha une autre issue que la salle du trône. Elle ne tenait pas à se faire remarquer à nouveau.

Et lorsqu'elle tomba sur Elienor, au tournant d'une allée, ses épaules s'affaissèrent. L'elfe lui lança un regard entendu, visiblement ivre, une coupe argentée toujours en main.

— Tiens donc, petite nocturna. Vous ici.

Il s'approcha d'elle alors qu'elle tentait de dissimuler le teint rosé de ses joues. Mais s'il le remarqua, il ne fit aucun commentaire.

— On cherche à s'enfuir ?

Sans lui répondre, elle poursuivit sa route, et l'elfe la précéda, courant presque pour rester à sa hauteur.

— Si tu veux éviter de passer par la salle du trône, je connais une autre sortie.

Lassée par son insistance, elle se tourna vers lui et observa son visage. Il semblait détendu et inconscient.

163

— Elienor, tu es ivre et en danger.

Il balaya l'air de sa main comme si tout ça n'avait aucune importance.

— Oui, allons. Suis-moi.

Mais elle ne plaisantait pas. Nérion lui avait affirmé qu'il laisserait Elienor tranquille pour le moment, mais peut-être que tous les chasseurs n'étaient pas au courant. Et même si Nérion était un homme de parole, elle n'était pas à l'abri qu'il eût changé d'avis. Organiser un bal avec des inconnus venant de tout le royaume n'était pas la meilleure stratégie que lui et le roi eussent eue pour assurer sa protection.

Elle le suivit quand même, le remerciant de lui offrir son échappée. Il la mena jusqu'au soubassement du palais, où l'une des portes s'ouvrait sur le jardin arrière. D'après lui, elle n'avait qu'à sauter quelques buissons et elle se retrouverait sur l'isthme qui séparait le palais du continent.

Au moins, il ne pleuvait plus. Elle le remercia encore et se détourna, s'apprêtant à courir dans la nuit, mais il l'interpella avant qu'elle ne pût faire un pas.

— Comment ça s'est passé, avec Ardamir ?

La nocturna évita son regard. Comment cela s'était-il passé ? Pas du tout comme elle l'avait imaginé, bien sûr. Mais sans doute avait-elle du mal à le regretter.

— La communication est brisée entre nous, Elienor. Ça ne m'étonne pas qu'il t'ait finalement choisi pour consultant.

Elle lui adressa un sourire qui n'atteignit pas ses yeux. L'elfe joua avec le vent de ses longs doigts fins.

— Ah, ma chère petite nocturna. Il parait évident que tous les dialogues ne sont pas faits de mots. Je me trompe ?

Ses joues s'empourprèrent et elle remercia l'obscurité qui les camouflait.

— Quant à ce rôle de consultant, je l'ai obtenu simplement parce qu'il a autre chose en tête pour toi.

Autre chose ? Que pouvait-elle bien faire d'autre que le conseiller ? Peu importait. Cela restait une trahison, à ses yeux. Et pourtant, elle était encore tombée dans ses bras.

— Allez, va-t'en, dit-il en la chassant d'une main. Demain il y a une réunion, et je dois décuver.

Sans ménagement, il referma la porte sur son nez. Wyllina se retrouva seule dans la nuit sans lune, au milieu des jardins du roi. Et pendant une seconde, elle trouva ça injuste. Elle n'aurait pas dû se trouver là, à se cacher pour fuir. À se cacher pour entrer au palais. À devoir user de ses pouvoirs pour se faire remarquer. Pendant une seconde seulement, elle jalousa Elienor : c'était elle qui aurait dû se trouver à sa place.

Mais tout cela était un juste retour des choses, qui faisait suite à son comportement des dernières semaines. Après tout, c'était elle qui avait cherché à s'isoler. C'était elle qui évitait Dimitri. C'était elle encore qui s'opposait à lui.

Son regard se perdit dans l'eau du lac qui l'entourait. Sur les rives proches, un ponton en bois avait été installé, auquel une barque était amarrée. Une barque dans laquelle elle ne monterait jamais. Elle se détournait, lorsque quelque chose attira son attention, non loin de l'eau. Ou plutôt, en provenance de l'eau.

Elle s'approcha en se guidant à la lueur du palais, et s'accroupit dans l'herbe mouillée par les petites vagues du lac. La surprise ne la frappa même pas lorsqu'elle constata un genre de goudron noir emmêlé dans les brins d'herbe décrépis.

Cela semblait provenir du fond du lac. Alors, la gangrène était arrivée jusque-là ?

Elle se redressa, les poings serrés, avant d'observer le palais. Son regard trouva la fenêtre des appartements du roi, derrière laquelle une silhouette nue aux cheveux bleu ciel l'étudiait. Le *Rova* posa une main sur la vitre, comme pour lui dire au revoir. En réponse, elle rabattit la capuche de sa cape sur ses cheveux sans le quitter des yeux, et courut vers la sortie.

Le temps pressait.

En arrivant sur la place de Morum, Wyllina jeta un dernier regard au palais et s'engouffra dans l'auberge du lac, ARPM. À l'intérieur, de la lumière trahissait la présence de Lysandre qui l'attendait de pied ferme. Et lorsqu'elle referma la porte aussi discrètement que possible, sa voix la surprit.

— Tu es presque à l'heure, dit-il.

Elle se tourna vers lui avec méfiance. Il était installé à son bureau, les pieds posés sur les dossiers déjà étudiés qui formaient une pile depuis le sol, un crayon dans l'une de ses mains. Perplexe, elle observa l'horloge que Pullman avait ramenée de la Terre et qui fonctionnait sur pile. Elle affichait 2 h 1.

— Très drôle.

— J'ai failli rejoindre Nérion, annonça-t-il en révélant le pendentif serré dans sa main.

La nocturna le prit comme une menace, mais ignora ses provocations. Elle n'avait aucune envie de lui parler pour le moment. Et à vrai dire, elle n'avait envie de parler à personne. L'elfe retira, malgré tout, ses pieds des dossiers et huma l'air.

Son visage se fit malin lorsqu'il rouvrit les yeux et les posa sur la fée nocturne, les oreilles frémissantes.

— Je vois que la soirée a été… intéressante.

Wyllina retint une moue de dégoût. Pouvait-il vraiment flairer l'odeur du roi sur elle ? Et si c'était le cas, Elienor l'avait-il senti également ? Sans aucun doute.

— Tu es sûr que tu n'es pas un loup-garou ?

— Alors ? raconte-moi.

Le ton qu'il avait employé ne laissait aucune place à la discussion. Elle soupira en se débarrassant de sa cape, et s'approcha de l'elfe. En tirant la chaise de Peter, elle s'installa en face de lui et se laissa tomber sur le bois verni avant d'appuyer son coude sur le bureau. Elle posa la tête sur son poing, et son regard se perdit dans le vide pendant un instant.

— Il n'y a rien à dire. Malheureusement.

Lysandre ricana, la tête rejetée en arrière.

— Je vois, vous n'arrivez plus à discuter, mais coucher ensemble est à votre portée ?

Wyllina s'agaça plus que de raison et lui lança un regard noir. Mais il n'avait pas tort. Elle se redressa et déglutit avant de reprendre son sérieux.

— J'ai néanmoins quelques informations.

Lysandre se releva aussi, cessant de se balancer sur sa chaise. Il lui fit signe de parler, les deux oreilles légèrement plus en avant qu'à l'habitude.

— J'ai été virée. Et il y a une réunion demain.

Il sembla réfléchir un moment à la réaction qu'il devait avoir face à ces deux renseignements.

Il ouvrit la bouche sans dire un mot.

— Mais visiblement, il a autre chose en tête pour moi, s'empressa-t-elle d'ajouter. Je n'ai aucune idée de ce que ça peut être. C'est Elienor qui est devenu consultant.

— C'était prévisible, vu tout ce que tu lui as fait perdre en un après-midi.

Il retrouva son air dédaigneux, si bien qu'elle hésita à lui parler encore. Mais étrangement, il était à ce moment-là ce qui se rapprochait le plus d'un ami. Même comparé à Elienor, Pullman et Dimitri, qui ne cessaient de la poignarder dans le dos, à défaut de poignarder sa sœur en plein cœur.

— Je compte bien m'imposer à cette réunion, déclara-t-elle froidement.

— Il y a autre chose…

Ce n'était pas une question. Il la sondait, comme s'il pressentait que la nocturna ne lui révélait pas tout. Mais qu'y avait-il de plus à dire ?

— La gangrène atteint le palais, finit-elle par admettre. Ou alors il y a un nouveau foyer, je ne sais pas vraiment. Elle ne suit pas la progression de celle qui envahit la terre des elfes noirs et des elfes.

Lysandre hocha la tête avec gravité, et son regard dévia, comme s'il réfléchissait à ce qu'elle venait de lui annoncer.

— Je n'étais pas au courant pour ce bal, ne put-elle s'empêcher de dire. Toi, oui ?

— Oui, dit-il. Pullman en a parlé l'autre fois.

Peut-être que si elle avait été moins concentrée sur elle-même, elle aurait pu capter ce genre d'informations pas si capitale, mais… intrigante.

— Ça ne lui ressemble pas.

— C'est le *Rova*, objecta Lysandre. Il ne doit pas être fidèle à lui-même, mais fidèle à son peuple. Le peuple aime les fêtes, alors il organise des bals. L'Ardamir que tu connais ne se montrera jamais en public. Tu n'as pas encore compris ça ?

Elle haussa les épaules. Non, pas vraiment. Quel était l'intérêt de régner en étant quelqu'un d'autre ? Au moins, Erwin et Éva restaient fidèles à eux-mêmes. Pour le meilleur et surtout pour le pire.

— Cet Elienor, reprit Lysandre. C'est un elfe. Il connaît la royauté et ses règles sur le bout des doigts, ça fait partie de son éducation. Il est bien placé pour conseiller ton roi, ne t'inquiète pas.

Se rendait-il compte qu'il les défendait, l'un et l'autre, alors qu'il était censé les détester ? Elle ne put empêcher ses mots de claquer comme un fouet :

— J'ai l'impression que personne ne suit ses principes, dans ce royaume.

Elle se leva d'un bond, et Lysandre l'observa d'un air troublé.

— Dit celle qui écarte les jambes devant le *Rova* alors qu'elle le déteste.

Wyllina aurait pu se mettre en colère, mais c'était loin d'être le cas. Lysandre avait raison, et elle le savait. Et pourtant, sa remarque fut aussi douloureuse qu'un coup de poing en plein cœur.

— En parlant de ça, tu ferais bien d'être à l'écoute des rumeurs. Je ne sais pas si tu es au courant, mais quand le *Rova* s'envoie en l'air, tout le royaume le sait.

Elle se retourna vers lui, souhaitant en savoir plus.

— Il y a toujours quelque chose d'étrange. Les arbres qui fleurissent en pleine nuit, la neige qui tombe en été, l'eau qui bout dans la mer, les feuilles mortes qui se raccrochent aux arbres…

Il secoua la main pour illustrer qu'il y avait tant d'autres choses, que cela lui prendrait la nuit de tout citer. La nocturna replaça l'une de ses mèches de cheveux, gênée.

— Personne ne saura que c'est moi.
— Peut-être pas, répondit-il. Mais tout le monde pensera qu'une *Vasta* est en chemin.

Wyllina ne trouva rien à redire. De toute évidence, le peuple se tromperait s'il imaginait que c'était le cas. Le roi ne voulait pas d'elle en tant que consultante. Alors en tant que reine... Et elle n'avait en aucun cas l'ambition de le devenir. Vivre une vie de mensonges pour complaire au peuple... Risquer de se faire détruire par le pouvoir et par les terres... Être observée à chacun de ses pas. Finalement, Dimitri n'avait pas une place si facile à assumer, et quelque part, elle s'en voulait d'avoir été si dure avec lui depuis son couronnement. Depuis la mort de sa sœur. En elle-même, elle commençait à comprendre malgré tout que les choses n'auraient pu se passer autrement.

Oui, il n'avait pas eu le choix de tuer sa sœur.

Mais elle aurait préféré le faire elle-même. Elle avait déjà cru l'avoir fait, plus de cinq cents ans auparavant. Ainsi, elle aurait été la seule personne à détester pour le restant de ses jours.

L'arrivée de ses collègues la réveilla le lendemain matin. La nuit fut courte, et elle et Lysandre avaient préféré rester sur place. Qui plus est, elle n'avait aucune envie d'accueillir l'elfe chez elle, où il ne manquerait pas de relever le moindre détail pour lui balancer au visage quelques jours plus tard.

Elle se frotta les joues en bâillant, et se redressa sur son siège en cuir dans un grincement. Et à peine eut-elle le temps de s'étirer, que Pullman toquait à sa porte.

— Dure nuit ? lui demanda-t-il.

Elle ne répondit que par un grognement, et le gonthor entra dans le bureau avant d'en refermer la porte. Il patienta quelques secondes le dos tourné, avant de lui montrer son visage.

— Les petits ont bossé toute la nuit aussi, dit-il, et il fallut à Wyllina un certain moment pour comprendre à qui il faisait mention. Ils ont des suggestions concernant les non-natifs.

Elle acquiesça. Il parlait du vampire et du loup-garou qu'il avait engagés, et à qui elle avait exigé d'être les émissaires de leur espèce.

— Wyllina… est-ce que…

Elle leva les yeux vers Pullman, qui sembla hésiter. De toute son imposante carrure, il se balança d'un pied à l'autre.

— Est-ce que quoi ? lui demanda-t-elle.

Il observa les mains de la jeune fée avant de détourner le regard.

— Rien, oublie ça.

Mais que leur prenait-il, à tous ? Pourtant, Pullman ne sentait pas le vin ! Elienor avait au moins l'excuse d'avoir été ivre, la nuit passée.

— Il y a une réunion tout à l'heure, au palais.

— Je sais, répondit-elle.

Cela sembla le surprendre. Elle planta ses iris argentés dans ses petits yeux noirs.

— Je suis allée au palais hier après avoir beaucoup réfléchi moi aussi. Je voulais m'entretenir avec Dimitri. Mais… ce n'était pas le moment.

Il parut gêné plus encore, mais ne répondit rien.

— Cette gangrène m'inquiète, Pullman. Il est maintenant impossible de renvoyer les non-natifs sur Terre sans le faire pour les natifs devenus vampires. Et tu sais que si on fait ça, ils mourront en quelques jours.

Pullman hocha gravement la tête. Pourtant, il ne trouva rien à dire.

— Il faut qu'on instaure des règles. Les non-natifs ne sont pas piégés ici. Ils peuvent aller et venir comme bon leur semble, sans risquer leur vie s'ils se retrouvent piégés.

— À quoi tu penses ?

Elle laissa planer le silence. Tout cela n'était que des suggestions. Sans l'accord du roi et d'Elienor, cela n'avait aucune importance.

— Tu le verras tout à l'heure. Mais je crois qu'un représentant de chaque peuple mériterait d'être présent.

Il opina du menton, comme s'il paraissait comprendre ce qu'elle avait en tête.

— Ça ne sera pas facile de les rassembler en si peu de temps.

Wyllina se racla la gorge. Des Ducs avaient été choisis, du temps d'Erwin. Dans l'urgence du couronnement de Dimitri, ils n'avaient pas pris la peine d'en changer. Elle savait donc très bien de qui il s'agissait, pour chacune des régions, pour les avoir vus le soir où Éva et Erwin avaient prévu de la sacrifier. Ce savoir combiné au collier que Lysandre gardait dans sa poche, permettrait à l'entièreté des ducs d'être présents pour cette réunion. Dépendamment de son heure dans la journée.

— Quand est-ce qu'elle a lieu ?

— Cet après-midi.

Elle observa l'avancée du jour à travers l'unique fenêtre de son bureau, et se leva de sa chaise d'un bond.

— Alors il n'y a pas de temps à perdre.

Chapitre 13

Le premier Duc qu'ils vinrent chercher fut le plus facile, parce que le moins considéré. Le duc des elfes noirs, le Duc de Mormoth, n'était plus guère sollicité par ses paires. Et ce ne fut pas difficile de le convaincre d'assister à cette réunion. Même si c'était pour discuter du sort des non-natifs. Sa région était la plus touchée par la gangrène. Ses arguments auraient du poids.

Le second fut le Duc de Quatharim, un gnome régnant sur la région qui accueillait fées, syltains, valtari et autres espèces en minorité sur Vaquoria autrefois. Quatham en était la capitale. Comme pour le Duc de Mormoth, sa région était très touchée par la gangrène. Ce fut donc presque un soulagement lorsque Wyllina et Lysandre frappèrent à sa porte pour lui suggérer de le transporter au palais à l'occasion de cette réunion.

Le troisième fut un peu plus récalcitrant. En tant que Duc de Cher, la région des elfes, Edgar Chantre et Wyllina avaient un passé en commun. C'était lui qui avait couronné Éva, le soir de son sacrifice. Lui qui avait animé ce sacrifice. Lorsqu'ils se retrouvèrent devant son imposante demeure, Lysandre et elle, la nocturna s'était sentie soudain minuscule.

Et quand il était apparu sur le seuil, tout en haut des marches en marbre qui menaient à son antre, le regard qu'il lui avait jeté était sans équivoque.

— Je te laisse t'occuper de celui-ci, avait-elle marmonné en se détournant.

Lysandre l'avait regardé d'un drôle d'air, mais regarder cet elfe en face lui rappelait trop de souvenirs nauséabonds qu'elle préférait oublier.

Pendant qu'il le convainquait, elle attendait un peu plus loin, à l'orée de la forêt elfique qui encadrait son domaine. Elle avait donc eu l'occasion d'observer que la gangrène s'était étendue, et que la forêt n'était plus que l'ombre d'elle-même. Les arbres ternissaient, la mousse était moins gorgée d'eau, les oiseaux ne chantaient plus et ne volaient plus que par nécessité.

Et sous la couche de mousse, le sol était aussi noir que le cœur de son Duc. Elle n'avait eu à recroiser Edgar que pour le transporter à l'ARPM, puisque Lysandre ne savait pas se servir de l'obsidienne.

Les trois suivants furent faciles. Le Duc de Stanster, de la région des nains, le Duc Galbin de Nostery, de la région des nocturnas et le Duc de Ténérith, l'île qui appartenait aux gonthors, avaient tout de suite répondu présents.

Il ne manquait plus que la région du *Rova*, représentée par lui-même.

Dans un sens, Wyllina se sentit fautive lorsqu'elle franchit les portes du palais, accompagnée des ducs du royaume sans avoir consulté le roi auparavant. Mais cela ne pouvait se passer autrement. Les décisions prises à plusieurs étaient toujours meilleures, parce que plus impartiales et justes. Plus pragmatiques.

Et elle ne voulait imposer ni à l'un ni à l'autre de céder une partie de leur territoire pour l'offrir aux non-natifs.

Ce dilemme se ferait en leur présence. Qu'ils le voulussent ou non.

En entrant dans la salle du trône de façon théâtrale, le roi posa sur elle des yeux incompréhensifs. Il observa tour à tour les représentants de chaque région, ainsi que William et Axel, le vampire et le loup-garou qu'elle avait désignés comme représentants des vampires et des loups-garous.

Pullman se confondit en excuses, en observant Peter, bafouillant qu'il n'avait pas eu le choix et que Wyllina était l'entière responsable de ce coup d'État. Elle en assumait la culpabilité avec plaisir, le menton soulevé en signe de défi. Et malgré son air agacé, elle aperçut un sourire au coin des lèvres du roi.

— Très bien, annonça le *Rova*. Nous ferons donc cette réunion ici.

Elienor le regarda comme s'il était choqué, mais le roi leva la main vers lui avant qu'il ne pût dire quoi que ce soit.

— Je crains que la salle de réunion ne soit trop petite pour accueillir tous ces grands Ducs. Gardes, fermez les portes du palais. Et ne les rouvrez que lorsqu'on aura trouvé un accord.

Il se leva de façon si solennelle que Wyllina ne fut pas la seule à en frissonner. Pourtant, son regard n'épousait qu'elle, et alors que les domestiques s'agitaient autour d'eux pour dresser les tables de banquet, il s'approcha d'elle doucement.

Les autres ne s'occupaient plus d'eux, plongés dans des discussions sur la situation politique ou économique du royaume. Toutes ces choses dépassaient la nocturna. Mais elle fut surprise quand Dimitri se planta devant elle et lui offrit un baise-main.

À ce moment-là, le silence se fit dans la salle. Le regard de la nocturna voyagea dans l'assemblée, et elle retira vivement sa main en observant Lysandre. Ce qu'il lui avait dit la veille à propos des rumeurs restait dans un coin de son esprit. Elle n'avait aucune envie de les alimenter, surtout auprès de Ducs plus bavards et avides de secrets que n'importe qui d'autre.

— Encore une fois, tu t'es surpassée pour me mettre dans l'embarras, s'amusa-t-il.

Wyllina recula d'un pas, pour s'assurer que la distance qui les séparait était respectable. Pour un roi qui s'adressait à l'une de ses sujets.

— Je ne suis peut-être pas la consultante que tu attendais, dit-elle. Mais je reste moi-même. Et cela me paraissait plus juste.

Il sourit encore. En réalité, on aurait dit que cela lui faisait plaisir. Comme si la seule chose qu'il espérait d'elle était finalement qu'elle le contredît. Il jeta un regard derrière elle, et recula d'un pas lui aussi. Les bras croisés derrière le dos, il invita tout le monde à se mettre à table.

Lorsqu'elle se retourna, la nocturna eut le souffle coupé. Comment les domestiques avaient-ils réussi à préparer tout ce festin en si peu de temps ? La nourriture abondait sur la table, si bien qu'elle se jura d'en garder quelques restes pour les distribuer aux villageois les plus démunis, comme Éva et elles avaient l'habitude de le faire lorsqu'elles étaient enfants.

Les Ducs s'installèrent de part et d'autre de la longue table surchargée de nourriture. Pullman et les deux non-natifs prirent place au centre, et Peter resta debout derrière William et Axel, pour leur traduire la conversation, certainement.

Lorsque tous furent installés, le *Rova* prit place en bout de table pour présider l'assemblée.

Wyllina n'avait d'autre choix que de s'installer à l'autre extrémité de la table, place normalement réservée à la *Vasta*. Elle tenta d'échanger sa place avec Elienor, assis à côté d'elle, mais il refusa, décrétant que sa place n'était pas à l'opposé du roi. Elle en frissonna et chassa une nausée. Tout cela n'était qu'un concours de circonstances, pourtant, elle était persuadée qu'on jaserait dans les cours au petit matin. Ce fut donc avec réticence qu'elle s'assit, sous le regard de tous.

— Bien, commença Elienor. En tant que consultant du roi, je déclare cette réunion ouverte.

Lysandre, installé de l'autre côté de Wyllina, lui donna un coup de genou. Elle lui trouva un regard inquiet, qui s'attarda sur Elienor. Sans doute prenait-il conscience que sa tête valait plus d'argent qu'il n'arriverait jamais à en gagner de façon honnête. Lorsque ses paupières se plissèrent, elle le perçut comme une menace. Elle pria donc de toutes ses forces pour qu'Elienor ne se montrât pas trop… agaçant.

Comme personne ne semblait prompt à commencer, elle attrapa son verre déjà rempli de vin et le tendit devant elle pour détendre l'atmosphère.

— Mais avant tout, longue vie au *Rova* !

Son regard empreint de provocation croisa celui du roi, dont le sourire s'élargit. Elle but une gorgée sans le quitter des yeux alors que le silence se fit lourd dans l'assemblée. Mais tous la suivirent, et portèrent un toast au roi avant de plonger les lèvres dans leurs verres.

— Bien, dit ensuite Dimitri une fois son sérieux retrouvé. Je suppose, Messieurs, que vous avez des revendications au vu de votre présence ici ?

Un brouhaha s'éleva, si bien que Wyllina se retint de se boucher les oreilles. Tous voulaient s'exprimer en même temps. Elienor se leva et claqua des mains pour ramener l'ordre.

— Messieurs, dit-il en s'attardant sur Lysandre. Un peu de courtoisie. Que les dames commencent…

Les visages se tournèrent soudain vers elle, et Wyllina fut tentée d'insulter son ami pour ce coup bas. Malgré tout, elle assuma son rôle, et se leva les yeux plongés dans son assiette remplie à laquelle elle n'avait pas encore touché.

— Il faut trouver une solution pour les non-natifs, dit-elle. Et Messieurs, si je vous ai conviés à cette table…

— … sans l'ordre du *Rova*, la coupa Elienor d'un ton si bas qu'elle fut la seule à l'entendre.

Elle l'ignora, et s'humidifia les lèvres.

— Si je vous ai conviés à cette table, c'est pour savoir lequel d'entre vous serait prêt à céder une partie de son territoire aux non-natifs qui posent problème.

— Surtout les vampires… marmonna le Duc de Mormoth. Notre région est déserte et ils se croient tout permis, sous prétexte que personne ne s'en rendra compte.

— J'ai eu des problèmes avec des sorcières, s'exprima le Duc de Cher en fixant Wyllina.

Le souvenir de leur conversation, avant qu'il ne la fît sacrifier, lui revint en pleine face, si bien qu'elle attrapa son verre de vin et en but une grosse goulée.

— Il est hors de question que je cède une partie de mes terres déjà réduites à cette bande de sauvages, cria le gonthor, Duc de Ténérith en tapant du poing.

Pullman hocha discrètement la tête.

— Quant à moi, continua le nain, Duc de Stanster, je pense que mes terres leur seront trop hostiles.

Wyllina opina. Le territoire des nains, tout au nord du pays, ne pouvait convenir qu'à eux seuls à cause du froid glacial qui y régnait et des montagnes abruptes qui perçaient la terre.

— Et pourquoi doit-on nécessairement les accueillir sur Vaquoria ? s'exclama le Duc de Nostery, représentant des nocturnas. Ils ne font pas partie de notre peuple.

— Et pourquoi pas le territoire des nocturnas, justement ? suggéra Edgar Chantre, le Duc de Cher. Après tout, c'est votre idée, Wyllina. Il serait normal que ce soit les vôtres qui payent. Et tout ce qui se passe est un peu votre faute…

Le roi se leva sur le champ, et l'elfe se tut, la tête enfoncée dans ses épaules. Dimitri posa les mains sur le bord de la table, et observa tour à tour chacune des personnes présentes. Son tour de table s'acheva dans ceux de Wyllina, à qui il demanda en silence de reprendre la parole.

Pourtant, elle dut chercher ses mots pendant un moment pour se remettre de cette démonstration de pouvoir. Elle n'avait pas l'habitude de voir Dimitri aussi…

— Si le royaume a décidé d'accueillir les non-natifs parmi nous, expliqua le *Rova*, c'est parce que notre population a cruellement souffert de ces derniers siècles. Notre effectif a diminué de plus de deux tiers, et nous ne sommes pas assez nombreux pour relancer l'économie du royaume aussi vite et aussi efficacement qu'on le voudrait. Les non-natifs peuvent faire la différence dans ces domaines, en repeuplant des terres de Vaquoria à nos côtés.

— Ça ne me dérange pas d'en accueillir, intervint le Duc de Quatharim, le gnome. Ma région héberge déjà les populations minoritaires. Je peux leur céder une partie de mon territoire inoccupé dans les montagnes. Mais il faut trouver une solution pour cette gangrène qui mange mes terres.

Les autres Ducs approuvèrent. Les regards se tournèrent vers le roi, qui, toujours debout, ne sut que répondre.

— La situation est sous contrôle, dit-il.

Et Wyllina se rendit compte qu'il était capable de mentir. Combien d'autres fois cela était-il arrivé ? Elle se pencha un peu plus sur la table, comme pour réduire la distance qui la séparait de lui.

— Oh vraiment ? le provoqua-t-elle.

Il ne répondit rien quand il la fusilla du regard.

— Alors d'où vient cette gangrène, sa Majesté ?

Sur les derniers mots, elle insista sur l'intonation moqueuse de sa voix. Tous retinrent leur souffle, impressionnés par l'insolence et la désinvolture de Wyllina. Tous, et en particulier Elienor, qui la força même à se rasseoir en appuyant sur ses épaules.

— Ne la touche pas, lui ordonna le roi d'un ton sec, le forçant à la lâcher.

Le silence qui tomba sur la salle devint pesant, alors que Wyllina et Dimitri se livraient à un duel de regards. Pullman se racla la gorge voyant que personne n'osait intervenir. Lysandre se leva courageusement, frottant ses paumes moites. La nocturna détacha son regard du roi pour s'intéresser à l'elfe, surprise qu'il prît l'initiative de la sortir de cette situation embarrassante.

— L'ARPM a une suggestion, dit-il, d'une voix ni apeurée ni lèche botte.

Il restait lui-même. Cela fit énormément de bien à Wyllina, qui savait à qui se raccrocher pour avoir un semblant de vérité dans cette cour de mensonges et de trahisons.

Lysandre lui lança un regard.

Il était au fait de tout ce à quoi elle avait pensé, parce qu'ils avaient eu le temps d'en discuter la nuit et ce matin-là, en rassemblant les Ducs du royaume. Elle se rassit pour lui laisser la parole, et Dimitri haussa un sourcil. Elienor, lui, sembla se perdre dans la contemplation de son pair.

— Puisque certains natifs sont maintenant de l'autre côté, transformés par les vampires ou par les loups-garous, nous sommes conscients qu'on ne peut les renvoyer chez eux au risque de les faire mourir. Ainsi donc, on suggère de leur trouver un territoire isolé, au même titre que chacune des espèces de ce monde. Ils n'auraient le droit de chasser en dehors de ces frontières que pour se rendre sur Terre, où ils chasseraient des humains. Les natifs sont intouchables, et s'ils s'en prennent à eux, ils se verront accorder la peine capitale. Puisque le *Rova* est capable de créer des portails entre nos deux mondes, il pourrait en créer un sur leur territoire, pour que leur chasse ne déteigne sur aucune autre région. Si sa Majesté le veut, bien évidemment…

Il s'interrompit quelques secondes, durant lesquelles il regagna son souffle.

— Mais cela n'arrangera pas le problème de la gangrène. Les natifs sont les plus touchés par ce phénomène, alors nous exigeons un territoire éloigné du continent. S'ils en sont la cause, plus ils seront éloignés de nous, mieux les terres s'en porteront.

Il acheva ses mots en buvant une gorgée de vin, et se rassit, soudain conscient qu'il parlait devant une assemblée complète de gens bien plus importants que lui. Il chercha l'appui de Wyllina, comme pour lui demander si son discours était tel qu'elle l'avait souhaité, et celle-ci acquiesça en silence.

— Petite nocturna… murmura Elienor de sorte qu'elle fût la seule à l'entendre. Tu gardais dans ta botte un bien drôle de phénomène…

Elle ignora son ami, et s'intéressa au *Rova*, tête baissée, qui semblait réfléchir à cette proposition.

— Une minute, intervint le Duc de Ténérith. Mon territoire est le seul qui soit suffisamment isolé pour convenir à toutes les conditions.

Pullman sembla s'éveiller lui aussi, et se leva si vite que sa chaise trop petite tomba à la renverse.

— Oui, je ne suis pas d'accord. Les elfes ont un territoire bien plus vaste. Pourquoi pas chez eux ?

Wyllina ricana et se leva à nouveau.

— Tiens donc, Pullman, quand ça te touche de près, on change d'avis ?

— Il a très bien expliqué pourquoi ça ne pouvait être la région des elfes, maugréa Edgar. La gangrène se répand déjà jusqu'à mon domaine, tout au nord de mon duché. D'ailleurs, mon jeune ami, vous m'intriguez. Votre langage n'est pas propre à notre éducation. Quelle est votre histoire ?

— Vous n'avez pas besoin de connaître son histoire pour le respecter, cracha Wyllina.

— Je vois, on défend son petit joujou ?

— Assez ! cria le *Rova* en tapant du poing.

Le silence retomba. Wyllina se rassit en même temps que les autres, alors que Dimitri se redressait de toute sa hauteur. Et soudain, ce n'était plus Dimitri face à elle, mais Ardamir.

— Ce sacrifice me parait juste. Le Duc de Cher partagera une partie de ses terres avec les gonthors, et…

— Quoi ? Mais… commença Edgar.

— Et ce n'est pas négociable, coupa Ardamir. Les gonthors seront grassement récompensés pour leur sacrifice. Y a-t-il des représentants de non-natifs parmi cette assemblée indisciplinée ?

Wyllina les observa, et le *Rova* les repéra en suivant son regard.

— Bien, levez-vous, dit-il à leur intention.

Après que Peter leur eut intimé de se lever, en français, William et Axel s'exécutèrent en tremblotant. Ils ne pouvaient éprouver le pouvoir du roi comme les natifs, mais ils en ressentaient le charisme. Et cela semblait amplement suffisant pour les faire tressaillir.

— *Vous aurez la charge de prévenir tous les non-natifs que leur transfert commence dès ce soir*, leur expliqua le *Rova* en français. *Je mettrais à disposition des voitures et des chevaux pour ceux qui sont loin des ports. Pour les autres, des navires seront préparés pour l'occasion. Je vous fais confiance pour appliquer cette tâche avec la plus grande rigueur, sans quoi vous en payerez les conséquences. Si par hasard un natif souhaite vous suivre pour une raison ou pour une autre, celui-ci sera sous votre responsabilité.*

Il marqua une pause, durant laquelle personne n'osa faire de bruit.

— *Je veillerai sur votre territoire comme n'importe laquelle de mes terres. Vous serez soumis aux mêmes règles que le reste du royaume, avec les suppléments évoqués au cours de cette réunion. Votre tribu sera la même, et il vous est vivement conseillé de participer à l'économie du royaume. Si par hasard toutes ses conditions ne sont pas remplies d'ici trois ans, je me verrai contraint de vous chasser, et votre territoire sera départagé entre les Ducs ici présents.*

Le silence retomba. Les deux non-natifs se rassirent en observant Pullman, comme pour s'assurer qu'ils n'avaient fait aucun faux pas.

— Concernant cette gangrène, reprit le *Rova* en langue native. Si par hasard l'exode des non-natifs règle le problème, alors nous ne nous reverrons que l'année prochaine pour la réunion annuelle.

Je suggère un point dans un mois, pour discuter de ce qu'il en est et des mesures à prendre si nécessaire. Cela convient-il à tout le monde ?

Personne ne répondit. Les yeux de Wyllina croisèrent ceux du roi. Si personne n'acceptait, personne ne s'y opposait non plus. Cela suffisait-il pour considérer qu'un accord avait été trouvé ?

Elienor se leva après quelques minutes à laisser planer le silence, et attrapa son verre en le tendant devant lui. En déportant son intérêt de la nocturna, le roi reprit sa place et imita son consultant. Et tout le monde en fit de même. Wyllina saisit son verre, mais ne le brandit pas face à elle.

— À Vaquoria, et aux accords qui nous lient, déclara Elienor.

La phrase fut répétée par chacun des participants, mais Wyllina garda le silence et le roi aussi. Ils se contentaient de s'observer, et la nocturna plongea ses lèvres dans le vin sirupeux de son verre. Cet accord était une première victoire, et pourtant, elle n'avait pas l'impression d'avoir arrangé la situation. Si d'ici un mois la gangrène avait progressé, il serait peut-être trop tard pour agir. Mais puisque personne ne semblait s'en inquiéter, elle se détendit. Peut-être voyait-elle les choses trop en noir. Ou peut-être était-elle la seule à les voir clairement.

Le *Rova* annonça que le diner était ouvert, et tous commencèrent à manger de bon appétit, tirant un trait sur les tensions qui les avaient divisés quelques minutes plus tôt. Wyllina observa son assiette, incapable d'y toucher. Pendant une seconde, elle crut voir toute cette nourriture recouverte d'une matière noire et luisante. Une secousse de la tête parvint à chasser cette vision de son esprit, et elle soupira en reposant son verre.

Pourquoi n'arrivait-elle pas à se réjouir ?

Les vibrations souffrantes de Vaquoria semblaient envahir son cœur, comme un cri de détresse. Sans plus attendre, elle repoussa sa chaise et se leva, quittant la table avec impatience, sans que personne ne prêtât attention à elle.

Personne, à part le roi.

Chapitre 14

Dans les jardins du roi, Wyllina observait le lac qui la séparait du continent. À ses pieds, la barque tanguait au rythme des vagues dans un clapotis réconfortant. Elle avait cherché partout la gangrène qu'elle avait aperçue hier sur ses rives, sans parvenir à la trouver. Mais si l'herbe n'était plus imprégnée de cette matière noire, elle ne semblait pas aussi belle qu'à d'autres endroits pour autant. Les zones touchées se distinguaient par une herbe brunie et une terre sèche.

Le reste du royaume serait-il aussi abîmé, une fois que la gangrène reculerait ? Et celle qu'elle avait aperçue hier avait-elle finalement rebroussé chemin ?

Des bruissements dans son dos lui indiquèrent que quelqu'un arrivait. Elle ne se retourna pas. Le pas décidé qui s'approchait d'elle était celui du roi. En approchant, un vent frais la frappa, et elle devina qu'il n'était pas d'humeur, lui non plus. Il se posta à côté d'elle, et perdit son regard dans le lac à son tour. Celui-ci reflétait les rayons du soleil, haut dans le ciel à cette heure de la journée.

Pendant un moment, ils restèrent silencieux, plongés dans une contemplation qui absorbait les mots qu'ils ne savaient plus se dire.

Wyllina fut la première à briser cet instant, tournant finalement ses yeux vers lui. Il ne l'imita pas.

— Tu devrais faire attention, dit-elle. Des rumeurs disent que tu cherches une *Vasta*, je ne tiens pas à être mêlée à ça.

Il l'observa enfin, et malgré elle, elle se sentit ciller. Depuis quand diffusait-il une telle aura ? C'était comme si son pouvoir ne faiblissait pas, contrairement à sa santé. Au contraire, il semblait de plus en plus imposant. Désormais, un simple regard vers l'un de ses sujets suffisait à asseoir son autorité.

— Ce serait vraiment si terrible ? s'enquit-il.

Elle détourna le regard, sans parvenir à lui faire face plus longtemps. En se perdant dans le lac à nouveau, ce fut comme si celui-ci lui renvoyait des images de la veille, où Dimitri et elle avaient partagé un moment d'intimité. Elle revit sa main emmêlée dans ses cheveux, son souffle court mêlé au sien, ses hanches contre les siennes, leurs soupirs de plaisir qui se répondaient. Wyllina se racla la gorge en clignant plusieurs fois des yeux, pour chasser son malaise. N'était-elle plus capable de garder son sérieux à ses côtés ?

— Je suis désolée de t'avoir imposé les Ducs, mais je trouvais que…

— C'était une excellente stratégie, la coupa-t-il. Je n'en attendais pas moins de toi.

Elle fut si surprise, que ses sourcils se haussèrent quand elle l'observa.

— Tu n'es pas en colère ?

Il lui adressa un regard malicieux, et un sourire se nicha au coin de ses lèvres.

— Non, pourquoi le serais-je ? Elienor n'aurait jamais osé prendre ce genre d'initiative, même pour protéger le peuple.

À ces mots, Wyllina pensa que tout cela avait l'air d'être une bonne chose et qu'Elienor le décevait. Mais elle resta méfiante. Il était le Rova, et il pouvait mentir. Il n'avait pas hésité à le faire, et surtout auprès d'elle.

— Eh bien, pourquoi l'avoir choisi comme consultant, dans ce cas ?

Dimitri sourit en baissant la tête, comme s'il attendait cette question depuis un moment.

— Parce que je ne pouvais pas consciemment te garder après toutes les erreurs que tu as faites. Nous sommes épiés, tu sais. Quand tu fais preuve d'insolence, ça m'amuse, mais ça irrite le peuple.

Il rit de bon cœur, et Wyllina se détendit.

— Je suis désolée. Je... me rends bien compte que je ne devrais pas agir de la sorte.

— Ne le sois pas, répondit le *Rova* en tournant ses épaules vers elle pour l'observer.

Il attrapa ses mains et l'obligea à lui faire face.

— Je suis ravi que tu aies enfin compris que la seule loyauté qui compte est celle que tu te portes. Il n'y a que ça d'important, et les évènements t'ont prouvé que tu ne pouvais faire confiance à personne d'autre mieux qu'à toi-même.

— Du temps de ton père, j'aurais certainement été exilée à un sort funeste.

Il lui sourit avec tendresse et se pencha pour déposer un baiser sur son front. Elle ne tenta pas de le repousser, préférant savourer la fraîcheur de ses lèvres.

— Du temps de mon père, tu étais naïve et aveuglée par tes leçons. Tu as appris à suivre inconsciemment ce qu'on te disait de faire, sans remettre en doute la parole de la figure autoritaire.
Je suis ravi d'avoir quelqu'un pour me rappeler que je fais mal mon travail. Je ne veux pas d'une autre Wyllina.

La fée nocturne baissa la tête, mais ces mots réchauffèrent son cœur davantage que ce qu'elle attendait. Malgré elle, ses yeux devinrent humides alors qu'elle comprenait qu'elle avait eu tort, du début à la fin.

Sa loyauté aveugle l'avait quand même fait punir, du temps de son père. Être loyale à ses idées la récompensait à l'heure qu'il était. Que se serait-il passé si elle avait agi de cette façon, à l'époque ? Aurait-elle pu éviter le massacre de la famille de Dimitri ? La perdition d'Éva, et le profit d'Erwin ?

Et soudain, elle comprit pourquoi Éva avait toujours été la préférée du roi. Elle lui tenait tête, et il adorait ça. Il en avait besoin.

— Tout le monde nous répète à quel point on est merveilleux à longueur de journée, reprit Dimitri. Personne ne remet jamais ma parole en doute, même quand j'ai tort et qu'ils le savent. C'est si rafraichissant que tu le fasses, Wylli, parce que tu es la seule qui me voit encore tel que je suis et non comme le roi.

Elle leva les yeux vers lui, et se heurta à son regard attendri. Peut-être avait-il raison. Mais si elle voyait Dimitri tel qu'il était, elle voyait également l'assassin en lui. Et les mains qui lui tenaient actuellement les doigts, celles qui avaient parcouru son corps la veille, et l'autre fois, chez elle, étaient les mêmes qui avaient planté un poignard dans le cœur de sa sœur.

Elle s'extirpa de sa prise, et se frotta le front dans un soupir, envahie de nausées.

— Je ne suis pas sûre de réussir à te pardonner.

Il sourit, bien qu'un éclair de tristesse traversât ses yeux. Son regard se dissipa dans le paysage, alors qu'elle reculait d'un pas, pour retrouver une distance respectable entre elle et lui.

— Je sais, répondit-il d'une voix serrée. Je ne te demande pas de le faire.

À nouveau, il l'observa, et Wyllina eut du mal à déglutir. Pourquoi était-il si difficile de se tenir à ce qu'elle ressentait ? Sûrement parce qu'elle n'en avait aucune idée. Des sentiments très différents se disputaient l'opinion qu'elle avait de Dimitri. Et pour le moment, elle ne savait pas auquel donner la priorité.

Malgré tout ce qu'il disait, elle crut voir ses yeux briller de tristesse. Elle se rendit compte que jamais elle ne s'était demandé ce que lui avait coûté de tuer sa sœur. Était-il encore hanté, lui aussi, par son visage ? Savait-il que cela les diviserait ? Avait-il cherché une autre solution, pour lui permettre de rester en vie malgré les circonstances ?

À vrai dire, elle n'avait même jamais voulu en discuter avec lui. Comment pourrait-elle le savoir ?

— Majesté ! appela-t-on un peu plus loin, vers l'une des entrées du palais.

Dimitri se redressa et sembla chasser ce qu'il ressentait dans une inspiration profonde. Il se tourna vers celui qui l'interpellait, en même temps que la nocturna. Un domestique trottinait vers eux, comme s'il craignait de déchirer le pantalon de son costume.

Par réflexe, elle se décala encore, jusqu'à ce que leurs épaules ne se frôlassent plus. Et malgré elle, ce contact lui manquait déjà.

— Que se passe-t-il, Adart ? demanda-t-il suffisamment fort pour que le domestique, encore loin, l'entendît.

Adart s'arrêta, essoufflé, et posa ses mains sur ses genoux pour reprendre sa respiration.

— Ce sont les Ducs. Ils sont ivres. Il faudrait remettre une couche d'autorité, parce qu'ils…

Wyllina et Dimitri ne purent s'empêcher de rire, ce qui laissa le domestique perplexe.

— J'arrive, Adart. Et ressers-leur du vin.

— Mais ?

Il semblait prêt à en discuter, mais se ravisa en plongeant vers le sol dans une révérence parfaitement exécutée.

— Tout de suite, Majesté.

Il s'éclipsa, de façon aussi drôle qu'il était arrivé.

— Eh bien, s'amusa Wyllina. On ferait peut-être mieux d'y retourner. Je ne tiens pas à retrouver des têtes coupées dans tous les coins.

Dimitri ricana, et s'approcha d'elle en lui attrapant discrètement la taille. Il déposa un baiser sur sa tempe, et ce qu'elle ressentit lui trancha le souffle. Elle baissa la tête, pour qu'il ne remarquât pas son trouble.

— Moi non plus, je ne veux pas te perdre, Wyllina. S'il te plait, fais attention à toi et aux gens que tu laisses entrer dans ton entourage.

Sans lui donner l'occasion de répondre, il la lâcha et avança vers le palais. La nocturna resta un moment immobile, le regard égaré sur sa longue cape ondulant au rythme de ses pas. Savait-il quelque chose ?

Sa main se dirigea d'instinct vers son cou, où le pendentif qu'il lui avait offert manquait. Évidemment qu'il savait. Elle admira pourtant le tact avec lequel il ne la réprimandait pas pour éviter d'empirer la situation et la mettre dans l'embarras.

Depuis tout ce temps où elle lui en voulait d'avoir tué sa sœur, ce n'était pas lui qui comptait le plus grand nombre d'erreurs dans ses actes. Elle, en revanche…

Le transfert des non natifs débuta le soir même, comme le *Rova* l'avait demandé. Sur tout le continent, des centaines de voitures partaient en direction des villes côtières, chargées de non-natifs. La plupart étaient des vampires, mais en soutien, quelques natifs et non-natifs non problématiques les accompagnaient. La lune croissante éclairait ces voyages en silence.

L'effervescence gagna les ports la nuit même, où de nombreux bateaux furent réquisitionnés par le royaume pour le transport des non-natifs jusqu'à l'île de Ténérith. En observant la scène depuis le port de Whitleby, la plus grande ville portuaire de la région des nocturnas, Wyllina ne put s'empêcher de se demander si c'était la bonne solution. Elle avait vécu la guerre, sur Terre, et ces transports la renvoyaient à un désagréable souvenir des années 1940, durant lesquels elle avait aidé plusieurs juifs à se cacher au sein des tunnels de l'ARPM. Comment pouvait-elle agir de cette façon, à présent ?

Mais cela n'avait rien à voir.

Vaquoria était en danger et les vampires n'agissaient qu'en fonction de leur faim. D'après tous les natifs, ils nuisaient au peuple et à la santé des terres.

Non ?

Lysandre s'assit à ses côtés et laissa pendre ses jambes dans le vide. Il lui tendit une gourde pleine, et la nocturna l'attrapa sans un mot. En prenant une gorgée, elle retint une grimace.

C'était un alcool très fort, trop fort pour qu'elle l'appréciât.

Elle la redonna à l'elfe en s'essuyant la bouche, et son regard s'échoua dans la nuit sans étoile qui surplombait le port.

Elle avait décidé de se rendre ici pour aider, mais finalement, elle se sentait de trop. Alors elle s'était isolée sur un ponton en retrait des autres, pour observer de loin le chargement des bateaux. Le clapotis de l'eau l'apaisait et l'odeur d'iode était masquée par celle des torches, plus nombreuses qu'à l'habitude.

— On a presque obtenu ce qu'on voulait, dit Lysandre comme pour briser le silence.

Wyllina soupira en se frottant le nez.

— Je ne suis pas sûre que…

— Il n'y a pas d'autres solutions. Tu l'as vu toi-même, les vampires se mettent à attaquer les nôtres. C'est toi qui disais qu'une petite fille mourrait par leur faute, un jour.

Elle hocha la tête. Oui, elle savait tout cela. Mais cela ressemblait quand même à une chasse aux sorcières, et elle détestait cela.

— Et si la gangrène ne provenait pas d'eux ?

Elle se tourna vers Lysandre et croisa son regard. Ses traits n'étaient éclairés que par les torches lointaines, divisant son visage en deux parties. L'une sombre, l'autre lumineuse. C'était sans doute le cas pour elle aussi, et elle ne put s'empêcher d'y voir un symbole de la part d'ombre qui se cachait en chacun d'eux.

— Ces gens ne font pas partie du peuple, la rassura Lysandre. Ils n'ont rien à faire chez nous. Le *Rova* a déjà été bien aimable de leur léguer un territoire entier. Si ça n'avait tenu qu'à moi, je ne l'aurais sûrement pas fait.

Wyllina soupira encore.

— Peut-être, mais ce sont des êtres vivants avant tout. Ils ont une histoire, comme chacun d'entre nous. Pour eux aussi c'est compliqué, surtout sur Terre.

Lysandre ricana et l'observa un moment.

— Est-ce que tu regrettes ?

Elle laissa planer sa réponse, si bien que Lysandre détourna les yeux en prenant une gorgée de son alcool trop fort.

— Je ne le regretterais pas si la gangrène recule. Alors, je saurais que c'était la bonne décision. Pour le moment...

— Toi qui as lutté si ardemment pour virer les non-natifs, tu voudrais revenir en arrière ?

— Ce n'est pas ce que j'ai dit. J'espère simplement ne pas avoir fait d'erreur de jugement.

Lysandre afficha un air désintéressé. Visiblement, tout ceci ne l'atteignait pas autant qu'elle. Et quelque part, peut-être était-ce normal. Après tout, la seule chose qu'elle souhaitait était le bien de son peuple. Les vampires n'en faisaient pas partie, à l'origine. Ils venaient perturber l'équilibre construit au prix de grands sacrifices, par le passé.

— Tu verras. D'ici un mois, cette gangrène ne sera plus qu'un mauvais souvenir et le *Rova* sera en pleine forme.

Elle s'humidifia les lèvres pour seule réponse. Elle l'espérait de tout cœur.

— En attendant, c'est soir de fête ! Tu me trouveras dans cette taverne, près du port. Tu devrais venir boire un verre, tes doutes commencent à te bouffer.

Il se leva sans escompter sa réaction, et s'éloigna. Pendant un instant, elle l'observa s'écarter sans savoir que dire. Elle n'avait aucunement envie de fêter, et moins encore en pensant qu'elle était responsable de tout cela.

Mais s'opposer au roi était un rôle important, et prendre soin du peuple demandait de grands engagements. Chaque décision impliquait un sacrifice. Le pragmatisme voulait lui donner raison. Elle avait agi pour le plus grand nombre, et de la façon la plus juste possible.

Alors elle se leva en repoussant ses cheveux dans un équilibre précaire à cause des tangages doux du ponton.

En observant une dernière fois l'un des bateaux qui se remplissaient de plus en plus, son regard s'arrêta sur une famille. Chargée comme une mule, la mère transportait ses trois enfants, dont le plus jeune pleurait dans ses bras.

Wyllina détourna les yeux avant de le regretter plus encore, et rejoignit Lysandre.

Les jours suivants, le royaume entier se mobilisa pour le transfert des non-natifs sur l'île et celui des habitants de l'île sur le continent. Cela créait beaucoup de mouvements, et Wyllina n'avait pas beaucoup dormi pour surveiller de loin l'avancée des voyages.

Lysandre ne la lâchait pas d'une semelle, même s'il n'était pas très bavard. Et à vrai dire, Wyllina ne parlait à pratiquement personne ces jours-ci. Pas même à Elienor, qui ne cessait de lui répéter que Lysandre était à son goût et qu'il souhaiterait en savoir davantage sur lui.

Pour seule réponse, elle lui avait dit d'aller lui parler lui-même, n'ayant aucune envie de jouer les entremetteuses.

Dans l'agence, l'effervescence n'était pas aussi tangible.

Et une fois les transferts achevés, Wyllina passa les jours d'après à griffonner des idées concernant une nouvelle loi ou une suggestion, le nez plongé dans ses dossiers. Elle avait d'ailleurs obtenu l'ouverture d'autres agences, une par région, pour faciliter la prise en charge de chaque natif qui le réclamait.

La prochaine étape consistait à recruter de nouveaux agents.

Ils avaient déjà reçu plusieurs candidatures, et la nocturna les étudiait consciencieusement. Cet après-midi-là, alors qu'elle repoussait un énième parchemin rempli de références, Elienor passa les portes de l'agence et toqua à son bureau. Elle leva les yeux vers lui en soupirant, peu encline à parler à qui que ce soit. Mais sans attendre la permission d'entrer, il avança vers elle avec nonchalance et prit place sur la chaise vide derrière son bureau.

— Elienor, le salua-t-elle dans un sourire forcé.

Il joua un moment avec ses doigts, le regard dans le vide, et ses yeux dérivèrent sur elle.

— Je me demande bien où tu as la tête, petite nocturna.

Elle soupira encore et croisa ses mains sur son bureau.

— Qu'est-ce que tu veux dire ?

Il ricana, et croisa ses jambes en appuyant son dos sur le dossier de sa chaise, trop petite pour lui aussi.

— Être la tête dans le guidon pour ne pas réaliser ce qui se passe autour de toi a toujours été ton truc, pas vrai ?

Wyllina ne sut que répondre. Savait-il quelque chose qu'elle ignorait ? Elle posa sa joue sur sa main, se retenant de lui demander de partir. Après tout, il était le consultant du roi. Elle ne pouvait plus l'envoyer promener comme bon lui semblait à présent, même si l'envie ne lui manquait pas.

— Bref, reprit l'elfe en abaissant sa main et en détachant chaque syllabe. J'ai suggéré au *Rova* qu'une fête serait une bonne idée, histoire de repartir sur de bonnes bases.

Elle ricana.

— Et à part organiser des fêtes, à quoi passes-tu ton temps exactement ?

Son nez se fronça, mais il ne répondit rien.

Un sourire moqueur se plaqua sur ses lèvres alors qu'il remarquait les deux opales sur les étagères qui se remplissaient de jour en jour. L'une d'entre elles lui avait appartenu, et il savait à présent, comme elle, quelle était leur véritable fonction.

— C'est sympa, comme déco. Un peu rudimentaire, mais…

— Elienor, qu'est-ce que tu veux ?

Il se redressa et planta ses yeux dans les siens.

— Le *Rova* aimerait que les nocturnas fassent à nouveau ce rituel, qui avait émerveillé le public lors de son couronnement.

Elle n'y avait pas assisté, mais se souvenait très bien de ce soir-là. Elle avait fabriqué des centaines de couronnes de fleurs, pour tromper l'ennui et pour rendre service à ses amis.

— Et ?

— En fait, chaque peuple sera représenté. Il y aura un spectacle par peuple, durant lequel chacun pourra montrer ses talents. Il voudrait que tu te charges de contacter les nocturnas, pour leur demander.

D'un air désintéressé, elle désigna ses dossiers éparpillés sur le bureau.

— Comme tu peux le constater, j'ai beaucoup à faire.

— Pullman dit que cela fait des jours que tu n'as pas quitté l'agence.

Il passa un doigt sur ses lèvres, comme s'il s'inquiétait. La nocturna baissa les yeux et repoussa ses cheveux.

— Oui, il y a davantage de travail administratif en ce moment.

Les yeux de l'elfe s'étrécirent. Visiblement, il ne croyait pas un mot de ce qu'elle disait.

— Tu es sûre que ça n'a aucun rapport avec cette gangrène ?

Elle haussa les épaules, incapable de lui dire que non. Ce serait mentir. Mais ce n'était pas conscient.

En réalité, cela l'arrangeait bien de rester dans son bureau pour ne pas vérifier par ses propres yeux si la gangrène reculait ou non.

— Est-ce que je devrais savoir quelque chose ?

Il secoua la tête, mais ne répondit rien. Après s'être levé, il avança vers les étagères et effleura l'une des deux opales du bout des doigts.

— Je suis aussi venu te voir à titre personnel, finit-il par avouer.

La nocturna se renversa dans son fauteuil et lui adressa un geste de la main pour l'inciter à parler.

— Tu te souviens que ma maison avait été fouillée, n'est-ce pas ?

Elle opina du menton.

— Ce genre d'intrusion s'est reproduit, et je crois savoir que je ne suis pas le seul concerné. Au départ, je pensais que c'était lié à mon rôle envers l'arrivée des non-natifs sur Vaquoria, mais finalement je n'en suis plus si certain.

Wyllina croisa les bras. À vrai dire, elle était presque sûre que Nérion se cachait derrière tout ça. Bien entendu, elle ne pouvait rien lui révéler, mais cela lui rappela autre chose. Le club de frivolité de Nérion, lui aussi, avait été attaqué. Elienor attrapa un dossier au hasard et le feuilleta. Avec amusement, il sourit et le referma avant de le remettre à sa place.

— Je vais voir ce que je peux faire, dit-elle.

Il pivota vers elle et lui adressa une infime révérence doublée d'un large sourire.

— Autre chose ?
— Non, répondit-il. Mais tu devrais sortir de ce bureau. Ton teint fait peur à voir.

Elle ne le remercia pas et lui envoya une grimace alors qu'il lui tournait le dos avant de quitter son bureau. Elle entendit la porte de l'agence se refermer, et presque dans l'instant, Lysandre se trouva devant elle. La fée nocturne soupira en baissant les bras. Alors personne ne la laisserait avancer ?

— Qu'est-ce qu'il voulait ? lui demanda-t-il.

Elle haussa les épaules.

— M'imposer de faire appel à des nocturnas pour un rituel, pour une fête organisée par le roi. Et savoir quelque chose concernant…

Elle se souvint de qui se trouvait devant ses yeux, et réfléchit une seconde avant de croiser les bras. Lysandre connaissait bien Nérion. Peut-être savait-il quelque chose concernant ses offensives.

— Le club de Nérion a été attaqué, l'autre fois.

Ce n'était pas une question, et Lysandre le comprit puisque son regard glissa vers sa gauche, comme s'il attendait une suite.

— Qui était-ce ? insista-t-elle
— Wyllina, je te conseille de ne pas te mêler de cette histoire.
— Comment ça ?

Il inspira profondément alors qu'il se reculait, attrapant la poignée de la porte de son bureau.

— Je te recommande de ne pas t'en mêler. Tu n'as pas besoin d'en savoir plus.

Sans laisser place à la discussion, il ferma la porte, la laissant seule au milieu de ses dossiers trop nombreux et mal organisés.

À l'image de ses pensées.

Chapitre 15

Le jour de la fête arriva rapidement. Les non-natifs étaient tous sur l'île de Ténérith, et le calme revenait dans les campagnes de Vaquoria. Wyllina s'octroya donc le droit de passer cette soirée à superviser la fête. Cela faisait un moment qu'elle n'avait pas assisté aux rituels des différents peuples, et cela lui permettrait d'échapper quelques heures à la vigilance de Lysandre.

C'était ce qu'elle pensait, du moins, parce qu'après avoir enfilé une robe qu'Elienor lui avait fait parvenir, la nocturna fut surprise par le mevelba de Nérion. Celui-ci s'était glissé à l'intérieur de son salon par la petite fenêtre qu'il avait l'habitude d'emprunter, et l'attendait sur la table de sa cuisine. Lysandre se trouvait à l'extérieur de sa maison, comme de coutume, parce que Wyllina se refusait à lui ouvrir la porte de chez elle.

Ainsi, elle fut seule lorsqu'elle déroula le parchemin qu'il tenait dans le bec, et lut le nom de sa cible.

Cela ne lui disait rien, mais après tout, les autres noms ne lui parlaient pas davantage. Il s'agissait d'une naine, cette fois. Et contrairement à d'habitude, Wyllina ne put s'empêcher d'imaginer qui elle était, comment était sa famille et si elle avait des enfants.

Sur le parchemin, il était précisé que cette naine serait présente à la fête du roi, ce soir-là. Ce n'était pas une coïncidence que Nérion la contactât. Il savait quels étaient leurs plans pour la soirée.

Elle laissa tomber sa main en observant l'oiseau d'un air grave. Elle n'avait plus aucune envie de faire ce genre de choses, mais était-elle en position de refuser ? Nérion pouvait tout aussi bien décider de chasser Elienor à nouveau, et dans ce cas, la disparition de l'elfe deviendrait deux fois plus problématique qu'à l'origine, étant donné son statut de consultant. Le mevelba croassa, et elle vérifia d'un coup d'œil que Lysandre ne l'avait pas entendu. Ce cri était si dissonant et fort qu'elle était persuadée que c'était peine perdue, pourtant, l'elfe n'arriva pas.

— Très bien, murmura-t-elle à contrecœur.

Elle n'ajouta rien, parce qu'elle aurait été tentée de changer d'avis, et chiffonna le papier qu'elle plongea dans une bourse accrochée à sa cuisse, à côté d'un poignard. L'oiseau l'observa en penchant la tête des deux côtés, battit des ailes avant de s'envoler en manquant de se casser l'une d'entre elles sur le chambranle de la fenêtre.

La nocturna resta immobile un moment, s'efforçant de garder la face. Ce soir, elle comptait profiter d'un spectacle léger et se détendre. Voilà que Nérion avait perturbé ses plans avec brio. Dans une armoire en bois, elle trouva un deuxième poignard, plus long et plus aiguisé. Elle le plaça sur son autre cuisse à l'aide d'une seconde ceinture, et ajouta un petit couteau dans le corsage de sa robe rouge surmontée de quartz. Alors qu'elle distinguait la silhouette de l'elfe au travers de la fenêtre, elle fit mine de se coiffer, le souffle court.

Il toqua à la porte, et elle s'y dirigea en hâte pour lui ouvrir. Pour autant, elle ne l'invita pas à entrer.

Quand il l'aperçut, il marqua un temps de pause pour l'étudier. De tous les regards qu'ils avaient échangés jusque-là, celui-ci était sans conteste le plus énigmatique.

— Je sais, on est en retard, dit-elle en attachant quelques mèches de ses cheveux sur l'arrière de sa tête à l'aide de pinces en fer.

Comme elle constatait qu'il la dévisageait, elle cessa un instant et se tourna vers lui.

— Ne me scrute pas comme ça, ce n'est pas moi qui aie choisi cette robe.

Inconfortable au possible et à la dernière mode de la haute société. Elle la détestait.

— Non, se ressaisit Lysandre. Elle te va bien.

Wyllina haussa les épaules et leva les yeux au ciel. Alors qu'elle achevait sa coiffure, elle termina d'une traite son verre de vin et s'approcha de l'elfe.

— Ne dis pas de bêtises, je ressemble à toutes les autres courtisanes.

Et ce n'était pas un compliment. Elle tendit la main à plat, dans l'attente qu'il y déposât le collier pour se rendre sur les lieux de la fête, un amphithéâtre naturel non loin du palais. Lysandre comprit aussitôt ses intentions. Il plongea la main dans sa poche et en retira le pendentif avant de le lui donner.

— Peut-être devrais-je le mettre autour du cou, dit-elle. Le *Rova* a remarqué son absence, l'autre jour. Je ne voudrais pas qu'il pense qu'on me fait chanter.

Elle lui offrit un rictus qui n'atteignit pas ses yeux, et Lysandre lui rendit la pareille.

— Si tu fais ça, je devrais te coller encore plus. Je sais que tu aimes passer du temps avec moi, mais vraiment, tu es sûre que ça plaira au roi ?

Son sourire s'évanouit tandis que son humeur moqueuse se transformait en colère. Elle serra le pendentif dans sa main, et sans répondre, posa ses doigts sur son bras, et les téléporta.

Leur irruption dans cette ambiance festive suscita leur admiration. Beaucoup de monde était déjà présent, et pourtant, la cérémonie n'avait pas encore commencé. Des décorations avaient été accrochées aux arbres, ainsi que des torches, et un peu partout autour du théâtre, des bougies étaient installées à même le sol, éclairant les lieux et le peuple d'une douce lueur tamisée.

Tout le monde était sur son trente-et-un et finalement, c'était Lysandre qui faisait tache, parce qu'il était le moins habillé.

Les pierres beiges de l'amphithéâtre naturel avaient été agrémentées de tapis et de coussins, pour que les spectateurs fussent confortablement assis. Et sur la scène, un étendard aux couleurs de chaque peuple était fièrement tendu. Dans l'air, une douce odeur de fleur et d'insouciance voguait. Les brouhahas de la foule étaient déjà assourdissants, et une musique d'ambiance était jouée en attendant le début du spectacle. Elle repéra, sur la scène, quatre musiciens qui jouaient percussion et instruments à cordes.

Comme ils étaient en retrait, à l'orée de la forêt qui entourait l'endroit, personne n'avait encore remarqué leur présence. La nocturna s'intéressa à Lysandre, et attrapa sa main. Elle y fourra le pendentif et lui souffla à l'oreille :

— Surtout, reste loin de moi et profite de ta soirée.

Elle se détourna, soulevant les pans de sa robe trop longue, tandis que Lysandre lui adressait un sourire.

— On se retrouve ici à la fin, Cendrillon !

Wyllina pesta et quitta le bosquet d'arbres qui les séparait de la foule. Au milieu de l'affluence, elle eut du mal à se repérer.

Mais puisque le public commençait à s'installer, elle parvint à distinguer la loge improvisée du roi, isolée à droite de la scène. Il n'était pas encore là, mais Elienor y était lascivement planté dans un costume doré. Elle serra les poings et avança vers lui, manquant de renverser plusieurs verres et de se faire bousculer.

Lorsqu'elle arriva à sa hauteur, il la toisa et lâcha un sifflement admiratif.

— Eh bien, petite nocturna, tu es splendide.

Elle chassa ce compliment d'un geste de la main, et s'intéressa aux environs. Malgré elle, elle ne pouvait s'empêcher d'être nerveuse. L'elfe ricana et se pencha vers elle, appuyant ses coudes sur la balustrade en bois qui leur servirait de rempart contre la foule.

— Comment es-tu arrivée jusqu'ici ?

Elle l'interrogea en silence. Les yeux de l'elfe glissèrent sur son cou dénudé, où le collier du roi brillait par son absence.

— Il n'allait pas avec ma tenue alors je l'ai mis dans une poche.

Elienor sourit en découvrant ses dents. Elle n'avait pas précisé quelle poche. Et la poche de Lysandre était sûrement l'endroit où il l'avait placé.

— Ce n'était pas ma question...

Wyllina observa la foule. Cet amphithéâtre naturel était immense, mais il paraissait minuscule tant il était déjà encombré de monde. Soudain elle regretta d'avoir voulu assister à cette soirée. Ça ne lui ressemblait pas, de jouer les mondaines, et elle avait une sainte horreur d'être plongée au milieu de la foule.

— Petite nocturna, tu es bien étrange ces dernières semaines. Je veux dire, davantage que d'habitude.

Elle l'ignora. De toute évidence, Elienor se doutait de quelque chose.

Mais quand bien même, c'était inutile d'en discuter. Il la détesterait pour avoir livré sa liberté pour le protéger contre Nérion, et plus encore pour contredire les ordres du roi.

Parmi la foule, elle repéra Lysandre qui s'installait tout en haut des escaliers naturels. Ils avaient de la chance, car habituellement à cette saison, l'eau y coulait en abondance. Elle soupçonnait le roi d'avoir usé de sa magie pour contourner le fleuve, le temps d'une soirée. Pouvait-il faire cela ? Peut-être préférait-elle ne pas le savoir. Dans le ciel, le quartier d'une lune croissante les observait.

Parmi la foule encore, elle détecta les différentes espèces qui composaient le peuple de Vaquoria. Tous, malgré les mélanges qui avaient eu lieu ces derniers siècles, semblaient rester avec leurs semblables. Et en elle-même, elle ne put qu'y voir une chance de trouver rapidement sa cible, même si cela lui tordait le ventre.

Un syltain qu'elle reconnut comme faisant partie des gardes du *Rova* approcha de la scène au pas de course, et glissa quelque chose à l'oreille des musiciens. Ils cessèrent de jouer et les rumeurs de conversations s'atténuèrent dans le public. Tout le monde se tourna vers eux en se demandant pourquoi ils avaient arrêté de jouer. Le syltain s'éclipsa aussi rapidement qu'il était arrivé. La nocturna le suivit du regard. Il s'enfonça dans la forêt, et les musiciens jouèrent une mélodie qu'elle connaissait bien, pour être celle qui annonçait la venue du roi.

— Messieurs, dames… cria l'un d'entre eux pour se faire entendre de tous. Sa Majesté, le *Rova* !

Des acclamations s'élevèrent du public, si fortes que Wyllina fut tentée de se boucher les oreilles.

Elle s'avança rapidement vers les marches en pierre et s'installa sur la première place libre qu'elle trouva, entre un gonthor et une fée aux ailes trop grandes. Elle était au premier rang.

Tout le monde applaudit, et elle se sentit obligée d'en faire de même. Mais lorsqu'elle l'aperçut, ses mains cessèrent de bouger d'elles-mêmes.

Son charisme et sa prestance étaient deux fois plus palpables qu'il y avait quelques jours. Son habit, de circonstance, lui conférait une allure de pouvoir qu'elle ne pouvait plus nier. Elle chercha un moment à retrouver Dimitri, mais en fut incapable. Dimitri avait disparu, pour ne laisser place qu'à Ardamir, fils d'Eben et de Rouja Vaquoris, unique héritier du trône de Vaquoria.

Il avança lentement tandis que le silence se faisait dans l'assemblée. À la lueur des bougies, la nocturna observa ses yeux et leurs regards, comme mus par un lien invisible, se rencontrèrent. Il lui adressa un sourire imperceptible, et elle détourna la tête.

Elle n'était pas légitime. Pas légitime d'être à ses côtés, tant comme consultante que comme amie. Pendant un moment, elle se demanda même pourquoi il avait partagé son lit avec elle. Comparée à lui, elle n'était que poussière. Tout le monde l'était. Il n'y avait que lui qui brillait ce soir-là, malgré son teint fatigué et les cernes sous ses yeux.

Il n'y avait que lui qui perçait la nuit, malgré les habits lumineux et hauts en couleur de sa cour.

Il salua brièvement le public sous les applaudissements, et prit place au côté d'Elienor. Ils échangèrent quelques mots, et tous deux la regardèrent. Une nouvelle fois, elle dévia son attention, et s'intéressa à la scène où un elfe bien portant s'avançait en douceur.

Il attendit que les acclamations cessassent en se balançant d'avant en arrière. À cette place, Wyllina se sentait trop exposée.

Elle jeta un regard par-dessus son épaule parmi l'assemblée pour trouver une autre place libre, mais se ravisa lorsqu'elle comprit que ce serait impossible. Certains s'asseyaient à même le sol, d'autres dans les arbres, n'importe où du moment qu'ils pouvaient observer la scène.

— Peuple de Vaquoria, s'exclama le maître de la cérémonie. Bienvenue !

Des applaudissements retentirent encore, accompagnés de quelques sifflements. Enhardis par l'ambiance, certains criaient même qu'au moins les vampires ne se trouvaient pas en leur présence, et hurlèrent leur approbation.

La nocturna baissa les yeux vers ses mains. Comment Elienor avait-il pu penser que ce genre de soirée était une bonne idée ? Après tout ce qu'il s'était passé, cela marquait-il la guérison de leur terre ou l'isolement des non-natifs ?

Elle gigota sur sa place, mal à l'aise. Mais heureusement, le roi et son consultant ne faisaient plus attention à elle. L'elfe maître de cérémonie se pencha vers le public, et celui-ci l'applaudit copieusement. Elle n'avait même pas entendu son discours.

Alors qu'il quittait la scène, les artistes commencèrent leur entrée. Visiblement, le spectacle débutait par les elfes. Pendant plusieurs minutes, ils livrèrent aux auditeurs une performance musicale incroyable qui transporta tout le monde.

Vint ensuite le tour des gonthors, qui montrèrent l'art du maniement de l'épée et du sabre. Ce peuple connu pour son art de la guerre avait la réputation d'être d'excellent soldat, même si, pour le moment, cet art n'était relayé qu'à la culture. Les batailles s'étaient heureusement éteintes depuis longtemps, et Wyllina pria intérieurement pour que cela durât.

Quelque part, en agissant comme ils l'avaient fait avec les non-natifs, ils en avaient certainement évité une.

Ensuite, ce fut au tour des syltains de montrer leurs prouesses. Ce petit peuple qui, à l'origine, vivait dans les arbres, était des acrobates hors pair.

Mais ce n'était rien comparé à la voltige que les fées exécutaient dans les airs. Un véritable ballet aérien qui avait émerveillé le public.

Un entracte fut annoncé, et les conversations reprirent de plus belle alors que la plupart des spectateurs quittaient leur place. En un coup d'œil par-dessus son épaule, Wyllina repéra Lysandre, en train de curer ses ongles à l'aide d'un couteau. Il ne prêtait pas attention à elle, et semblait plutôt s'ennuyer.

Elle se leva à son tour, et attrapa une coupe remplie de vin lorsqu'un domestique passa près d'elle. Elle fit mine de ne pas s'inquiéter de ce que tout cela avait coûté au royaume. On l'avait pourtant réprimandée pour avoir dépensé l'argent du roi en vain. Tout ça parce qu'elle l'avait utilisé pour reloger les natifs bafoués par les non-natifs et la gangrène. Au bout du compte, qui d'elle ou d'Elienor dépensait futilement l'argent du royaume ?

Leurs priorités n'étaient visiblement pas les mêmes...

— Alors c'est vous ? dit une voix toute proche d'elle.

Quelques secondes plus tard, elle sentit une main sur son épaule. En faisant volte-face, elle manqua de s'étouffer avec sa gorgée de vin en observant Edgar Chantre, le Duc de Cher, la région des elfes. Son regard la détailla d'une façon qu'elle détesta, et pendant un moment, elle fut tentée d'attraper le manteau de fourrure de la fée qui se trouvait à côté d'elle pour se cacher.

Mais puisqu'Edgar semblait décidé à lui faire la conversation, elle se contenta de terminer son verre d'une traite et de le reposer sur le plateau de l'un des domestiques avant de saisir une autre coupe.

— Alors c'est moi, répliqua-t-elle, levant son verre vers lui et se forçant de sourire.

Il l'imita, et son rictus lui parut tout aussi faux.

— Je suis surpris de voir que vous n'êtes pas… morte. Erwin avait bien dit, pourtant, que vous aviez assassiné les rois de l'Ancien Royaume et qu'Éva devait vous sacrifier pour avoir le pouvoir.

Elle prit une nouvelle gorgée de vin, sans savoir que répondre. La vérité n'avait donc pas été rétablie ? Elle chercha ses mots.

— Erwin a bafoué plus d'un elfe ces dernières années. Je suis surprise que vous y ayez cru si naïvement.

Il parut vexé, mais elle n'eut pas envie de prolonger la discussion. Après tout, il pouvait bien croire ce qu'il voulait. Et remuer tout ceci chatouillait la cicatrice qui balafrait son ventre à présent. Elle tourna donc les talons sans lui laisser l'occasion de répondre, et repéra un groupe de nains. Sans attendre, elle se faufila parmi la foule pour les rejoindre. Parmi eux, le Duc de Stanster, de la région des nains, discutait avec une magnifique femme à son bras.

Lorsqu'elle approcha, il la reconnut et l'invita à prendre part à la conversation.

— Ah ! Wyllina Burn ! l'accueillit-il chaleureusement.

Il lui offrit une accolade en encerclant sa taille de ses petits bras, sous le regard amusé de celle qui l'accompagnait.

— Je vous présente mon épouse, la Duchesse de Stanster.

— Oh je t'en prie, Arold ! le réprimanda sa femme. Vous pouvez m'appeler Brunehilde.

Elle lui tendit chaudement la main, mais la nocturna eut besoin d'une seconde pour lui répondre.

— Brunehilde… Brunehilde de Rocmartin ?

Le sourire de la naine s'élargit dans un rire cristallin.

— Oui ! Oh, mon cher Arold vous a déjà parlé de moi, c'est ça ?

Elle laissa tomber sa main et donna une tape sur les épaules de son époux. À vrai dire, Wyllina aurait préféré que ce fût le Duc de Stanster qui lui parlât des heures durant de sa merveilleuse épouse. Malheureusement, ce n'était pas le cas. Et un parchemin chiffonné dans la bourse qu'elle gardait à sa cuisse en était témoin.

Elle était sa cible.

Les mots se précipitèrent dans la gorge de la nocturna, si bien qu'elle fut incapable de dire quoi que ce soit. Pour donner le change, elle lui adressa une révérence modeste et se détourna, le cœur battant.

La femme d'un Duc ? Qu'est-ce que Nérion… Pourquoi voudrait-il tuer cette femme qui semblait douce et pleine d'amour ? Avait-il perdu la tête ?

Elle s'éloigna encore, et se perdit dans la foule. Il était hors de question qu'elle termine le travail. Si par hasard elle s'exécutait, sa mort serait une tragédie et un grave incident politique. Était-elle prête à faire ce sacrifice ?

Son regard trouva l'estrade où Elienor et le roi échangeaient un rire. Sa tête commença à lui faire mal, tandis qu'un vertige la saisit.

Il fallait qu'elle s'éloignât de la foule. Elle étouffait.

Quelqu'un l'attrapa par les épaules et elle sursauta. En se retournant, elle aperçut le visage de Lysandre, brièvement, avant qu'il ne l'entraînât en retrait du public. Pendant quelques minutes, elle fut incapable de parler, cherchant à retrouver une respiration normale.

— Qu'est-ce qui se passe ? lui demanda-t-il.

La surveillait-il ? À cette simple pensée qu'il pouvait le faire, elle le repoussa des deux mains. Le dos de l'elfe heurta un tronc d'arbre alors qu'il perdait l'équilibre, et elle lui lança le regard le plus haineux qu'elle put.

— Wyllina… commença-t-il.

— Notre accord ne tient plus, dit-elle trop fort avant de se frotter le front. Je refuse de…

La suite se perdit sur ses lèvres. Lysandre se redressa et son visage l'interrogea en silence, mais déjà, l'annonce de la fin de l'entracte retentit.

— Laisse tomber, finit-elle en observant la scène.

Il tenta de la retenir, mais elle s'enfonça dans la foule. Tout le monde commençait à se rasseoir, et elle en profita pour changer de place. Elle en trouva une au troisième rang, parmi un clan de nocturnas. Ici, elle passerait inaperçue. Son regard s'évada sur le public, et elle repéra la naine qu'elle devait tuer, au premier rang. Au côté de tous les autres Ducs et Duchesses.

Elle joua nerveusement avec ses mains tandis que le prochain spectacle était annoncé. Celui des nocturnas. Un regard vers l'orée de la forêt lui indiqua que Lysandre n'avait pas quitté l'endroit où il les avait traînés un peu plus tôt. Dans sa main, il tenait fermement quelque chose, mais elle fut incapable de voir quoi.

Et s'il avait lui aussi reçu la demande de Nérion ?

Non, non, c'était impossible. Il lui en aurait parlé, n'est-ce pas ?

Mais elle fut prise de doute. Elle avait gardé ça pour elle, alors pourquoi l'elfe en aurait-il fait autrement ?

Un chaudron d'un mètre de diamètre fut transporté sur scène, porté par plusieurs nocturnas en habits de cérémonie, l'habit traditionnel que ce peuple portait autrefois.

Une mince tunique en voile, légère et vaporeuse. Wyllina s'intéressa au spectacle. Tant qu'il ne serait pas fini, elle ne pourrait pas agir, au risque d'attirer l'attention. Et puisque Lysandre semblait lui aussi concentré sur la scène, elle se détendit.

Les nocturnas sur scène allumèrent un brasier, dont le bois avait été acheminé quelques instants plus tôt. L'odeur du bois brûlé fit froncer le nez à Wyllina. La fumée envahissait le public au fur et à mesure que celui-ci brûlait, et on plaçait les braises encore rouges dans le chaudron, jusqu'à ce qu'il fût rempli de moitié. Wyllina connaissait ce rituel sur le bout des doigts, pour avoir été obligée de le subir lorsqu'elle était enfant.

Une nocturna s'avança sur le devant de la scène, et leva les bras vers le public. Ses hanches bougeaient au rythme rapide des tambours, rappelant la danse des Tahitiens, sur Terre. Alors que le feu fut éteint, la danseuse stoppa le mouvement de son bassin en même temps que les percussions. Deux autres nocturnas, des hommes, vinrent la chercher. Ils la soulevèrent par les aisselles, pour qu'elle n'eût pas à marcher.

Et alors qu'elle repliait ses jambes, ils la plongèrent dans le chaudron.

Les tambours reprirent leur mélodie effrénée, et la nocturna plaqua son poing sur sa bouche. Les nocturnas ne craignaient pas la chaleur, mais ce n'était pas agréable pour autant. Parce que la chaleur activait chez eux beaucoup de sentiments difficiles à maîtriser. La danseuse y était habituée, et Wyllina savait que par la suite, elle passerait des heures dans un bain glacé. Ce ne serait pas pour calmer sa peau, mais pour calmer l'ardeur qui animait son âme.

La danseuse s'enfonça dans le chaudron jusqu'à ce que la foule n'aperçût plus que le haut de sa tête.

Des sifflements admiratifs et des applaudissements s'élevèrent de toute part parmi le public. Mais ce n'était pas fini.

Les deux nocturnas mâles qui avaient plongé la danseuse dans le chaudron quittèrent la scène un instant pour y revenir avec un couvercle en fonte. Même à deux, ils peinèrent à le soulever jusqu'à l'ouverture du chaudron, pour la condamner.

Les tambours s'accélérèrent et Wyllina eut soudainement trop chaud. Elle se sentait comme cette danseuse. Piégée dans un chaudron de braise.

La musique finit par être si rapide qu'on ne distinguait plus les percussions entre elles. Cela dura plusieurs minutes, pendant lesquelles Wyllina fut tentée de crier de tout arrêter. Les nocturnas mâles s'avancèrent vers la scène et s'inclinèrent pour saluer le public, qui retenait son souffle en silence. Seules quelques exclamations ponctuelles venaient briser la concentration des artistes.

Et enfin, alors que les tambours cessèrent, ils ouvrirent le couvercle.

La danseuse se remit debout, tapissée de cendre de la tête au pied. Mais sa peau était intacte. On l'aida à sortir du chaudron, et elle arpenta la scène pour montrer à tous qu'elle n'avait subi aucune brûlure. Le public applaudit copieusement, et certains se levèrent. Les nocturnas qui l'entouraient le firent, mais elle fut la seule de sa rangée à rester assise.

Elle détestait ce rituel.

La scène fut alors évacuée, et l'auditoire s'apaisa, pour le plus grand bien des oreilles de la fée nocturne. Wyllina se détendit en jetant un regard au roi. Il l'observait discrètement, si bien que ses doigts s'agrippèrent les uns aux autres, sa nervosité reprenant de plus belle. Un nouveau spectacle se mettait en place, celui des valtaris.

Une seule représentante se hissa sur la scène, en silence, alors que le public replongeait dans le calme. Elle était drapée d'étoffes hautes en couleur et son visage était tatoué, rappelant leurs origines nomades et chamaniques.

Un regard à sa droite lui indiqua que Lysandre n'avait pas quitté son poste non plus. Mais son attention était rivée sur le premier rang, à l'endroit où le Duc de Stanster était assis avec sa femme.

On aurait dit que…

Elle pressa rapidement le haut de sa jambe, et ne sentit pas le renflement de la bourse qu'elle y avait accrochée en se préparant. Très vite, elle souleva un pan de sa robe jusqu'en haut de sa cuisse, sans se préoccuper de l'image qu'elle donnait, et l'horreur la frappa. Sa ceinture… Elle n'était plus là. Volatilisée, avec le poignard qui y était pendu, et la bourse où se trouvait le parchemin de Nérion.

Elle s'intéressa à nouveau à Lysandre.

À la lueur des bougies, quelque chose brillait dans sa main droite. Le manche d'un poignard en fer, qui se réchauffait quelques minutes plus tôt contre la cuisse de Wyllina. Dans son autre poing serré, un morceau de parchemin dépassait.

Et son regard ne quittait plus le Duc et la Duchesse.

Le silence se fit dans l'assemblée alors que la valtari levait les mains. Mais l'attention de Wyllina ne pouvait se détacher de Lysandre. Avait-il l'intention de chasser cette naine, comme le demandait Nérion ?

Elle voulut se dresser pour l'intercepter, mais le public applaudit et la déconcentra. Qu'avait dit la valtari ?

— Oui… toi, tu me sembles parfaite !

Les regards se tournèrent vers elle. Que se passait-il ?

— Allez, vas-y ! lui cria quelqu'un.

— C'est ta minute de gloire, ma belle ! cria une autre.

Comme elle ne comprenait pas, son voisin se pencha discrètement vers elle.

— La valtari t'a choisie pour sa démonstration, lui chuchota-t-il à l'oreille.

Comment ? Wyllina secoua la tête. Non, il était hors de question qu'elle montât sur scène, et surtout pas aux côtés d'une valtari. Elle ne connaissait que trop bien leur réputation, et cela ne pourrait que se terminer mal.

Le public l'encouragea en applaudissant. Perdu, son regard trouva celui du roi, qui lui adressa un signe de la tête. Elle chercha Lysandre, qui avait disparu. Et le Duc de Stanster et sa femme, sans parvenir à les trouver.

Elle se leva pour mieux voir, et l'auditoire acclama plus fort.

— C'est ça, viens à moi, petite nocturna ! s'exclama la valtari.

Non, il y avait un malentendu. Elle ne voulait pas aller sur scène, simplement explorer la foule… Son regard voyagea partout, mais elle fut incapable de trouver sa cible et l'elfe qui lui servait de chaperon. Contrainte à cause des ovations du public et de la valtari, elle quitta son rang, y voyant une excellente occasion d'observer l'assemblée dans une vue d'ensemble. Pourtant, ses pas étaient timides lorsqu'elle descendit les escaliers naturels en pierre, et ses genoux manquèrent de se dérober sous son poids lorsqu'elle monta sur scène en soulevant sa lourde robe. La valtari lui tendit la main en lui adressant un sourire rassurant.

— Ne t'en fais pas ma belle, tout ira bien, dit-elle de sorte que Wyllina fut la seule à l'entendre.

Elle sentait le sable chaud et la mousse des sous-bois. Wyllina ne lui répondit qu'à peine, et fit face au public.

Parmi eux, ses yeux cherchèrent frénétiquement la Duchesse de Stanster et son époux, sans parvenir à les trouver. Au premier rang, la place où ils étaient précédemment assis était vide.

Sa gorge devint aussi sèche que les pierres sur lesquelles ils étaient tous installés.

Le silence retomba, et elle observa le roi avec un air de panique. Dimitri lui sourit, comme pour l'inciter à se détendre. Comme si c'était le fait de monter sur scène qui la rendait si nerveuse. Mais ce n'était pas le cas, et elle ne pouvait en parler à personne.

— Je sens une grande puissance émaner de toi, mon enfant... commença la valtari.

Mais Wyllina ne l'écoutait pas. Si elle n'avait pas été criblée par des milliers de regards, elle aurait quitté cette scène sur le champ pour partir à la recherche de l'elfe assassin et des nains probablement déjà morts.

— Es-tu prête à entendre ce que les terres te réservent ?

Le silence se prolongea, et la boule d'angoisse qui s'était formée dans sa gorge quelques jours plus tôt la fit toussoter. Elle se rendit alors compte que c'était à elle que la valtari s'adressait. Le spectacle. Elle faisait partie du spectacle.

— Euh...

— Je sens des conflits violents en toi, et...

La valtari s'interrompit, et son regard s'écarquilla alors qu'il se posait sur elle comme si c'était la première fois qu'elle la voyait. Comme si ce qu'elle visualisait la terrifiait.

— Et... ? s'enquit quelqu'un dans le public.

La nocturna étudia la valtari à son tour, et pendant plusieurs longues secondes, elles restèrent ainsi à se fixer.

La valtari observa l'auditoire et s'avança vers lui.

— Et, je vois une très jolie famille remplie d'amour et d'enfants ! Tu es chanceuse, ma fille. Bientôt, ta situation s'améliorera ! Telle est la volonté des terres !

Le public applaudit en hurlant, Wyllina vacilla. La valtari se tourna vers elle à nouveau et s'approcha d'elle rapidement. Elle lui agrippa le bras, et se pencha vers son oreille.

— Je leur ai donné ce qu'ils voulaient, mais il est temps que tu ouvres les yeux. Ne t'éloigne pas, nous avons à discuter.

Mais Wyllina n'en avait que faire. Elle se dégagea aussi doucement que possible, et alors que le public applaudissait encore, elle quitta la scène. En jetant un regard par-dessus son épaule, elle remarqua que le *Rova* s'était levé, et qu'il l'observait avec inquiétude. Elienor, lui, était plongé dans son verre de vin.

Sans attendre, elle fila vers la forêt.

Il fallait à tout prix qu'elle retrouvât Lysandre, qu'elle l'empêchât de faire ce qui le condamnerait à jamais. L'obscurité l'avala alors qu'elle s'enfonçait dans les bois.

Elle courait si vite que les branches des arbres lui écorchèrent les bras, et abîmèrent sa si jolie robe qu'Elienor avait dû payer une fortune. Même sa coiffure ne résista pas, et ses longs cheveux s'emmêlèrent plusieurs fois dans des ronces aussi aiguisées que ses sentiments.

Le murmure d'un ruisseau lui parvint alors qu'elle courait encore, et un cri retentit dans la pénombre. Elle se figea, en alerte. Un deuxième bruit résonna, plus sinistre. Elle l'aurait reconnu entre mille.

C'était un couteau qui traversait la chair.

En hâte, elle se dirigea au son, manqua plusieurs fois de tomber à cause des racines et des feuilles mortes, et trouva enfin le ruisseau agité.

Sur ses rives, Lysandre se tenait debout, un poignard ensanglanté en main, le souffle court. Son corps et son visage étaient éclaboussés de sang. Et à ses pieds, les corps du Duc et de la Duchesse se vidaient de leur sang.

Il leva les yeux vers elle au moment où elle quittait les fourrés, une main plaquée sur sa bouche, interdite. Pendant un long moment, elle fut incapable de dire quoi que ce soit. Son autre main trouva son ventre, et elle le pressa pour ne pas vomir.

Qu'avait-il fait ?

Elle le regarda encore, les larmes aux yeux, avant de se laisser tomber à genou près des corps. Mais qu'avait-elle fait ? Elle tendit les mains vers eux, sans oser les toucher. Leurs blessures les avaient achevés sur le coup. Ils n'avaient pas souffert, mais cet acte signait un acte de guerre de la part de Nérion.

Un acte de guerre contre le royaume.

Les mains tremblantes et le souffle fuyant, elle releva la tête vers Lysandre, qui l'observait d'un air grave. Il jeta le couteau aussi loin qu'il le put d'un large geste du bras, et l'arme plongea dans l'eau, avant d'être emportée par le courant.

— Mais qu'est-ce que tu as fait ? cria-t-elle presque.

Il recula d'un pas, comme si sa fureur le surprenait. L'eau du ruisseau s'agita un peu plus, et de la vapeur commença à s'en échapper. Elle bouillait. La colère de Wyllina devenait incontrôlable. Les remous de l'eau emplissaient le silence et ce fut bientôt la seule chose qu'elle entendit.

— Tu as perdu ça, tout à l'heure, eut-il pour seule réponse en levant devant ses yeux la ceinture que Wyllina avait placée à sa cuisse.

Son souffle se coupa alors qu'elle tentait de se redresser, déstabilisée par sa colère.

À présent, l'eau du ruisseau n'était plus que remous. Des remous puissants qui emplissaient le silence et saturaient son esprit. La chaleur qui émanait du corps de la nocturna flétrissait l'herbe qui l'entourait. Peut-être devrait-elle se plonger dans l'eau, pour se contrôler.

Mais à cet instant, elle en fut incapable.

— Je ne voulais pas les tuer ! Sais-tu seulement de qui il s'agit ?

Son corps entier trembla, et elle devina, à l'air effrayé qu'arborait Lysandre, que ses yeux étaient injectés de noir.

— C'est pour toi que je l'ai fait, murmura-t-il.

Elle resta pantoise. Comment ? Pourquoi ? Son souffle se précipita plus encore.

— Tu n'aurais pas pu vivre avec ses meurtres. Moi, je n'ai déjà plus d'avenir…

Le silence l'envahit. Elle ne savait que répondre. Il s'approcha d'elle, mais elle se leva et recula. Au loin, des voix s'élevèrent dans la pénombre.

— Ils te cherchent, affirma Lysandre.

La nocturna secoua la tête, jetant un dernier regard aux nains sans vie à ses pieds.

— Va-t'en, dit-il. Va-t'en avant qu'ils n'arrivent ici.

Elle fit un pas en arrière et sa colère se mua en crainte. Que se passerait-il si on la trouvait là, alors qu'un Duc et son épouse venaient d'être assassinés ? Que se passerait-il pour Lysandre si on le découvrait ?

— Va-t'en ! cria l'elfe.

Elle cilla, comme pour se forcer à reprendre ses esprits. Ses yeux humides la brûlaient de rage, de tristesse, d'injustice. Lysandre s'était sacrifié en achevant les cibles qu'elle devait atteindre.

Il s'était sacrifié pour elle, et pour Elienor.

Elle lui adressa un dernier regard, et alors qu'il essuyait son visage taché de sang d'un revers de la main, elle s'enfonça dans les bois.

Là, elle courut à nouveau aussi vite que possible, pour s'éloigner de lui et de ses meurtres.

— Wyllina ! cria-t-on.

Mais après plusieurs centaines de mètres, ses jambes ne supportèrent plus son poids, et elle s'effondra sur le sol, le souffle coupé. Elle éclata en sanglots en serrant la mousse entre ses doigts, priant pour que ce cauchemar s'arrêtât un jour.

Elle serra la mousse si fort que ses doigts s'enfoncèrent dans la terre. Et alors que la lueur de torches l'effleurait, ses sanglots se coupèrent.

La terre... Ses doigts... elle les leva devant ses yeux avec horreur. La gangrène... elle...

La gangrène avait progressé. Elle se trouvait sous ses pieds, alors que cette région avait été épargnée jusqu'à présent. Ses doigts étaient recouverts du même goudron qu'elle avait observé partout.

Que se passait-il ? Pourquoi la gangrène gagnait-elle toujours du terrain alors que les non-natifs avaient été exilés loin du continent ?

Wyllina secoua la tête, et alors qu'on s'approchait d'elle, elle frotta ses mains sur la mousse pour nettoyer ses doigts. En maîtrisant ses sanglots et en essuyant ses larmes, elle se redressa.

Face à elle, Peter et Pullman apparurent.

Elle n'avait même pas remarqué leur présence à la fête. Ils s'avancèrent vers elle et voulurent attraper ses bras pour la guider, mais ne le purent pas. Elle était brûlante, beaucoup trop pour leurs doigts sensibles à la chaleur.

Mais rien ne pourrait chasser de son esprit ce qu'elle avait vu, et qu'elle ne partagea pourtant pas. La gangrène progressait toujours, et plus vite encore qu'elle ne l'eût jamais fait.

Chapitre 16

Pullman et Peter la guidèrent jusqu'à l'amphithéâtre naturel où la fête avait continué, avec tout autant d'ardeur et d'insouciance qu'un peu plus tôt. Ils lui expliquèrent qu'ils se trouvaient dans l'ombre, derrière le roi, et que celui-ci les avait envoyés la chercher lorsqu'il l'avait vu courir vers les bois. Peter semblait étrange. On aurait dit qu'il lui faisait la tête. Et pendant un moment, Wyllina chercha ce qu'elle avait bien pu lui faire, sans parvenir à trouver.

Mais tout ça ne lui importait pas. Elle ne pouvait enlever les images des deux corps étendus sur le sol, Lysandre baigné de sang, sans parler de la gangrène...

En s'en prenant à eux, Nérion avait fait une entorse à la paix qui subsistait jusqu'à présent entre les espèces de ce monde. Son acte était un coup d'État, un attentat. Et il voulait que Wyllina y fût impliquée. Et sans doute pas sans raison.

Mais ce soir-là, personne ne sembla remarquer la disparition du Duc de Stanster et de sa Duchesse. La nocturna ne put s'empêcher d'observer leur place vide, jusqu'à ce qu'elle se forçât à oublier, pour ne pas éveiller les soupçons.

Plus leurs décès passeraient inaperçus, plus Lysandre aurait le temps de camoufler les corps et de s'enfuir. Et plus elle aurait le temps de réfléchir à une solution pour éviter que cela dégénérât.

La fin de la fête se déroula rapidement et pourtant Wyllina s'était contentée de rester assise, le regard dans le vide. On était venu lui parler, mais elle n'avait répondu qu'en hochant ou secouant la tête, incapable de se concentrer.

Lorsque les célébrations s'achevèrent, le roi vint la voir discrètement. La plupart de ses sujets étaient déjà partis, et seuls quelques retardataires ivres et les domestiques qui s'affairaient à tout nettoyer et ranger traînaient encore dans les environs. Il s'assit à ses côtés alors qu'elle observait la valtari, un peu plus loin, qui la fixait depuis qu'elle était revenue.

Elle avait bien dit, lors de son spectacle, qu'elle voulait lui parler.

Mais Wyllina en était incapable. Elle n'aspirait qu'à une chose : s'enfoncer dans ses draps et ne se réveiller que lorsque son cœur serait calme.

Le regard du roi voyagea sur ses bras entaillés par sa course dans les bois, et sur sa coiffure désormais défaite. Mais il ne fit aucune remarque.

— Comment as-tu trouvé la fête ? lui demanda Dimitri.

Elle tourna les yeux vers lui, comme si elle se rendait soudain compte qu'il lui parlait.

Comment avait-elle trouvé la fête ?

Sanglante, destructrice, inattendue.

— Elienor a dépensé sans compter, répondit-elle sans mentir.

Le roi hocha la tête avec un sourire pincé. Comment justifier ce genre de dépenses excentriques quand Wyllina avait été écartée pour avoir dépensé de l'argent à des fins plus morales ?

— Le peuple aime les fêtes, se défendit-il. Ils n'aiment pas les autres. L'empathie n'est pas la meilleure qualité de toute cette haute société. Propose-leur de dépenser leur fortune pour un orphelinat, et ce serait hors de question. Propose-leur de placer la même somme dans une soirée délurée, et l'argent coulera à flots.

Elle soupira, tant parce qu'elle n'arrivait pas à se concentrer sur ce qu'il disait que parce que le peu qu'elle avait compris l'exaspérait.

— Tu as perdu ton pendentif ?

Un haut-le-cœur la força à revenir à elle. Le pendentif… Lysandre le détenait toujours. Que pouvait-elle bien dire pour justifier qu'elle ne l'eût pas sans mentir ?

— Je te ramène, si tu veux.

Elle fut soulagée qu'il n'attendît pas sa réponse.

— Ils vont se demander où tu es.

— Ça ne prendra qu'une seconde, assura-t-il en agitant le doigt auquel sa chevalière était passée.

L'obsidienne qui y était sertie scintilla, et Wyllina l'observa pendant un moment. Après tout, c'était peut-être mieux ainsi. Elle ignorait où se trouvait Lysandre, s'il n'avait pas fui. Et rentrer chez elle depuis l'amphithéâtre lui demanderait des jours. Elle aurait pu tout aussi bien dormir au palais, mais Dimitri ne le lui proposa pas et elle avait vraiment envie de sa demeure pour s'isoler et réfléchir.

— D'accord.

Il lui tendit la main en se levant, et elle glissa ses doigts dans les siens. De la vapeur s'échappa de leurs peaux, signe que Wyllina était encore brûlante. Il l'aida à se relever, et en moins d'une seconde, l'obscurité de sa maison les enveloppa.

Elle lâcha la main du roi en reculant d'un pas. S'il savait ce qu'il s'était passé, à quelques mètres des festivités… S'il savait ce qu'elle avait vu, dans la forêt.

Devait-elle lui en faire part ? Comment le pourrait-elle ? Cela la mettrait dans une situation plus que délicate. Si la gangrène continuait son avancée, alors cela voulait certainement dire qu'elle s'était trompée.

— Que t'a dit la valtari, avant que tu ne quittes la scène ? lui demanda-t-il d'une voix proche d'un murmure.

Elle secoua la tête, et claqua des doigts pour allumer les bougies de chez elle. La lumière douce les éclaira d'un coup, et ils durent cligner plusieurs fois des yeux pour s'y adapter.

— Qu'elle voulait me parler, dit-elle, sans être capable de se souvenir du reste.

Il baissa la tête en observant ses pieds. Au milieu de son salon, il détonnait. Son habit de fête était bien trop luxueux. Peut-être même valait-il plus que l'entièreté de son terrain.

— Je dois y retourner, dit-il simplement. Essaye de la recontacter.

Les yeux qu'il leva vers elle étaient brillants. Est-ce qu'il essayait de lui dire quelque chose sans oser parler franchement ? Elle n'en savait rien. Épuisée, elle passa une main sur son visage et recula encore.

— Je vais me coucher, merci de m'avoir raccompagnée.

Il avança d'un pas. La nocturna fit un pas en arrière. Il se stoppa alors que l'incompréhension se lisait sur son visage. Supporter son regard était trop dur, alors elle lui tourna le dos.

— Wyllina…
— Va-t'en.

Il soupira lentement, comme s'il ne comprenait pas ce qu'il se passait. Et c'était sûrement le cas. Mais Wyllina était incapable de le regarder en face plus longtemps. Même si la seule chose que son corps réclamait était ses bras. Elle remarqua le reflet du roi, dans une de ses casseroles en cuivre, et l'observa avec tristesse.

Il semblait se battre avec lui-même, sa poitrine se soulevant rapidement au rythme de sa respiration courte. Ses mains replacèrent ses cheveux et sa couronne, et il secoua la tête, perdu.

— Tu es magnifique, ce soir.

Et un instant plus tard, il disparut et le souffle qui l'effleura lui indiqua qu'il s'était éclipsé.

Wyllina dormit pendant des heures. Lorsqu'elle ouvrit les yeux, le jour était déjà bien avancé. Elle aurait pu somnoler encore des heures de plus, mais ce n'était pas en restant prostrée que les choses évolueraient.

Elle chassa les couvertures pour se lever. Une migraine lui barra le crâne, si bien qu'elle dut attendre un moment avant de se mettre debout. Elle se débarrassa lentement de sa robe rouge, qu'elle n'avait pas eu le courage de retirer la veille. Dans son armoire, elle attrapa une autre tenue, bien plus modeste, mais plus confortable.

Elle s'habilla en hâte avant de descendre de sa mezzanine et d'allumer un feu en claquant des doigts. Au-dessus du foyer, elle plaça une marmite, et pendant un moment, elle dut faire un effort pour ne pas y voir de cendres.

Elle le remplit d'eau, et s'affaira à préparer un ragoût, pour tromper son cœur lourd et son esprit surchargé.

Un bruit attira pourtant son attention, à l'extérieur de sa maison. Doucement, elle se déplaça jusqu'à une petite fenêtre, et jeta un œil dans son jardin. Là, sur le sol, Lysandre s'était assis, les coudes sur ses genoux. Il lui tournait le dos et elle fut incapable de dire de quoi il avait l'air.

Mais sans attendre, elle ouvrit la porte de chez elle et se précipita vers l'elfe. Il ne leva pas les yeux vers elle, même quand elle s'accroupit en face de lui. Son visage était fermé, et son regard, grave. Il n'avait plus de sang sur sa peau, et ses vêtements étaient propres. Dans sa main, le pendentif de la nocturna pendait mollement.

— Lysandre… Est-ce que ça va ?

Il ne leva vers elle que ses yeux, sans répondre.

— J'ai compris comment fonctionnait ce truc, dit-il en agitant le pendentif.

Il retomba dans le silence. La nocturna l'imita, incapable de trouver les mots adéquats. Et peut-être qu'il valait mieux, finalement, qu'ils ne reparlassent jamais de ce qui s'était passé cette nuit-là.

Peut-être qu'en le taisant, ils finiraient par oublier.

Plus tard dans la soirée, Wyllina jeta un coup d'œil au travers de sa fenêtre et repéra Lysandre, recroquevillé sur lui-même dans son jardin. Il n'avait pas bougé de tout l'après-midi, et malgré elle, il lui faisait de la peine. Se rendait-il compte que l'acte qu'il avait commis dépassait tous les meurtres qu'il avait exécutés pour Nérion auparavant ?

Elle observa le ragoût qu'elle avait préparé, bouillant sur le feu. Les mains tremblantes, elle en versa une portion dans un bol en terre cuite fabriqué après la mort de sa sœur, lorsqu'elle cherchait à occuper son esprit par tous les moyens. Elle ouvrit doucement la porte de chez elle, le bol brûlant dans une main et une cuillère en bois dans l'autre.

Lorsqu'il l'entendit arriver, Lysandre se retourna à demi vers elle, et elle remarqua ses yeux scintillants malgré l'obscurité.

Sans un mot, elle s'avança vers lui et lui tendit le bol et la cuillère, qu'il attrapa sans rechigner.

— Merci, dit-il d'un ton morne.

Elle lui adressa un signe de tête pour seule réponse, puis observa le paysage en nuances de bleu sous le ciel étoilé.

Lysandre ne se fit pas prier pour manger. Il dévora son assiette en quelques minutes. Il posa ensuite le bol à ses côtés, et la nocturna s'intéressa à lui. Il semblait détruit, mais peut-être était-il simplement préoccupé. Elle s'assit à ses côtés et garda le silence un moment avant de savoir quoi dire.

— On trouvera une solution. Tu ne seras pas accusé de ces meurtres.

Il haussa les épaules et tourna la tête vers elle.

— Ce n'est pas vraiment ça qui m'inquiète. Je me demande ce que Nérion a en tête.

Wyllina ne répondit que d'un mouvement du menton, et croisa les bras autour de ses jambes.

— Je ne t'ai jamais demandé d'où tu venais.

Lysandre grimaça, comme si son histoire était trop longue et qu'il n'avait pas réellement envie de lui livrer tous les détails. Mais Wyllina cherchait à distraire son esprit, et celui de l'elfe. Ce n'était peut-être pas la bonne solution, et peut-être ne désirait-il pas en discuter, surtout pas maintenant. Pourtant, il se racla la gorge après quelques secondes, et perdit son regard dans la nuit à son tour.

— À l'origine, je viens de Gatalba, une ville portuaire de la région des elfes.

La nocturna acquiesça.

Elle ne s'y était jamais rendue, mais connaissait bien le nom de cette ville située à la frontière du territoire des elfes noirs. Lorsque le conflit avait éclaté, elle avait été réquisitionnée par l'armée du roi, comme un point d'ancrage stratégique pour garder un œil sur le terrain ennemi.

— Mes parents étaient de simples pêcheurs, comme à peu près tout le monde, là-bas. J'ai pratiquement grandi sur un bateau. Et quand la guerre a été déclarée, mon père a flairé l'embrouille pour notre ville. Il nous a exilés, moi et ma mère, sur son navire. J'ai vécu ainsi dans les eaux pendant toute la durée de la guerre, observant les côtes enflammées et la fumée noire qui s'en élevait sur l'horizon. J'étais très jeune, mais c'est moi qui pêchais le poisson, qui allais voler du pain les rares fois où on s'amarrait, qui glanais des vêtements propres et de l'eau auprès d'autres marins.

Wyllina tourna la tête vers lui, intéressée par son histoire peu commune pour un elfe. Cela expliquait en partie pourquoi il n'était pas aussi maniéré et impétueux que les autres de son espèce. Il avait échappé à l'éducation que tout elfe en âge de se marier recevait de sa famille et de l'école.

Les yeux de Lysandre trouvèrent les siens, et son visage s'obscurcit lentement.

— Mais un jour, j'ai abordé un navire qui n'était pas occupé par des marins classiques. C'étaient des elfes noirs, qui avaient fui le continent pour déserter leur guerre. Ils nous ont enlevés, moi et ma mère, avant de faire couler notre bâtiment. C'est là que j'ai rencontré Nérion.

— Il avait été enlevé lui aussi ? s'étonna Wyllina.

Lysandre hocha la tête et se frotta le nez.

— Ouep. À l'époque, certains abyssiens étaient chassés pour leurs nageoires et leurs dents en nacre.

Pour illustrer ses propos, il tapota l'une de ses canines.

— Mais Nérion n'a pas de nageoire, s'étonna Wyllina.

Lysandre lui lança un regard entendu, et ses épaules s'affaissèrent sous le poids d'un souvenir visiblement douloureux.

— Il n'en a plus, corrigea-t-il. Ces brutes les lui ont arrachées à vif. On était réduit à l'esclavage, et Nérion n'avait plus le droit d'être en contact avec l'eau, en plus de ne plus savoir nager convenablement. Depuis, il n'est d'ailleurs plus jamais retourné sous l'eau.

En replaçant ses cheveux, la nocturna prit soudain conscience qu'elle n'avait jamais vu Nérion plonger. Et la cuve d'eau de mer qu'il trimballait partout était sans doute une maigre solution pour lui apporter ce dont il avait besoin, sans avoir le courage de se tremper tout à fait le corps. Et cela expliquait également pourquoi il avait un navire, préférant voyager sur une coque de bois flottant au milieu des tempêtes plutôt que nager jusqu'à sa destination.

— Un jour, continua Lysandre, ils s'en sont pris à ma mère. Ils l'ont violée sous nos yeux avant de lui trancher la tête. C'était…

Ses mots s'étouffèrent dans sa gorge. La nocturna détourna les yeux, sans savoir que dire.

— Bref, après, on s'est retrouvé sur Terre, et Nérion et moi ne nous sommes plus jamais quittés. On a trouvé un boulot de pêcheurs avec quelques autres natifs, ce qui nous a permis de nous tenir loin des humains et d'être isolés, le temps de guérir nos blessures. Finalement, ce fut la meilleure période de notre vie.

Wyllina hocha la tête alors que l'elfe replaçait ses cheveux délavés par le sel. Le silence retomba entre eux deux, si bien qu'elle en fut gênée.

— Je suis désolée, ne put-elle s'empêcher de dire, les yeux perdus dans les herbes hautes.

Il haussa les épaules et lui adressa un sourire mélancolique.

— Ne le sois pas, tu n'y es pour rien. Et du temps est passé, on s'en sort très bien. Enfin, c'était encore le cas il y a quelques jours…

Wyllina baissa les yeux. Si être chasseur de primes était une bonne situation pour lui, alors tant mieux. Pour elle, c'était simplement un moyen d'exorciser son mal-être. Mais en y réfléchissant, c'était certainement son cas aussi. Qui d'autres que des traumatisés pourraient-ils tuer de sang-froid sans chercher à savoir pourquoi ?

Mais à présent, les choses embrassaient une autre tournure, et Lysandre le savait probablement.

— Et toi alors ? reprit Lysandre. Quelle est ton histoire ?

Wyllina détourna la tête et s'assit en tailleur, observant les vestiges du feu de bois de cèdre qu'elle avait éteint quelques jours plus tôt. Les cendres volaient à cause d'une brise naissante, diffusant dans son jardin une odeur qui lui rappelait désormais les armoires, sur Terre. Elle réfléchit à la meilleure façon d'aborder son histoire, lorsqu'elle remarqua quelque chose, aux abords d'un des buissons qui entouraient sa maison.

C'était comme si ses feuilles fanaient.

Sans comprendre pourquoi un seul fourré souffrirait de déshydratation, elle se leva en ignorant Lysandre. L'elfe lui demanda ce qui se passait, mais elle l'ignora.

Elle se dirigea vers le bosquet avec pour seul guide la lune en quartier. Là, elle remarqua qu'en plus du buisson, les herbes et fleurs qui l'entouraient mouraient.

— Ça y est, je t'ai raconté mon histoire et tu me prends pour un fou.

— Tais-toi un peu, le réprimanda la nocturna sans quitter les plantes des yeux.

Elle plongea sa main entre les branches sèches, en en cassant quelques-unes sur son passage. Et là, sur le sol, elle trouva une main décomposée, dont les os commençaient à percer la peau. La main d'Erwin, qu'Elienor lui avait rapportée et qu'elle avait négligemment jetée. Tout autour d'elle, la terre semblait morte, et luisait d'une matière noire. La gangrène… Elle l'attrapa du bout des doigts alors que son cœur tombait dans sa poitrine, et elle s'extirpa du buisson, des feuilles mortes accrochées à ses cheveux comme des perles.

Bouche bée, elle se tourna vers Lysandre, la main putréfiée brandie devant ses yeux.

— Qu'est-ce que c'est ? questionna l'elfe en se levant.

Elle détacha son regard de la main nécrosée, et le plongea dans celui de son collègue. Si cette main en décomposition avait créé une gangrène dans son jardin, dont elle était le centre, cela voulait-il dire que…

— La main du roi mort, Erwin.

L'elfe s'approcha et lui prit le morceau de cadavre des mains pour l'étudier. Même à la lueur de la lune, on voyait encore les fils flamboyants entrelacés dans ses doigts : les cheveux de Wyllina.

— Saloperie d'elfe noir, maugréa Lysandre.

Au même moment, un cri perçant déchira le ciel. Lysandre et Wyllina levèrent les yeux vers son origine, et aperçurent un oiseau foncer droit sur eux. La nocturna aurait reconnu ce cri et cette maladresse entre mille. Il s'agissait du mevelba de Nérion.

Celui-ci s'écrasa à leur pied avant de s'ébrouer et d'étirer ses ailes. Dans son bec, une enveloppe était placée.

La dernière fois qu'il avait apporté un message, la veille, Lysandre avait tué deux personnes d'importance dans le royaume. Les deux chasseurs de primes échangèrent un regard perplexe, et Wyllina se pencha pour arracher l'enveloppe du bec de l'oiseau. Celui-ci croassa en les observant tour à tour, sa tête inclinée d'un côté puis de l'autre.

Sous les yeux de Lysandre, qui s'était rapproché, elle ouvrit l'enveloppe et en retira le mot, ignorant l'odeur d'iode et les taches de sang qui s'y trouvaient. Elle en lut le contenu très vite et son cœur se souleva lorsqu'elle eut achevé. Alors que ses doigts repliaient la lettre, elle la fourra dans son corset et se pencha vers l'oiseau.

— Qu'est-ce qui se passe ? s'inquiéta Lysandre.

— Où est-il ?

C'était ridicule, parce qu'elle ne comprenait pas un traitre croassement qu'il poussait. Mais lorsqu'il sembla lui répondre, elle se redressa et l'elfe hocha la tête gravement.

— Très bien, on arrive, dit-il.

Ce serait également une excellente occasion de savoir ce qu'il mijotait, en leur ayant commandité le meurtre de la Duchesse. Le mevelba secoua ses plumes et s'envola à nouveau, manquant de fouetter les deux chasseurs de ses ailes. La nocturna observa Lysandre en silence, cherchant à savoir comment il avait bien pu comprendre cet oiseau.

— Tu as oublié que Nérion et moi étions toujours ensemble ? Cet oiseau ne nous lâchait pas d'une semelle, sur le bateau des elfes noirs. C'est à cause d'eux, s'il vole de façon aussi disgracieuse. Ils lui ont arraché ses plumes rouges, celles qui lui permettent de garder l'équilibre. Nérion l'a recueilli, et il a commencé à nous suivre.

— Sur Terre aussi ? s'étonna la nocturna, qui ne se souvint pas d'y avoir vu des animaux de Vaquoria.

Lysandre secoua la tête, et un sourire en coin éclaira son visage.

— Non, mais il nous a retrouvés à notre retour. Ces bestioles sont des plus loyales, et elles peuvent vivre jusqu'à un millénaire. Tu le savais ?

Non, elle l'ignorait. L'elfe retira le pendentif de la poche de son pantalon en lin, et lâcha la main d'Erwin qui retomba dans les hautes herbes. La nocturna la rattrapa, décrétant que ça leur serait utile.

— Direction la haute mer ? dit-elle d'un air grave, déjà fatiguée de devoir composer avec son mal de mer.

— Exactement, cap à 20 h de Skipéa, trois cent soixante-sept kilomètres au large.

Skipéa, la capitale du territoire des elfes noirs. L'une des plus belles villes côtières, auparavant, qui n'était maintenant plus que ruines. Wyllina attrapa le poignet de l'elfe d'une main, et serra la relique d'Erwin dans l'autre.

— Que Firna me pardonne d'être si souvent sur l'océan…

Chapitre 17

Heureusement pour Wyllina, la mer était calme cette nuit-là. Nérion les accueillit sur le pont obscur d'un navire presque stable, et comme la pluie avait cessé, sec. Dans ces conditions, elle se sentait davantage le pied marin, même si elle ne pourrait certainement jamais rester plus de deux heures sans être malade, comme Lysandre.

Nérion affichait un air grave lorsque l'elfe et la nocturna arrivèrent. Ses lèvres serrées ne formaient plus qu'une ligne dans l'obscurité, et Lysandre s'avança vers lui pour savoir ce qu'il se passait, éludant le sujet des meurtres de la veille.

— Tu n'as pas eu mon mot ? répondit l'abyssien en crachotant.

L'elfe se tourna vers Wyllina, qui comprit qu'elle devait intervenir. D'un geste de la main, elle retira la lettre de son corset, et la tendit à l'elfe, davantage chiffonnée qu'à l'origine.

— C'est quoi, ça ? demanda ensuite Nérion en désignant la main putréfiée tenue par la fée nocturne.

Wyllina hésita avant de le lui révéler. Mais si son mot disait vrai, cette main pourrait leur donner des indices. Elle balaya les environs du regard.

Dans la nuit noire de pleine mer, seules les étoiles et la lune en quartier éclairaient les environs, et elle ne remarquait rien d'inhabituel sur ce navire.

— Où est le corps, Nérion ? s'enquit-elle.

Lysandre acheva la lecture de la lettre, et observa Nérion d'un air atterré. L'abyssien leur indiqua la cale ouverte, au-dessus de laquelle plusieurs mouettes rouges volaient. Le ciel sans nuage leur permit de se guider jusqu'à l'escalier tortueux. L'odeur qui parvint à la nocturna chassa toute forme d'aisance qu'elle pensait acquérir à force de se rendre sur ce bateau. Elle masqua son nez et sa bouche à l'aide d'une main. Lysandre et Nérion, eux, y semblaient indifférents.

Elle descendit la première. Le mot de Nérion parlait d'un corps, trouvé par ses pairs, à l'endroit où ils avaient jeté l'ancre. D'après ses semblables, la gangrène qui affectait les terres y prenait naissance.

Elle devait en avoir le cœur net.

Ignorant son malaise face à l'odeur puissante et les va-et-vient du bateau, elle atteignit finalement la dernière marche, et claqua des doigts pour allumer les bougies de la cale. Le tas de corps que Nérion lui avait montré la dernière fois n'était plus là. À la place se trouvait un unique cadavre, gonflé par l'eau salée. Il se trouvait bien dans les profondeurs de l'océan.

À première vue, rien ne permettait de l'identifier. Mais une substance noire recouvrait déjà le bois humide de la cale à l'endroit où il avait été entreposé. Ce corps en décomposition ne laissait aucun indice. Aucun cheveu, aucun bijou, aucun vêtement.

Pourtant, une sensation étrange l'empêchait d'approcher de plus près. Une sensation que Lysandre ne ressentait manifestement pas, puisqu'il s'accroupit à quelques centimètres du corps en l'effleurant du bout des doigts.

Il les frotta ensuite l'un contre l'autre, reniflant la matière étrange et gluante qu'il avait recueillie.

Son visage se leva vers la nocturna.

— On dirait la même chose que sur les terres de ce fermier et sous le corps de ce nocturna transformé en vampire.

Et la même substance que dans la forêt, que dans son jardin, qu'autour du palais du roi…

Wyllina ferma les yeux pour acquiescer, incapable de parler sans vomir. Lysandre tendit la main vers elle, comme pour réclamer celle d'Erwin. Elle la lui tendit, allongeant son bras le plus possible afin de ne pas avoir à s'approcher davantage. Lorsqu'il la saisit, elle recula plus encore, jusqu'à heurter l'un des piliers en bois qui soutenaient le pont.

— Alors ? s'inquiéta Nérion, resté sur le pont.

En levant la tête, la nocturna en aperçut les jambes, tout en haut des escaliers abîmés.

— Je n'en sais rien… répondit Lysandre en comparant l'aspect de la main à celui du cadavre. Tu penses que c'est qui ?

Ses yeux s'écarquillèrent, et alors que la nocturna allait lui demander des explications, il se releva précipitamment avant de l'observer en silence. Il lui fit signe de se taire, un doigt posé sur sa bouche.

— Je ne sais pas, répliqua Nérion. Mais il semblerait que ce soit ça qui pourrisse les sols. Étrange, non ?

Les yeux de Lysandre parcoururent une dernière fois le cadavre, avant qu'il ne s'approchât d'elle à pas de loup, comme pour ne pas se faire entendre par l'abyssien.

— Oui ! rétorqua-t-il à l'adresse de Nérion.

Et, plus bas.

— Les anciens rois, ceux qui régnaient avant Ardamir, vous en avez fait quoi ?

Wyllina secoua la tête, surprise qu'il l'inclût dans cette question.

— Le corps d'Erwin s'est décomposé en mourant, c'était un vampire, répondit-elle sur le même ton, en chuchotant. Celui de ma sœur a été réquisitionné par le royaume. Je ne sais pas ce que le roi a décidé d'en faire, mais je pensais qu'il souhaitait la garder dans les soubassements du palais, quelque part où personne ne pourrait la trouver.

L'elfe lui lança un regard noir, et s'essuya les mains sur sa tunique plus si blanche.

— Eh bien, tu vas devoir lui demander des explications, parce que je crois bien qu'on a sous nos yeux ta chère sœur.

Elle se vexa, sans vraiment savoir pourquoi.

— Je ne vois pas ce qui te permet de le dire.

— Es-tu seulement sûre qu'ils ont été tués ?

— Tout va bien ? intervint Nérion.

Wyllina et Lysandre sursautèrent, et leurs regards surveillèrent que Nérion ne descendait pas.

— Oui, reprit Wyllina d'un ton cassant. Ma sœur est morte dans mes bras et j'ai tué Erwin de mes propres mains. Et…

Elle se tut en se remémorant la scène, lorsqu'elle avait tué Erwin. La main qu'Elienor lui avait ramenée était restée sur place, parce que coupée avant sa mort. Mais d'Erwin, il n'était resté qu'une flaque de sang et de chair, comme pour n'importe quel vampire. Lysandre garda le silence.

— Quand ma sœur était au pouvoir, reprit Wyllina, plus bas encore, les terres ont vécu un épisode similaire. Tout avait disparu lorsqu'Ardamir a été couronné. Le pouvoir a migré vers lui, maintenant. Mais…

Lysandre se frotta le visage, et sortit le pendentif de sa poche. Après avoir vérifié que Nérion ne bougeait pas, il le fourra dans sa main.

— La gangrène continue d'avancer malgré l'exil des non-natifs.
— Vas-y, dit-il. Va voir le *Rova* et demande-lui.

Elle serra ses doigts autour de la chaine en or, ne comprenant pas son changement de comportement.

— Pourquoi tu ne veux rien dire à Nérion ?
— Vas-y, je te dis. Tu es enfin libre et tu n'en profites pas pour t'échapper ?

Son regard se dirigea vers le cadavre méconnaissable. Et s'il s'agissait d'Éva ? Pouvait-elle abandonner sa dépouille à des chasseurs de primes ? Qu'en feraient-ils ?

— Si c'est bien elle, je ne peux pas la laisser.

Lysandre lui adressa un sourire moqueur, et serra la main de Wyllina qui tenait le pendentif.

— Raison de plus pour demander à ton *Rova* ce qu'il en a fait.

Elle hésita. Tout ça lui paraissait étrange.

— Je pars avec elle, alors.

Des pas se firent entendre, en haut de l'escalier, et les marches grincèrent sous le poids de Nérion.

— Va-t'en, s'acharna Lysandre. Dans quelques secondes il sera trop tard.

Son attention se promena furtivement de l'elfe à Nérion, puis au cadavre.

Tout ça n'avait aucun sens. Et si c'était Éva, pourquoi la gangrène s'en échappait encore ? Pourquoi Lysandre insistait tout à coup pour qu'elle s'évadât ? Que se passait-il ?

Le visage de l'abyssien apparut.

Elle échangea un regard avec l'elfe, et s'évapora.

Face à elle, le palais se détachait dans la nuit, comme endormi. Cette fois encore, la nocturna emprunterait l'entrée officielle pour rendre visite à Dimitri, malgré qu'elle fût en possession de son pendentif. Ses doigts jouaient avec la chaine qui pendait dans sa main, soulevant la fleur de feu sertie de l'obsidienne dans un rythme régulier.

Elle hésita avant d'avancer et de franchir les grilles ouvertes en fer blanc. D'un bon pas, elle s'approcha en étudiant la construction d'un style plutôt gothique, jusqu'à atteindre la porte en bois sombre haute de plusieurs mètres, gardée par les gonthors.

Ils la toisèrent un moment, mais ne lui posèrent aucune question. Sans doute avait-elle le droit d'entrer comme bon lui semblait, à présent.

Même si elle n'était pas certaine que ce fût une bonne idée.

Alors qu'elle s'apprêtait à pousser la lourde porte, celle-ci s'ouvrit, laissant échapper un trait de lumière dans la nuit. Elle observa timidement l'intérieur, comme si elle n'osait pas entrer.

Pas « comme si ». Elle était terrifiée.

Que se passerait-il si Dimitri confirmait que le corps pêché par Nérion était celui de sa sœur ? Qu'est-ce que cette gangrène signifiait si elle s'échappait vraiment de ce corps, et pourquoi Lysandre semblait si étrange, soudainement ?

Qu'allait-elle répondre s'il abordait la disparition du Duc de Stanster et de son épouse ?

Les gardes se raclèrent la gorge, ce qui obligea Wyllina à prendre une décision. Dans un souffle, elle s'infiltra dans le palais, et la porte se referma derrière elle. Pourtant, personne ne semblait l'actionner.

Ce fut la salle du trône qui l'accueillit, et elle se sentit soudain minuscule. Si elle avait l'habitude de s'y rendre auparavant, ce n'était plus le cas aujourd'hui. Et la fois passée, la foule qui s'y trouvait avait masqué les changements opérés et la grandeur que cette salle avait retrouvée. Son regard étudia un moment les blasons accrochés aux colonnes, aux couleurs du roi. Le flocon argenté dont les pointes étaient rouges semblait s'être planté dans le cœur de quelqu'un.

Elle baissa les yeux vers son pendentif, qui pendait de sa main. La fleur de feu qu'il représentait avait été l'emblème d'Éva, et quelques mois auparavant, c'était celui-ci qui habillait la pièce.

La salle était vide, hormis quelques gardes immobiles. Il faisait sombre, et même si la nuit n'en était qu'à la moitié, ce n'était pas habituel. Elle avança lentement, surprise que personne ne vînt l'accueillir. Est-ce que Dimitri était là ? Et les autres ?

Elienor allait-il bien ?

Ses pas résonnaient comme dans une grotte, et elle ne put s'empêcher de frissonner. Il ne faisait pas froid, mais de se trouver ici lui donnait une drôle d'impression.

Lorsqu'elle atteignit l'estrade où le trône était installé, elle s'arrêta et observa les marches qui la séparaient de la place du roi. Là, elle observa l'autre trône, plus petit, où Elienor s'installait quelquefois. Sans doute était-il destiné à une *Vasta*.

Le bruit d'une porte qui s'ouvrait interrompit ses pensées, et elle patienta en attendant d'apercevoir celui ou celle qui la rejoignait. Des petits pas lui parvinrent, et une silhouette se détacha, derrière le trône, avant d'avancer vers elle. Elle reconnut Aria, la naine qui l'avait servie lorsqu'Erwin l'avait amenée ici, avant qu'il ne fût roi et avant qu'Éva ne la sacrifiât.

Qu'elle fût restée domestique la surprit. Habituellement, les nains ne devenaient serviteurs que s'ils n'en avaient pas le choix.

— Aria ! dit-elle, et sa voix se répercuta sur tous les murs dans un écho sinistre.

Elle s'empressa de grimper les escaliers pour la rejoindre, et lorsqu'elle fut à sa hauteur, la naine attrapa ses bras d'un air grave.

— Oh… mademoiselle Burn.

Sa voix n'était qu'un murmure. La tristesse sur son visage choqua la nocturna. Jamais elle ne l'avait vu ainsi, et pourtant, elle avait servi Erwin sous la contrainte.

— Que se passe-t-il ?

Son regard s'éteignit une seconde, mais elle leva finalement le menton vers elle.

— C'est le roi, soupira-t-elle. Il est malade.

Le cœur de Wyllina s'arrêta, rien qu'une seconde.

Elle n'en attendit pas plus, et prit la direction des appartements du roi. Elle poussa la porte dissimulée derrière le trône, et s'engagea dans les couloirs qu'elle commençait à connaître sur le bout des doigts. Elle les arpenta en courant presque, ne souhaitant pas perdre une seconde de plus, Aria sur les talons.

Elles ne croisèrent personne, ou presque. Le jour peu avancé aurait pu en être la raison, mais c'était étrange. Pratiquement aucune torche n'était allumée. Le silence régnait.

Le palais semblait malade, lui aussi.

Wyllina trouva la porte des appartements du roi. La porte n'était pas tout à fait fermée, et elle profita de quelques secondes pour reprendre son souffle en observant à travers le battant. Elle remarqua, assise près de la fenêtre, la silhouette de Dimitri. Lorsqu'elle poussa doucement la porte du bout des doigts, celui-ci se tourna vers elle.

Et là, elle eut un choc. Le même mal qui avait rongé Éva semblait affecter son visage, noirci par la fatigue. Comment était-ce possible ? Elle avait bien constaté son teint plus pâle et ses yeux cernés, lors de la fête, mais cela aurait très bien pu être du surmenage. Là, il n'y avait plus aucun doute possible.

Elle s'approcha rapidement de lui alors qu'il essayait de se lever, mais il y renonça en se laissant retomber sur sa chaise. Elle s'agenouilla en face de lui, levant des yeux implorants vers son roi.

— Que se passe-t-il ? demanda-t-elle dans un murmure.

Dimitri posa sur elle des yeux attendris, mais faibles.

— Il ne doit pas parler, intervint Aria. Le médecin lui a déconseillé de faire le moindre effort.

Wyllina ne le quitta pas des yeux, pas même lorsque ses mâchoires se serrèrent, signe qu'il détestait se trouver dans cette posture. Elle attrapa ses mains, et y enfouit le visage, en proie à des sentiments qu'elle ne comprenait pas.

— Je… Je vais arranger ça. Dis-moi ce que je dois faire et je le ferai.

Il ne répondit rien, mais l'obligea à lui faire face en soulevant son menton d'une main. Pendant un moment, ils restèrent ainsi les yeux dans les yeux. La nocturna en eut mal au cœur.

Elle s'écarta, abandonnant les mains du roi, et observa Aria.

— Que lui arrive-t-il ?

La naine hésita avant de parler.

— Vous n'avez pas encore…

— Laisse-nous, Aria, la coupa Dimitri d'une voix rocailleuse.

Il ne tourna vers elle que son oreille légèrement pointue, paraissant incapable d'en faire davantage.

— Mais le docteur a dit…

— Je me fiche de ce qu'a dit ce satané docteur, insista-t-il son regard amusé planté dans celui inquiet de la nocturna. Je suis le roi.

Cette dernière réflexion sembla lui faire prendre conscience de la personne à qui elle s'adressait, et Aria se renfrogna avant de quitter la pièce. Wyllina haussa un sourcil, ravie de constater que Dimitri n'avait rien perdu de son sens de l'humour et de la provocation.

Il se leva péniblement, si bien qu'elle fut tentée de l'aider pour le soutenir. Mais elle savait qu'il l'aurait repoussée.

— Alors, que fais-tu là ?

Wyllina fut surprise par sa question, si bien qu'elle dut réfléchir à la réponse qu'elle devait lui donner. La veille, elle l'avait rejeté. Encore. Peut-être en avait-il assez de ce petit jeu.

— Qu'as-tu fait du corps d'Éva ? lâcha-t-elle sans ambages.

Un sourire en coin se plaqua sur ses lèvres assombries. De voir ses veines s'obscurcir et son teint pâlir la rendait fébrile.

— Alors tu veux bien m'adresser la parole, maintenant ?

Il se détourna, rieur, les mains croisées dans son dos. Tout dans son allure trahissait son statut. À présent, il n'avait plus rien à voir avec le Dimitri qu'elle avait rencontré quelques mois auparavant.

— Réponds-moi, je t'en prie.

Elle essuya ses yeux humides, sans vraiment savoir si elle voulait pleurer, hurler de douleur, ou s'enfuir très loin pour ne jamais revenir.

Ardamir lui fit face à nouveau, et laissa sa réplique en suspens.

— As-tu découvert quelque chose ?

La nocturna soupira, lassée de parler en énigme.

— J'aimerais savoir ce que tu as fait du corps de ma sœur. S'il te plait.

Il hésita à répondre, semblant peser le pour et le contre. Il se frotta le front, décalant légèrement sa couronne. Au moins, elle ne lui enserrait pas encore le crâne comme cela avait été le cas pour Éva et Erwin. Tout n'était peut-être pas perdu.

— La gangrène s'était emparée du palais, alors on l'a jeté dans la mer.

Le choc de sa réponse fut brutal. La gangrène au palais ? Elle se souvint d'avoir observé une substance noire sur les rives du lac le soir où Elienor l'avait fait sortir par une issue arrière. Une substance noire qui ne s'y trouvait plus le lendemain, comme si elle avait rebroussé chemin, ne laissant derrière elle que l'herbe brûlée et morte.

La gangrène, le corps de sa sœur jeté comme un vulgaire paquet...

Elle ne sut comment réagir. Son sang commençait à bouillir dans son corps. C'était bien le corps d'Éva que Nérion avait pêché ? La gangrène s'en échappait ? Mais pourquoi ?

— C'est d'elle que ça vient, Wyllina. On n'en était pas sûrs, mais quand la gangrène a reculé après s'être débarrassé de son corps, il y a quelques semaines, ça a confirmé nos soupçons. Tu n'as pas encore compris ?

La nocturna secoua la tête.

— Compris quoi ?

Ardamir ricana. Cette fois, elle y décela de la moquerie, mais serra les dents, le menton levé pour maquiller le fait qu'elle se sentait misérable.

— Tu refuses de voir la vérité en face.

— Mais de quoi tu parles ?

— De toi, Wylli ! s'emporta-t-il soudain. De toi et de moi !

Elle se pétrifia, et lui aussi. Quel était le rapport ? Elle ne comprenait plus rien.

— Je...

— Tu es pourtant très bien placée pour savoir que celui qui tue un souverain en récupère le pouvoir.

Sa bouche s'entrouvrit pour répondre, mais les mots se bousculaient tant qu'elle fut incapable d'en prononcer un seul. Elle déglutit difficilement alors qu'Ardamir passait une main sur son visage, accablé par la fatigue.

— Oui, et tu as tué Éva, parvint à dire Wyllina dans un souffle.

Ses épaules se soulevèrent alors qu'il riait une fois de plus. L'air mauvais, il ne lui offrit que son profil.

— Et qui a tué Erwin ?

Les yeux de la nocturna s'écarquillèrent alors qu'elle voyait où il voulait en venir. En tuant Éva, Ardamir avait pris la place du roi. Et elle, de la *Vasta*, en achevant Erwin. Erwin qui, aussi court que fût son règne, avait été le *Rova* de Vaquoria pendant quelques jours.

Lorsqu'elle comprit, elle recula, jusqu'à ce que son dos heurtât la fenêtre de la chambre du roi. Il remarqua son trouble, puisqu'il se tourna tout à fait vers elle et avança à pas mesurés.

— Non... soupira Wyllina. C'est impossible, je...

— C'est toi qui l'as tué Wylli. C'est à toi de prendre cette place vide à côté de moi !

— NON !

Elle se laissa tomber sur le sol.

Elle ne pouvait être reine, pas après tout ce qu'elle avait fait. Pas après ce qu'Éva avait fait. Vaquoria la détruirait, comme elle avait détruit sa sœur jumelle. De la même manière, Wyllina deviendrait une source de souffrance pour Vaquoria.

Elle attrapa son visage alors qu'Ardamir s'accroupissait face à elle.

— Tu dois être *Vasta*, Wyllina.

Le souffle court, elle releva la tête, sans parvenir à regarder le roi en face.

— Je ne peux pas.

Il soupira d'agacement.

— Bien sûr que tu le peux.

— Vaquoria et moi ne sommes pas faites pour…

— Alors la gangrène continuera, et le royaume mourra une fois encore, et moi avec. Tu erreras des années durant avant de te rendre compte que tu es la seule à pouvoir stopper ça. C'est ce que tu veux ?

Elle leva vers lui ses yeux humides, sans parvenir à parler.

— Parce qu'une partie du pouvoir est encore dans son corps, Wylli. Il faut que tu prennes ta place pour le lui retirer, exactement comme j'ai dû le faire en mettant fin à ses jours.

— Et toi, tu le savais depuis tout ce temps. Tu savais que ça venait d'elle, mais tu n'as rien dit ! Je ne peux pas être *Vasta*, ça nous détruirait tous !

— Nous n'en étions pas encore certains, mais la valtari l'a confirmé hier. Tu n'as pas le choix !

— Bien sûr que j'ai le choix ! Et je refuse !

Elle se leva, sentant désormais son sang plus brûlant que jamais. Et pourtant, il faisait un froid glacial dans la pièce. Ardamir l'imita et lui fit face, le souffle court, lui aussi, et les poings serrés.

Dans sa main, le pendentif qu'il lui avait offert lui entaillait la peau tant elle le serrait fort. Il le remarqua et en parut étonné. La veille, elle lui avait presque avoué l'avoir perdu.

Elle leva le nez sur un air de défi. Il y avait une autre solution, elle en était certaine. Elle trouverait quelqu'un qui ferait l'affaire.

Qui régnerait à ses côtés de façon juste et qui l'aimerait à sa juste valeur. Elle trouverait quelqu'un dont l'âme était pure. Le pouvoir d'Éva migrerait en elle et elle vivrait longtemps aux côtés du roi. Ils auraient de beaux enfants et mèneraient le royaume d'une main de fer dans un gant de velours.

Mais jamais elle ne monterait sur ce trône.

— Wyllina… Ce ne sont pas les non-natifs qui brisent l'équilibre. C'est toi.

Sa mâchoire se serra alors qu'elle tentait de garder la face. Ardamir ne pouvait pas comprendre. Il ne savait pas à quoi Wyllina avait passé son temps, depuis des semaines. Il ignorait tout ce qu'elle avait pu faire, et qu'elle ferait certainement encore.

Il ignorait qu'elle le haïssait encore pour avoir tué Éva, même s'il n'y avait aucune autre solution. De savoir que le pouvoir émanait encore de son corps tuméfié la rendait furieuse. Tout ça n'avait servi à rien. L'exclusion des non-natifs n'avait servi à rien. Elle s'était trompée, et tout était sa faute.

Alors que le roi secouait la tête, elle serra encore le pendentif.

— Je vais trouver une solution.

— La solution est déjà trouvée.

— Une autre solution.

Il ne rit pas. Il se contentait de l'observer, les yeux brûlants.

— Ne fais pas ça, Wylli.

Et pourtant, elle le fit.

Le roi disparut une seconde plus tard, alors qu'elle se téléportait hors du palais.

Chapitre 18

Se rendre au temple d'Ambre était réservé aux voyageurs les plus téméraires. Niché à plus de quatre mille mètres d'altitude, au creux des montagnes de Korabazi – connues pour leurs pics vertigineux et leurs routes abruptes –, le climat extrême n'était pas le seul danger qui maintenait le peuple éloigné. Le risque d'avalanche, les chemins de quelques centimètres de large, taillés à même la pierre, et la longue randonnée de plusieurs jours pour s'y rendre rendaient la tâche inachevable pour n'importe quels natifs non expérimentés.

Heureusement pour elle, Wyllina était en possession d'un objet qui réduisait considérablement le temps de voyage et les dangers auxquels celui qui voudrait rendre visite à l'Oracle de l'Ambre était confronté. Dans sa main, son pendentif se balançait au rythme des rafales de vent et de neige.

Elle encercla ses bras nus de ses mains, regrettant de n'avoir pas prévu de cape. Elle n'avait pas non plus prévu de voyager jusqu'ici. Aussitôt que les massifs abrupts apparurent, son corps entier se mit à trembler. Face à elle, le temple d'Ambre se dissimulait dans la montagne, creusé à même le flan.

On y apercevait une porte de deux fois sa taille, faite d'ambre. Elle n'était pas transparente pour autant, en raison du nombre de poussières et de débris fossilisés, mais la lumière qui y filtrait éclairait la neige d'une douce lueur orangée dans l'obscurité.

Transie de froid, elle s'approcha de la porte sans vraiment savoir si sa destination avait été bien choisie. Mais auparavant, c'était ici que les plus courageux se rendaient pour obtenir des réponses. Ce temple était en terrain neutre, ce qui en faisait un lieu d'impartialité et de justice. Et comme elle avait croisé des disciples sur la place du marché de son village, c'était que l'Oracle était de nouveau active. Même si ses questions restaient sans réponses, elle était persuadée que personne d'autre ne serait capable de la conseiller avec justesse et compréhension. Elle devait essayer, au moins, avant de songer à autre chose.

C'était la première fois qu'elle venait ici, alors elle n'avait aucune idée de la façon dont elle devait se comporter ou s'annoncer. Elle tremblait plus fort encore quand elle leva son poing tant bien que mal. Ses yeux la brûlaient et chaque bourrasque était pareille à une morsure sur sa peau blanche. Sa mâchoire devint bientôt incontrôlable tant le froid la rongeait de l'intérieur, et ses dents qui claquaient les unes contre les autres offraient une mélodie sinistre à la nuit, en réponse au bruit du vent et de la neige. Les doigts engourdis et blanchis par le froid, elle toqua deux fois sur la porte en ambre, dans un bruit de résine polie.

À son étonnement, la porte s'ouvrit immédiatement, déversant de la chaleur et de la lumière dans la nuit glaciale. Une odeur boisée et d'ambre sucré l'accueillit, et elle ne se fit pas prier pour entrer.

Elle se glissa à l'intérieur en même temps qu'une volée de neige, et la porte se referma derrière elle sans qu'elle eût quoi que ce soit à faire.

La chaleur l'enveloppa instantanément, mais il lui faudrait un peu de temps pour ne plus trembler. Elle amena ses poings à sa bouche et souffla doucement dessus, tentant de les réchauffer grâce à son haleine. Elle n'était restée que quelques secondes au milieu des pics qui transperçaient la terre comme des dents aiguisées, et pourtant, elle était déjà à deux doigts de geler sur place.

Encore grelottante, elle fut frappée par la beauté de l'endroit. Si le matériau principal utilisé était l'ambre, le temple avait été creusé dans la montagne, révélant les parois rocheuses qui en créaient les murs. Ceux-ci se rejoignaient en pointes au plafond, formant une voûte d'ogive à quelques dizaines du mètre du sol. La construction, dans sa conception, était proche d'une cathédrale.

Des piliers en ambre orange minutieusement taillés s'élevaient du sol au plafond, composant des arcs réguliers et séparant la grande pièce en trois parties distinctes. La nef, où elle se trouvait, et deux bas-côtés où des alcôves accueillaient tantôt des bougies, tantôt des statuettes en ambre.

Bouche bée, elle progressa d'un pas sur le sol en ambre rouge. La chaleur commençait à se répandre dans son corps, et elle put abaisser ses poings pour observer plus en détail cette magnifique construction. Le bruit de ses pas était le seul son qui venait briser la sérénité de l'endroit.

En avançant vers ce qui ressemblait à un chœur de cathédrale, elle étudia les statuettes en ambre présentes dans les alcôves.

Il y en avait sept. Une pour chaque territoire. Une pour chacune des anciennes déesses de Vaquoria.

Elle reconnut Firna, la déesse priée par les nocturnas, vêtue d'une tunique blanche légère et d'une couronne de fleurs. Dans l'alcôve suivante, Néréia, la déesse des océans, lui faisait face. Sa longue chevelure, ses pieds et ses mains palmées lui rappelaient les abyssiens. Plus loin, c'étaient Gala et Notura qui se faisaient face, la déesse des elfes noirs et celle des elfes. La première tenait une cruche dans ses mains – la légende disait qu'elle contenait du sang –, et la seconde portait un globe et un instrument d'astronomie.

Puis, Presca, la déesse des nains, chargée d'or, Feyra, la déesse des gonthors, en armure de guerre, et enfin Aelia, la déesse des valtaris, drapée de feuilles et de lianes.

Personne ne vint à sa rencontre, alors elle avança encore. Dans le chœur du temple, un autel avait été installé, tout en ambre verte. Derrière, une immense statue en ambre jaune surplombait la pièce dont le plafond était deux fois plus élevé encore. Elle reconnut Quovarie, la déesse mère de Vaquoria. Dans ses vêtements et dans ses mains, un élément de chacune des déesses précédentes était présent. C'était elle qui régnait sur les terres.

Pour la voir entièrement, la nocturna dut renverser la tête en arrière. Les pieds de Quovarie étaient de la taille de son corps. Elle se trouva minuscule à ses côtés, et ne put s'empêcher d'être admirative.

Elle abaissa les yeux après plusieurs secondes, et jeta un dernier regard à l'ensemble. Ici, tout semblait paisible, chaleureux et doux. L'ambre faisait certainement beaucoup, mais elle fut soulagée que ce temple fût resté intact, ou qu'il eût pu être reconstruit de façon si spectaculaire. Maintenant qu'elle avait eu l'occasion d'en voir la beauté, elle se sentait privilégiée et affectée en imaginant qu'elle n'aurait peut-être jamais pu se tenir au centre de ce temple.

Lorsqu'elle posa son regard à sa droite, dans l'un des bras de la cathédrale, elle remarqua une porte en bois. À sa gauche, la même porte s'érigeait.

Devait-elle attendre ? S'aventurer au risque de paraitre impolie ? Annoncer sa présence ? Elle n'avait aperçu personne. Peut-être qu'elle s'était trompée ? Peut-être que les disciples étaient des imposteurs, sur le marché, et qu'elle s'était amusée à inventer cette histoire ?

Un bruissement derrière elle écourta ses réflexions. Elle se tourna dans un sursaut, et remarqua une femme plus petite qu'elle qui l'observait. C'était une valtari, au vu des tatouages qui ornaient sa peau mate. Une ligne noire traversait son visage du front au menton, et trois autres qui reliaient chaque oreille en passant sur le nez. Ses longs cheveux noirs et crépus descendaient au-dessous de ses épaules, pour former un triangle voluptueux derrière son crâne. Une robe blanche, plus élaborée que celle des disciples qu'elle avait aperçue au marché, la drapait habilement.

L'aura qui émanait d'elle était incroyablement saine et rassurante. Pourtant, la nocturna ne put s'empêcher de reculer d'un pas. Elle se sentait trop proche, comme si, à présent, la quiétude lui faisait peur.

La femme lui adressa un sourire chaleureux, dévoilant ses dents blanches, et croisa les mains sur son ventre en la berçant de ses yeux noirs.

— Bonjour Wyllina, dit-elle d'une voix douce qui se répercuta partout dans le temple.

L'écho était si clair qu'elle se demanda si cette femme était la seule à l'avoir saluée. Mais en observant les alentours, elle ne vit personne d'autre que les statues de pierre.

— Nous t'attendions, continua la femme.

Elle l'attendait ? Comment aurait-elle pu savoir qu'elle voyagerait jusqu'ici, étant donné qu'elle-même avait pris cette décision quelques minutes plus tôt seulement ? Elle serra son pendentif entre ses doigts, prête à s'enfuir si les choses prenaient une tournure délicate.

— Ce pendentif ne te servira à rien ici, réagit la valtari sans la quitter des yeux.

Sa voix se répercuta encore parmi les murs, comme le sifflement d'un serpent, mais si ça avait pu paraître angoissant, Wyllina y trouva cette fois une forme de musicalité. Elle ouvrit le poing et observa la fleur de feu et l'obsidienne en son centre. Pourquoi ne fonctionnerait-elle pas, ici ?

— Qui êtes-vous ? demanda-t-elle en relevant les yeux vers elle, et sa voix imita celle de la valtari dans un écho.

Elle sursauta, davantage par manque d'habitude que par peur. La femme sourit encore, et lui fit signe de la suivre sans répondre. Ses pas légers et sûrs touchaient l'ambre du sol en silence, si bien que Wyllina se sentit soudain beaucoup trop lourde pour y marcher. Ses pas à elle avaient résonné dans toute la cathédrale, un peu plus tôt.

— Vous êtes l'Oracle, n'est-ce pas ? insista Wyllina sans bouger.

Elle n'avait jamais vraiment su à quoi ressemblait l'Oracle de l'Ambre. Mais cette femme dégageait tout ce que la nocturna aurait pu imaginer d'elle. La valtari la regarda par-dessus son épaule sans répondre. Wyllina comprit qu'elle devrait la suivre en silence avant d'obtenir des informations. Elle s'exécuta en fermant la bouche, désolée d'avoir pu se montrer impolie ou trop pressée.

La femme les mena vers la porte qu'elle avait observée un peu plus tôt, dans l'aile droite de la cathédrale. Elle la poussa doucement dans un grincement qui emplit la salle. Sans un regard pour la nocturna, elle s'engouffra de l'autre côté, laissant la porte ouverte.

Il y faisait sombre, mais Wyllina pouvait percevoir un genre de cour intérieure. Elle hésita une seconde avant de la suivre. Il devait y faire froid, et elle n'était pas équipée pour affronter une nouvelle fois la neige et le vent de la montagne. Mais puisque la femme l'attendait sans la quitter des yeux, elle déglutit et la rejoignit dans l'obscurité.

Étonnamment, elle n'eut pas froid. C'était en effet une cour intérieure. Les cloîtres en ambre formaient un carré autour d'un jardin savamment architecturé et très bien entretenu. Le passage couvert en dessous duquel elles marchaient, soutenu par des piliers d'ambre, formait des arcades sur le jardin. À chaque arcade, une porte était placée sur le mur d'en face, dissimulant des pièces encore mystérieuses pour Wyllina. Un petit ruisseau voyageait tout autour du cloître, dans une rigole creusée dans l'ambre du sol, plongeant sous terre lorsqu'une porte apparaissait pour en ressortir juste après. Pendant un moment, Wyllina fut tentée d'ouvrir toutes les portes qu'elles croisaient à un rythme régulier. Était-ce dans celle-ci qu'elle l'emmenait? Ou peut-être celle d'après? Qu'y avait-il, derrière le bois sombre de la porte?

Mais aucune d'entre elles n'attirait l'attention de la valtari, qui les dépassait sans y jeter un regard.

En passant sa tête au-delà des voûtes du cloître, la nocturna aperçut le ciel chargé de neige et de nuages, percé par les pics montagneux environnants. Le parc en était entouré.

Pourtant, il faisait bon et le jardin sentait bon le printemps. Plusieurs fleurs avaient éclos, et aucun flocon ne venait perturber la tranquillité chaleureuse de l'endroit. Elle se demanda comment c'était possible, mais la valtari se tourna vers elle pour la faire avancer.

En détachant son regard du ciel, Wyllina la rejoignit sans un mot. Ici aussi, le silence était de mise, et à part le clapotis du ruisseau et ses propres pas, la nocturna n'entendait pas un bruit. La femme lui adressa de nouveau un sourire chaleureux et Wyllina replaça ses cheveux sans savoir que faire ou que dire. Si cette femme était bien l'Oracle, comment était-elle censée se comporter avec elle ? Comment devait-elle l'appeler ?

Autant de questions auxquelles elle n'aurait pas de réponse dans l'immédiat. La valtari la mena sous le cloître, arpentant deux côtés du carré qu'il formait. Elle choisit une des portes et s'y arrêta avant de se tourner vers elle.

Elle poussa le bois sombre de la porte, et Wyllina découvrit une chambre modeste, mais munie de tout le confort nécessaire. Un lit, une armoire, des bougies et un espace pour allumer un feu, incrusté dans une niche d'ambre.

À l'image du reste du temple, les murs étaient en pierre, creusés dans la montagne. Et chaque élément supplémentaire était en ambre. Le sol, le chambranle de la porte, les supports sur lesquels deux bougies attendaient d'être attisées, et même les portes de l'armoire.

La femme lui fit signe d'entrer en silence, sa main tendue vers l'intérieur de la pièce. La nocturna hésita. Elle n'était pas venue pour dormir, et le temps pressait.

— Il est l'heure de se reposer, dit-elle. Le temple est endormi. Nous discuterons demain.

Wyllina tourna son regard vers le ciel. L'aube pointait. Mais dès que la valtari se décala pour lui laisser la place, elle entra dans la chambre sans débattre. Ses questions étaient urgentes, mais cette femme n'avait pas l'air prompte à négocier. Et malgré elle, la fatigue rendait ses paupières lourdes et brûlantes.

Elle alluma les bougies d'un claquement de doigts, et la femme lui adressa un signe de tête avant de disparaitre en fermant la porte. Wyllina observa un moment la porte en bois de sa chambre, sans oser bouger. Elle ne s'attendait pas à ça.

Elle se tourna vers le lit, posé dans un coin de la pièce, dont la paillasse semblait plus confortable encore que celle du roi. Des draps doux et propres avaient été installés, un oreiller en plume de cygne paraissait n'espérer que sa tête et une couverture en velours surmontait le tout.

Si on lui avait attribué une chambre, cela voulait-il dire qu'elle allait séjourner ici plusieurs jours ? Pouvait-elle se permettre de faire attendre le peuple ? Et Vaquoria ?

Elle soupira en s'asseyant sur le lit, effleura l'édredon du bout des doigts, afin de profiter de sa douceur et de sa chaleur.

Si cette femme était l'Oracle, elle savait certainement ce qu'elle faisait. Délicatement, elle se coucha sur le lit et posa la tête sur son oreiller. Le confort qui la gagna lui donna envie de ne plus jamais quitter ce lit.

Elle leva le pendentif à hauteur de ses yeux, le laissant descendre jusqu'à son nez. Pourquoi son pouvoir était-il inutile, ici ? Est-ce qu'il y avait un genre... de filtre ?

Et soudain, elle se rendit compte de ce que cela impliquait. Elle ne pouvait pas s'enfuir. Elle ne pouvait pas partir quand l'envie lui prendrait. Elle devrait sortir pour y parvenir, et sans savoir pourquoi, elle craignait que la femme l'en empêchât.

Elle observa le plafond en pierre taillée, le pendentif serré sur sa poitrine.

Désormais, ce n'était plus elle qui déciderait de son départ.

Chapitre 19

La nuit fut si paisible que Wyllina ne s'était même pas rendu compte qu'elle s'était endormie. En ouvrant les yeux, elle remarqua qu'elle se trouvait toujours sur son lit, au-dessus de la couverture. Elle ne s'était même pas glissée dans les draps confortables à l'odeur fleurie qui n'attendaient pourtant que de l'accueillir.

Elle se redressa en se frottant les yeux, reposée, mais déstabilisée. Dans sa chambre, rien ne lui indiquait l'heure qu'il était ou si l'agitation avait regagné le temple. Tout était silencieux, au point que sa respiration résonnait dans sa chambre de pierre.

En trouvant son pendentif sous elle, elle l'attrapa et le rangea dans la bourse accrochée à sa taille. Elle se leva sans se presser, ayant l'impression de se sentir ivre de sommeil. Ces derniers temps, elle n'avait pas beaucoup dormi, ou très mal. Une nuit complète lui avait fait le plus grand bien, même si elle n'y était plus habituée.

Sur l'armoire, elle remarqua qu'on avait placé une carafe d'eau et un verre en terre cuite. Assoiffée, elle s'en servit et le termina d'une traite, avant d'en reprendre. Cette eau était sans doute la plus pure qu'elle eût eu l'occasion de boire, même si elle était habituée à celle qui venait de son ruisseau, issue d'un glacier.

Elle reposa la carafe et le verre sur l'armoire et observa sa chambre un moment. Les bougies étaient presque éteintes, mais leurs flammes vacillaient toujours tranquillement. La cheminée en ambre où se trouvait le foyer d'un feu éteint était noircie par la suie, et, un instant, elle fut tentée de la nettoyer.

Mais elle se souvint de la raison de sa venue ici, et son estomac se noua alors qu'elle retenait une grimace.

La gangrène, Éva, la couronne.

Elle devait être *Vasta*.

Mais il y avait forcément une autre solution. Peut-être que la valtari du spectacle s'était trompée ? Peut-être que tous les détails ne lui avaient pas été révélés ?

Il devait y avoir une autre solution.

Pressée d'en savoir davantage, elle décida de sortir de sa chambre. En ouvrant la porte, elle hésita pourtant. Comment la regarderait-on, au sein du temple ? Si l'Oracle savait qu'elle viendrait jusqu'ici, était-elle au courant de tout le reste ?

Elle ouvrit la porte si doucement qu'elle faillit changer plusieurs fois d'avis, jusqu'à ce que la lumière du jardin de la cour intérieure la submergeât et qu'elle n'eût plus le choix. Étonnamment, le calme était toujours aussi présent, même si plusieurs disciples se promenaient dans le cloître, seules ou accompagnées. Elles étaient toutes des femmes, de différentes espèces. Et toutes étaient habillées comme celles qu'elle avait croisées, sur la place de son village, en tuniques rouges habilement drapées et qui couvraient aussi leurs cheveux.

Mais elles se déplaçaient en silence, et si quelques-unes risquaient une conversation, c'était en chuchotant.

Wyllina se sentit soudain de trop. En quittant sa chambre, plusieurs d'entre elles l'observèrent à la dérobée, sans pour autant s'approcher d'elle ou lui adresser la parole.

Le jour était avancé, et de ce qu'elle voyait du ciel, les nuages avaient été balayés par le vent, ne laissant qu'un carré bleu azur au-dessus de leur tête. Elle referma la porte de sa chambre, puis chercha quelque chose qui pourrait l'aider à la retrouver, parmi toutes ces portes similaires et alignées les unes après les autres. Mais rien ne la différenciait des autres.

Tant pis. De toute manière, elle ne comptait pas s'éterniser. Et même si elle ne pouvait partir à sa guise, trouver la réponse à ses questions ne prendrait pas des jours.

Du moins, elle l'espérait.

En hâte, elle partit à la recherche de la valtari qui l'avait accueillie la veille. En suivant le chemin qu'elles avaient emprunté en sens inverse, elle repéra la porte qui menait à la cathédrale, plus grande que les autres. Elle était ouverte, et la lumière et l'odeur de bois fumé et d'essence de fleurs y passaient jusque dans le jardin.

Sans faire attention aux regards qu'on lui lançait, elle s'y engagea, et eut une nouvelle fois le souffle coupé devant la beauté des lieux. Ici, d'autres disciples évoluaient en toute quiétude. Certains rallumaient les bougies presque éteintes, d'autres nettoyaient les sculptures d'ambre à l'effigie des déesses anciennes. Si la plupart portaient des tenues rouges, comme les deux femmes du marché, d'autres revêtaient des nuances plus claires, allant du rouge orangé au jaune, et leurs cheveux étaient libérés. Il n'y avait toujours que des femmes, et malgré elle, Wyllina en fut soulagée.

Elle s'approcha de l'autel, où de l'encens brûlait. L'odeur de bois et de fleur en provenait, et elle profita un instant des effluves agréables et réconfortants.

Elle ferma les yeux, mais les rouvrit lorsqu'elle sentit la présence de quelqu'un près d'elle. À quelques centimètres d'elle se trouvait une elfe blonde, aux cheveux si longs que même tressés, ils touchaient le sol. Le drap qui l'habillait était jaune. Elle lui offrit un large sourire, mais Wyllina l'observa d'un œil méfiant.

— Elle vous attend, Wyllina, lui dit-elle simplement d'un ton calme et bas.

D'un geste de la main, elle l'invita à la suivre. En marchant, elle fut soulagée de constater que ses pas n'étaient plus les seuls à raisonner dans la cathédrale. Même si le tout était très discret et ne venait pas rompre la tranquillité des lieux. Elle put observer plus en détail les femmes qui se trouvaient là. Peut-être que la différence de couleur de leur robe évoquait un statut, une position spécifique au sein du temple ?

L'elfe qui la guidait l'amena dans l'autre bras, où une porte similaire à celle du jardin se détachait. Elle l'ouvrit, et la nocturna découvrit des escaliers en colimaçon intégralement construit d'ambre. L'elfe s'y engagea en l'observant de côté, et elle l'imita. En s'élevant, elles arrivèrent plus proches du plafond, sur une mezzanine en ambre qui faisait le tour de la pièce entière. Penchée au-dessus des balustrades en ambre verte, la nocturna aperçut l'autel et les autres disciples échanger des messes basses. Le sol en ambre jaune était presque translucide, et Wyllina dut user de toutes ses forces pour ne pas avoir l'impression de marcher dans le vide. Au travers, elle suivit des yeux certaines disciples déformées, avant de s'intéresser de nouveau à l'elfe.

Un passage plus étroit avait été construit entre la nef et le chœur de la cathédrale, et l'elfe y avança. Wyllina l'imita, sans parvenir à s'empêcher de tout observer et effleurer, subjuguée par tout ce qu'elle voyait et touchait.

Elles arrivèrent à une autre porte, en bois noir, et l'elfe ne toqua pas avant de l'ouvrir. Là, au-dessus de ce qui semblait être l'aile droite de la cathédrale, où la porte donnait sur le jardin, se trouvait une pièce en pierre au sol de sable blanc, éclairée de centaines de bougies. Au centre de celle-ci, assise à genoux sur un épais coussin rouge, la femme qui l'avait accueillie la veille paraissait en pleine méditation, les deux mains liées. La même robe blanche drapait son corps, et des décorations en or avaient été ajoutées à ses cheveux crépus. Ses yeux restèrent fermés et elle ne releva pas la tête lorsque l'elfe poussa gentiment Wyllina à l'intérieur de la pièce taillée dans la roche.

La porte se rabattit avant qu'elle ne pût faire quoi que ce soit, et la nocturna demeura immobile, impuissante.

— Approche toi, Wyllina, murmura la femme sans ouvrir les paupières.

Elle hésita, mais puisque la valtari baissa les mains et les posa sur ses genoux, elle risqua un pas vers elle, ses chaussures en cuir crissant sur la fine couche de sable.

Ses yeux s'agrandirent et plongèrent dans ceux de la nocturna.

— Allons, n'aie pas peur, l'encouragea-t-elle.

Wyllina s'approcha encore, jusqu'à pouvoir effleurer le nez de la valtari si elle tendait le bras. Celle-ci acquiesça d'un signe de tête, et l'invita à s'asseoir. Pendant un moment, Wyllina chercha un support, une chaise, n'importe quoi. Mais puisqu'elle ne trouva rien, elle s'installa en tailleur sur le sol, face à la valtari qui referma les yeux, sans se préoccuper de la poussière blanche que le sable laisserait sur sa robe.

Une fois installée, le silence replongea, simplement brisé par le crépitement des flammes. Wyllina observait la pièce nue de tout meuble et toute distraction.

Seuls les bougies et le coussin la remplissaient, et une odeur de cire chaude envahissait l'espace. Elle grattait nerveusement le sol du bout des ongles, y arrachant de la poussière de calcaire, lorsque la valtari prit une profonde inspiration, comme pour sortir d'une transe, et ouvrit les yeux à nouveau. Elle sembla se détendre, et imita Wyllina en s'asseyant en tailleur, posant les coudes sur ses genoux. Elle l'observa d'un air attendri et sembla attendre que la nocturna dît quelque chose.

Wyllina ouvrit la bouche, mais la referma. Par où devait-elle commencer ?

— Vous êtes l'Oracle ? demanda-t-elle finalement.

La veille, elle avait ignoré sa question. Mais à présent, elle devait l'entendre de sa bouche, même si la réponse paraissait évidente.

— En effet. Est-ce que tu es déçue ?

— Déçue ? Pourquoi ?

La valtari ricana doucement et son rire fut le plus beau qu'elle eût entendu depuis bien longtemps.

— Généralement, on ne s'attend pas à une valtari. Mais peut-être que tu savais déjà qui j'étais.

Wyllina détourna les yeux, incapable de soutenir son regard perçant.

— J'avais entendu des rumeurs, à l'époque. Je ne... Je n'étais pas sûre de ce que j'allais trouver en arrivant jusqu'ici. Après tout ce qu'il s'est passé...

L'Oracle hocha la tête en murmurant :

— Je comprends. Notre séjour sur Terre aurait pu laisser des traces, et tu craignais de te retrouver face à des charlatans.

Pendant une seconde, elle se demanda si elle n'avait pas été blessante. Mais puisque la valtari sourit, elle se détendit.

— Nous sommes restés proches de notre déesse, même sur Terre. Nous savions que l'Ancien Royaume allait renaitre.

Wyllina en eut le souffle coupé.

— Mais… comment ? Pourquoi n'avoir rien dit ?

La valtari rit encore, mais pas pour se moquer. Les questions de Wyllina semblaient l'attendrir.

— Nous avons trouvé refuge dans l'Himalaya, expliqua-t-elle. Là-bas, il y a très peu d'humains, et ceux qui y habitent ont le même mode de pensée que nous.

Les bouddhistes, certainement. Wyllina hocha la tête, à l'écoute.

— Notre réputation commençait déjà à faiblir, dans l'Ancien Royaume. Peu de gens croyaient encore aux déesses et à Quovarie. Qui nous aurait écoutés si on n'avait prévenu les natifs de leurs destins lumineux, sur Terre ?

Personne, sûrement. Et Wyllina aurait été la première à ne pas y croire.

— Mais depuis notre retour, on sent une différence. Pour la plupart, c'est un miracle que Vaquoria existe encore et qu'ils aient pu y revenir. Les natifs osent de nouveau prier, se tourner vers des déesses qui, d'après eux, les avaient abandonnés par le passé. Nous n'en sommes que plus fortes. Plus les gens croient et prient, plus le temple d'ambre et nous-mêmes sommes… majestueux.

Elle sourit largement, et Wyllina lui rendit son sourire.

— Je sais pourquoi tu es là, Wyllina, continua l'Oracle en cillant.

La nocturna attendit une suite qui ne vint pas.

— Il est pourtant d'usage que le visiteur exprime lui-même sa requête, avant que j'y réponde.

D'accord, mais comment la formuler ? Wyllina joua avec ses doigts en réfléchissant. Mais après tout, il n'y avait aucune bonne manière de formuler sa demande.

— Le roi... commença-t-elle avant de se racler la gorge. Le *Rova* dit que je dois être *Vasta*. Mais c'est impossible. Je veux trouver une autre solution pour sauver le royaume.

L'Oracle hocha la tête. Elle se leva doucement, et marcha quelques pas autour de la nocturna, sa longue robe traînant derrière elle dans un voile vaporeux.

— Je vois, répondit l'Oracle. Cette gangrène t'inquiète autant que lui. Est-ce que, finalement, tu ne connaissais pas cette obligation depuis longtemps, sans vouloir l'admettre ?

La nocturna baissa les yeux. Si, certainement. Elle s'était voilé la face, et avait cherché d'autres raisons à cette gangrène. Mais elle ignorait que ne pas prendre le pouvoir dont elle avait hérité ferait pourrir les terres.

— Je vais déjà me montrer rassurante. Cette gangrène est réversible, mais nous savons toutes les deux que le problème majeur est en effet le corps de ta sœur, et le pouvoir qui l'habite encore malgré sa mort. Si tu ne le prends pas, Wyllina, il continuera de te chercher à travers le sol, pourrissant tout ce qu'il touche.

Elle opina du menton en observant ses mains. À cet instant, elle se sentait comme une enfant qu'on réprimandait pour ne pas vouloir tenir son devoir. Mais elle en était incapable.

L'idée de devenir reine la renvoyait inlassablement à la vision d'Éva, possédée par les terres et dépossédée d'elle-même. Ce mauvais souvenir la bloquait pour plus d'une raison. Mais la principale était qu'elle ne se sentait pas l'étoffe d'une reine. Elle serait détruite par la couronne, par la cour, exposée au regard de tous et jugée comme elle l'avait toujours été.

Elle qui cherchait à s'isoler et vivre une vie loin des autres n'avait aucune envie que le moindre de ses gestes fût étudié, interprété et déformé.

— Pourquoi ne voudrais-tu pas monter sur ce trône ? reprit l'Oracle en continuant de décrire des cercles autour d'elle. Je crois voir qu'Ardamir et toi vous entendez bien.

— Il a tué ma sœur. Ma jumelle, qui était rongée par la couronne qu'elle portait. Je… Je ne veux pas… Si je deviens *Vasta*, je risque le même sort qu'elle, et je risque d'empirer la situation en brisant l'équilibre de Vaquoria.

C'était plus fort qu'elle, sans qu'elle ne pût réellement l'expliquer. Son passé avec le père d'Ardamir et Ardamir lui-même lui soufflait qu'elle ne serait jamais à la hauteur. On l'avait sans cesse mise de côté, même lorsqu'elle n'était pas responsable. Elle n'était pas prête à revivre tout ça. Côtoyer le roi était déjà trop pour elle. Alors devenir son épouse relevait d'un défi impossible à réaliser. Quelque part, c'était à cause de ce royaume qu'elle avait perdu Éva, bien avant qu'elle n'eût tué la famille d'Ardamir. Devenir reine pour un royaume qui les avait détruites ne ferait que renforcer son sentiment de trahison envers sa sœur. L'Oracle s'arrêta et ne tourna que le nez vers elle.

— Oui, mais tu n'es pas ta sœur, et Ardamir n'avait d'autre choix que de la tuer.

Wyllina ouvrit la bouche pour rétorquer, mais les mots lui échappèrent avant de franchir ses lèvres. Elle savait tout ça. Mais la peur de devenir comme elle, incontrôlable et manipulée, lui tordait le ventre.

L'Oracle reprit sa marche, doucement et de façon si mesurée que Wyllina se demandait si elle avait un endroit précis où poser le pied à chaque fois, parce que chacun de ses pas épousait l'empreinte du précédent.

— Ne disais-tu pas toujours que ta sœur et toi étiez aussi ressemblantes qu'opposées ? Que l'une avait été créée pour détruire l'autre, et inversement.

La nocturna haussa les épaules. Elle l'avait souvent dit, en effet, et souvent pensé.

— Alors si ta sœur et Vaquoria se sont détruites lorsqu'Éva a obtenu un pouvoir par la force, et que vous êtes opposées… que crois-tu qu'il pourrait arriver si tu obtenais le même pouvoir de façon légitime ?

Elle releva les yeux vers l'Oracle. Éva avait obtenu le pouvoir parce qu'elle avait tué les souverains de l'Ancien Royaume, mais pas tous… Ardamir était encore en vie, parce qu'elle l'avait épargné. Elle n'aurait donc jamais dû devenir *Vasta*, et pourtant, cela était arrivé. Les terres l'avaient acceptée, malgré ce qu'elle avait fait et en sachant qu'elles se détruiraient.

— Les terres ont la vengeance facile, rit l'Oracle. Elles ont vu là une excellente occasion de se venger d'Éva et de ses actions passées. Même si elle n'était pas totalement en tort, n'est-ce pas ?

Est-ce qu'elle pouvait lire dans ses pensées ? Cela ne faisait aucun doute.

— Peut-être, mais depuis notre retour, j'ai…

Elle n'acheva pas sa phrase, incapable de prononcer qu'elle était devenue une meurtrière. L'Oracle s'arrêta en face d'elle, et reprit place sur le coussin en y posant ses genoux. Elle attrapa la main de Wyllina, et l'incita à la regarder en face en la dévisageant d'un air doux.

— Les voix de Quovarie sont parfois impénétrables. Et comme je te l'ai dit, les terres ont soif de vengeance. Si elles ont choisi d'accepter Éva et Erwin, c'était dans le but de puiser dans leurs forces vitales afin de se reconstruire.

Elles savaient tous ce dont ils avaient été capables, ce qu'ils avaient manigancé contre le roi. D'autant plus qu'Ardamir n'était pas sur Vaquoria. S'il en avait été autrement, Éva n'aurait jamais pu être *Vasta*.

Elle lui sourit chaleureusement. Mais rien n'aurait pu réchauffer la crainte de Wyllina.

— Wyllina… les terres n'attendent que toi, dit-elle pleine d'espoir.

La nocturna retira vivement sa main de la sienne. De savoir que l'avenir du royaume dépendait de sa décision ne l'aidait pas, au contraire. Tout ce qu'elle avait voulu, depuis la mort d'Erwin et d'Éva, c'était de vivre en paix en se faisant oublier, pour oublier. Et c'était tout l'inverse qui se produisait. Elle n'avait aucune envie de tenir ce genre de responsabilité entre ses mains tremblantes et son esprit traumatisé.

— Mais puisque tu as l'air déterminée, tu sais quelle autre solution s'offre à toi. Tu sais que pour obtenir le pouvoir d'un souverain on doit lui ôter la vie. Alors, à ton avis, que te reste-t-il comme solution ?

Wyllina se plongea dans ses pensées. Si elle trouvait quelqu'un qui faisait l'affaire, il faudrait qu'elle la tuât pour devenir reine à son tour.

— Mais je ne suis pas encore *Vasta*.

— Alors, deviens-le pour une minute seulement, avant de te sacrifier.

Elle secoua la tête, sans comprendre.

— Mais, cette autre personne ne pourrait-elle pas monter directement sur le trône, sans que je doive être couronnée ?

L'Oracle nia du menton. Ses boucles serties d'or tintèrent l'une contre l'autre. Les épaules de la nocturna s'abaissèrent.

— Pour le moment, le pouvoir est prisonnier de la terre. C'est toi qu'il cherche, et si on te tue avant que tu ne sois couronnée, il sera perdu à jamais et cette gangrène ne guérira pas.

Wyllina hocha la tête d'un air grave. Dans tous les cas, elle était condamnée.

— N'y a-t-il pas... une autre solution ? Une solution dans laquelle je pourrais rester en vie sans être reine ?

Les yeux de la valtari se plissèrent alors qu'elle lui souriait une fois encore.

— S'il en existe une, les terres ne me donnent pas la réponse. C'est toi, qu'elles veulent.

— Moi, ou ma meurtrière...

Le silence replongea. Pendant un moment, Wyllina ne sut quoi penser des solutions que l'Oracle lui avait apportées. Aucune ne lui convenait. Tout cela n'avait aucun sens, et pourtant, c'était logique. Le pouvoir se transmettait par la mort des souverains. Il en avait été ainsi pour le père d'Ardamir, pour Ardamir lui-même, pour elle et il en serait de même pour les suivants. Éva et Erwin avaient été sujets d'exception, parce que la situation était exceptionnelle.

Et à présent, le mal qui rongeait les terres était prisonnier à cause d'eux. À cause d'elle.

La valtari eut une moue d'impuissance. Visiblement, tout cela la fatiguait beaucoup. De recevoir le message de Vaquoria devait lui demander plus de concentration que n'importe quoi d'autre. Avait-elle choisi cette place d'Oracle, ou cela lui avait-il été imposé ? Avait-elle cherché, elle aussi, à fuir ses responsabilités ? Avait-elle cherché une solution pour ne pas avoir à assumer un rôle qui lui revenait ? Comment avait-elle été choisie ?

L'Oracle releva les yeux vers Wyllina et se mordit la lèvre.

— Cette gangrène vient du pouvoir qui erre dans les terres pour te trouver. Si Ardamir en épouse une autre, et qu'elle devient reine, cette gangrène ne cesserait jamais vraiment. Parce que ce pouvoir ne lui appartiendra pas tout à fait, et cette *Vasta* aura la même fin tragique qu'Éva. Sauf que personne n'aura à planter un poignard dans son cœur. Il faut que tu montes sur ce trône pour libérer les terres. Seulement après tu peux choisir de rester ou de te sacrifier. Si tu ne le fais pas dans cet ordre, tu sais ce qui arrivera.

La nocturna hocha la tête en silence. De toute évidence, on ne lui laissait pas le choix. Choisir entre régner et se sacrifier était un dilemme auquel elle n'aurait jamais cru devoir répondre.

D'imaginer qu'elle pût avoir la couronne sur la tête, même pour quelques secondes, lui donnait déjà des sueurs froides. Et imaginer que sa vie s'arrêterait si promptement lui brisa le cœur. D'un autre côté, cela faisait bien longtemps qu'elle ne craignait plus de mourir. Et sa mort valait peut-être mieux que celles de milliers d'autres, qui arriveraient à coup sûr si elle devenait reine. Ce pouvoir était trop grand pour elle. Elle ne pourrait jamais le supporter. Contrairement aux héritiers de la couronne, elle n'avait pas été conçue pour devenir reine.

Et si elle était prête à tout sacrifier pour ne pas prendre ce pouvoir, jamais elle ne pourrait demander à une inconnue d'en faire autant en sachant que cela les détruirait, elle et Vaquoria. Cela la hanterait toute sa vie de savoir que Vaquoria ne guérirait jamais et qu'une anonyme souffrirait par sa faute, exactement comme c'était le cas à présent.

— C'est normal que tu angoisses, reprit l'Oracle en rassemblant ses mains contre sa poitrine. Fais confiance à celle que tu es. Et fais confiance à Quovarie.

L'Oracle ferma les yeux, laissant sa respiration se faire plus profonde. Wyllina l'étudia longuement avant de comprendre que cela marquait la fin de la discussion. Elle se leva en secouant sa robe et s'éloigna un peu, les pieds engourdis d'être restée en tailleur. Elle se retourna vers l'Oracle avant d'atteindre la porte, pour l'observer une dernière fois.

— Est-ce que je peux partir ? demanda-t-elle.

L'Oracle n'ouvrit qu'un œil, sans bouger le reste de son corps. Elle resta silencieuse un moment avant d'entrouvrir la bouche.

— Qu'est-ce qui te fait croire que tu es prisonnière ?

La nocturna secoua la tête. Rien, à vrai dire.

— Pourquoi mon pendentif ne fonctionnerait-il pas, ici ?

L'Oracle ferma l'œil et garda le silence. Wyllina se détourna en s'approchant de la porte. Cette discussion ne l'avait pas satisfaite. Le choix qu'on lui imposait n'en était pas un. Mourir ou assumer sa place...

Ses lèvres se pincèrent alors qu'elle tentait de lutter contre la peur qui lui nouait le ventre. Jamais elle n'arriverait à choisir.

— Wyllina, l'interrompit l'Oracle alors qu'elle posait la main sur la porte.

Le visage fermé, Wyllina se tourna vers la valtari, qui restait immobile.

— Depuis quand as-tu décidé d'ignorer les murmures d'un roi ?

L'Oracle rouvrit les yeux et les planta dans les siens. La nocturna ne trouva rien à répondre, et cilla, l'air grave. Les murmures du roi...

La légende disait que lorsqu'un *Rova* de Vaquoria murmurait quelque chose, cela finissait par arriver. Le père d'Ardamir avait murmuré à Wyllina qu'un jour elle deviendrait chevalière, et cela s'était réalisé.

Il avait murmuré qu'Éva serait sa garde personnelle, et elle était devenue sa garde personnelle. Et elle se souvint subitement de ce qu'Erwin lui avait dit, sur la place de Morum. Elle n'avait qu'à peine écouté, parce qu'elle le combattait. Mais Erwin lui avait parlé du murmure que le *Rova* prononçait souvent à son sujet.

Il disait qu'un jour, Wyllina deviendrait *Vasta*.

Elle observa l'Oracle en silence. Le problème à présent n'était plus qu'elle devînt reine. Dans tous les cas, cette couronne toucherait sa tête, qu'elle le voulût ou non. Elle devait faire en sorte de le rester le moins longtemps possible.

Sans attendre, elle ouvrit la porte et quitta l'Oracle.

Chapitre 20

La nocturna traversa promptement la cathédrale, ignorant les regards que les disciples de l'Oracle lui lançaient. Puisqu'elle pouvait partir, il n'y avait pas une minute à perdre.

Ses pieds foulaient le sol en ambre avec précision. Elle atteignit la porte d'entrée en quelques enjambées, et lui fit face. Lors de son arrivée, la porte du temple s'était ouverte seule. Elle attendit donc que cela se reproduisît pendant quelques secondes. Comme il ne se passa rien, elle étudia l'ambre lisse à la recherche d'une poignée. Mais rien d'autre que des gravures minutieuses ne venaient perturber la surface polie de l'ambre.

Elle posa sa main à plat sur la porte et la poussa, mais cela fut aussi inutile que l'entrevue qu'elle avait eue avec l'Oracle. Elle força un peu plus, sans résultat. Agacée, elle s'y appuya franchement, l'épaule plaquée contre le battant, mais la porte restait aussi hermétique que s'il s'agissait d'un mur.

Après plusieurs tentatives infructueuses, elle se recula légèrement. Elle chercha dans sa bourse le pendentif qu'Ardamir lui avait offert, et l'étudia un instant dans sa main ouverte.

L'Oracle lui avait dit qu'il ne marcherait pas ici, mais rien ne l'empêchait d'essayer.

Elle se concentra et entreprit de s'éclipser chez elle. Elle sembla vaciller sur place, comme une image qui sautait sur une télévision, mais lorsqu'elle relâcha sa concentration, l'ambre du temple et l'odeur de fleur l'entouraient toujours.

Mais si cette porte ne s'ouvrait pas et que son pendentif ne fonctionnait pas, comment pourrait-elle sortir d'ici ? L'Oracle lui avait pourtant dit qu'elle n'était pas prisonnière. Peut-être que l'une des disciples qui l'observaient serait en mesure de l'aider.

Elle se retourna vers la cathédrale et repéra celles qui se trouvaient le plus proche d'elle. Il s'agissait de deux elfes en toge jaune, les cheveux découverts, qui l'épiaient en silence, impassibles. Wyllina s'avança vers elles avec détermination, si bien que les deux disciples eurent un mouvement de repli.

— Vous pouvez ouvrir cette porte ? leur demanda-t-elle sans cérémonie.

Elles s'échangèrent un regard, comme si la réponse était évidente, et reculèrent encore, jusqu'à heurter un pilier en ambre. Wyllina tenta de se détendre et leur adressa un sourire. Peut-être se montrait-elle trop agressive.

— Personne ne le peut, répliqua la première. C'est le temple qui choisit le moment de votre départ.

La nocturna ne fut pas sûre de bien comprendre.

— Qu... quoi ?

— Tout comme c'est lui qui décide de vous laisser entrer, continua la deuxième, c'est lui qui décide quand vous êtes prête à partir. S'il considère que vous avez trouvé ce pour quoi vous êtes venue. Que vos questions ont obtenu des réponses.

Abasourdie, la fée nocturne observait les deux disciples en silence. Le temple décidait lui-même si elle pouvait partir ? Quel genre de magie avait créé quelque chose d'aussi...

— Écoutez, je ne veux pas manquer de respect à cet endroit, mais il faut absolument que je m'en aille.

— Tu ne peux pas forcer la décision du temple, intervint une voix, derrière elle.

Le regard des deux disciples glissa derrière elle, et la nocturna se retourna. L'Oracle se tenait au centre de la nef, les bras le long du corps et le visage inexpressif. Chacune des disciples présentes avait cessé leur tâche et surveillait l'échange. Wyllina les scruta à la recherche d'un détail qui pourrait contredire l'Oracle.

— Vous avez dit que je n'étais pas prisonnière.

— Ce n'est pas tout à fait ce que j'ai dit, répondit-elle en s'avançant d'un pas. Mais je le maintiens, tu n'es pas prisonnière. Enfin, pas vraiment.

Elle fit un pas supplémentaire en direction de Wyllina qui l'observait, immobile. Lorsqu'elle fut assez proche d'elle, elle jeta un regard aux deux elfes que Wyllina avait interpellées. Elles adressèrent un signe de tête à leur Oracle et s'éloignèrent en silence, leur toge jaune voguant derrière elle au rythme de leurs pas.

— J'ai obtenu les réponses que je cherchais, continua Wyllina alors que, autour d'elles, toutes reprenaient leurs activités. Elles ne me conviennent pas, mais je les ai obtenues.

L'Oracle lui sourit avec bienveillance.

— Ce n'est pas le temple qui te garde prisonnière, Wyllina. C'est toi-même.

La nocturna vacilla, et son regard s'arrêta sur la statuette de Firna, la déesse des nocturnas.

— Je ne comprends pas, dit-elle.

En riant, l'Oracle joignit ses mains sur son ventre.

— Tu ne veux pas être *Vasta*, mais tu ne veux pas mourir non plus, reprit-elle. Au fond de toi, en tout cas, ce n'est pas le cas. Les réponses que je t'ai apportées ne t'aident donc en rien. Peut-être que le temple pense qu'un moment parmi nous pourrait t'être bénéfique afin de transformer l'une de ces réponses insatisfaisantes en solution.

Wyllina resta pantoise. Est-ce qu'elle était sérieuse ? Combien de temps cela prendrait-il ? Le temple pouvait bien vouloir la faire changer, la situation à l'extérieur de celui-ci empirait un peu plus chaque minute. Elle n'avait pas le loisir de flâner plusieurs jours au sein d'un temple isolé.

Malheureusement, elle entrevoyait déjà la réponse. Cela dépendrait d'elle, à coup sûr.

— Le royaume est en train de mourir, dit-elle. Le *Rova* ne tiendra pas longtemps. Si... Si je reste ici, ce sont de précieuses heures qu'on perdra peut-être pour toujours.

L'Oracle hocha la tête.

— Je le sais, Wyllina. Mais ce n'est pas moi qui te retiens ici.

La nocturna recula d'un pas, soudain prise de panique. Malgré elle, son souffle s'accéléra alors qu'elle comprenait que le temple agissait en fonction de son subconscient. Pourrait-elle essayer de lui mentir pour qu'il acceptât de la laisser partir malgré son indécision ? Impossible, et pour deux raisons : elle ne savait pas mentir, et ce temple ne se laisserait sûrement pas berner.

La pression qui pesait sur ses épaules depuis sa conversation avec Ardamir s'accentua encore, l'obligeant à respirer plus fort pour emplir ses poumons.

L'Oracle lui adressa un sourire courtois, et se détourna. La nocturna resta immobile, sans savoir que faire. Que penser, comment agir ?

Son regard dévia une nouvelle fois sur la statuette de Firna, fière et indépendante. Dans la mythologie, elle n'avait pas hésité une seconde à représenter son peuple. L'autonomie qu'elle voulait ressentir n'en était qu'exacerbée.

Mais Wyllina n'était pas une déesse. Elle était la sœur jumelle de la meurtrière la plus décriée du royaume. La sœur jumelle d'une reine qui avait failli mener le royaume à sa perte. La sœur jumelle d'Éva, manipulée par Erwin durant tous ces siècles.

Et elle était aussi celle qui avait mené tous les natifs sur Terre pour les protéger.

Puisqu'elle était coincée ici, Wyllina comptait mettre son temps à profit. Elle avait passé la journée à arpenter le temple et ses annexes. En discutant avec quelques disciples, elle avait compris qu'ici, la hiérarchie était représentée par les couleurs. La plus foncée, le rouge, était au bas de l'échelle. Le blanc, lui, représentait la sagesse absolue. L'Oracle portait une robe blanche, et cela faisait sens.

Comme elle s'inquiétait de la situation extérieure, elle avait fait promettre à l'Oracle de la prévenir au cas où les choses dégénéraient. Elle ne pourrait peut-être pas sortir d'ici à temps, mais s'imaginer quitter enfin le temple alors que tout le monde fût mort sans qu'elle ne l'eût su auparavant lui laissait un goût amer. La valtari lui avait assuré que la conjoncture n'en était pas encore là, mais le visage malade d'Ardamir venait sans cesse lui rappeler l'urgence de la situation. Tout ça était sa faute, quelque part.

Si elle avait admis qu'en tuant Erwin, elle devait devenir reine, les problèmes seraient résolus depuis des semaines.

Et si elle y avait réfléchi au moment où la situation l'exigeait, et qu'elle s'était rendu compte de ce que ça impliquait, elle se serait abstenue de tuer Erwin. Ardamir aurait eu l'occasion de l'exécuter de ses propres mains, et l'entièreté du pouvoir lui serait revenue, comme le voulait l'usage.

Elle se força à chasser ces pensées parasites, fixant son attention sur son pendentif, qui vacillait entre ses doigts. L'inscription qui y était gravée la narguait.

« *Pour que tu trouves ton chemin, où que tu sois.* »

Manifestement, Ardamir s'était trompé. Ici, il ne lui servait à rien.

Elle observa le fermoir cassé par Lysandre, lorsqu'il l'avait sauvé de la valtari endeuillée, quelques jours plus tôt. À présent, elle ne pouvait même plus le porter à son cou. En soupirant, elle le rangea dans sa bourse et étudia le jardin du temple, aussi paisible que lorsqu'elle était arrivée malgré les nombreuses disciples qui s'y promenaient.

À bien y repenser, le comportement de Lysandre était étrange, lorsqu'ils avaient rendu visite à Nérion, après qu'il eut repêché le corps d'Éva. Il lui avait intimé de fuir avant que l'abyssien ne se rendît compte de quelque chose. Pourquoi ?

Avait-il compris, lui aussi, qu'elle était désormais au cœur de quelque chose qu'elle n'avait pas voulu ? Avait-il compris qu'il lui fallait être reine ?

Cela pourrait expliquer son insistance à la voir partir. Avec l'assassinat du Duc de Stanster, la situation devenait critique. Et capturer la reine du royaume, même si elle n'était pas encore couronnée, aurait pu permettre à Nérion d'avoir un sérieux moyen de pression contre Ardamir.

Il aurait détenu la clé de la prospérité et de la santé des terres.

Elle frissonna en considérant qu'elle avait eu de la chance d'avoir à ses côtés un elfe si perspicace. D'être retenue dans cette cale nauséabonde, près du corps de sa sœur, pendant des jours et sur un navire instable, ne l'enchantait pas plus que de devenir reine. Peut-être même moins.

Wyllina attrapa son visage dans ses mains. Comment pouvait-elle prendre une décision de ce genre ? Il ne s'agissait pas de savoir ce qu'elle voulait pour le petit déjeuner, mais de sa vie.

Sa vie qui avait, toutes ces années, été régie par l'ombre de sa sœur. Même lorsqu'elle la croyait morte, sur Terre, et encore davantage maintenant qu'elle l'était réellement et que la vérité avait été rétablie. Que penseraient les natifs si elle venait à accepter d'être reine ?

Se moqueraient-ils du fait qu'Éva était sa sœur, ou cela leur ferait-il peur ? Accepteraient-ils son règne, son pouvoir, sa présence ?

La penseraient-ils légitime face à un roi qui l'était de sang ?

Et si elle prenait la décision de rester reine, comment pourrait-elle vivre avec l'idée qu'elle était devenue une cible pour n'importe qui ? La place de *Vasta* était aussi convoitée que celle du *Rova*, et tout le monde sur Vaquoria savait qu'un meurtre suffisait pour reprendre le pouvoir.

Combien de temps parviendrait-elle à rester sur ce trône alors que de nombreux amis se révèleraient ennemis ?

Nérion tenterait-il d'entacher sa réputation à cause de son activité de chasseuse de primes ? Essayerait-il de la corrompre en échange de son silence ?

Et Pullman, que pensait-il de tout cela ? Avait-il préparé ça depuis des semaines avec Ardamir ? Était-il seulement au courant ?

Elle abaissa ses mains en appuyant ses coudes sur ses genoux. Le jardin était si beau qu'elle en fut presque agressée.

Le contraste entre ses pensées et ses sentiments et la beauté et la sérénité de cet endroit lui donnait envie de vomir.

Sa place n'était pas ici, mais n'importe où ailleurs sur Vaquoria, où elle aurait été libre d'agir et de trouver une autre solution.

Ici, ses pensées la submergeaient. Elle aurait voulu ne pas avoir le temps de réfléchir.

La nocturna cherchait un moyen d'occuper son esprit, et le temple était justement muni d'une bibliothèque à en faire pâlir celle du roi. Sur les étagères hautes comme le mur, d'innombrables ouvrages plus anciens les uns que les autres étaient alignés. Elle en avait déjà parcouru quelques-uns, pour se distraire, mais aussi dans l'espoir de trouver un indice ou une solution différente de celles qu'on lui imposait.

Elle en attrapa un autre du bout des doigts et le fit glisser jusqu'à elle, avant de descendre de l'échelle sur laquelle elle était grimpée pour l'atteindre. Lorsque ses pieds touchèrent le tapis épais qui occupait toute la pièce, elle se recula en observant la couverture.

Le titre, *Les confins de l'univers*, y était inscrit en lettres d'or, et Wyllina l'effleura doucement.

Lorsqu'elle l'ouvrit, une odeur de poussière et de renfermé lui parvint. Mais le livre était en bon état, malgré son âge avancé. Certains chapitres étaient écrits dans la langue originelle des natifs, qui n'était plus utilisée depuis longtemps. D'autres étaient écrits dans une langue qu'elle ne connaissait pas. Elle parcourut le langage des yeux et repéra quelques mots, comme *Armaa* et *Alimaranë* ou encore *mentaminis* et *prospectia*.

Elle les toucha du bout d'un doigt, comme pour les rendre plus compréhensibles. Mais elle n'avait aucune idée de l'endroit d'où provenait cette langue, ni même de l'âge qu'elle avait.

En tournant encore les pages, elle découvrit un passage en français. Elle tiqua plus encore. Que faisait un passage en français dans ce livre ?

Elle le referma une minute et le retourna dans tous les sens pour y trouver le nom de l'auteur ou un indice sur sa provenance, sans succès. Elle se réintéressa au passage écrit en français, qu'elle avait gardé à l'aide d'un de ses doigts coincés entre les pages.

En lisant chaque mot avec attention, elle faillit passer à autre chose, mais curieusement, un sentiment étrange naquit dans le creux de son estomac et la poussa à continuer sa lecture.

Le texte parlait d'une prophétie. Elle disait ceci :

« *Un jour Naara sera mise à feu et à sang par un guerrier puissant en quête de son contraire. Pour avilir ses sujets, il n'hésitera pas à utiliser la force de ses pouvoirs. Il sera le premier enfant de l'eau depuis des siècles, et seule l'enfant du feu pourra le contrer. L'Armaa dont la marque sera inscrite dans son dos sera la seule à pouvoir sauver son peuple. Le Mal sera vaincu, mais une malédiction fera finalement chuter le Bien.* »

La nocturna resta un instant immobile. Manifestement, ce n'était qu'une histoire pour les enfants.

Elle le referma d'un coup sec, et le déposa sur la pile qui ne cessait de grandir depuis des heures. Lorsqu'elle appuya un pied sur l'échelle pour grimper à nouveau et s'intéresser à un autre ouvrage, la porte de la bibliothèque s'ouvrit. Elle se stoppa et se retourna vers celle qui venait à sa rencontre, mais eut un mouvement de recul quand elle se rendit compte qu'il ne s'agissait pas de l'une des disciples.

Sur le seuil de la porte, le roi l'observait d'un air amusé.

Sa présence la troubla tant, qu'elle trébucha sur un pied de l'échelle et manqua de tomber avant de se rattraper à une étagère remplie de livres, dont la plupart chutèrent sur elle. Heureusement aucun ne la blessa. Une fois qu'elle fut stabilisée, elle leva les yeux vers Ardamir, en habit de citoyen, qui s'approchait d'elle après avoir refermé la porte. Il avait toujours l'air malade, mais son état ne semblait pas avoir empiré depuis la dernière fois qu'elle l'avait vu. Pourtant, sans sa couronne et le poids de sa cape épaisse, il paraissait plus léger, moins... affecté.

Ici, au milieu de cette bibliothèque, elle retrouva presque Dimitri derrière la brillance de ses yeux cernés.

— Qu'est-ce que tu fais là ? lui demanda-t-elle en se redressant.

Il s'arrêta à quelques centimètres d'elle, son sourire en coin frémissant.

— Bonjour à toi aussi, Wylli. Comment vas-tu ?

La nocturna ne répondit pas et observa son ami plus en détail. En y regardant de plus près, ses lèvres s'étaient encore assombries et ses yeux noisette avaient égaré leur éclat doré. Il devait avoir perdu quelques kilos et sa respiration paraissait difficile.

Sa présence ne pouvait vouloir dire qu'une chose : il n'avait plus le temps d'attendre que Wyllina se décidât. La situation allait de mal en pis. Et pourtant, il n'y avait aucune once de reproche dans ses yeux, alors qu'il aurait pu lui en faire des centaines.

— Que fais-tu ici, Ardamir ? répéta-t-elle.

Il souleva un sourcil lorsqu'elle prononça son vrai prénom. Mais à présent, elle ne parvenait plus à se voiler la face. Dimitri avait disparu lorsqu'il était monté sur ce trône. Peut-être même avant cela, juste avant qu'il ne tuât sa sœur. Le regard du roi voyagea parmi les livres, et la pile qui se trouvait aux pieds de Wyllina.

Il hocha la tête d'un air approbateur, avant de planter les yeux dans les siens.

— Je vois que tu planches dur pour trouver un moyen de ne pas être coincée avec moi.

Wyllina observa les livres à son tour, et recula d'un pas, se retrouvant coincée contre une étagère.

— Ce n'est pas... commença-t-elle.

Mais les mots moururent avant de franchir ses lèvres. Si, c'était exactement ce qu'il croyait.

— Et est-ce que tu as trouvé quelque chose ? lui demanda-t-il.

Il repéra, un peu plus loin, une chaise solitaire posée contre un mur, et s'y dirigea avant de s'y installer. Il releva les yeux vers elle, les bras croisés sur sa poitrine. La nocturna observait chacun de ses gestes. Qu'attendait-il pour lui dire qu'il ne fallait plus perdre une minute ? Qu'elle devait être couronnée dès ce soir, car les gens mouraient par sa faute ? Qu'on ne lui laissait pas le choix, parce qu'elle était trop longue à prendre sa décision ?

Elle se rendit compte que c'était ce qu'elle aurait préféré entendre. Ne pas avoir le choix était aussi une solution pour ne pas risquer de se tromper. Risquer de prendre la mauvaise décision, et avoir à l'assumer par la suite.

Mais si elle mourait, elle n'aurait rien à assumer du tout. À part le regard d'Ardamir qui devrait la regarder mourir.

— Pas vraiment, répondit-elle enfin. L'Oracle dit que je dois être couronnée quoi qu'il arrive. Ensuite, je dois choisir si je veux rester reine ou non.

Il ne sembla pas comprendre, car son visage resta impassible.

— Ça veut dire que je dois trouver quelqu'un pour me remplacer, après qu'elle m'a tuée.

— Je sais ce que ça veut dire. Et qu'en penses-tu ?

Il leva le menton, comme pour la prier de ne pas prononcer les mots qu'il redoutait. Son regard ne la quittait pas.

— Ardamir… Je…

— Tu préfères mourir que d'être avec moi ?

— Non ! Ça n'a rien à voir avec toi…

— Pourtant j'ai tué ta sœur, c'est ce que tu ne cesses de répéter. Tu me détestes pour ça.

Elle ricana, davantage pour garder une contenance que pour se moquer de lui.

— Je ne peux pas être *Vasta*. Ce n'est pas… Je n'ai pas été faite pour ça. Et après tout ce que ma sœur a fait, et tout ce que moi, j'ai fait… qu'en pensera le peuple ? Tu y as réfléchi ?

Ardamir se frotta une barbe naissante avant de poser ses coudes sur ses genoux. Il croisa ses mains et fixa son regard sur les jointures de ses doigts.

— Oui, j'y ai réfléchi. Mais le peuple n'a pas son mot à dire. Et toi, tu ne seras pas seule. Le pouvoir qui ronge les terres attend que tu le libères. Tu peux toujours essayer durant quelques mois, si tu n'es pas décidée.

Il releva les yeux vers elle.

— Tu pourras toujours te faire tuer par ta remplaçante plus tard, si tu y tiens.

Wyllina ne parvint pas à déchiffrer l'expression sur son visage. Est-ce qu'il plaisantait, ou tout cela l'écœurait ? Son regard se posa sur le dernier livre qu'elle avait ouvert. Celui où la prophétie était écrite. Elle n'était pas la seule à devoir agir comme ce qu'on attendait d'elle plutôt que comme elle le voulait. Elle ne le serait certainement jamais. Mais pour toutes ces femmes qui n'avaient jamais eu le choix et qui se transformaient en instruments ou en objet de pouvoir, elle se sentait obligée de lutter.

— Peut-être qu'il sera trop tard, murmura-t-elle, dans quelques mois. Peut-être que je serais rongée par le pouvoir comme Éva, comme toi...

— Il sera trop tard pour tout le monde si tu refuses de libérer le pouvoir.

La nocturna baissa les yeux. Elle savait tout ça, mais...

— Tu es vraiment venu ici pour me mettre la pression ? Comment as-tu su où me trouver ?

Ardamir se redressa et l'observa un moment en silence. En se relevant de sa chaise, il se frotta un sourcil, les yeux plantés dans le sol.

— Je ne suis pas venu ici pour te trouver, dit-il. J'ignorais que tu étais là. Si je suis venu, c'est pour trouver une solution, moi aussi.

Il leva prudemment les yeux vers elle, et le cœur de la nocturna se serra. Alors, lui non plus ne voulait pas qu'elle devînt reine ?

— C'est simplement parce que je ne veux te forcer à rien, reprit-il en devinant ses questionnements. Je ne crois pas qu'on doive se sentir obligé de faire quoi que ce soit dans la vie, surtout pour quelque chose d'aussi important. J'aurais aimé avoir le choix, moi. J'aimerais pouvoir te libérer de ce devoir que tu as envers les terres et le peuple, même si je préfèrerais que tu acceptes de régner à mes côtés. Je ne peux pas consciemment te demander de rester emprisonnée toute ta vie.

La respiration de la nocturna n'était plus qu'un mince filet lorsqu'Ardamir s'approcha d'elle.

— Et... ? requit-elle.

Il s'avança encore et s'arrêta à quelques centimètres d'elle.

Doucement, il leva une main glacée vers une mèche de ses cheveux et l'effleura. Elle sentit la fraicheur de sa peau, même à cette distance, et ferma les yeux en frissonnant.

— Et, l'Oracle m'a dit que la réponse se trouvait dans cette pièce.

Wyllina rouvrit les paupières. Ardamir l'observait en silence, les lèvres serrées. Dans ses yeux, l'émotion déposait une fine couche de larmes.

— Je regrette que ce soit toi qui as tué Erwin, ce soir-là. J'aurais dû me lever et attraper cette épée avant que tu ne le fasses. Les choses auraient été bien plus simples.

Sa voix devint plus grave sur cette dernière phrase, et il détourna les yeux. Wyllina posa une main sur son bras, comme pour le consoler. Mais en réalité, elle n'avait jamais pris conscience qu'Ardamir souffrait de cette situation autant qu'elle.

— Je ne veux pas qu'il t'arrive quoi que ce soit, reprit-il en la regardant à nouveau. Je ne me pardonnerais jamais de te voir décliner comme cela est arrivé à Éva. Je ne me pardonne pas que tu aies à choisir entre ta vie ou le trône. Tout ceci est ma faute. Je suis désolé.

La nocturna étudia ses traits en silence. Elle n'avait jamais pris conscience d'à quel point la culpabilité le rongeait, concernant ce soir-là. Le soir où leur vie avait basculé, sans espoir de retour en arrière possible.

— Ce soir-là, je t'ai perdue deux fois, d'une certaine façon. La première, en tuant ta sœur. La deuxième, en ne t'empêchant pas de tuer Erwin. J'ai scellé ton destin et le mien. Je savais que tu ne voudrais plus jamais me voir et pourtant… Je savais aussi que tu ne voudrais jamais être *Vasta*, et pourtant…

— Ardamir…

— Elienor m'a parlé d'un autre moyen, mais…

Elle ne put s'empêcher de l'interroger du regard. Il recula légèrement et passa une main dans ses cheveux bleus déjà en bataille.

— Si c'est d'être *Vasta* qui t'inquiète, et tout ce que ça implique, il dit qu'on peut trouver une parade. Quelqu'un qui jouera ce rôle seulement auprès du peuple.

— Et le pouvoir ?

Ardamir haussa les épaules.

— Tu serais la reine officielle, mais personne n'en saura jamais rien. Tu n'aurais aucune obligation, à part celle d'être toi-même. Si jamais je viens à avoir besoin de toi pour quelque chose, tu seras mise au courant bien avant. Puisqu'il n'y a aucune autre solution que de te couronner, je propose de le faire sans te céder le trône. Le pouvoir est libéré, et tu continues ta vie comme si de rien n'était.

Wyllina le fixait intensément pour jauger son sérieux. Cette solution était le début de quelque chose. Plutôt que de mourir, elle pourrait vivre sa vie comme bon lui semblait. Cela ne lui garantissait pas que le pouvoir ne la détruirait pas comme il avait détruit Éva, mais si elle n'exerçait pas en tant que reine, peut-être que ce serait différent ? Peut-être même que, par son anonymat, les terres la protègeraient plus encore. Parce qu'une reine sans couronne n'était pas une cible, contrairement à celle qui montait sur le trône. Comme il ne lâchait pas son regard, elle humidifia ses lèvres en comprenant qu'il ne plaisantait pas.

— Tu serais prêt à faire une chose pareille ? Tromper le peuple ?

Le sourire qui avait abandonné le coin de sa bouche reparut.

— Que Quovarie me pardonne, mais pour toi, je ferais n'importe quoi.

Chapitre 21

Ardamir et Wyllina épiaient l'Oracle en silence. Elle était assise au centre de la pièce en pierre, et la lueur des bougies se reflétait sur sa peau sombre avec élégance. Les mains jointes et les yeux fermés, elle semblait étudier la réponse qu'elle devait leur donner.

Après plusieurs minutes durant lesquelles les deux amis se sentirent gagnés par la nervosité, elle ouvrit enfin les yeux et ses épaules s'affaissèrent comme elle se détendait.

— Je crois que ça pourrait fonctionner, dit-elle. Mais Wyllina sera la reine malgré tout. Il ne faut pas l'oublier.

La nocturna cessa de ronger l'ongle de son pouce pendant une seconde.

— Comment être sûre que le pouvoir n'agira pas sur moi comme il l'a fait sur Éva ?

L'Oracle haussa les épaules en souriant.

— On ne le peut pas. Tout dépend de toi. Mais je ne le pense pas. Éva avait forcé le trône et la situation était différente, comme je te l'ai déjà expliqué.

Wyllina se tourna vers Ardamir, qui l'observait en silence. Son souffle court et ses yeux pâles étaient la preuve qu'il n'y avait pas une minute à perdre. Mais la solution qu'Elienor avait trouvée était un compromis acceptable. Si le pouvoir lui montait à la tête, il serait toujours temps de dénicher quelqu'un pour lui succéder dans les mois à venir.

Et à l'idée de ne pas être exposée aux dangers et aux responsabilités qui incombaient à une reine, elle se sentait déjà plus légère.

— Qu'est-ce que tu en penses ? lui demanda le roi d'une voix douce et mesurée.

Elle pouvait lire dans ses yeux l'excitation et la fierté. D'un point de vue politique, elle ne pouvait refuser cette offre. Sa peur restait le seul barrage.

— Je veux que tu me promettes de me tuer de tes propres mains si les choses dégénèrent.

Ardamir rit légèrement, mais acquiesça en fermant les paupières.

— Au moindre signe que je deviens comme elle.

Il opina encore, mais son rictus se renforça.

Wyllina se tourna vers l'Oracle, qui souriait aussi.

— Et effacez-moi ces sourires. Je n'ai pas encore accepté.

— Tu parles déjà comme une *Vasta*, remarqua Ardamir.

Elle aurait frappé son bras s'il n'avait pas si mauvaise mine.

— Il faudra trouver quelqu'un pour la façade, reprit l'Oracle. Quelqu'un de bien intentionné qui sera dans la confession quoi qu'il arrive. Avez-vous une idée ?

Wyllina secoua la tête pour seule réponse, et joua avec les pans de sa robe blanchis par le sable fin qui jonchait le sol de la pièce. Ardamir l'imita.

Peu de femmes de confiance l'entouraient, Wyllina était presque sûre que celles pour qui c'était le cas chercheraient à les manipuler et à obtenir quelque chose en échange. La cour du roi, les nobles et ceux qui désiraient en faire partie se battraient pour quelques privilèges.

— Je peux vous proposer quelqu'un, suggéra l'Oracle. Une fille très bien, qui ne causera aucun problème. Cela fait quelques années qu'elle est à mes côtés.

Ardamir haussa les épaules, et Wyllina garda le silence. Après tout, ce n'était pas à elle de choisir celle qui partagerait la vie du roi. Même si ce n'était qu'une apparence.

L'Oracle hocha la tête d'un air entendu, et les deux amis se levèrent en même temps qu'elle. Elle frotta rapidement sa robe blanche, mais s'immobilisa soudain, stoppant le moindre de ses gestes. Wyllina le remarqua avant le roi, et posa une main sur l'avant-bras de son ami.

Lorsque l'Oracle bougea à nouveau, ce fut pour lever des yeux graves vers eux. Elle entrouvrit la bouche, mais se ravisa. Le roi et la nocturna l'observaient sans savoir que faire.

— Est-ce que tout va bien ? demanda Ardamir.

La valtari secoua la tête, mais sembla chercher ses mots.

— Je n'en suis pas sûre. Je ne comprends pas très bien ce qu'il se passe… Éva est…

Le cœur de Wyllina se souleva. Éva ?

— Avec quoi l'avez-vous tuée ?

Ardamir échangea un regard avec la nocturna. Tous deux avaient la réponse avant même que l'Oracle n'eût besoin de leur dire. Le poignard. Celui qu'elle avait fait forger par un nain. Celui qui avait renvoyé Wyllina sur Terre, le soir de son sacrifice.

Un poignard multidimensionnel.

— Elle est morte, affirma Wyllina comme pour se rassurer elle-même.

— Son corps git quelque part dans l'océan, appuya Ardamir.

— En fait, non, corrigea Wyllina. Plus maintenant.

Ardamir l'interrogea du regard et elle lui offrit une grimace pour seule réponse. Elle lui expliquerait plus tard…

— C'est confus, mais il se passe quelque chose. Si elle est bien morte, son âme, elle, semble avoir été envoyée autre part. Et il y a toujours un lien entre son corps et son âme.

— Autre part ? tenta de comprendre Wyllina. Sur Terre ?

L'Oracle secoua la tête, les plongeant dans l'incertitude. Et tout d'un coup, Wyllina se souvint des informations fournies par Nérion, sur le bateau. Lorsqu'il avait compris qu'elle fréquentait le roi, il lui avait proposé de redonner vie à sa sœur. Quelque chose qu'elle n'avait souhaité à aucun moment. Mais pourrait-il réellement le faire ? Si l'âme d'Éva était ailleurs, mais qu'un lien invisible la reliait toujours à son corps, pouvait-il réellement la ressusciter ?

— Comment rompre ce lien ? s'empressa-t-elle de demander. Que se passera-t-il pour le pouvoir, est-ce que…

Ce pouvoir, elle n'en voulait pas. Mais dans l'optique qu'il revenait aux mains de sa sœur ravivée par Nérion, elle fut prise d'un haut-le-cœur.

— Ce lien peut être rompu, mais seul celui qui a forgé l'arme pourra vous en dire davantage. Concernant le pouvoir…

L'Oracle plongea ses yeux dans ceux de la nocturna. Wyllina n'eut pas besoin de lui parler de ses craintes. La valtari voyait tout au travers des terres, et elle pouvait lire son esprit.

— Si Nérion parvient à la ressusciter avant ton couronnement, il faudra tout recommencer.

Ardamir semblait ne rien comprendre et c'était tout à fait normal. Il ne savait pas qui était Nérion, et il ignorait que Wyllina le connaissait bien. Trop bien.

La nocturna sentit la panique l'envahir et faire trembler ses doigts. Nérion voudrait-il réellement redonner vie à Éva ? Pour quelle raison ?

Après l'assassinat du Duc, c'était étrange. Que lui passait-il par la tête ?

— Le ferait-il ? s'enquit l'Oracle.

Wyllina resta silencieuse. Venant de Nérion, tout était possible. Mais il n'y avait qu'une seule raison qui pût justifier les actes de ces dernières semaines. Nérion préparait quelque chose. Et quelque chose de grand.

S'il parvenait à ressusciter Éva avant que Wyllina ne devînt reine, ce serait à nouveau elle, la *Vasta*. Et s'il voulait une reine zombie à ses côtés, Wyllina craignait que ses plans dépassassent l'assassinat d'une valtari ou d'une fée pour une offense personnelle.

Il fallait agir vite. Pour le contrer, pour qu'il ne devînt pas maître du corps ranimé de sa sœur, maître de la *Vasta*.

Elle tourna ses yeux vers Ardamir, qui observait les deux femmes avec autant de mystère qu'un peu plus tôt.

— Faisons-le maintenant, dans ce cas, souffla-t-elle.

— Pourquoi ? s'enquit le roi.

Mais Wyllina hésita. Elle ne pouvait pas lui en parler dans l'immédiat. Pas ici, pas avant que tout ne fût réglé.

— Simple précaution.

— Tu ne voulais pas être *Vasta* et maintenant tu veux l'être dans l'immédiat ?

Wyllina soupira.

— Je t'expliquerai tout. Après.

Elle concentra à nouveau son regard sur l'Oracle.
— Vous pouvez le faire, non ?
Elle acquiesça. Wyllina se retourna et avança vers la porte.
— Alors il n'y a pas une seconde à perdre, dit-elle en l'ouvrant.
Elle quitta la salle de consultation et rejoignit le temple. Ardamir la suivit, sans comprendre. L'Oracle, elle, resta un moment immobile avant d'approcher à son tour.

Quand elles étaient enfants, Éva et Wyllina étaient souvent réprimandées par leurs parents. Leur famille avait une position importante dans le royaume. Elle faisait partie de ceux qui se rendaient souvent au palais, pour négocier de leur situation avec le *Rova* et tenter d'arranger les choses. Elle n'allait que très peu au village, parce qu'à l'époque, il était mal vu que les nobles se mélangeassent avec le peuple. Les parents des jumelles leur avaient interdit le plus petit rapprochement avec les nocturnas qui ne faisaient pas partie de cette haute sphère. Ce qui limitait leur contact à des adultes imbus d'eux-mêmes et sans enfants, parce que la plupart des femmes rencontraient des problèmes de fertilité. La couleur flamboyante de leurs cheveux en était témoin.

Plus le statut d'un nocturna était élevé, plus le roux des cheveux de la famille était prononcé.

Mais Éva et Wyllina désobéissaient souvent à cet ordre, et s'évadaient, pour quelques heures, en rejoignant les enfants nocturnas qui vivaient aux alentours. Wyllina se souvenait très bien de la plupart d'entre eux. Grim, le nocturna qui les avait accueillies avec Ardamir à Brinthorum, sous les Alpes, en faisait partie.

Sa famille était plus que modeste, et ses frères et lui devaient régulièrement voler du pain ou de quoi se vêtir proprement.

Les jours où Wyllina et sa sœur bravaient l'interdiction et se faufilaient jusqu'au village voisin, la première avait souvent les bras chargés de présents pour ses amis, lorsqu'Éva ne portait que son assurance et son caractère de meneuse. Éva prenait un malin plaisir à rappeler à Grim, ses frères, et tous les autres, que jamais ils ne pourraient faire une chose pareille pour elles, parce que leurs parents étaient pauvres. Les prendre de haut était l'un de ses jeux favoris, quand Wyllina ressentait plus de compassion qu'elle ne l'aurait dû.

Elles grandirent, et les fois où elles s'échappaient ensemble se firent de plus en plus rares. Wyllina se rendait souvent seule au village, préférant la compagnie des amis de son âge, aussi pauvres fussent-ils. Pour elle, cela n'avait jamais eu d'importance. Au contraire, elle trouvait ça injuste et ne parvenait pas à comprendre pourquoi le fossé entre leurs familles était si grand. Elle avait passé un temps infini avec Grim, parfois pour l'aider à voler, parfois pour le rendre invisible dans une situation délicate, mais la plupart du temps pour rire et bavarder de tout.

Malgré cela, ce fut à Éva qu'il fit sa demande lorsqu'il parvint à grimper les échelons et améliorer sa situation. Éva qui, depuis toujours, l'avait traité comme un moins que rien et ne lui lançait des regards séducteurs que pour lui cracher dessus par la suite. Éva affirmait que jamais il n'aurait le droit de poser ses mains calleuses sur un corps aussi rempli et bien portant. Éva qui, lorsque Wyllina avait une fois ramené à Grim un kilo entier de pain prêt à être jeté, chez elle, l'avait renversé dans la boue avant de le piétiner sans ménagement devant ses yeux. Il n'avait alors pas mangé depuis plus de deux jours.

Évidemment, Wyllina s'excusait pour sa sœur chaque fois que c'était nécessaire, et souvent, c'était elle qui prenait les brimades de leurs amis. Sa sœur, elle, n'avait pas les oreilles pour les écouter. Et d'ailleurs, elle n'en avait que faire.

Quelque part, Wyllina s'était toujours demandé ce qui était passé par l'esprit de Grim. Mais sa gentillesse n'attendait aucun retour, même si, au fond, elle aurait aimé que Grim s'intéressât davantage à elle plutôt qu'à sa sœur.

Un ami commun disait que les parents de Grim lui avaient conseillé de demander la main d'Éva. Parce que son caractère et sa détermination sans faille la mèneraient plus loin que Wyllina, et qu'elle était de ce fait un meilleur parti. Et lorsqu'il avait fait sa demande, Éva avait évidemment accepté en fixant Wyllina dans les yeux. Tout ça, elle en était persuadée, pour lui rappeler à quel point elle serait toujours la meilleure et Wyllina sa seconde. Son ombre. À quel point sa bonté et sa compassion ne comptaient pas et n'avaient aucune valeur.

Éva ne cessait de rappeler à sa jumelle qu'elle n'était bonne qu'à prendre ses restes. Éva en premier, et Wyllina après. Et tout le monde après, en fait.

Alors, lorsque le *Rova* avait murmuré qu'un jour Wyllina serait *Vasta*, celle-ci ne pouvait qu'imaginer ce qu'Éva avait pu ressentir. Pour la première fois depuis longtemps, quelqu'un d'autre s'apercevait que Wyllina était destinée à être meilleure qu'Éva. Plus sensible, plus posée, plus puissante.

Et à présent, alors que Wyllina observait l'Oracle, elle tenta de se rappeler aussi fort que possible que depuis toujours, Éva et elle étaient opposées en tout.

Non. Elle n'avait rien d'Éva, tuée par son ambition.

Même si Erwin l'avait fait chanter et qu'Éva avait accepté de se faire manipuler pour les protéger. Au fond, Wyllina aurait préféré mourir plutôt que d'accepter une chose pareille.

Il était temps pour elle de se rendre compte qu'elle vivait dans l'ombre de sa sœur depuis toujours. Encore davantage depuis sa mort. Ses actions la hantaient comme si elle en était responsable. Comme si elle avait été responsable d'Éva.

Était-ce si difficile à croire, pour elle, qu'elles étaient deux personnes différentes ? Peut-être.

Et le peuple y parviendrait-il ? Ses amis d'enfance y parvenaient, eux.

L'Oracle secoua un bâton d'encens devant elle, brisant ses réflexions. La nocturna toussota et leva les yeux vers la valtari. Ils se trouvaient dans la cathédrale, au pied de la statue de Quovarie. Celle-ci les surplombait de toute leur hauteur, et pendant un instant, Wyllina se sentit minuscule. Trop minuscule. Comment la petite fille qui ramenait du pain à ses amis pouvait être la même que celle qu'elle était aujourd'hui, sur le point de devenir *Vasta* de Vaquoria ?

Les mains tremblantes, elle s'agenouilla à l'endroit que l'Oracle lui indiquait. Son souffle était court, mais elle tentait de ne pas céder à la panique lorsqu'Ardamir la rejoignit, et se positionna en face d'elle. Il plongea les yeux dans les siens.

Et si Éva revenait à la vie, comment serait-elle ?

— Je vais aller au plus simple et au plus rapide, dit l'Oracle. Avez-vous une couronne ?

Les paupières de Wyllina s'écarquillèrent alors que les choses devenaient concrètes. Il n'en fallait que peu pour qu'elle se levât et priât l'Oracle de tout arrêter avant de s'enfuir loin. Remarquant son angoisse, Ardamir lui attrapa les mains, ce qui l'incita à le regarder. Il l'encouragea en silence. La gorge sèche, elle déglutit.

— Non… répondit-elle.

Ses genoux sur le sol en ambre la faisaient souffrir. Soudain, sa robe et son corsage devinrent trop serrés. L'odeur boisée des fleurs devint trop prenante. Il faisait trop chaud.

Ardamir pressa ses mains, et s'intéressa à l'Oracle.

— N'importe quoi ferait l'affaire, non ?

La valtari réfléchit un moment en reposant l'encens sur le piédestal. Autour d'eux, les disciples s'étaient rassemblés. La respiration de Wyllina se fit plus courte. Son regard cherchait une accroche sans la trouver.

— Montre-moi le pendentif que tu as dans ta bourse, Wyllina.

Comme si son corps ne lui appartenait plus, la nocturna observa ses doigts fouiller dans sa bourse après qu'Ardamir les eût lâchés, et tendre le bijou à l'Oracle. Celle-ci l'étudia en silence, avant de lever les yeux vers le roi. Le calme était trop lourd. L'ambre trop brillant. Le sol trop palpable. Wyllina s'épongea le front.

— C'est l'une de celle du roi ? demanda-t-elle en désignant l'obsidienne sertie au centre du pendentif.

Ardamir opina du menton. Il tenta en vain de trouver le regard vacillant de la nocturna, qui, elle en était persuadée, était sur le point de vomir.

— Ce sera parfait.

Wyllina n'entendait qu'à peine ce que disait la valtari. Ardamir récupéra ses doigts tremblants et les serra dans les siens. Elle leva les yeux vers lui et risqua de les plonger dans les siens. Il ne semblait ni fier ni impatient. Plutôt inquiet. La vapeur qui s'échappait du contact de leurs deux peaux montrait que Wyllina bouillonnait.

— Concentre-toi sur moi, lui murmura-t-il de sorte qu'elle fut la seule à l'entendre.

L'Oracle leva les mains en coupe avec, en leur centre, le pendentif de Wyllina. Le regard de la nocturna dévia vers elle, mais aussitôt, Ardamir attrapa son visage de ses deux mains, et plaqua sa bouche sur la sienne. La nocturna fut si surprise qu'elle resta immobile, les yeux grands ouverts en observant le roi. Mais alors ce fut la fraîcheur de ses lèvres qu'elle sentit et l'apaisement que cela lui procura lui permit de se détendre presque instantanément. Ardamir se recula légèrement et lui adressa un sourire. Pendant un moment, leurs souffles se mélangèrent alors que leurs lèvres planaient à quelques millimètres l'une de l'autre.

Plus rien n'avait d'importance. L'Oracle disparut en même temps que ses disciples. Le contact dur de l'ambre sur ses genoux, l'odeur trop présente de l'encens, l'envergure impressionnante de la statue de Quovarie. La menace qui pesait sur le royaume, le passé qu'elle avait avec Éva, son futur rôle de *Vasta*.

Plus rien ne comptait à part Ardamir et sa peau gelée, qui était la seule à pouvoir supporter la sienne. Elle franchit subitement la courte distance qui séparait leurs lèvres, et l'embrassa à son tour en fermant les yeux, se jetant presque sur lui. Leurs souffles se firent plus courts et comme plus rien n'existait autour d'eux, Wyllina se fichait bien du regard des disciples et de ce que l'Oracle en penserait. Tout ce qu'elle voulait, c'était la peau d'Ardamir contre la sienne, parce qu'elle avait trop chaud, parce qu'elle avait trop peur, parce qu'elle se sentait assez grande pour ce rôle seulement dans ses bras.

Elle enlaça le cou du roi en se rapprochant de lui. Elle le voulait plus près, plus fort, toujours plus. Assise à califourchon sur ses cuisses, elle l'embrassait encore et encore. Il embrassa son cou comme si, lui aussi, il avait oublié qu'ils n'étaient pas seuls.

Au même moment, l'Oracle passa la chaine réparée du collier de Wyllina autour de son cou. Le contact de l'or lui fit ouvrir les yeux.

Le plafond de la cathédrale lui apparut comme une promesse, alors qu'Ardamir se glaçait lui aussi.

Wyllina sentait le souffle court du roi contre sa poitrine. Elle sentit sa main dans ses cheveux. L'odeur de sa peau. Sa fraicheur.

Elle sentit le bouleversement de l'Oracle, et de ses disciples, dont les joues rougissaient devant cette vue irrévérencieuse. Elle sentit le temple, et les vibrations de l'intégralité de l'ambre dont il était construit. Elle sentit l'eau du ruisseau qui y coulait, les fleurs du jardin qui s'ouvraient, malgré la nuit, le chant des oiseaux qui y vivaient. Elle sentit la neige, au-dehors, qui tombait sans répit et avec toujours plus de force. Elle sentit le froid, la lumière des étoiles qui se déversait sur les montagnes à travers les nuages. Elle sentit les animaux sauvages, rares, mais puissants dans cette région neutre de Vaquoria.

Elle sentit le vent, les parfums, les sons qui la menaient toujours plus loin sur la terre de l'Ancien Royaume. Elle sentit la forêt elfique, la région des nocturnas, celle des nains, et même celle des elfes noirs. Elle sentit les non-natifs, qui ne faisaient pas partie d'elle, mais qui avaient obtenu l'asile. Elle sentit cette petite fille qui pleurait, sur le port de Quatham, parce que son rat de compagnie était mort. Elle sentit ces deux amants, cachés dans les dunes d'Overtus, à l'endroit où elle s'était aperçue que Lysandre n'était pas celui qu'elle pensait. Elle sentit leur détresse, lorsqu'une voix d'homme se fit entendre derrière une dune. Elle sentit Elienor, ivre sur le trône assombri du roi, dans un palais vide et malade.

Elle sentit les valtaris, et leur connexion profonde avec la terre. Elle sentit celle qui l'avait fait monter sur scène, le soir de la fête que le roi avait donnée.

Elle la sentit lever la tête, une lueur d'espoir dans le fond des yeux. Elle sentit la gangrène se figer, les arbres se secouer, le monde entier vibrer. Elle sentit son âme, la profondeur de sa bonté, la puissance des terres, l'amour d'Ardamir, le fantôme d'Éva.

Elle sentit le pouvoir, déferler dans ses veines comme le meilleur et le pire alcool à la fois.

Elle sentit son souffle lui revenir, comme si elle avait été en apnée durant toutes ces années. Elle se sentit bien, ivre de bien-être, et ça ne lui était jamais arrivé.

Et enfin, elle sentit les lèvres d'Ardamir sur sa gorge, déposant des baisers doux et frais.

Doucement, Wyllina cligna des yeux alors que son regard fixait toujours le plafond de la cathédrale. Elle n'osait bouger, de peur que cette sensation ne se muât en autre chose. Mais elle qui s'attendait à souffrir, ne ressentit rien de ce que disaient les rumeurs. Éva avait-elle ressenti la même chose ? Était-ce un aperçu du bien-être avant le coup de grâce ?

Le processus était-il terminé ? Était-elle reine ?

Elle baissa les yeux vers le roi, qui l'observait en silence. Leur proximité lui parut soudain si naturelle qu'elle aurait pu rester des heures dans ses bras. Il lui adressa un sourire, auquel elle ne répondit pas, trop absorbée par ce qu'elle ressentait. Même ses yeux semblaient mieux voir. Et il lui parut plus séduisant que jamais.

Pourtant, le bruit de quelque chose qui tombait la tira hors de ses sensations. Elle ne parvint pas à détacher son regard du roi, mais lui le fit, et observa l'Oracle avant qu'il ne s'intéressât à nouveau à la nocturna.

Il lui dit quelque chose, mais elle n'entendit rien.

Tout en elle se déchainait.

Les sensations qu'elle ressentait étaient trop.

Trop pour elle.

Un vertige la surprit, ses yeux se fermèrent presque d'eux-mêmes.

Elle sentit la panique du roi quand elle perdit connaissance.

Chapitre 22

Lorsque Wyllina rouvrit les yeux, Ardamir était penché au-dessus d'elle, le regard inquiet. Elle cilla plusieurs fois avant d'observer les alentours. Que s'était-il passé ?

Elle avait la sensation que le sol d'ambre dans son dos l'entourait de toute part. Les vibrations de la pierre la parcouraient avec une telle puissance qu'elle en fut troublée. En réalité, c'étaient tous ses sens qui étaient décuplés.

Ardamir lui disait quelque chose, mais elle dut se concentrer pour entendre sa voix au travers de tout ce que son ouïe percevait à présent. La moindre respiration, la moindre vibration, le moindre mouvement.

— Wylli ! insista-t-il en la secouant légèrement.

Le pendentif passé autour de son cou lui paraissait soudain très lourd. L'obsidienne sertie en son centre semblait déverser son pouvoir dans tout son corps, dans la plus petite cellule.

Et alors qu'elle revenait progressivement à elle, l'agitation qui l'entourait lui parvint. Les disciples gesticulaient, certaines criaient. Elle se redressa sur ses coudes, et Ardamir l'aida en la soutenant, une main dans son dos.

Ses yeux parcoururent les environs et aperçurent l'Oracle, allongée sur le sol, elle aussi. Elle respirait, mais ses yeux restaient fermés, comme si elle était plongée dans l'inconscience.

Wyllina entrouvrit la bouche pour dire quelque chose, mais ce simple geste lui parut si important qu'elle se ravisa.

— Tout va bien, la rassura Ardamir. Tu vas bien.

Il dégagea les cheveux du visage de la nocturna et planta ses yeux dans les siens. Ils étaient inquiets. Essayait-il de la rassurer, ou de se rassurer lui-même ?

— N'essaye pas de parler, c'est un peu perturbant, les premières heures. Tu t'y habitueras.

Elle voulut hocher la tête, mais en fut incapable. C'était comme si elle était tout et rien à la fois. Comme si son corps était soudain trop petit pour elle et qu'elle s'étalait partout autour. Il lui faudrait du temps, en effet, pour parvenir à s'y habituer et se contenir à son enveloppe corporelle.

Mais comme tout le monde s'agitait autour d'eux, elle l'interrogea du regard, et ne put s'empêcher de parler.

— Qu'est-ce qu'il…

Elle cessa brusquement, parce que sa voix lui parut cent fois plus forte qu'à l'habitude. Comme si elle se répercutait partout en elle, à la manière d'un gong très grave. Elle ferma les yeux et porta ses mains à son front : elle était assaillie d'un puissant mal de tête.

— Ne parle pas, répéta Ardamir. L'Oracle et toi avez perdu connaissance au même moment. Je ne…

Le regard du roi glissa sur une des disciples qui se tenait près d'eux, étudiant le corps de l'Oracle. Il s'intéressa de nouveau à Wyllina.

— Je ne sais pas si c'est normal.

Il fallut plusieurs secondes à la nocturna pour prendre la mesure de ce qu'il venait de dire. Il ne savait pas si c'était normal. Qu'est-ce que cela signifiait ? Que les choses tournaient mal ?

Ses paupières s'écarquillèrent alors que la peur refaisait surface, plus forte qu'auparavant. Toutes ses émotions, ses sentiments et ses perceptions étaient trop forts. Pourtant, elle ne se sentait pas malade, ou entravée, comme cela aurait pu être le cas d'Éva.

Au contraire, elle se sentait libre. Vaporeuse. Trop vaporeuse, mais c'était sans doute une question de pratique.

— Allez dans une chambre, leur dit une des disciples. Nous viendrons vous voir le moment venu.

Ardamir acquiesça et se pencha vers Wyllina. Il la souleva avec une aisance perturbante, et l'entraina un peu plus loin. Mais la nocturna ne sentait qu'à peine ses jambes, comme si son corps était en coton. Elle s'appuya un peu plus sur le roi, et étudia son visage. Il semblait soudain avoir retrouvé son éclat. Ses cernes avaient disparu et le noircissement de ses lèvres et de ses veines s'atténuait.

Le bruit de leurs pas était trop fort. Chaque froissement lui paraissait être le rugissement d'un volcan. Et alors qu'ils passaient la porte du jardin, elle perdit à nouveau connaissance.

Le coulis de l'eau. Le bruissement du vent dans les feuilles. Les pas des disciples qui s'agitaient. Le souffle d'Ardamir. Le matelas contre sa peau. Le pendentif entre ses clavicules.

Wyllina ouvrit les yeux. Sa vue se stabilisa alors qu'elle apercevait le plafond de sa chambre creusée à même la paroi de la montagne.

Son ouïe s'apaisa également, et elle fut soudain plus équilibrée, comme si l'ivresse qu'elle avait ressentie un peu plus tôt s'était dissipée. Sa respiration était calme et mesurée, et elle n'éprouvait plus aucune douleur. Pourtant, son épiderme restait encore sensible, si bien que même le contact de ses vêtements lui parut irritant.

Elle tourna la tête et aperçut Ardamir, plongé dans la demi-obscurité de sa chambre. Les deux bougies accrochées au mur éclairaient son visage à moitié. Sa peau était en demi-teinte, comme l'humeur de Wyllina. Lorsqu'il remarqua qu'elle était réveillée, il quitta le coin de la pièce dans lequel il s'était assis et s'approcha d'elle. Pour se mettre à sa hauteur, il s'accroupit près du lit, et posa une main sur son front.

Wyllina ne parvint pas à déchiffrer l'expression de son visage.

— Salut, dit-il, un petit sourire aux lèvres.

La nocturna remua un peu, comme pour s'assurer qu'elle se trouvait bien là où elle le croyait. Mais comme elle sentit les draps et la paille qui rembourrait le matelas, elle s'immobilisa.

— Salut, répondit-elle sur le même ton.

Sa voix n'avait rien d'assourdissant. Elle s'en sentit soulagée, si bien qu'elle soupira en fermant les yeux rien qu'une seconde.

— Comment tu te sens ?

Elle prit un instant pour lui répondre, sans être sûre de parvenir à mettre des mots sur ce qu'elle venait de vivre. Mais même si les sensations s'étaient calmées, le pouvoir qui coulait à présent dans ses veines la rendait fébrile.

— Je ne sais pas vraiment, dit-elle, et Ardamir rit doucement.

Elle l'imita, avant de lever une main vers le visage du roi. Ses doigts effleurèrent sa peau, et ce fut pour elle comme si elle n'avait jamais rien touché de toute sa vie.

— Vous m'avez droguée, avouez ? dit-elle en riant.

Ardamir l'imita et attrapa ses doigts pour les embrasser. Mais une ombre chassa rapidement l'amusement de son regard. Sa santé s'était améliorée, mais il semblait préoccupé. La nocturna se redressa légèrement, mesurant la tolérance que son corps avait au mouvement. Puisqu'elle ne ressentit aucun vertige, elle s'assit sur le lit et se tourna vers lui. Comme tout lui parvenait avec plus de force, il lui fallut un moment pour comprendre que les sanglots qu'elle entendait ne venaient pas de lui.

— Est-ce que l'Oracle va bien ? s'inquiéta-t-elle.

Si ce n'était pas lui qui pleurait, c'était forcément l'une des disciples. Dans ce cas, cela voulait-il dire qu'il était arrivé quelque chose à l'Oracle ?

— Elle est inconsciente, répondit Ardamir en se redressant à son tour. Mais elle est en vie.

Wyllina replaça ses cheveux et toucha son pendentif.

— Pourquoi ? demanda-t-elle.

— Pourquoi quoi ?

Elle observa le roi pendant un instant. Au milieu de cette petite chambre, il paraissait trop grand. Trop puissant. Peut-être était-ce son cas également, à présent.

— Pourquoi a-t-on perdu connaissance ?

Il inspira profondément et sa main ébouriffa ses cheveux, comme s'il cherchait ses mots.

— Te concernant, ça peut être normal. L'ivresse du pouvoir est quelque chose qu'il faut dompter. C'est perturbant, au départ, mais chaque souverain le vit d'une façon différente. Pour l'Oracle… On ne sait pas vraiment.

La nocturna acquiesça en silence. Elle ressentait pour l'instant tout, et rien à la fois.

S'il y avait un problème quelque part, elle n'était pas persuadée de pouvoir le discerner parmi toutes ses sensations et les vibrations de Vaquoria qu'elle percevait.

Même si une ombre, l'esquisse de quelque chose, tout au fond d'elle, lui paraissait étrange. Pour le moment, elle ne maîtrisait pas assez ses nouvelles sensations pour y voir clair. Et peut-être que ce n'était rien d'autre que l'ombre de la peur qu'elle avait ressentie à l'idée d'être reine.

— Alors, ça a marché ? s'enquit-elle, même si elle connaissait déjà la réponse.

Ardamir lui sourit tendrement et la rejoignit sur le lit. Il s'assit en face d'elle, et le matelas s'affaissa plus qu'elle ne l'aurait cru sous son poids.

— Oui, Wyllina. Ça a marché. Il suffit de te regarder pour le savoir.

Confuse, elle porta une main à son visage. Qu'est-ce qu'il voulait dire ? Est-ce que le pouvoir la rongeait, comme il l'avait fait avec Éva ?

— Comment ça ? J'ai l'air malade ? Mes lèvres sont noires ?

Elle palpa sa figure, pour voir si ses doigts parviendraient à sentir une différence. Ardamir rit à nouveau et lui attrapa la main.

— Non, répondit-il. Au contraire. Tu es lumineuse. Plus belle que jamais.

Elle se détendit dans l'instant, et le roi se pencha vers elle. Il posa doucement les lèvres sur son front en serrant sa main. La nocturna ne se déroba pas, et profita de ce contact frais, même si elle ne bouillonnait plus. Son cœur sembla se réchauffer et son ventre se tordit sous cette caresse agréable.

— Longue vie à la *Vasta*, murmura-t-il contre sa joue.

Il se recula, et l'observa sans un mot. Wyllina resta silencieuse, elle aussi, parce que rien de ce qu'elle aurait pu dire n'était suffisant.

Elle l'avait fait. Elle avait accepté le pouvoir.

Sa peur s'était tarie, et elle avait réussi à la surmonter. À surmonter l'ombre d'Éva qui planait au-dessus d'elle depuis toujours.

Elle n'était pas Éva.

Et elle était *Vasta*.

Deux disciples vinrent les chercher après quelques heures. En traversant le temple, Wyllina put se rendre compte une nouvelle fois de l'étendue de ce que le pouvoir de la terre faisait à ses sens. Elle ressentait tout, et se demanda s'il en était de même pour les valtaris, connues pour être reliées à Vaquoria d'une manière dont elles seules avaient le secret.

On les mena dans une autre chambre, située dans le cloître du jardin intérieur elle aussi. Lorsque la première disciple ouvrit la porte et se mit à l'écart pour leur laisser le champ libre, la nocturna aperçut une chambre bien plus grande que la sienne, plus proche d'un appartement. Les quartiers de l'Oracle étaient plongés dans l'obscurité. Une odeur de bois de cèdre s'échappait de la porte ouverte et le nez de Wyllina se fronça. Le cèdre était toxique, pour les nocturnas.

On les invita à entrer en silence. À l'intérieur, seules une ou deux bougies chassaient les ombres. À première vue, il n'y avait personne. Wyllina fut la première à s'engager, prudente, suivie de près par le roi.

Plus elle s'enfonçait dans l'obscurité, plus elle remarqua que ses yeux s'adaptaient. Elle pouvait voir dans le noir.

Surprise, elle s'arrêta au milieu de ce qui ressemblait à un salon, et Ardamir la heurta dans le dos. Il posa une main sur son épaule et la contourna pour l'interroger du regard. Il parut étonné, lui aussi.

— Tes yeux… dit-il.

La nocturna secoua la tête.

— Quoi ? souffla-t-elle sans oser parler. Je vois dans le noir…

Il sourit, visiblement amusé.

— Ils brillent, comme ceux d'un félin.

Comment ? Ils brillaient ? Une image de son visage dans l'obscurité la frappa. D'elle, on ne pouvait voir que ses iris argentés reflétant la lueur d'une lune gibbeuse. Elle porta ses doigts à ses yeux, comme pour les cacher, mais Ardamir les attrapa doucement et les dégagea. Il lui sourit encore, et Wyllina fut certaine en l'observant qu'il n'était pas touché par ce phénomène.

— Tu as de la chance de voir dans le noir. C'est un sacré avantage.

Pour une reine qui ne comptait pas réellement l'être ? Pas sûr. En revanche, pour une chasseuse de primes…

— Venez…, les interpella une voix, issue d'une autre pièce.

Le regard des deux amis suivit la voix, et Wyllina remarqua une chambre dont la porte entrebâillée laissait passer un filet de lumière douce. Elle s'en approcha en voyant aussi clairement qu'en plein jour, Ardamir sur les talons. Elle poussa doucement la porte pour l'ouvrir un peu plus, et la lumière l'aveugla d'abord. Il lui fallut un instant pour que sa vue s'adaptât à ce changement de luminosité.

L'Oracle était allongée dans un lit double, plus grand que celui du roi. Sa chambre était creusée dans la roche, elle aussi, mais elle était plus haute et un ruisseau s'échappait de chaque côté du lit.

Ils se rejoignaient à ses pieds, créant une douve autour de la paillasse. La lueur de deux bougies s'y reflétait et le son de l'eau détendit Wyllina.

Sur ces épais coussins de toutes les couleurs, l'Oracle les observait en silence, un sourire discret posé sur les lèvres. Lorsque ses yeux rencontrèrent ceux de Wyllina, elle inclina légèrement la tête, sans doute parce qu'elle n'était pas capable de faire une vraie révérence. La nocturna se tortilla, mal à l'aise et indécise face à ce genre de courtoisie à laquelle elle n'était plus habituée.

— Approchez-vous.

Ils s'exécutèrent sans discuter, et Wyllina enjamba le ruisseau avant de s'avancer vers elle. L'Oracle tapota le bord de son lit, comme pour l'inviter à s'y asseoir, et la nocturna s'exécuta. Là, elle put étudier plus en détail le visage de l'Oracle. Elle était plus pâle que d'habitude, ses lèvres étaient sèches et ses yeux rouges.

Est-ce qu'elle souffrait ?

Wyllina garda le silence tant que l'Oracle ne parlait pas. Ardamir, lui, resta sur le seuil de sa chambre, comme s'il n'osait s'approcher davantage.

Les yeux de la nocturna chutèrent vers ses propres mains. Elle joua avec ses doigts en réfléchissant à la meilleure manière d'apporter son soutien à l'Oracle, qui toussotait. Après une hésitation, elle se risqua à toucher le bras de la valtari, aussi doucement qu'elle en fut capable.

— Est-ce que ça va ? lui demanda-t-elle.

L'Oracle lui adressa un sourire, et ses cheveux crépus frémissaient contre sa joue.

— Je vais m'en remettre, Wyllina. Très jolis yeux, au passage…

Elle baissa la tête, gênée. Mais le sourire de l'Oracle sembla faiblir, et la nocturna l'interrogea du regard.

— Il semblerait que... commença l'Oracle. Est-ce que tu ressens quelque chose en particulier ?

Wyllina ricana, même s'il n'y avait rien de drôle. Que répondre à cette question ? Elle ressentait tout. Absolument tout.

— Il faudrait être plus précise, dit-elle.

L'Oracle soupira et lâcha la main de Wyllina pour se redresser légèrement sur ses coussins. En repérant un verre d'eau sur une petite table de chevet, Wyllina s'en empara et le lui tendit. L'Oracle la remercia d'un coup d'œil avant d'y plonger les lèvres. La nocturna échangea un regard avec Ardamir, qui les observait avec un sérieux maîtrisé, les bras croisés et l'épaule appuyée contre le chambrant. Tous deux commençaient à croire que si l'Oracle prenait tant de temps, c'était que quelque chose de grave était arrivé.

— Wyllina, reprit enfin l'Oracle en abaissant le verre d'eau. Tu dois chercher en toi. Vois-tu quelque chose par rapport à Éva ?

Elle secoua la tête. Par rapport à Éva ?

— Pourquoi ? Est-ce par rapport à...

— Il semblerait que le lien qui unit son corps et son âme soit problématique, oui.

La panique l'envahit. Elle se tourna vers le roi, qui décroisa les bras en se redressant.

— Le pouvoir t'appartient en partie, la rassura l'Oracle. Mais comme son âme est... autre part, il semblerait que l'autre partie du pouvoir lui appartienne toujours. Ça expliquerait pourquoi la gangrène s'échappait de son corps. Le pouvoir te cherchait, mais il émanait d'elle.

— Mais c'est la raison pour laquelle on a couronné Wyllina aussi rapidement, intervint Ardamir.

— En fait, c'était surtout pour couper l'herbe sous le pied de Nérion.

Il garda le silence, et Wyllina comprit qu'il fallait tout lui expliquer dès maintenant. Elle échangea un regard avec l'Oracle, qui lui adressa un signe de tête, comme pour l'encourager.

— Nérion est un abyssien. Il… Ne me demande pas comment je le sais, mais il a repêché le corps d'Éva dans l'eau. Il a un jour évoqué l'éventualité de lui redonner la vie. Ça n'aurait pas été très inquiétant si tu n'avais pas tué Éva avec ce poignard. Mais puisque c'est le cas, son âme a été envoyée ailleurs, et est reliée à son corps. Si Nérion avait fait revivre Éva avant que j'obtienne le pouvoir… Il lui serait sûrement retourné.

— Je vois, commenta Ardamir. Mais le pouvoir t'appartient, n'est-ce pas ?

Wyllina hocha la tête, et l'Oracle appuya sa réponse.

— Il semblerait qu'une petite partie soit toujours liée à Éva, reprit l'Oracle. Ce qui est un problème, puisque la gangrène ne reculera que lorsque Wyllina sera entièrement reine. Pour le moment, tout s'est cristallisé. Mais…

— Ce lien la retient et conserve une partie du pouvoir, comprit Ardamir. Alors, coupons-le.

— Il faut qu'on trouve qui a forgé ce poignard, continua Wyllina.

— Et que se passera-t-il si ce Nérion lui redonne la vie ? D'ailleurs, pourquoi ferait-il une chose pareille ?

La nocturna observa le roi, sans avoir la réponse à ses questions. L'Oracle posa une main sur elle, mais cela n'eut pas l'effet escompté. Au lieu de la calmer, cela empira les choses. Elle dut faire preuve de bon sens et d'une extrême maîtrise pour ne pas céder à la panique.

— Je n'en sais rien, assura Wyllina. Mais je crois que je préfère ne pas le savoir. On pensait que me couronner réglerait le problème et ce n'est pas entièrement le cas. La seule chose qu'il nous reste à faire est de découvrir qui a forgé ce poignard pour qu'il nous aide à briser le lien d'Éva à son corps.

— D'accord, répondit Ardamir. Alors, trouvons ce forgeron et rompons le lien.

Wyllina hocha la tête en guise d'accord. Elle se tourna vers l'Oracle qui les observait d'un air attendri. Elle fut peinée de la voir si faible.

— Est-ce à cause de ça que vous êtes affectée ? lui demanda-t-elle.

La valtari lui sourit à nouveau. Sa bonté n'avait aucune limite, même lorsqu'elle était au plus mal.

— Couronner un souverain réclame beaucoup d'énergie. Je ne l'avais jamais fait, et comme nous n'avons pas accompli les choses dans les règles de l'art, le pouvoir a transité par mon corps. Il est bien trop puissant pour moi, alors… ça laisse des traces.

— Vous voulez dire que vous avez joué le rôle de conducteur ? s'étonna Wyllina. Pourquoi ne pas nous l'avoir dit avant, on n'aurait…

— Parce que je préfère être affaiblie durant une semaine plutôt que de risquer le retour d'une reine sombre. Et ton couronnement était urgent, Wyllina. Je ne voulais pas risquer que tu changes d'avis.

Elle sourit plus franchement, et la nocturna se surprit à l'imiter.

— Mais… Si on ne parvient pas à couper ce lien ?

La réponse de l'Oracle resta en suspens. Wyllina savait qu'elle n'avait pas toutes les explications, mais un mauvais pressentiment la gagna.

— Personne ne peut l'affirmer, commenta l'Oracle. Je ne crois pas que vous ayez envie de prendre ce risque. Cette arme… ce poignard que vous avez utilisé sur elle, je vous conseille de le détruire. Cela ne doit pas se reproduire. On ne sait pas où il peut envoyer celui qui serait touché.

Wyllina resta pantoise un instant et se tourna vers le roi. C'était lui qui était en sa possession, désormais. Il l'avait scellé, avec les objets importants de l'Ancien Royaume. Si ce poignard était capable de dissocier l'âme de son corps, et de faire voyager ceux qu'il blessait, quel genre de problème pourrait-il encore créer ?

Éva avait été tuée, et Wyllina couronnée. Et malgré ça, elles continuaient de s'affronter.

Tout ça à cause de ce fichu poignard.

Chapitre 23

— Je me demande pourquoi c'est celui-ci que tu as décidé d'utiliser.

— Lorsqu'il m'a trouvé à Brinthorum, sous les Alpes, Erwin avait facilement cinq poignards sur lui. Comment aurais-je pu deviner que celui-ci était une arme multidimensionnelle ?

En effet, il n'aurait pas pu le savoir, tout simplement parce qu'elle était la seule à avoir vu à quoi ressemblait ce poignard.

— Et comment aurais-je pu savoir que l'âme d'Éva serait transférée ailleurs ?

Elle siffla, agacée. Oui, elle savait bien qu'Ardamir n'aurait rien pu anticiper, mais malgré elle, elle voulait trouver un coupable.

Dans l'entrée du temple, les deux amis attendaient la disciple que l'Oracle avait choisie pour exercer le rôle de *Vasta* publique. Autour d'eux, l'agitation n'avait pas cessé. Toutes les disciples de l'Oracle s'activaient, si bien que Wyllina se demandait ce qu'il y avait de si pressant. Après tout, elle avait accepté d'être reine, et avait été couronnée pratiquement dans le même temps.

Et maintenant que l'Oracle lui avait révélé que le lien d'Éva était plus problématique que ce qu'ils pensaient, elle avait la sensation d'avoir cédé dans le vide.

— Wyllina… Tout va bien se passer. Mais j'ai quand même quelques questions à éclaircir avec toi.

Elle l'interrogea du regard, et les yeux du roi se baissèrent vers son pendentif. Ces dernières semaines, elle lui avait caché beaucoup de choses. Et peut-être continuerait-elle de le faire. Maintenant qu'elle était reine, pourtant, elle se sentait plus que liée à Ardamir. Et s'il posait les bonnes questions, elle serait incapable de lui mentir.

— C'est…

— Voilà, je suis prête ! les interrompit une voix jeune et douce.

Les deux souverains se tournèrent vers la voix, et aperçurent une jeune fille d'une vingtaine d'années. Pour l'occasion, elle avait troqué sa tenue de disciple pour une robe plus classique, qui la fondrait dans le paysage le temps qu'elle revêtît une robe de reine et que son couronnement public eût lieu. Bien sûr, certains de leurs amis devraient être dans la confidence. Ou peut-être pas…

Étant donné que tous avaient prouvé à Wyllina qu'ils n'agissaient que pour leur propre intérêt, il valait peut-être mieux garder la supercherie secrète.

Seul Elienor, présent lorsqu'elle avait tué Erwin, serait en droit de se poser des questions. Il faudrait être habile pour qu'il n'essayât pas de tirer parti de ce genre d'informations.

La jeune femme était une syltaine. Sa peau verdâtre rappela à Wyllina celle de Peter, et elle se demanda un instant si le peuple croirait le roi capable de choisir une *Vasta* de cette minorité. Mais après tout, l'Oracle leur avait dit qu'elle ferait l'affaire.

Pourtant, Ardamir sembla aussi perplexe qu'elle, puisqu'il toisa la disciple d'un air mi-amusé, mi-perdu.

— C'est toi, Dania ? s'enquit-il.

La syltaine gonfla le torse et hocha fièrement la tête. Elle ne dépassait pas la poitrine de Wyllina, déjà bien plus petite qu'Ardamir. Les deux amis échangèrent un regard, et Wyllina haussa les épaules.

— Très bien, mettons-nous en route dans ce cas, dit-elle.

— Je ne suis pas sûr que…

— L'Oracle l'a choisie. Elle doit avoir une bonne raison de l'avoir désignée.

Wyllina adressa un sourire à la syltaine, dont elle deviendrait l'ombre prochainement. Pour rendre le subterfuge plus convaincant, Ardamir devrait se marier avec elle. Elle tenta de chasser cette pensée en rabattant ses cheveux derrière son épaule.

Avec détermination, elle se dirigea vers la porte du temple. Pendant un moment, elle resta à quelques mètres, comme si elle craignait qu'elle ne s'ouvrît pas. Mais elle avait trouvé ses réponses, pas vrai ?

Elle s'avança, mais se stoppa à nouveau. Ardamir et la syltaine lui rentrèrent dedans, n'ayant pas prévu son arrêt.

— Wyllina ? l'interrogea Ardamir.

Mais la nocturna réfléchissait. Sans qu'elle ne sût pourquoi, elle devait récupérer quelque chose.

— Attendez-moi, dit-elle en se retournant. J'en ai pour une minute.

Sans donner davantage d'explications, elle se détourna et traversa la nef. Ses pas la guidèrent dans le jardin intérieur, puis devant la chambre de l'Oracle. Elle toqua doucement à la porte, mais n'attendit pas qu'on lui répondît.

Avec un empressement mesuré, elle s'introduisit dans l'appartement, et retrouva l'Oracle sur son lit, comme un peu plus tôt. Celle-ci leva vers elle des yeux fatigués. Mais la surprise ne maquillait pas son visage, au contraire. Elle lui adressa un sourire, comme si elle attendait sa visite.

Lorsque Wyllina avança vers elle, l'eau du ruisseau qui entourait son lit parut dévier légèrement. Mais elle n'y prêta pas attention. L'épuisement devait lui faire perdre la notion de la réalité, et ses nouvelles perceptions étaient difficiles à maîtriser.

— Je me demandais si tu allais écouter cet appel, lui dit l'Oracle.

La nocturna l'observa en silence, dans l'attente de ses prochaines paroles.

— Il y a quelque chose que je dois te dire. J'ai… Durant mon inconscience, j'ai eu certaines visions. Il semblerait que la Terre ne soit pas le seul monde à laquelle notre planète est reliée.

Que voulait-elle dire ? Était-ce possible ? Les natifs avaient toujours vécu en connaissant la Terre. Cela était naturel, pour eux. Elle n'avait même jamais réfléchi au fait que c'était une autre… dimension ?

— J'ai vu un autre monde. Et dans cet autre monde, il y avait une autre version de ce temple, semblable, mais différent. J'ai eu la vision d'un sage, extrêmement vieux, qui feuilletait des livres dans une bibliothèque semblable à la nôtre. Ce temple est un point d'ancrage, Wyllina. Il est un point commun entre nos deux mondes. Celui que j'ai vu et le nôtre.

Elle laissa la suite en suspens, et Wyllina ricana.

— Mais… ce n'était sûrement qu'un rêve, dit-elle.

— Non, insista l'Oracle. Je suis sûre que ça n'en était pas un…

Elle se redressa légèrement, et tenta de regonfler ses cheveux crépus aplatis par le poids de sa tête contre le mur.

— Wyllina, Éva se trouve quelque part dans ce monde-là. Peut-être n'est-elle pas encore incarnée, mais... Ce n'est pas un hasard. Il y a quelque chose qui se passe, pour elle. Il faut absolument rompre ce lien, sans quoi elle ne pourra jamais vivre sa seconde vie.

La nocturna acquiesça, un subtil sourire aux lèvres. Peut-être que l'Oracle avait de la fièvre. Peut-être qu'elle délirait ? Mais sur l'instant, elle fut incapable de lui dire quoi que ce soit.

La valtari soupira, et chercha quelque chose sous ses couvertures. Elle en sortit un livre, qu'elle tendit à Wyllina. Celle-ci l'attrapa en avançant d'un pas, et l'étudia un moment. Le titre, *Les confins de l'univers,* y était inscrit en lettres d'or. Sa bouche s'entrouvrit pour dire quelque chose, mais les mots ne quittèrent pas sa gorge. C'était le livre qu'elle avait feuilleté, le matin même.

Elle releva des yeux perplexes vers l'Oracle, dont le sourire avait fané. L'air grave qu'elle affichait changeait de ses habitudes, et Wyllina eut un mouvement de recul.

— Prends ce livre, dit-elle. Je ne sais pas pourquoi, mais il faut que tu l'aies en ta possession.

Wyllina acquiesça, même si elle en était sûre, l'Oracle avait perdu la tête. Leur connexion avec la Terre était naturelle. Elle avait toujours eu lieu.

Toujours ? Peut-être pas.

Mais l'Oracle s'inventait des histoires. Pour ne pas la heurter, pourtant, elle cala le livre sous son bras.

— J'en prendrai soin, dit-elle.

— Ce Nérion, reprit l'Oracle. Crois-tu qu'il serait capable de tenter une chose pareille ?

Wyllina comprit qu'elle faisait allusion au cadavre d'Éva et à son retour possible à la vie.

Elle soupira et prit soin de choisir chacun de ses mots pour lui répondre.

— Qui sait ? Nérion n'obéit plus qu'à ses propres lois, et il m'avait avoué avoir trouvé un moyen de le faire. Je ne serais pas surprise s'il préparait quelque chose.

— Ce Duc, qui est mort, continua l'Oracle. C'était un nain, n'est-ce pas ?

Pourquoi abordait-elle le sujet ?

— Est-ce lui qui en a commandité l'assassinat ?

Elle ne répondit pas, mais leurs regards entrèrent en conflit pendant un moment. Savait-elle ce qu'elle avait fait, ces derniers mois ? Savait-elle que Nérion lui avait demandé, à elle, de tuer ce Duc ? Savait-elle qu'elle ne l'avait pas fait, mais que Lysandre s'en était chargé ?

Wyllina recula encore, mais son pied atterrit dans le ruisseau. Elle jura, avant de sauter par-dessus l'eau, et se rapprocha de la porte à chaque respiration.

— Il faut que… Ils m'attendent.

L'Oracle récupéra son sourire, et attrapa son verre d'eau posé à côté d'elle.

— Bien sûr, répliqua-t-elle avant de prendre une gorgée. Je ne te retiens pas plus longtemps. Tu es la bienvenue, quand tu veux.

La fée nocturne ne lui répondit pas. Soudain, tout devint étouffant dans la pièce. Le bruit de l'eau était trop fort, le souffle de l'Oracle trop saccadé, l'odeur de ses draps trop fraiche.

Elle se détourna sans attendre, et quitta l'appartement. Une disciple referma la porte derrière elle, et la nocturna avança de quelques pas avant d'observer le jardin. Doucement, elle retira le livre de sous son bras. *Les confins de l'univers*. La prophétie qu'elle y avait lue lui revint en mémoire.

Elle secoua la tête et donna une tape sur la couverture du livre, et se remit en route vers la sortie du temple.

— Tarée de valtari, dit-elle entre ses dents, serrant le livre contre elle.

Pour un peu, elle y aurait presque cru.

Ardamir et Dania l'attendaient toujours à la même place. Lorsqu'elle les rejoignit, le roi remarqua le livre qu'elle tenait.

— C'est quoi ? lui demanda-t-il.

La nocturna lui montra, et haussa les épaules.

— Un cadeau, je suppose.

Dania ne fit aucun commentaire. Sans doute connaissait-elle ce livre, pour avoir vécu ici. Et d'un autre côté, que pouvait-elle bien dire ?

— Allons-y, reprit le roi.

Il s'avança vers la porte du temple. La respiration de Wyllina se coupa pendant une seconde, comme en suspens le temps de savoir si le temple allait accepter de les faire sortir. Mais à peine Ardamir s'avança que la porte s'ouvrit en grand. Le vent s'engouffra dans le temple et balaya de la neige sur le sol en ambre. Wyllina regrettait déjà la chaleur de cet endroit, même si elle ne l'avait pas encore tout à fait quitté. Comme elle restait immobile, surprise que la porte se fût ouverte si facilement, le roi se retourna vers elle et sembla lui demander ce qu'elle attendait pour les rejoindre.

Elle s'avança à son tour. Après un dernier regard à la statuette de Firna, la déesse des nocturnas, elle quitta le temple et frissonna aussitôt à cause du froid des montagnes.

La porte se referma sur eux, alors que les disciples observaient leur départ.

Ils arrivèrent au palais en un clin d'œil. Les couloirs des appartements du roi étaient vides. Pourtant, Wyllina remarquait déjà une différence par rapport à la dernière fois où elle était venue ici. Tout semblait s'éclaircir, comme si le simple fait qu'elle eût été couronnée guérissait une partie du royaume.

Ce qui était sans doute le cas.

Comme personne ne vint à leur rencontre, elle se détacha d'Ardamir et de Dania pour observer au travers d'une des hautes fenêtres du château. Par-delà le lac qui les entourait, elle repéra la région du *Rova* qui se déployait à perte de vue. Et, très loin sur l'horizon, les montagnes de sa région à elle. Les volcans millénaires des nocturnas.

Le royaume semblait fossilisé. La terre lui parut à la fois plus lumineuse et plus fade. D'ici, elle pouvait apercevoir la gangrène qui s'était étendue à pratiquement tout le royaume. Ses limites s'achevaient à quelques kilomètres du lac du roi. Elle se jura de comparer cette vue avec celle qu'elle observerait d'ici quelques jours, pour savoir si l'Oracle avait vu juste concernant cette gangrène.

En tout cas, durant le temps qu'elle avait passé au temple, elle avait gagné du terrain.

Des petits pas se firent enfin entendre dans les couloirs du palais silencieux. Wyllina s'intéressa à leur provenance et aperçut Aria, agitée, qui s'approchait d'eux. Lorsqu'elle remarqua le roi, elle lui adressa une révérence. La nocturna, elle, n'eut droit qu'à un regard noir. Elle tenta de ne pas y voir un affront personnel, et patienta le temps qu'elle fût à leur hauteur.

— Votre majesté, dit-elle avec un affolement certain dans la voix. Où étiez-vous passé ? nous nous faisions un sang d'encre !

— Je vais bien, Aria, la rassura Ardamir. J'avais besoin de…

— Mais le médecin a dit que…

— Je me fiche de ce que le médecin a dit. Dois-je répéter que je suis le roi ?

Il écarquilla les yeux pour appuyer ses mots, et tendit la main vers Dania, qui restait en retrait en silence. Aria manqua de porter une main à sa bouche, mais se retint et lui adressa une autre révérence. Une fois encore, elle fusilla Wyllina du regard, ce qui ne laissait aucune ambiguïté concernant ce qu'elle pensait d'elle. La nocturna croisa les bras sur son livre.

Jamais elle ne s'était montrée méchante avec elle. Cette naine avait le jugement facile. Mais quelque part, elle la comprenait. Pour Aria, c'était sa faute si le royaume tombait malade. Parce qu'en refusant d'admettre qu'elle devait être reine, et en refusant de prendre sa place, le royaume pourrissait.

Bien sûr, elle ne pouvait savoir que les choses étaient différentes, à présent. Et bien sûr, elle ne le saurait jamais.

Comme pour confirmer ses pensées, Ardamir attira Dania vers lui et se pencha légèrement devant elle.

— Et voici notre *Vasta*, Aria.

La naine les considéra, perplexe. Elle resta interdite, sans dire un mot et en toisant Dania. Wyllina devinait ce qu'elle pensait rien qu'à son regard. Cette syltaine n'était pas digne d'une reine. Pourtant, elle fit une révérence après plusieurs secondes de lutte intérieure.

— Aurais-tu l'obligeance de la conduire à ses appartements et l'aider à se préparer pour le couronnement de demain midi ?

Toutes manquèrent de s'étouffer.

— Demain ? répéta Wyllina.

— Mais… commença Dania, une once de terreur dans le regard.

— Vo... votre Majesté, bafouilla Aria. Bien sûr... Tout ce que sa Majesté voudra.

Si elle en pensait davantage, elle ne laissa rien paraitre. Elle attira Dania jusqu'à elle en l'arrachant au bras d'Ardamir, et l'entraina vers ses appartements. Paniquée, la syltaine ne quitta pas les souverains des yeux, jusqu'au moment où elle n'en eut pas le choix. Une fois hors de leur portée, Wyllina adressa un regard de reproche à son roi.

— Tu ne perds pas de temps, dit-elle. Cette pauvre fille ne sait même pas en quoi consiste son rôle.

Ardamir s'approcha d'elle et s'arrêta à quelques centimètres de ses lèvres.

— J'ai un peu discuté avec elle, ne t'en fais pas pour elle, dit-il. Maintenant, j'aimerais discuter avec la véritable *Vasta* de ce royaume.

Ses yeux et son visage fermé montraient qu'il était agacé. Wyllina eut un mouvement de recul, mais il la retint en lui attrapant le bras.

— Je pense qu'il y a des choses que tu ne m'as pas dites. Je me trompe ?

Le regard de la fée nocturne s'écarquilla alors que ses mots s'emmêlaient dans sa gorge. Elle devait trouver quelque chose à dire, et vite.

— Je...

— Quovarie soit louée, vous êtes en vie !

Ils sursautèrent tous les deux à cette voix que Wyllina reconnut tout de suite comme étant celle d'Elienor. Le roi lui lâcha le bras et s'écarta d'elle pour établir une distance respectable. Mais son regard ne la quittait pas, comme pour insister sur le fait qu'il n'en avait pas terminé avec elle.

Elienor s'approcha d'eux, et les toisa.

— Eh bien... dit-il. Je vois que vous n'avez pas perdu de temps.

Il huma l'air et son nez se fronça. Wyllina recula d'un pas, ne tenant pas à être flairée par un elfe. Ce qui devenait une habitude. Le regard d'Elienor s'illumina lorsqu'il expira, et il ne pencha que la tête vers la nocturna en écartant légèrement les bras de son corps.

— Ma *Vasta*... dit-il. Le palais commençait à décrépir sans vous. Et sans vous également, bien entendu.

Il adressa un sourire au roi, qui leva les yeux au ciel. Pouvait-il sentir qu'elle était reine ? L'avait-il deviné ?

— Ce n'est pas ta *Vasta*, Elienor. Dania le sera dès demain.

L'elfe tourna des yeux remplis d'incertitude vers elle. Il semblait ne rien comprendre. Et même si c'était lui qui avait suggéré à Ardamir de trouver une parade, il valait mieux qu'il ne sût rien pour le moment.

— En parlant de ça, reprit Ardamir, j'ai besoin que tu organises la journée. Tu aurais dû tout finir... il y a une heure, alors ne traîne pas.

— Oh, et mets ça dans la bibliothèque, intervint Wyllina. Si tu veux bien.

Elle lui tendit son livre, qu'il attrapa sans un mot. Son regard s'arrêta une seconde sur la couverture, mais il ne fit aucune remarque.

L'elfe parut perplexe, et Wyllina lui adressa un large sourire. Il sentait à coup sûr qu'ils cachaient quelque chose. Mais moins il en saurait, mieux ce serait. Le nombre de sujets au courant du règne de Wyllina devait être le plus réduit possible. Un jour, peut-être, quand tout irait mieux, elle lui expliquerait.

— Bien entendu, votre Majesté, dit-il en détachant finalement le regard de son amie. Et qui est cette... Dania ?

Ardamir et Wyllina échangèrent un regard. Il prendrait la parole, puisqu'il était le seul ici à pouvoir mentir.

— C'est une cousine éloignée. Du côté de mon père. La famille n'a jamais été très chaste. C'est la dernière de sa famille, ce qui fait d'elle la dernière Vaquorienne à avoir du sang royal dans ses veines. À part moi, bien entendu.

Le coin des lèvres d'Elienor sembla tressauter un moment. Soit il n'en croyait pas un mot et était sur le point de tout gâcher, soit il se retenait de rire. Mais pour quelle raison ?

— La magie de notre monde nous joue parfois bien des tours, insista Ardamir. Allons, tu es déjà en retard. Je tiens à ce que tout soit parfait pour accueillir notre *Vasta*. Il ne faudrait pas qu'elle fuie à cause de notre manque de savoir-vivre et de reconnaissance.

Elienor ne fronça qu'un sourcil et croisa les bras en resserrant son kimono en soie autour de lui, le livre de Wyllina glissé sous le coude. Pourtant, il ne chercha pas à discuter, et plaqua un sourire sur son visage.

— C'est comme si c'était fait, dit-il.

Il plia les genoux en signe de respect et jeta un dernier regard obscur à Wyllina. Il savait, de toute évidence. Elle renforça son sourire en se sentant plus légère, maintenant que ce livre quittait ses bras. Puisque la discussion était close, il se détourna et les abandonna au milieu du couloir. Il ne manqua pas de les surveiller par-dessus son épaule à intervalle régulier. Lorsqu'il disparut enfin, Wyllina reprit sa respiration et se détendit.

— Je dois…

Le roi posa une main sur elle avant qu'elle ne pût finir sa phrase.

— Il n'en est pas question, la coupa-t-il.

Et avant qu'elle ne se dérobât, il les téléporta.

Chapitre 24

La pénombre les avala aussitôt. Wyllina se dégagea de la prise du roi, et vacilla, le temps que ses yeux s'habituassent à la lumière. Ce qui fut rapide, grâce à ses nouvelles capacités. Elle repéra Ardamir à quelques centimètres d'elle. Il ne semblait pas paniqué, mais il était évident qu'il ne voyait rien. Elle balaya les environs du regard, et comprit qu'ils se trouvaient dans un genre de cave. Des piliers en pierre soutenaient un plafond tout juste assez haut pour que les cheveux du roi ne s'y frottassent pas. De l'eau s'amoncelait en flaques sur le sol en pierres fendues. Et une puissante odeur de renfermé et de moisi embaumait l'air. Au mur, plusieurs torches éteintes étaient accrochées.

Elle claqua des doigts pour les allumer, et cligna plusieurs fois des yeux pour s'adapter à la lumière trop forte. Ardamir secoua la tête, comme s'il était sonné. Il s'intéressa ensuite à elle, et lui adressa un sourire en coin.

— Il faut vraiment que tu arrêtes de faire ça. Fuir.

— Où est-ce qu'on est ?

Il inspira profondément, comme s'il se résignait. Il se retourna ensuite et avança dans la pièce où ils se trouvaient.

Ses pas résonnèrent dans la cave vide, se répercutant tout autour de la nocturna. Comme elle restait immobile, il lui jeta une œillade par-dessus son épaule.

— Eh bien, suis-moi, dit-il.

Elle fut tentée d'attraper son pendentif pour quitter ce lieu au plus vite. Mais puisqu'elle était intriguée sur la raison de leur présence dans cet endroit, elle le suivit en silence. Lorsqu'elle arriva à sa hauteur, il se remit en marche lui aussi, lui jetant un regard de temps à autre.

— Alors, je t'écoute, dit-il comme pour briser le calme.

Il n'eut pas besoin de préciser quoi que ce soit. La nocturna lui devait des réponses.

— Qu'est-ce que tu veux savoir ?

— Pour commencer, qui est Nérion ?

Elle se mordit la langue, cherchant les mots à utiliser sans se faire passer pour un monstre.

— C'est un abyssien.

— Je pense que je l'avais compris. Est-ce qu'il a un rapport avec cet elfe qui te suivait partout ?

Il s'arrêta pour la regarder en face et la força à en faire de même en lui attrapant le coude. Elle releva les yeux doucement, mais ne put les plonger dans les siens. Ils bloquèrent sur ses lèvres.

— Oui, dit-elle simplement.

Il ricana, mais son rire n'avait rien à voir avec une moquerie. Il était amer.

— Est-ce qu'il t'avait pris ton pendentif ?

Wyllina leva pourtant le menton aussi haut qu'elle le put.

— Oui, dit-elle entre ses dents.

— Et pourquoi ?

Elle détourna le regard. Devait-elle vraiment tout lui apprendre ?

— Pourquoi tu nous as emmenés ici ? Tu comptes me tuer et y cacher mon corps ?

La nocturna posa une main sur son menton pour appuyer son air moqueur. Mais Ardamir ne rit pas. Il se contenta de se remettre en marche.

— On est dans les soubassements du palais, expliqua-t-il enfin. Puisque tes amis ont décidé de ramener ta sœur à la vie, et que c'est possible de le faire à cause de moi, je crois que je te dois des éclaircissements, moi aussi.

Qu'est-ce qu'il voulait dire, exactement ?

Elle se remit en marche à son tour, jusqu'à rencontrer un mur. D'apparence, ce n'était qu'un mur, mais Wyllina savait que les apparences étaient trompeuses dans ce palais. Ou, devrait-elle dire, dans ce royaume.

Comme s'il percevait ses pensées, Ardamir lui adressa un clin d'œil et posa sa main à plat sur l'une des pierres. De la même façon que lorsqu'Erwin avait ouvert un passage dans le bureau du roi, lorsqu'il l'avait enlevée pour la sacrifier, le mur se désagrégea au fur et à mesure sur une zone précise, jusqu'à ce qu'un vide aussi grand qu'une porte s'y créât. Le reste du mur était intact.

Et au travers de cet espace, elle aperçut ce qu'elle n'avait jamais eu l'occasion de voir, même durant ses quelques années de loyaux services auprès du père d'Ardamir.

Le trésor.

— Je croyais que ce n'était qu'une légende…, murmura-t-elle.

Ses yeux se rivaient sur l'amas d'objets en tout genre qui s'étalait dans une pièce plus grande encore que celle qu'ils étaient près de quitter.

Elle s'apprêtait à en franchir le seuil, lorsqu'Ardamir la retint. Surprise, elle échangea un regard avec le roi. Il haussa un sourcil, et s'engagea à sa place.

— Si je ne rentre pas en premier, le système d'alarme va se mettre en route.

— Le système d'alarme ?

Il se tourna vers elle alors qu'elle n'osait plus esquisser un seul geste. Là, alors qu'elle s'apprêtait à saisir la main qu'il lui tendait, une épaisse fumée fut projetée sur lui. Elle resta immobile jusqu'à ce qu'il apparût à nouveau en secouant ses mains autour de lui. Ardamir toussota pour reprendre sa respiration, et son regard se dirigea vers sa droite. Wyllina n'entendit qu'un grondement sourd, si puissant que l'entièreté des pierres du soubassement trembla.

Il leva une main en observant quelque chose qu'elle ne pouvait voir, et s'éloigna dans la même direction, jusqu'à disparaitre du champ de vision de la nocturna. Elle resta interdite un moment alors qu'elle l'entendait parler à voix basse à quelque chose de… visiblement très gros.

— Allez, viens ! dit-il.

Était-ce à elle qu'il parlait ? Elle se reprit tant bien que mal, et tenta de soulager sa gorge sèche en avalant difficilement. Elle s'avança vers la salle du trésor, et n'y passa que sa tête. Lorsqu'elle aperçut Ardamir au pied d'un dragon aussi grand que la statue de Quovarie, dans le temple d'ambre, elle sursauta et fit marche arrière.

Le roi ricana, si bien qu'elle se demanda s'il avait toute sa tête. Elle mordillait son ongle, et ses yeux cherchaient une issue sans la trouver. Des pas lourds et espacés s'élevèrent de la salle du trésor, suivis de pas qu'elle reconnut comme étant ceux d'Ardamir.

Ses cheveux bleus précédèrent son visage amusé dans l'encadrement de la porte.

— Ne me dis pas que tu as peur ?

Que cherchait-il à lui faire dire ? Il savait bien qu'elle était incapable de mentir, et l'expression sur son visage, elle en était sûre, était suffisamment claire pour affirmer qu'elle était morte de trouille.

— Ce truc est… Comment… Mais pourquoi…

— Il ne te fera aucun mal. Tu es sa *Vasta*.

Oui. S'il lui rappelait sans cesse, elle était loin d'oublier ce « détail ». Sans être rassurée pour autant, elle avança un pas après l'autre, sans quitter le roi des yeux. Plus vite qu'elle ne l'aurait voulu, elle passa le seuil de la salle au trésor. Le mur se reforma dès qu'elle fut passée, camouflant cette pièce à quiconque tenterait de s'aventurer jusqu'ici.

Du dragon, elle n'entendit que le grognement puissant qui fit vibrer tout son être. Ardamir tourna la tête vers lui en souriant.

— Du calme, Brutus.

La nocturna faillit s'étouffer.

— Brutus ?

— Mon père adorait les bouledogues. Tu ne savais pas ?

Non, elle l'ignorait. Visiblement, c'était loin d'être la seule chose qui échappait à son savoir. Elle risqua un regard à sa gauche, et son souffle se coupa à la vue de la bête. Énorme comme un navire, la peau rocailleuse et noire, les crocs aussi longs que son corps tout entier. Et ses deux yeux jaunes, gros comme la lune, qui la fixaient. Elle frémit, pétrifiée, incapable de faire quoi que ce soit.

Brutus, puisque c'était son nom, agita deux ailes grandes comme des voiles, et le vent que ce simple geste créa balaya toute la chevelure de la reine. Sa lourde et longue queue claqua sur le sol, et il ouvrit la gueule pour gronder à nouveau. De la fumée putride s'échappa de sa gorge en même temps, enveloppant les deux amis.

Après être sûre d'être devenue sourde face à la puissance du cri, Wyllina toussa en même temps qu'Ardamir, et secoua vivement les bras pour se dégager du brouillard à l'odeur de soufre. Lorsque le sourire du roi lui apparut en premier, elle ne put s'empêcher d'éclater d'un rire sincère qui se répercuta dans l'ensemble des soubassements du palais.

— Ce nom est ridicule ! rit-elle.

Ardamir rit avec elle alors que le dragon se renfrognait et se couchait sur le sol. La lourde chaine en or qui encerclait son cou tinta sur le sol dans un grincement sinistre, et l'hilarité des deux amis se calma. La nocturna replaça ses cheveux en observant la bête, qui les épiait en silence, la tête posée sur sa queue enroulée autour de lui. Il semblait paisible, et sa respiration profonde emplissait l'espace sonore. Malgré le fait qu'elle fût effrayée, elle devait reconnaitre qu'il était magnifique.

— Je croyais que les dragons avaient tous disparu il y a plus d'un millénaire.

— C'est le cas, répondit Ardamir. Tous, sauf celui-ci.

Il ne donna pas plus de précision, et se retourna pour s'intéresser au trésor. Après un dernier regard au dragon pour être sûre qu'il ne se jetterait pas sur elle, elle le suivit prudemment. Elle put se concentrer sur l'étendue de cette salle immense, remplie de bibelots, de bijoux, de livres et même de squelettes. Ardamir la mena à travers les allées creusées au fil du temps, simplement par les objets repoussés de plus en plus sur eux-mêmes, créant des tas de diverses tailles dispersés un peu partout.

Le plafond était si haut qu'elle n'en aperçut pas la fin. En revanche, elle repéra plusieurs stalagmites et stalactites de calcaire. Ils se trouvaient dans une grotte.

Un fin trait de lumière s'infiltrait par une brèche, au-dessus de leur tête. C'était malgré tout suffisant pour éclairer l'entièreté de la salle.

— Cette pièce au trésor est gardée secrète de génération en génération. Seuls le *Rova* et la *Vasta* y ont accès, et en ont connaissance. Maintenant que tu es la reine, tout ça t'appartient, à toi aussi.

Wyllina ne répondit rien, trop occupée à observer ce qui l'entourait. Bouche bée, elle toucha tantôt un collier si luxueux qu'il aurait pu servir à nourrir tout le royaume, tantôt un livre si vieux que le seul contact de ses doigts le transforma en poussière.

Elle retira vivement sa main, retenant un juron.

— Ne t'en fais pas pour ces vieilleries, ricana Ardamir en se tournant vers elle sans cesser de marcher. La plupart de ces choses sont de simples offrandes.

— Des offrandes ?

Elle n'avait pas souvenir que le peuple eût eu à en faire aux rois. Mais peut-être était-elle trop jeune, lorsque c'était le cas.

— Ça, et la récolte des impôts. Mes parents n'ont jamais été très sévères à ce sujet. Le peuple devait leur donner quelque chose à la hauteur de leur richesse. Parfois, une simple miche de pain faisait l'affaire.

Wyllina se souvint de sa jeunesse, et du nombre de pains que ses propres parents avaient jetés. Le nombre incroyable, aussi, qu'elle en avait ramené à ses amis bien plus pauvres qu'eux. Avait-ce aidé certaines de ses familles à payer leur impôt ?

Elle haussa les épaules. Il était impossible de le savoir, à présent.

Une ombre de tristesse passa dans son esprit au souvenir de Grim, mais elle la chassa en effleurant une opale, similaire à celles qui se trouvaient dans son bureau de l'ARPM.

Celles que Pullman avait utilisées, quelques mois plus tôt, pour reprendre contact avec eux. L'une d'entre elles était à l'origine de tout ce qui s'était passé par la suite, dérobée par le roi à un lycan, dans ce bar à Bruxelles. À ce moment-là, Erwin avait disparu, et elle n'avait aucune idée de tout ce qu'il cachait. De ce qu'il était, et de ce qu'il adviendrait d'elle.

À ce moment-là, elle était encore persuadée d'avoir tué Éva, et que l'obsidienne, dont un fragment trônait toujours à son cou, était tout ce qu'il restait d'elle. À ce moment-là encore, elle n'avait aucune idée de qui était Dimitri, ce débutant imbu de lui-même que Pullman lui avait collé dans les pattes.

— Tu dis que tout ça m'appartient, mais nous ne sommes pas mariés. Ce soir, c'est Dania que tu t'apprêtes à épouser devant le royaume.

Wyllina fut soudain heureuse de se trouver ici, avec le roi, alors que l'agitation secouait le palais et le royaume à coup sûr. Il n'avait pas laissé de place aux doutes en souhaitant couronner Dania dès le lendemain. Il n'avait pas non plus laissé de place à l'organisation, et pendant un moment elle se sentit mal pour Elienor. Ce genre d'évènements ne s'organisait jamais en quelques heures. Mais visiblement, « jamais » était un mot qu'Ardamir et elle ne connaissaient pas.

Une ombre passa dans le regard d'Ardamir, qui se retourna à nouveau pour marcher de front. Il ne fit aucun commentaire, mais peut-être qu'il ignorait quoi répondre. Ou peut-être qu'il évitait de blâmer Wyllina pour cette union qui devait avoir lieu par sa faute. Après tout, c'était elle qui refusait d'occuper la place qui lui revenait de façon officielle.

— Mais ce que je me demande surtout, c'est ce qu'on fait là, reprit-elle en suivant le roi sans oser toucher quoi que ce soit, désormais.

Il ne lui adressa qu'un vague regard par-dessus son épaule, et le reste de la route se fit dans le silence. Seuls leurs pas et la respiration rauque du dragon, à plusieurs mètres d'eux, résonnaient dans la grotte. Ardamir les mena jusqu'à un autre mur, une paroi humide de calcaire. De l'eau s'y égouttait, et formait une flaque sur le sol terreux.

Le roi s'arrêta à cet endroit, et attendit que Wyllina le rejoignît. Il appliqua sa paume sur la paroi, comme un peu plus tôt, et le même processus recommença. Une autre pièce, largement plus petite que la salle au trésor, apparut. À l'intérieur, il n'y avait qu'une seule étagère sur laquelle quelques objets étaient disposés, un coffre en métal rouillé, et un cercueil en bois ouvert. Et vide.

Ardamir s'engagea dans la pièce, mais la nocturna était incapable de quitter le cercueil des yeux. Était-ce là que se trouvait Éva, avant que son corps ne fût jeté dans l'océan ?

Alors que le roi se plantait au milieu de la pièce et l'observait, elle leva les yeux vers lui, s'arrachant difficilement à ses pensées. La gorge sèche, elle s'avança d'un pas. Ardamir écarta les bras, comme pour désigner l'ensemble de la pièce.

— Mais c'est ici qu'est le vrai trésor, dit-il.

Wyllina avança encore. Le cercueil trouva une nouvelle fois son regard, et elle dut fournir un effort incommensurable pour l'ignorer.

— C'est ici que j'ai entreposé les objets... délicats. Y compris le poignard d'Éva.

— Et y compris son corps, ne put-elle s'empêcher de dire en désignant le cercueil de l'index.

Il hocha la tête d'un air grave, et s'approcha d'elle.

— Elle n'est pas restée ici longtemps. La… la gangrène commençait à s'étendre. Au départ, on pensait que cela était un processus naturel, mais lorsque le lac a commencé à être atteint, Elienor a suggéré de nous débarrasser du corps. Dès qu'elle a quitté cet endroit, la gangrène s'est mise à reculer. Pour totalement disparaitre.

— Seulement ici, soupira Wyllina. Tu as empoisonné les terres de tous les autres. Et la gangrène s'y est propagée bien plus vite qu'ici.

Ardamir haussa les épaules, incapable de trouver une justification. Cependant, elle comprit pourquoi elle avait aperçu de l'herbe gangrénée aux abords du lac, le soir où Elienor l'avait aidée à quitter le palais par une porte dérobée. Et elle comprit pourquoi, quelque temps après, la gangrène s'était évaporée.

— Nous n'étions sûrs de rien, et on ne comprenait pas. Elienor…

— Et pourquoi Elienor ne t'a-t-il pas suggéré de brûler son corps, au juste ? C'est ainsi que nous disons au revoir aux nôtres. Pourquoi ne pas m'avoir demandé ? J'aurais pu…

— Oui, Wyllina, tu aurais pu, mais tu refusais de m'adresser la parole plus de cinq minutes.

Elle resta pantoise, et pendant quelques secondes ils restèrent immobiles à s'affronter du regard. Celui d'Ardamir tiqua.

— Mais… pourquoi Elienor ne nous a-t-il pas dit de brûler son corps ?

La nocturna resta silencieuse. Elienor aurait pu avoir tout un tas de raisons de ne pas le suggérer. Soit il n'avait aucune idée du processus d'enterrement des natifs. Ce qui était plausible, mais surprenant étant donné qu'il était spécialisé dans les objets magiques en tout genre et aux rituels.

Soit il voulait se débarrasser si vite du corps d'Éva, par peur, qu'il n'a pas réfléchi. Soit parce que...

— Tu penses que... commença Wyllina.

— Serait-il possible qu'il ait pu savoir que son âme et son corps étaient encore liés ?

— Il aurait fait ça pour laisser l'occasion à celui qui le voulait de la ramener à la vie ?

— Mais pourquoi ?

Une minute. Tout se passait trop vite dans la tête de la nocturna. Nérion, Elienor, Éva... Mais qu'est-ce que tout cela cachait ?

— Je...

Sans lui laisser le temps de trouver ses mots, Ardamir se pencha vers le coffre en bois, déverrouilla la serrure d'un geste de la main et l'ouvrit. Ses épaules s'affaissèrent sous la déception et il tourna un air grave vers Wyllina.

— Le poignard a disparu.

La nocturna porta une main à sa bouche. Se pourrait-il qu'Elienor fût... qu'il eût tout manigancé, depuis le début ? Elle secoua la tête. C'était impossible. Comment aurait-il pu se rendre ici sans la surveillance d'Ardamir ?

— Je lui avais laissé l'accès pour s'occuper du corps d'Éva... dit-il. Je ne m'attendais pas à ce qu'il me pille.

— Et Brutus ?

Ardamir haussa les épaules.

— Ce vieux dragon est peut-être trop domestiqué.

— OK, pas de panique, reprit-elle. L'Oracle nous a demandé de trouver celui qui a forgé ce poignard pour rompre le lien entre le corps et l'âme d'Éva. Mais nous n'avons pas besoin de ce poignard pour savoir qui l'a forgé, si ?

345

Le roi se redressa sans se tourner vers elle, le regard fixé sur le coffre vide. Wyllina avança d'un pas vers lui, et s'apprêtait à poser une main sur son bras avant de se raviser. L'attention d'Ardamir dévia sur sa main baissée, puis dans ses yeux.

— En fait, je crois savoir de qui il s'agit…

Chapitre 25

— Je ne voulais pas t'en parler, mais l'un des Ducs et son épouse ont été assassinés lors de la fête qu'Elienor a organisée le soir du départ des non-natifs.

— Je sais oui, répondit Wyllina avec trop d'assurance.

Ardamir cessa d'arpenter la cave du château, et se tourna vers elle. L'incompréhension sur son visage fit monter le rouge aux joues de Wyllina. Peut-être aurait-elle dû se taire et faire semblant de ne rien savoir. Mais après tout, c'était trop tard.

— Et comment peux-tu le savoir ? lui reprocha Ardamir.

La nocturna joua avec ses doigts. Les soubassements du château, si calmes et si vides en apparence, n'offrirent aucune échappatoire au regard interrogateur du roi. Elle serait obligée de le regarder en face pour lui dire la vérité.

— Wyllina ? insista-t-il.

— C'est compliqué. Je suis davantage mêlée à Nérion que tu le crois. C'est…

Il ne dit rien, comme s'il lui laissait le temps de terminer son argumentaire pour savoir de quelle façon il la traiterait par la suite. Son regard était empli d'incompréhension et de reproche.

Elle se redressa et gonfla sa poitrine pour tenter de retrouver une convenance. Il ne servait plus à rien de mentir, à présent. L'important était de trouver un moyen de sauver l'âme d'Éva… encore.

— C'est à moi qu'il avait réclamé de mettre fin aux jours de son épouse.

Ardamir resta abasourdi. Si bien qu'elle se demanda s'il respirait toujours. Elle passa une main devant lui, et il secoua la tête en attrapant ses doigts. Mais son regard ne changea pas.

— Tu es en train de me dire que ce Nérion a commandité le meurtre d'une Duchesse… Auprès de toi ?

Le ton qu'il avait employé sur ses derniers mots était plus proche d'un murmure. La nocturna laissa sa réponse en suspens. Depuis tout ce temps qu'elle lui cachait la vérité, comment le prendrait-il, une fois qu'il comprendrait tout ce dont elle avait été capable ? En comprenant qu'elle était devenue une ennemie du royaume en s'alliant à Nérion pour agir contre lui ?

— Oui, mais ce n'est pas moi qui l'ai tué.

— Qui alors ? Et pourquoi le Duc a été tué aussi, s'il ne visait que sa femme ?

Il ricana, davantage par nervosité que par réel besoin de rire. Il attrapa ses cheveux de ses deux mains et se détourna d'elle, les yeux levés vers le plafond.

— Je ne savais pas qu'il allait me…

— Est-ce que tu es inconsciente ? Tu te rends compte de ce que tu as fait ?

Elle se pinça, même s'il avait raison.

— C'est facile de me faire des reproches, je te signale que tu as choisi Elienor comme consultant ! Tu aurais pu y réfléchir, je t'ai toujours dit qu'il n'était pas fiable !

— Il ne s'agit pas de moi ! Que pensera le peuple lorsqu'il apprendra que tu es devenue reine avec plus de sang sur tes mains que n'importe qui d'autre ?

Il était impossible que le peuple apprît une chose pareille. Déjà, parce qu'au-dessus de leur tête, dans la salle du trône, leur *Vasta* attendait d'être couronnée. Ils ne sauraient jamais que Wyllina est la véritable souveraine. Elle s'en fit la promesse, et Ardamir la lui avait faite aussi. Et ensuite, parce que c'était précisément une des raisons pour laquelle elle avait refusé le trône.

— Pourrait-on parler de ça à un autre moment ? reprit-elle. Et je répète que je ne l'ai pas tuée !

— C'était elle, Wylli. La Duchesse de Stanster avait forgé ce poignard. C'est évident, non ?

La nocturna s'interrompit à son tour. Nérion avait commandité le meurtre de la Duchesse, et il avait repêché le corps d'Éva. À vrai dire, cela faisait un moment qu'il ne mettait plus le pied à terre. Elle avait supposé qu'il naviguait pour fuir le continent à la suite de l'attaque de son club, mais si...

Si tomber sur le corps d'Éva était précisément la raison de son si long séjour sur l'océan ? Il lui avait dit connaître un moyen de lui redonner la vie, et pourtant, il n'était pas en possession de son corps à ce moment-là. Peut-être qu'il la cherchait, justement, pour la faire renaître ?

Elle leva les yeux vers Ardamir, qui faisait les cent pas, une main plaquée sur sa bouche.

Et peut-être qu'il savait que ce poignard était responsable de cette possibilité. Peut-être qu'il était au courant que seul son forgeron savait comment rompre le lien entre son âme et son corps, créé parce que le roi avait utilisé ce poignard pour la tuer ?

Peut-être que, de ce fait, il avait commandité son meurtre, pour que personne ne se mît en travers de son chemin et ne l'empêchât de faire revivre Éva ?

Peut-être l'avait-il demandé à Wyllina pour qu'elle se fît attraper, punir, et qu'elle ne pût rien faire pour l'empêcher de ramener Éva ? Parce qu'il savait qu'elle était sa sœur, et qu'elle lui avait explicitement dit que faire revivre Éva ne l'intéressait d'aucune manière ?

Et peut-être qu'Elienor était celui qui lui avait révélé toutes ses informations. Parce qu'il s'y connaissait en objets magiques, parce qu'il était en contact avec Éva avant sa mort. Et parce qu'il était un elfe qui n'hésiterait pas à vendre sa propre mère si cela pouvait le tirer d'affaire. Nérion avait mis une prime sur sa tête, et soudain la raison qu'on lui avait donnée lui semblait dérisoire.

L'abyssien avait prétexté que c'était parce qu'il faisait traverser les natifs, mais si ce n'était pas la vraie raison ? Parce qu'elle ne pouvait pas mentir, elle considérait que tout ce qu'on lui disait était parole d'évangile. Son expérience aurait dû pourtant lui prouver le contraire…

Et Elienor avait volé le poignard, caché dans un coffre au trésor auquel seuls les souverains avaient accès, en temps normal. Et s'il l'avait fait pour que personne ne tentât de se mettre entre Nérion et son désir stupide ? Pourquoi ? Pour l'aider ?

Mais à quoi bon ?

— C'est évident, oui, souffla-t-elle. Et c'est évident qu'Elienor nous doit de nombreuses explications.

Et Lysandre, dans tout ça ? Le savait-il ? Quel rôle avait-il joué, à part celui d'assassin ? L'avait-il réellement fait pour la protéger de ce meurtre ? Pour l'écarter de quelque chose qui les dépassait ?

Savait-il, même s'il avait prétendu l'inverse, ce que Nérion préparait ? Pourquoi lui avoir dit de fuir si rapidement, sur le navire, lorsque l'abyssien leur avait montré le corps de sa sœur ?

Ardamir cessa de marcher et se tourna vers elle. La rage qui nageait dans le fond de ses yeux la fit tressaillir, tandis que la température de la pièce chutait brusquement.

— Je commence à avoir l'habitude d'être entouré de traitres.

Et sans attendre de réponse de la part de la nocturna, il la dépassa et la bouscula. Wyllina se précipita vers lui pour tenter de lui parler, et attrapa son bras.

Mais à peine eut-elle posé les doigts sur lui qu'une sensation de vide la surprit. Il les téléportait. Les soubassements du palais disparurent, et l'obscurité les engloutit rien qu'une seconde.

Ils reparurent dans la salle du trône alors que l'agitation y était palpable. Ardamir ne lui avait plus adressé un mot, et son regard sombre indiquait à Wyllina qu'il était furieux contre elle.

Elle s'apprêtait à se détourner, lorsqu'il attrapa son bras et se pencha vers son oreille.

— Pas un mot de ce qu'on a découvert à qui que ce soit. Pas avant demain soir.

Il capta son attention, et Wyllina resta sans réponse. Pourquoi perdre du temps ?

— Elienor est bien trop occupé aujourd'hui pour faire quoi que ce soit d'autre. Quant à toi...

Il la toisa, un air de dégoût sur le visage. Elle sursauta au coup de poignard que ses yeux venaient de lancer à son cœur. Il lâcha vivement son bras, comme s'il ne voulait plus jamais la toucher.

— Je suppose qu'il est trop tard pour arranger quoi que ce soit, finit-il.

Il s'éloigna de quelques pas. Et il ne s'arrêta même pas lorsqu'il lui lança, par-dessus son épaule :

— Profite de ta soirée. On ne sait pas ce qui peut arriver demain.

Les domestiques le suivirent du regard alors qu'il grimpait rapidement l'estrade où se trouvait son trône, avant de disparaitre derrière celui-ci. La nocturna resta immobile, au milieu des préparations du couronnement de Dania. La bête logée au fond de sa gorge fit brutalement sa réapparition, si fort qu'elle eut du mal à respirer.

Et ses yeux la brûlèrent lorsque des larmes les envahirent.

Rester au palais lui semblait inconcevable. Être seule chez elle ne l'encouragerait qu'à ruminer. Elle fut bien tentée de rendre une visite incongrue à Nérion, pour tirer tout ça au clair, mais elle n'avait aucune idée de l'endroit où il se trouvait. Et atterrir au milieu de l'océan n'était pas une option.

Elle aurait bien parlé à Lysandre, aussi, pour savoir s'il pouvait l'aider à éclaircir certains points. Mais la dernière fois qu'elle l'avait vu, c'était sur le navire de l'abyssien, et comme il lui avait rendu son pendentif, elle doutait fort qu'il fût de retour sur la terre ferme.

Ce furent donc les portes de l'ARPM qu'elle poussa, sous la douceur d'une lune pleine, le regard morne et le nez coulant. Aucune lumière ne filtrait au travers des fenêtres. Elle serait seule, mais elle pourrait au moins se changer les idées en lisant quelques dossiers.

Ardamir lui avait presque lancé une menace. Elle ne savait pas de quoi le lendemain serait fait, et s'il était aussi blessé et trahi qu'il en avait l'air, il pourrait très bien décider de l'exiler.

Pourrait-il vraiment exiler la *Vasta* de Vaquoria ? Peut-être… Sur l'île des non-natifs, pourquoi pas ? Après tout, elle serait toujours sur Vaquoria. Considérée comme un paria.

Irait-il jusqu'à la tuer, pour récupérer le pouvoir qui, elle en était sûre, ne méritait plus d'être entre ses mains à ses yeux ?

Elle chassa ses réflexions en fermant la porte de l'agence, et ses yeux s'adaptèrent à l'obscurité en un clin d'œil. Il faisait noir, mais elle voyait comme en plein jour. L'idée de n'embraser aucune torche pour se faire discrète lui traversa l'esprit. Mais les larmes qui avaient coulé de ses yeux un peu plus tôt lui avaient donné mal à la tête. Elle n'était pas sûre que lire des dossiers dans le noir, même en y voyant clair, était préconisé dans ces cas-là.

De ce fait, elle claqua des doigts et les torches s'allumèrent dans le même temps. Elle cilla plusieurs fois pour ne pas être éblouie, et observa les environs. L'impression de ne pas être venue ici depuis une éternité la frappa.

Cela ne faisait pas si longtemps, mais ses journées avaient été bien remplies, et maintenant elle regrettait de ne pas avoir utilisé ce temps à meilleur escient. Comme aller chercher le corps de sa sœur, ou se pencher sur l'identité du créateur du poignard avant qu'il ne fût trop tard.

Et trop tard, il l'était peut-être déjà.

Au fond d'elle, elle sentait l'excitation des natifs à la suite de l'annonce du couronnement. Tout le monde ne pourrait évidemment pas être présent ce soir-là. Elle pensait par exemple à ceux qui habitaient de l'autre côté du continent et qui voyageraient trois jours pour se rendre au palais.

Ou encore aux non-natifs, qui devaient traverser l'océan pour parvenir à Morum. Mais nombreux étaient celles et ceux qui feraient le déplacement, même s'ils n'arrivaient que dans deux jours. Car d'ici quelques heures, le peuple aurait trouvé une *Vasta*. Et Ardamir aussi.

Elle se dirigea vers son bureau dans un souffle, et y alluma les bougies d'un geste de la main. La pièce lui sembla soudain familière et agréable, maintenant qu'elle se rendait compte que c'était peut-être la dernière fois qu'elle la voyait. Le bureau en pierre de lave polie lui parut sublime, et son cœur se serra en imaginant Ardamir choisir tout ça pour elle. Pour la choyer. Pour qu'elle lui pardonnât et qu'elle acceptât de faire partie des siens.

Voilà qu'à présent, c'était elle qui devait se faire pardonner.

Ses mains effleurèrent les derniers dossiers qu'elle avait parcourus. Si quelqu'un était entré dans cette pièce en son absence, il n'avait laissé aucune trace. Une couche de poussière s'était même amoncelée sur les étagères et son bureau, et elle résista à l'envie d'y passer son doigt pour en juger l'épaisseur.

Avec des gestes mesurés, elle prit place derrière son bureau, et le moelleux du fauteuil lui parut surréaliste. Avoir son propre cabinet était un moment qu'elle avait attendu pendant près de… depuis toujours, en réalité. Et lorsque ce moment était arrivé, elle n'en avait pas profité comme il se devait. Elle se rendait compte de l'accomplissement que c'était, maintenant qu'elle s'apprêtait à tout perdre.

Elle caressa le cuir de daim, si doux qu'elle retint un soupir d'extase, et ferma les yeux rien qu'une minute. Dans l'air flottait une odeur de fête. Une odeur de joie, d'excitation, d'espoir. Elle savait la royauté coupable d'accroître ses sens, et fut surprise de découvrir des odeurs qu'elle n'avait jamais pu sentir auparavant. Cela lui semblait si évident, à présent.

Si réel.

Si naturel.

Comme si ça avait été ce pour quoi elle avait été faite, malgré tout ce qu'elle pouvait en penser. Elle rouvrit les yeux alors qu'une once de regret les traversait.

Et si elle courait au palais maintenant, pour dire à Ardamir qu'elle ne voulait pas d'une autre qu'elle sur ce trône, qu'elle assumerait son rôle jusqu'à sa mort, aussi éloignée fût-elle ? Et si elle lui disait ce qu'elle ressentait pour lui, pour le royaume, mais que la peur l'avait paralysée ?

Serait-il trop tard ?

Était-il trop tard pour changer d'avis, maintenant que l'engrenage était lancé ?

Elle soupira et des larmes roulèrent sur ses joues.

Les larmes d'une nocturna. Elle se souvint en attrapant le premier dossier, qu'elle en avait fourni à Elienor, pour récupérer cette opale, qui trônait sur son étagère. Elle se souvint les avoir aperçues dans la chambre d'Éva, lorsqu'elle était dans son corps, à cause de sa blessure.

Où se trouvaient ces larmes, à présent ? Elle n'y avait plus pensé, mais il ne faudrait pas qu'elles fussent entre de mauvaises mains. Ardamir, avec un peu de chance, les avait détruites, ou rendues à la nature. S'il tenait à elle, c'était ce qu'il avait fait.

Parce qu'en buvant ses larmes, n'importe qui pourrait influencer ses pensées. Lui faire croire ce qu'il voulait, induire en elle une réflexion, orienter ses choix. Et tout ça, sans qu'elle s'en rendît compte en premier lieu. Il lui faudrait un cycle de lune complet pour retrouver ses propres pensées. Ses propres idées. Pour dissoudre la manipulation psychique de celui qui les avait bues.

Elle demanderait à Ardamir ce qu'il avait fait de ses larmes, quitte à les récupérer elle-même. Maintenant qu'il était en colère, elle ne pouvait risquer qu'il s'en débarrassât d'une mauvaise façon, si ce n'était pas déjà fait.

En chassant ses pensées d'un geste de la main, elle ouvrit le dossier. Une note manuscrite qui, elle en était sûre, n'était pas présente auparavant, lui sauta aux yeux.

Perplexe, elle la saisit et aperçut une écriture irrégulière et tortueuse.

Comme si l'auteur avait écrit ce mot sur un bateau.

Son cœur fit un bond dans sa poitrine si bien qu'elle se leva, le morceau de papier brun et sale pratiquement collé à son nez.

Ses yeux le lurent en diagonale, jusqu'à la signature.

Lysandre.

Elle retint un nouveau hoquet, et attrapa le mot des deux mains.

Wyllina retomba sur sa chaise. De quand datait ce mot ? Il n'y avait aucune indication. Il aurait très bien pu être écrit le soir de son départ pour le temple, comme cet après-midi-là.

Mais une information capitale retenait son attention parmi toutes les autres, non moins utiles. Ils étaient en route pour le continent. Et avec un peu de chance, ils s'y trouvaient déjà.

Wyllina,

Si le mevelba n'est pas mort en route et si Pullman a suivi les instructions sur l'enveloppe, tu lis ce mot alors que Nérion et moi sommes en route pour le continent. Tu comprendras que je t'ai fait partir en hâte, parce que les idées de Nérion ne sont pas claires. J'ai compris que tu étais censée être Vasta. Tu as tué Erwin, c'est le déroulement normal des choses.

Si Nérion s'en était aperçu, il t'aurait enlevée et séquestrée. Peut-être même qu'il t'aurait tuée. Je crois qu'il réserve un sombre destin au corps de ta sœur. Peut-être aurais-tu dû l'emmener, comme tu le souhaitais...

À l'heure où j'écris ces mots, je n'en sais pas davantage. Mais j'espère que tu vas bien, et que ce que tu penses impossible aujourd'hui te paraîtra à ta portée demain.

Concernant la fête, j'essaye d'en savoir plus sur la raison de ces meurtres. Je te tiens au courant dès que j'ai du nouveau. Nérion me fait confiance, il ne tardera sûrement pas à me faire part de ses plans.

D'ici là, bon vent, et prends soin de toi.

Lysandre.

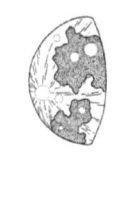

Chapitre 26

Ses yeux la brûlaient alors que la nuit était tombée depuis longtemps. Le calme de l'agence contrastait avec l'agitation qui lui parvenait depuis l'extérieur. Les natifs les plus proches du palais s'amassaient déjà dans les environs pour être sûrs de trouver une place au couronnement de Dania.

Elle repoussa un énième dossier. Comme elle n'avait rien d'autre à faire, elle s'était penchée sur la paperasse et avait avancé le travail de la plupart de ses collègues. Quasi tous, en fait, à part celui des deux non-natifs. Même si elle savait à présent que les non-natifs n'étaient pas responsables de la gangrène, elle n'appréciait pas Axel et son ami.

En lisant les dossiers, elle avait espéré tomber sur une information capitale qui lui aurait échappé pour comprendre tout ce qui se passait autour d'elle. Malheureusement, il n'y avait rien de très intéressant à part des projets de loi, des enquêtes sur les non-natifs et leurs meurtres, et des plaintes ordinaires.

Elle s'apprêtait à reprendre sa lecture, lorsqu'un bruit lui parvint depuis l'étage.

Comme son bureau se trouvait en dessous de ce qui servait de chambre à l'auberge, auparavant, elle se stoppa, aux aguets. L'agitation extérieure aurait pu être en cause, mais elle entendait clairement des pas, comme si quelqu'un s'était introduit dans l'ARPM.

Elle se détendit pourtant en se rappelant le vampire que Lysandre avait découvert, dans le village avoisinant la maison de Wyllina. Ils l'avaient ramené ici, et Pullman avait proposé de le mettre dans l'une des chambres pour le tenir à l'œil. Serait-il possible qu'il fût encore ici ? Elle avait pourtant demandé son transfert au plus proche de son épouse, qui avait semblé dévastée à l'idée d'être loin de lui. Même s'il était à présent un vampire.

Dans le doute, elle se leva de son fauteuil, et quitta son bureau. Les bruits continuaient. Il y avait bien quelqu'un à l'étage.

Sans avoir peur pour autant, elle grimpa une à une les marches étroites qui la menaient aux chambres, et alluma les torches d'un claquement de doigts.

Le palier des chambres était d'architecture classique pour une auberge de cette envergure. Un long couloir s'étendait devant elle et donnait accès à plusieurs portes, menant sans doute à des chambres ainsi qu'une salle d'eau. Tout était en bois, du sol aux portes, en passant par les murs et le plafond.

L'odeur témoignait que les lieux étaient inutilisés depuis très longtemps. Du moins, en ce qui concernait leur fonction d'origine.

Elle s'approcha de la première chambre, et colla son oreille sur la porte. Le bruit ne venait pas d'ici. Mais pour être sûre, elle attrapa la poignée ronde et la tourna dans sa main pour ouvrir la porte.

Même dans l'obscurité, elle aperçut le lit à moitié cassé, le sol terreux et plein de poussière, un tapis qui devait être rouge, mais qui paraissait marron à cause de la saleté, une armoire et une lampe à huile.

Une odeur âcre et puissante chavira jusqu'à ses narines, et Wyllina repéra le cadavre d'un animal, sans doute une biche, mollement posée contre un mur. Mais personne ne se trouvait là.

Elle laissa la porte ouverte et poursuivit son chemin, répétant l'opération à chaque chambre. Les deux suivantes étaient vides, et ressemblaient avec exactitude à la première. Ce ne fut qu'à la quatrième chambre qu'elle s'arrêta. Au travers du bois de la porte, elle entendait quelqu'un s'agiter et grogner.

Elle posa la main sur la poignée. En poussant la porte, elle s'aperçut que celle-ci était verrouillée. Elle souffla longuement, à la recherche d'une clé. Elle en trouva une, accrochée à un clou planté dans le mur d'en face. Ses doigts l'attrapèrent alors que les grognements cessaient. Et lorsqu'elle inséra la clé dans la serrure, celle-ci se déverrouilla sans difficulté.

Elle eut d'abord du mal à distinguer quoi que ce soit. L'oreiller en plumes qui jonchait le lit, semblable aux autres, avait été éventré. Plusieurs plumes voletaient un peu partout, et l'ensemble du mobilier était brisé, déchiré.

Il y avait du sang sur le sol, et sur le tapis sale, un homme se tenait en boule, accroupi. Elle claqua des doigts pour allumer la lampe à huile, et l'homme sursauta en se retournant. Elle reconnut le vampire qu'elle et Lysandre avaient ramené. Ses cheveux roux de nocturna n'avaient rien perdu de leur éclat, comparé à la peau de son visage qui était devenue grisâtre, profondément marquée par des cernes violets. Lorsqu'il l'aperçut, l'homme leva les mains pour se protéger, et Wyllina dut secouer la tête pour sortir de sa surprise. Elle s'approcha de lui avec prudence, à gestes mesurés.

— Qu'est-ce que vous faites encore ici ? lui demanda-t-elle.

Le vampire ne baissa qu'une main. Son expression était proche de l'effroi, et il tremblait.

Que lui était-il arrivé pour qu'il fût dans cet état ? Depuis combien de temps n'était-on pas monté le voir ? Avait-il eu à manger ?

À cette pensée, elle recula d'un pas. Elle n'avait aucune envie de connaître le même sort que lui.

— On m'a dit d'attendre, répondit le vampire d'une voix rocailleuse. Le grand gonthor a dit que je devrais être transféré, mais cela fait plusieurs jours que je n'ai vu personne.

Elle jeta un regard à la fenêtre unique de la pièce, qui donnait sur les toits des maisons trop rapprochées de Morum. Elle avait été barricadée, et seuls quelques traits de lumière filtraient des planches de bois solidement clouées au chambranle.

— Est-ce que vous avez faim ? lui demanda-t-elle.

Le vampire nia de la tête, et elle remarqua avec horreur qu'il était blessé à la cuisse. Le sang qui s'étalait dans la chambre était le sien. Il s'était mordu à la cuisse, affamé.

— Je…

Elle chercha ses mots. Pourquoi Pullman l'aurait-il abandonné ici ? Ça ne lui ressemblait pas.

Et d'ailleurs, cela faisait plusieurs jours qu'elle n'avait pas de nouvelles de lui. Depuis son séjour au temple. Et s'il lui était arrivé quelque chose ?

Elle resta immobile, le temps de réfléchir. Que faire de lui ? Elle ne pouvait quand même pas le laisser seul ici, alors qu'il souffrait ?

En tout cas, il ne semblait pas vouloir l'attaquer. Elle s'approcha de lui, et posa une main sur son épaule. Il tressaillit.

— Je pourrais vous emmener sur l'île des non-natifs, dit-elle. Vous y serez pris en charge par d'autres… vampires. Je peux aussi ramener votre femme à vos côtés.

— Il n'avait pas dit que ça se passerait comme ça, répondit le vampire en chouinant. Il avait dit que je serais grassement récompensé.

— Qu'est-ce que vous dites ?

Elle pressa un peu plus sa main sur son épaule, pour l'encourager à parler. Il leva des yeux perdus vers elle. Avait-il seulement toute sa tête ? Ce qu'il venait de vivre n'était sans doute pas à son avantage, surtout pour un nouveau vampire. Il devait être complètement égaré et déstabilisé.

— L'elfe, celui qui m'a demandé de faire ça. Votre ami.

Elle se redressa. Disait-il qu'un elfe lui avait imposé d'être transformé avant de lui promettre d'être récompensé ? Le sang quitta ses joues lorsqu'elle comprit que c'était exactement ce qu'il racontait. Et il était un nocturna, à l'origine. Mentir lui était, non pas impossible, mais très compliqué et lui coûterait beaucoup.

— Que voulez-vous dire ? Quel elfe ?

Il n'y avait que deux noms envisageables. Elienor et Lysandre. Et Wyllina n'avait confiance en aucun des deux.

Le vampire hésita avant de répondre. Il observa un moment les environs, et laissa finalement tomber ses mains sur ses cuisses, étudiant sa plaie.

— Celui qui était avec vous, le jour où vous m'avez trouvé. Il a dit que si je voulais bien être transformé, je n'aurais plus jamais à m'inquiéter de rien, et ma femme non plus. Nous... c'est compliqué pour nous, depuis notre retour sur Vaquoria. J'ai cru que...

Lysandre. Lysandre avait demandé à cet homme de devenir un vampire. Elle recula encore.

Pourquoi aurait-il fait une chose pareille ? Pour la convaincre de se ranger de leur côté ? Elle avait pourtant déjà accepté d'aider Nérion, à ce moment-là. Était-ce pour la berner ?

Après tout, venant de la part d'un elfe chasseur de primes, ça ne l'étonnerait pas.

— Et la gangrène dans votre chambre ?

Le vampire l'observa sans comprendre.

— Il m'a donné une gourde remplie de cette matière et m'a demandé de l'étaler en dessous de moi avant de me faire mordre. Je ne sais pas pourquoi.

Wyllina vacilla. Elle s'était fait manipuler une fois encore, et en beauté.

Sans plus s'intéresser au vampire, elle se détourna rapidement et quitta la chambre. Elle remonta en hâte le long couloir de l'auberge, ses pas claquant sur le bois pourri. Elle dévala les escaliers en trombe, observa l'agence déserte et les bureaux qui la meublaient. Là, elle s'approcha de celui de Lysandre, les doigts tremblants de rage. Précipitamment, elle fouilla chaque tiroir, chaque dossier, dispersant les feuilles volantes sur le sol, même celles qu'elle venait de trier et de ranger.

Et lorsqu'elle vida le contenu du dernier tiroir, elle repéra, dans le fond, le coin d'un morceau de papier coincé. Elle tira dessus, et un mot manuscrit s'en échappa.

Un double fond.

Furieuse, elle leva le tiroir au-dessus de sa tête et le claqua sur le bureau si fort qu'il se cassa avec fracas, éparpillant des échardes de bois partout autour d'elle. Des dizaines de lettres tombèrent sur le sol, au milieu des dossiers.

Abasourdie, elle s'agenouilla au milieu des missives et en attrapa une.

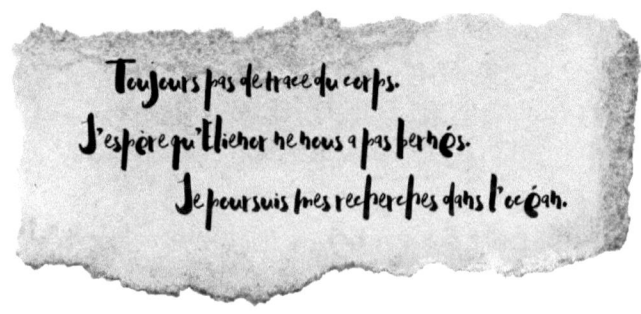

Toujours pas de trace du corps.
J'espère qu'Eliener ne nous a pas bernés.
Je poursuis mes recherches dans l'océan.

Puis, une autre.

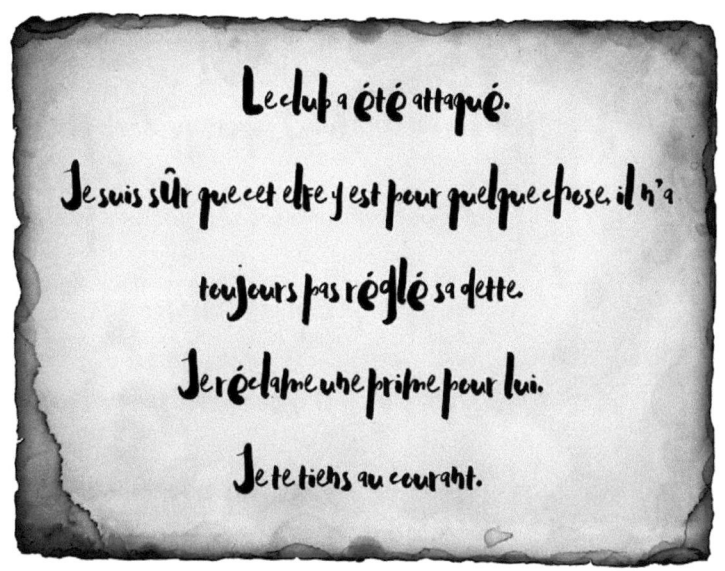

Le club a été attaqué.

Je suis sûr que cet elfe y est pour quelque chose, il n'a toujours pas réglé sa dette.

Je réclame une prime pour lui.

Je te tiens au courant.

Et une autre.

J'espère qu'Elienor nous dit la vérité.
Ce poignard a l'air important.
Il dit que c'est la Duchesse de Stanster qui l'a forgé.
Que devrions-nous faire ?

Et :

> Cet elfe me rend fou.
>
> Il n'y a rien chez lui. J'espère qu'il compte me payer d'une manière ou d'une autre, ou qu'il a quelque chose qui en vaille le coup.
>
> J'ai reçu un mot de lui disant que quelque chose pourrait m'intéresser, à condition que la nécromancie ne me fasse pas peur.
>
> Qu'est-ce qu'il prépare ?

Ou encore :

> Sa dette est mise en suspens, le temps qu'on trouve le corps.
> En attendant, garde Wyllina et Eliener à l'œil.
> Je pense qu'elle a cru en mes explications.
> C'était bien joué, le vampire. Elle va céder et demander leur exil.

Sur chacune d'elles, une seule signature revenait.

Nérion.

Wyllina laissa tomber les lettres, le regard perdu dans le vide. Alors c'était donc ça ? Elienor était de mèche avec Nérion, depuis toujours ? Qu'avait fait l'abyssien pour lui venir en aide ? À quand remontait sa dette, qu'il avait payée en livrant le corps d'Éva, ainsi que les informations concernant le poignard et son forgeron ?

Et Lysandre… Il savait ce qu'il se passait depuis toujours ? Était-ce lui qui avait suggéré à Nérion de tuer la Duchesse ?

Sa tête lui tournait, à tel point qu'elle dut se redresser. Derrière elle, des pas lui indiquèrent que le vampire l'avait rejointe. Elle pivota vers lui et observa ses traits tirés.

Après autant de temps, après autant d'enquêtes, comment ne parvenait-elle pas à y voir clair dans les intentions de ceux qui l'entouraient ?

Elle s'était laissé aveugler.

Après avoir découvert tout ça, Wyllina ne pouvait pas rester dans l'inaction. En premier lieu, il fallait s'occuper de ce vampire, et lui dénicher un endroit sûr où il pourrait recevoir l'aide dont il avait besoin.

La blessure à sa cuisse commençait à se refermer lorsqu'elle les transporta vers l'île où les non-natifs avaient été envoyés. Dans la nuit noire, des rumeurs de fête s'élevaient depuis Tenarith, la ville qu'elle visait. Elle était, aux dernières nouvelles, la ville la plus peuplée, et donc celle où ils avaient le plus de chance de trouver de l'aide.

Aux abords de ses frontières, des remparts avaient été érigés. La plupart étaient en ruine, mais on devinait la barrière efficace qu'ils avaient pu être pour cette ville, à une époque lointaine.

Tout autour, des douves avaient été creusées, et comme il s'agissait d'une ville côtière, l'eau de la mer s'infiltrait dans les terres et entourait cette forteresse. L'accès à son centre se faisait par un pont de terre, certainement renforcé au fil de ces derniers mois – par les non-natifs, mais également par les gonthors, avant eux. Avant que Wyllina obtînt leur exil, c'étaient les gonthors qui peuplaient cette île.

Wyllina tenait le vampire par le bras, pour le soutenir, mais surtout parce qu'ici, il n'y avait aucun natif. Ou alors, ils ne se montraient pas. En passant l'arche encore intacte de la forteresse, ils s'enfoncèrent dans la ville entièrement construite en pierre rouge. Il y régnait une forte animation.

Des enfants, des hommes, des femmes, dansaient et chantaient. Plusieurs morceaux de tissus avaient été accrochés aux lampadaires, aux fenêtres, à tout ce à quoi les habitants avaient pu les nouer. La nuit était sombre, mais ce n'était pas le cas de cette ville, éclairée par des milliers de lampions en tout genre, de bougies et de torches.

Bizarrement, le vampire se rapprocha d'elle lorsqu'ils avoisinèrent un endroit plus peuplé. La foule était dense, et parmi eux, Wyllina reconnut des vampires, des loups-garous, mais aussi des humains.

Tous, à quelques exceptions près, étaient habillés comme sur Terre, et tout à coup, elle eut le sentiment qu'elle et son camarade juraient sur le reste.

Et si elle ne se différenciait pas beaucoup des humains en termes d'apparence, Wyllina savait que l'odorat des non-natifs la trahirait avant son allure et ses oreilles légèrement pointues. Si elle en oubliait ses yeux, qui brillaient dans l'obscurité depuis qu'elle était reine. Elle tenta de se faufiler en toute discrétion parmi eux, accompagnée du vampire qui, quelque part, lui servait de bouclier.

Plusieurs non-natifs se retournaient sur son passage, flairant son odeur de nocturna ou remarquant ses yeux étranges. Devinaient-ils qui elle était vraiment : Wyllina, à cause de qui ils se retrouvaient ici, loin du continent et exclus de leur société ?

Aucune idée, et elle ne comptait pas s'attarder suffisamment pour le savoir.

Mais après plus d'une demi-heure à essayer de trouver quelqu'un de sobre et d'assez concentré pour les écouter, elle se rendit à l'évidence. Il faudrait faire preuve de davantage d'imagination. Elle se tourna vers le vampire et l'interrogea du regard.

— Mais qu'est-ce qui se passe, ici ? Ils fêtent quoi ? Le couronnement ?

Le vampire haussa les épaules. Wyllina, agacée, fit la moue. Bien sûr, il ne pouvait pas le savoir. Avant d'écouler ses premiers jours en tant que vampire dans cette chambre miteuse, cet homme était un nocturna. Il n'avait aucune idée de ce que pouvaient être les coutumes de ses nouveaux semblables.

Quelqu'un leur proposa à boire, et Wyllina y vit une parfaite occasion de se renseigner. Elle attrapa volontiers le verre – un gobelet en plastique sûrement ramené de la Terre – et l'étudia un moment.

Si les non-natifs s'amusaient à rapporter ce genre de chose sur Vaquoria, par les portails laissés actifs pour leur permettre de chasser sur Terre, il faudrait qu'elle en parlât au roi. La pollution avait épargné leur monde, jusqu'à présent, et il n'avait jamais été question, depuis leur retour, d'adopter le même rythme de vie que leur planète voisine.

Mais puisque l'ambiance était à la fête, et qu'elle avait suffisamment été rabat-joie pour ces gens, elle ne fit aucune remarque.

— Que se passe-t-il, ce soir ? demanda Wyllina à celui qui leur avait offert à boire, un vampire baraqué qui, elle en était sûre, devait être un métalleux sur Terre.

Il était imposant, tant par sa carrure que par son aura. Quelque chose de l'ordre de la force tranquille émanait de lui. Il avait le crâne rasé, un bouc épais et ses bras et son cou étaient entièrement tatoués. Son T-shirt ne la laissait pas s'en assurer, mais elle aurait parié que tout son torse était couvert de motifs. Sans savoir pourquoi, elle lui fit confiance.

Il lui fit signe qu'il ne comprenait pas. Elle répéta sa question en français, puis en anglais, jusqu'à ce qu'il hochât la tête.

— *C'est la fête de la musique aujourd'hui*, répondit-il en anglais.

Il sembla se rendre compte à qui il avait affaire, et il les toisa plus en détail.

— *Et vous, qu'est-ce que vous faites là ?*

Son regard voyagea entre la nocturna et celui qui s'était fait transformer. De toute évidence, il n'était pas dupe. Wyllina s'empressa de prendre une gorgée, trop grosse, qui lui fit mal en s'enfonçant dans son larynx. Et c'était de la bière. Elle n'avait jamais aimé ça.

— *Il a besoin d'aide*, dit-elle. *Il*…

Elle hésita, et observa le nocturna vampire pendant un moment, choisissant ses mots.

— *Il a voulu devenir l'un des vôtres, mais le continent est un peu hostile, en ce moment, pour quelqu'un comme lui. Je me demandais si quelqu'un pourrait l'aider à s'intégrer et à supporter sa nouvelle condition de la meilleure façon qui soit.*

Le vampire fêtard laissa sa réponse en suspens, comme s'il ne savait comment réagir. Comme pour lui donner une preuve, la victime lui montra ses crocs, et le fêtard sembla se détendre.

— Bien sûr, affirma-t-il. *Je suis passé par là, il n'y a pas si longtemps. Je m'appelle Looping. Sois le bienvenu.*

— Il faudrait…, intervint le nocturna vampire dans la langue native. Ma femme doit se sentir si seule…

Wyllina hésita. Si elle avait promis à son épouse qu'elle pourrait continuer de voir son mari autant de fois qu'elle le voulait, c'était sans doute un peu plus compliqué à mettre en place, ici. Non pas qu'elle refusait de jeter une nocturna sur cette île, mais les non-natifs envisageraient-ils de bien l'accueillir, eux ?

Elle traduisit à Looping.

— *Et ta femme, à quelle espèce appartient-elle ?* s'interrogea Looping.

— Comme moi, lui répondit-il après que Wyllina lui eut traduit. Enfin je veux dire, c'est une nocturna.

Looping hocha la tête et sembla peser le pour et le contre. Est-ce qu'il faisait partie de ceux qui prenaient les décisions ? Rien n'était moins sûr.

Autour d'eux, la foule hurla de bonheur et la musique se fit plus forte. Mais d'où venait-elle ?

Wyllina repéra des enceintes, qui fonctionnaient sur batterie et qui n'avaient pas besoin d'être raccordées à l'électricité. Ici, ils n'étaient pas sur Vaquoria. Ils étaient sur une extension de la Terre.

Mais elle ne s'en préoccupa pas, pour le moment.

— *Alors, vous pouvez vous occuper de lui ?* insista Wyllina.

Looping lui envoya un sourire et tendit la main au nouveau vampire. Celui-ci la serra après une longue hésitation. Sa vie, ses habitudes, son identité étaient une fois encore sur le point de changer.

— *Je me charge de ramener sa femme*, informa la nocturna. *Je n'en ai que pour quelques minutes.*

Les deux vampires lui adressèrent un regard entendu, et Looping trouva quelqu'un pour discuter et traduire ce qu'il disait au nocturna transformé. Le traducteur se pencha pour murmurer quelque chose à l'oreille de leur nouvel ami. Wyllina s'éloigna un peu de la foule et trouva un endroit plus tranquille dans la cité médiévale. De loin, elle pouvait observer Looping montrer d'un signe du doigt ou de la tête certaines personnes et d'autres choses au nocturna transformé. Cela la soulagea. Il serait vite intégré, du moins l'espérait-elle.

Pourtant, une angoisse dans le creux de son ventre refusait de la quitter. Mais elle n'avait pas le temps de s'y attarder.

Sans plus de cérémonie, elle se téléporta chez la femme de cet homme, qu'elle avait rencontrée en même temps que lui. Et qui habitait tout près de chez elle.

Chapitre 27

Haletante, Wyllina courait vers le palais. Elle devait parler à Ardamir de ce qu'elle avait découvert. Les lettres de Nérion tournaient dans sa tête, et elle ne parvenait pas à ne plus y penser. Après être allée chercher l'épouse du nocturna vampire pour les rassembler, elle n'avait pas souhaité s'attarder. Passer chez elle lui donnait envie plus que jamais, mais il ne fallait pas perdre une minute, et elle en avait déjà perdu beaucoup. Concernant le couple qu'elle venait d'extrader, elle ne se faisait aucun souci pour eux. Vivre sur l'île des non-natifs serait un mixte entre Vaquoria et la Terre. Et puisqu'ils connaissaient les deux, ils prendraient vite leurs marques. Et au cas où ce n'était pas le cas, elle avait demandé à cette famille de les contacter au plus vite, pour trouver une solution. Puisque Looping les avait accueillis les bras ouverts, ça ne serait peut-être pas le cas de tous les autres.

Le jour s'était levé et le palais était déjà assailli par les sujets qui voulaient assister au couronnement. Il ne restait plus beaucoup de temps avant celui-ci. Il fallait faire vite. Elle dut battre des coudes pour se frayer un chemin parmi les elfes, les syltains, les valtaris, les gonthors, les rares elfes noirs, les nains, les orcs…

Tous étaient au rendez-vous.

La chaleur de cette journée promettait d'être insoutenable, car déjà, Wyllina avait trop chaud. Elle s'épongea le front en observant la foule. Elle se sentait minuscule. Elle ne voyait rien d'autre qu'une mer de têtes et de bras. Et le palais était encore à plusieurs centaines de mètres. Morum n'avait jamais été si peuplée.

Parfois, les natifs se retournaient sur son passage, comme s'ils pouvaient sentir la puissance qui s'échappait d'elle. Le pouvaient-ils ? Peut-être bien. Elienor l'avait senti, lui.

Désespérée, elle baissa les yeux vers son pendentif. Elle n'était pas certaine que le roi accepte qu'elle s'en servît pour lui rendre visite un jour comme celui-ci.

Mais après tout, ce qu'elle avait à lui dire était de la plus haute importance. Elienor était un traitre, et peut-être ne s'était-il pas arrêté là.

Sans faire attention aux regards qui pesaient sur elle, elle attrapa la fleur en or sertie de l'obsidienne, et se téléporta.

Ce fut dans la salle du trône qu'elle atterrit, et elle fut subjuguée par la beauté de l'endroit. Elienor, malgré tout ce qu'elle pensait de lui, avait un don certain pour organiser ce genre d'évènement avec brio. La salle entière avait été décorée de fleurs, de bannières, et d'imposantes tables proposaient de quoi boire et manger. Il n'y en aurait malheureusement pas pour tout le monde, mais seuls les premiers arrivés et les plus hauts placés pourraient accéder à la salle du trône déjà bondée.

Au milieu de la foule, elle tenta d'avancer vers l'estrade où se trouvaient les trônes. Ardamir et Dania n'étaient pas encore présents. Les invités en profitaient pour discuter de cette merveilleuse nouvelle, en buvant et en mangeant.

Wyllina repoussa ses cheveux collés à son front par la sueur. Elle ne pourrait pas approcher plus près.

Elle porta ses doigts à son pendentif, et s'apprêtait à se téléporter dans les appartements du roi, lorsqu'une main se posa sur son épaule. En sursautant, elle se tourna vers celui qui l'interpellait, et son souffle se coupa.

Lysandre.

Ses cheveux blond délavé par le sel étaient ramenés en chignon, et sa tenue entièrement noire renforçait son allure d'assassin. Il l'observait comme s'il ne comprenait pas ce qu'elle faisait là. Elle eut un mouvement de recul, et cela sembla le surprendre. La veille encore, elle aurait été curieusement contente de le voir.

— Lysandre, dit-elle les dents serrées. J'ai trouvé les lettres, cachées dans ton bureau.

Ses sourcils se haussèrent et il l'interrogea du regard. Il étudia discrètement les environs et s'intéressa de nouveau à elle.

— Je pensais que c'était toi qui t'apprêtais à monter sur ce trône.

La déception ne semblait pas l'envahir et pourtant, une ombre passa dans ses yeux. Ça ressemblait beaucoup à du soulagement. Elle resta immobile, sans savoir que faire.

Devait-elle le confronter ici, au milieu de tous ?

Devait-elle le téléporter dans les appartements du roi en même temps qu'elle, pour le piéger ?

Elle s'apprêtait à ouvrir la bouche, mais il lui fit signe de se taire. En lui attrapant le poignet, il l'entraina un peu à l'écart, où les oreilles qui les entouraient se faisaient plus discrètes. Une fois à part, elle se dégagea rapidement de sa prise.

— Tu étais au courant pour Éva. Tu savais que Nérion cherchait son corps !

Wyllina se reprit en notant que certains des natifs les observaient. Elle continua, un ton plus bas.

— Tu savais pour la Duchesse, je suis sûre que c'est toi qui as suggéré de la tuer.

— Bien sûr que non, se défendit-il. Comment voudrais-tu que je sache une chose pareille ? J'étais tout le temps avec toi, Nérion ne m'a donné aucune nouvelle durant ces semaines-là.

Mensonge. Combien de mensonges allait-il encore essayer de lui faire avaler ?

— Arrête Lysandre, je suis au courant pour ce vampire. Tu as tout mis en scène !

Son regard s'illumina.

— Ah, pour ça, oui, c'était moi !

Quoi ? Wyllina secoua la tête. Et les lettres qu'elle avait trouvées dans son bureau ?

— Mais… et la note que tu m'as envoyée, tu disais que…

— Nérion ne me parle pas. Je crois qu'il pense que je t'apprécie trop pour me dévoiler ses plans. J'exécute ses ordres sans savoir pourquoi.

Elle voulut dire quelque chose, mais les mots moururent sur ses lèvres. Elle ne comprenait plus rien. Lysandre l'attira un peu plus vers lui, comme pour lui révéler un secret. Il se pencha vers son oreille.

— J'ai vu Peter discuter avec lui, sur le port d'Overtus où nous nous sommes arrimés.

Il se redressa, et Wyllina resta muette. Peter ? Discuter avec Nérion ?

— C'était son idée, le truc du vampire. Il a dû cacher les lettres dans mon bureau, reprit-il. Mais…

Le bruit des trompettes l'interrompit. L'assemblée se tut, et un murmure de soulagement s'éleva de la foule, attentive. Tous étaient tournés vers la scène. Wyllina échangea un regard avec Lysandre. Disait-il la vérité ? C'était un elfe, il ne pourrait mentir de front de cette façon. Tout comme elle et Elienor, il pouvait manipuler la vérité avec ses mots, mais mentir... ?

— Je ne...

Les trompettes cessèrent, et l'auditoire acclama quelqu'un. Comme l'estrade était dans son dos, elle ne le vit pas. Mais ce qu'elle ressentit au fond d'elle était suffisant pour savoir que c'était le roi. Sa respiration se coupa alors que le regard de Lysandre changeait, comme s'il prenait conscience de quelque chose.

Ses yeux voyagèrent entre le roi et elle. Son visage changea soudain d'expression.

— Tu n'es pas la seule à cacher des choses, à ce que je vois.

Il eut un mouvement de recul et pivota vers la foule. Avant qu'elle ne pût dire quoi que ce soit, il s'y enfonça, disparaissant parmi les natifs. Elle ne tenta même pas de le rattraper.

Tout cela n'avait aucun sens.

Perdue, elle se tourna vers la scène où Elienor apparut à son tour, un coussin dans les bras. Sur le coussin se trouvait une couronne.

Une couronne qui ne lui était pas destinée.

La foule applaudit à l'unisson, obligeant Wyllina à se boucher les oreilles. Le bruit était trop fort pour son cœur trop sourd.

Ils parlaient, mais la nocturna était incapable d'entendre, en proie à ses sentiments. Au saladier de boissons qui bouillonnait à ses côtés, elle comprit qu'elle perdait le contrôle.

Pourtant, elle ne pouvait pas bouger.

Elle tenta de prendre de profondes inspirations, pour se calmer, mais les choses lui échappaient.

Lorsque Dania apparut à son tour sur la scène, magnifiquement vêtue et coiffée, la foule acclama plus fort encore, siffla, explosa de joie.

Wyllina recula d'un pas. Elle n'était plus certaine que ce fût une bonne idée. Tout cela n'avait pas lieu d'être. Ce n'était pas…

Elienor prononça quelque chose, et plus rapidement qu'elle ne l'aurait voulu, la couronne s'approcha de la tête de la syltaine.

Les acclamations redoublèrent. La foule scanda « Vive la *Vasta* ! » à l'unisson. Wyllina fut prise d'un vertige.

Et alors qu'elle se retournait pour tenter d'arracher ses yeux de l'estrade, l'auditoire hurla. Mais cela n'avait rien à voir avec la joie. Un silence s'abattit sur la salle, comme si tout le monde retenait son souffle. Que se passait-il ?

Wyllina osa observer les trônes. Dans les bras d'Ardamir, Dania pendait mollement, une flèche plantée en plein cœur. Elienor tenait encore la couronne entre ses deux mains, là où la tête de Dania se trouvait une seconde plus tôt.

Quoi ?

Elle se redressa sur la pointe des pieds pour mieux voir. La foule était coite, autant que le roi et son consultant.

— La *Vasta* a été tuée ! chuchota quelqu'un, dans la salle.

Un mouvement de panique s'empara des natifs. Tous gémirent, abasourdis. Wyllina secoua la tête. Il fallait qu'elle se ressaisît !

Dans un bruissement, elle se mit en route vers la scène. L'auditoire tentait de quitter l'endroit, alors elle avançait difficilement à contre-courant. Plusieurs fois, elle manqua de tomber, parce qu'on la bousculait sans ménagement.

— Ardamir ! cria-t-elle par-dessus les clameurs du public.

Mais il ne l'entendit pas. Son regard voyageait parmi les natifs, sur les murs, vers le plafond, à la recherche du meurtrier.

Wyllina s'immobilisa au milieu de l'assemblée alors qu'il captait son attention. Il semblait effrayé. Effrayé de savoir qu'elle aurait pu être à la place de Dania. Et la nocturna s'en rendit compte également, le souffle coupé.

Soudain, la tenue de Lysandre lui revint en tête. Elle n'y avait pas fait attention, parce qu'elle était trop en colère contre lui. Mais que faisait-il ici, habillé tout en noir ?

Elle le chercha des yeux, sans succès. Une ombre, pourtant, attira son regard, se faufilant parmi les colonnes de la salle du trône avant de s'échapper par l'un des vitraux qu'elle fracassa. Un carquois était accroché à son dos, ainsi qu'un arc à flèches. Son chignon blond se prit dans les brisures de verre et se défit.

L'assassin se tourna une dernière fois vers la foule, et Wyllina vacilla.

Lysandre.

Il aurait pu la tuer, elle, si elle avait embrassé le trône. Lysandre avait tué la reine.

Chapitre 28

Les portes du palais furent fermées. Plus personne ne pouvait en sortir ou y entrer. Dans l'agitation, bon nombre de natifs s'étaient blessés, bagarrés. Tout le monde était suspect, aux yeux de tous.

C'était la cohue.

Wyllina avait rejoint Ardamir sur la scène. Ils avaient évacué les lieux sur-le-champ, avec Elienor et le corps de Dania. Cette jeune syltaine avait encore la vie devant elle. Si elle avait su qu'elle se ferait tuer à peine la couronne sur sa tête… si Wyllina l'avait su, elle n'aurait jamais permis qu'une telle mascarade fût organisée.

Dans la bibliothèque du palais, Ardamir et elle se faisaient face en silence. Cela faisait plusieurs heures qu'ils se trouvaient là, sans savoir quoi dire. La nuit était tombée depuis bien longtemps, et pourtant, l'agitation à l'extérieur du palais ne se calmait pas. Tout le monde cherchait le responsable. Et viendrait un moment où Wyllina devrait peut-être livrer Lysandre. Elle l'avait vu, et elle ne pouvait plus effacer ce souvenir de sa mémoire. Si les questions qu'on lui poserait étaient les bonnes, elle serait incapable de maquiller une partie de la vérité.

Wyllina usait de toutes ses forces pour éviter de regarder la mezzanine où Ardamir avait tué sa sœur, quelques mois plus tôt. Elle pouvait aisément deviner les traces du sang d'Erwin et d'Éva sur les tapis royaux, pourtant nettoyés plus d'une fois. Une auréole rougeâtre imprégnait le tapis à ses pieds, et le long des escaliers qui menaient à la mezzanine.

Le roi l'observait, le souffle court. Ses yeux étaient emplis de reproche, tout comme les traits de son visage. C'était comme s'il était persuadé qu'elle avait quelque chose à voir avec tout ça. Ça aurait peut-être pu être le cas. Nérion avait peut-être même tenté de la contacter. Et si elle était rentrée chez elle, au lieu de se rendre à l'ARPM, aurait-elle découvert une missive qui lui ordonnait de tuer la *Vasta* ?

Si ça avait été le cas, tout cela aurait pu être évité. Dania serait encore en vie, et elle n'aurait pas à se demander ce qu'il allait advenir d'elle, à présent que le peuple réclamait une *Vasta* qu'on leur avait enlevée si brutalement.

Elienor ne les avait pas encore rejoints. Il avait dit devoir s'occuper du corps de Dania, et de quelques détails. Ils attendaient tous les deux son retour avec impatience. Wyllina brûlait de le questionner, pour enfin comprendre.

— Ça aurait pu être toi, souffla Ardamir après de longues minutes de silence.

Consciente de ce qu'il venait d'affirmer, la nocturna détourna le regard.

— Ça aurait dû être moi.

Malgré elle, les larmes s'accumulèrent aux bords de ses paupières.

— Ne dis pas de bêtise. Dania n'était qu'un pion. Que je ne regrette pas d'avoir sacrifié.

Le visage en feu, la nocturna se tourna vers lui, outrée. L'Oracle leur avait fait confiance, et Dania aussi. En ne la protégeant pas suffisamment, c'étaient eux, les responsables de sa mort. Lysandre y était parvenu uniquement parce qu'aucune défense n'avait été mise en place. Ils auraient dû y penser, le prévoir. Tout faire pour éviter que l'idée de tuer la *Vasta* ne passe même pas dans l'esprit de qui que ce soit, tant c'était impossible.

— Tu te rends compte de ce que tu dis ?

Le roi s'approcha d'elle, d'un pas seulement. Sa mâchoire serrée et ses yeux embués montraient qu'il luttait contre ses sentiments, lui aussi.

— Je préfère l'enterrer elle, plutôt que toi.

— Tu en es sûr ? Ce n'était pas ce que tu disais hier.

Le regard du Rova se radoucit. Wyllina essuya ses joues brûlantes de larmes. Si elle avait su que Lysandre était là pour ça… si seulement elle avait voulu discuter plus longtemps avec lui et qu'elle les avait téléportés ailleurs, n'importe où.

Si seulement elle voyait clair dans le jeu de tout le monde…

— Wyllina, reprit Ardamir. Je n'ai jamais voulu ta mort. Bien au contraire. Je suis en colère contre toi, mais rien ne justifierait que je te fasse du mal.

La nocturna avala difficilement sa salive. Le roi approcha encore. Un pas après l'autre.

Elle recula.

— Qu'as-tu fait de mes larmes ? lui demanda-t-elle, consciente qu'ils n'avaient plus beaucoup de temps avant le retour d'Elienor.

Ardamir tiqua, comme s'il ne voyait pas de quoi elle voulait parler. Elle replaça sa chevelure en maîtrisant sa voix, et ses larmes.

— Celles qu'Elienor avait envoyées à ma sœur. Elles se trouvaient dans sa chambre. Où sont-elles ?

Il parut comprendre et hocha la tête. Lorsque Wyllina avait fourni ses larmes à Elienor, Ardamir était là avec elle, caché par ses pouvoirs.

Il passa une main dans ses cheveux en cherchant à quoi accrocher son regard. Il semblait chercher ses mots. Le corps de Wyllina se tendit.

— Je les avais mis dans le coffre, avec le poignard.

Le cœur de la nocturna monta dans sa gorge. Elle ne sut pas ce qui était le pire. Le fait qu'il parle d'elles au passé, ou le fait qu'il ne les avait pas détruites ?

— Tu les as gardées ?

Le roi laissa passer quelques secondes avant de répondre. Son corps entier était tendu. Ses poings étaient serrés et son air sombre. Son visage se décrocha de celui de la nocturna, comme s'il n'osait plus la regarder en face.

— Je ne savais pas si j'aurais un jour besoin de les utiliser, avoua-t-il.

Elle recula encore, heurtée de plein fouet. Alors il n'avait jamais eu confiance en elle ?

— Elles ont disparu, dit-il. Mais je ne sais pas depuis quand.

Un pas de plus en arrière. Ses larmes avaient disparu. N'importe qui pouvait les avoir en sa possession, à cet instant précis. Ou les avoir déjà utilisées. N'importe qui ?

Non. Une seule autre personne avait eu accès à ce coffre, et il avait déjà dérobé le poignard qui y était caché. Pourquoi se serait-il privé, au passage, de s'emparer de quelque chose d'aussi important, qu'il avait déjà touché du bout des doigts ?

— Elienor… murmura Wyllina.

Comme s'il avait entendu son nom, l'elfe apparut dans la pièce, aussi nonchalant qu'à son habitude.

Son habit de consultant était taché de sang, mais il ne semblait pas s'en préoccuper. Il adressa un sourire au roi, et une moue moqueuse à Wyllina.

La nocturna bouillonna. Son sang se réchauffa si vite que même elle eut la sensation de brûler. Au mouvement de recul de l'elfe, elle devina qu'il sentait la chaleur qui se dégageait d'elle.

Il interrogea le roi du regard face à la réaction de son amie. Celui-ci se contenta de croiser les bras en le toisant. Ardamir ne l'aiderait pas à se sortir d'affaire.

— Qu'est-ce qui lui prend ? sollicita Elienor.

La nocturna lui fit tout à fait face, et l'observa les poings serrés. Il semblait si sûr de lui. Pas la moindre once de regret ou de doute ne venait ternir son regard. Comme si tout se passait exactement comme il l'avait prévu, et ce depuis longtemps.

Finalement, Wyllina se demandait si ce n'était pas lui, le meilleur joueur d'échecs.

— Je commence par quoi ? grogna Wyllina. Par le poignard que tu as volé ? Par le corps d'Éva que tu as livré à Nérion ? Ou par mes larmes que tu as certainement dérobées aussi ?

Elienor ne cilla même pas. Il resta immobile quelques secondes, avant de baisser la tête vers ses pieds. Il tapa les bras sur ses cuisses dans une attitude résignée.

— Je suppose qu'il fallait que je m'attende à ce que tu le découvres un jour, petite nocturna.

Ce fut comme si elle recevait une gifle en plein visage. Son sang ne fit qu'un tour, et si elle était presque sûre de ne jamais pouvoir se brûler, les vêtements qu'elle portait commençaient à fumer. Elle était sur le point de s'embraser, ses pouvoirs décuplés par la couronne.

Elle dut faire preuve de deux fois plus de maîtrise d'elle-même qu'à son habitude pour ne pas se jeter sur lui.

— Mais pourquoi ? intervint Ardamir. Pourquoi as-tu fait ça, Elienor ?

L'elfe se frotta un sourcil, et s'approcha sensiblement d'eux.

— J'avais une dette envers Nérion. Il fait partie de ceux qui m'ont aidé à… garder Erwin sous contrôle, à l'époque. Je ne savais pas comment la payer et il commençait à perdre patience. C'est là que j'ai dû nous débarrasser du corps d'Éva.

Le roi s'approcha de Wyllina d'un pas. Elle ne bougeait pas d'un cheveu, concentrée sur sa colère contenue, sur l'envie qu'elle eût de faire plier l'elfe. Sur son envie de tout faire brûler.

— J'y ai vu une parfaite occasion de payer ma dette. Mais je savais que tu avais utilisé ce poignard, je t'ai vu faire. J'ai tout de suite compris que son corps et son âme seraient encore liés, puisque son corps était resté ici. Je suis incollable sur les objets magiques, vous le savez bien.

Ardamir hocha la tête, tandis que Wyllina gardait le silence. Elienor avait l'air de se vanter de ce qu'il avait fait. Tout ça était… écœurant.

— Alors je lui ai fourni ce poignard, ainsi que le nom de celle qui l'a forgée. Éva l'avait mentionné, lorsque j'étais en contact avec elle. Je n'étais pas censée savoir qu'il allait tuer cette naine. C'est un dommage collatéral.

— Il s'agissait d'une Duchesse, Elienor ! s'emporta Ardamir. Tu…

— Qu'aurait pu faire Nérion, à part la tuer ? intervint Wyllina. Il voulait être sûr que personne ne contrecarre un plan que toi, tu lui as soufflé !

L'elfe balança sa tête de droite à gauche comme si tout cela ne l'atteignait pas.

— Oui... Eh bien, je suppose qu'il est trop tard, à présent. Et devrais-je révéler au *Rova* que tu n'es pas toute blanche non plus, petite nocturna ?

Wyllina ressentit une telle rage, qu'elle s'élança vers lui. Mais Ardamir l'attrapa *in extremis*, et la retint fermement.

— Et mes larmes, *Drak'tharn* ?

Elienor ricana, et se frotta le nez.

— Je voulais être sûr que tu sois sous contrôle pendant ce laps de temps. J'ai adoré le goût qu'elles avaient. Et j'ai adoré semer le doute en toi. Étais-tu assez bien pour monter sur ce trône malgré tes actions des dernières semaines ? Les non-natifs étaient-ils responsables de cette gangrène ? Être une reine dans l'ombre vaut mieux que mourir... C'était presque trop facile.

Le sang de Wyllina, bouillant, quitta ses joues. Alors c'était lui ? Depuis tout ce temps, c'était à cause de lui qu'elle doutait ? À cause de lui qu'elle avait exilé les non-natifs ?

Il l'avait incitée à penser que les non-natifs étaient responsables, l'avait aveuglée quant au rôle qu'elle devait prendre en tant que *Vasta*, et sur la raison de le décliner.

— Pourquoi ? fut-elle uniquement capable d'articuler, la gorge serrée.

Elienor la scruta longuement, tandis qu'Ardamir relâchait son emprise, sentant qu'elle se calmait. L'elfe sembla ne pas trouver de réponse, mais son regard dévia sur le roi, rien qu'une seconde.

— Je n'ai jamais eu besoin de raison pour n'en faire qu'à ma tête.

— Te rends-tu compte qu'il cherche sûrement à la ramener à la vie ? intervint Ardamir. Sans compter que le pouvoir lui appartient encore en partie.

Il faut qu'on trouve un moyen de couper ce lien, entre son âme et son corps. Et jusqu'à présent, tu es encore sous mon commandement. Nous verrons plus tard ce qu'il adviendra de toi. Trouve une solution, et peut-être que je te laisserai la vie sauve.

Le roi s'éloigna quelque peu, et se laissa tomber sur l'une des chaises. La même qu'Éva occupait, lorsque Wyllina l'avait revue pour la première fois et qu'elle jouait aux échecs avec Erwin.

— Il n'y a pas de solution, reprit l'elfe.

Wyllina attrapa sa tête dans ses mains. Tout ça était un cauchemar, et elle allait se réveiller. Pas vrai ?

Mais tout au fond d'elle, quelque chose attira son attention. Enfouie dans son corps, une vibration bien différente de toutes les autres la fit vaciller. Ardamir se redressa alors qu'elle avait du mal à respirer, cherchant à comprendre.

— Enfin, si, il y en a une, poursuivit Elienor.

Son énergie était drainée, si bien que la nocturna tomba à genou, le souffle court. Le roi se précipita vers elle et la soutint du mieux qu'il put. Il leva la tête vers Elienor, comme s'il attendait la suite.

L'elfe souriait.

Wyllina écarquilla les yeux, lorsque des flashs lui apparurent. Un port, un navire, énorme. Une cale. Un corps. Un soupir. Éva.

— C'est…, commença-t-elle.

Elle le sentait dans tout son corps. Dans toute son âme.

Le pouvoir qu'elle avait en partie se disputait plus encore entre elle et sa sœur.

Éva se redressait.

Éva était en vie.

— C'est trop tard. Nérion…, continua Wyllina, il…

— Il faut qu'elle revive, l'interrompit Elienor, pour qu'on la tue de façon plus... traditionnelle.

— Il a ramené Éva à la vie, acheva la nocturna d'une traite.

Le silence replongea entre eux alors que le souffle de Wyllina se stabilisait.

— Quoi ? s'étonna Ardamir en observant ses deux amis.

— Je déteste faire de la nécromancie, expliqua Elienor en affichant un air écœuré. Mais je savais que Nérion se ferait une joie de le faire pour nous.

— Espèce de..., commença Wyllina.

L'elfe lui coupa la parole en levant une main. De toute manière, la nocturna n'aurait pas été capable d'aligner plus de trois mots. Elle s'assit sur le sol, à bout de force. Comme toujours, elle ne parvenait pas à savoir si Elienor était ou non de leur côté.

— Si tu étais montée sur ce trône aujourd'hui, ce serait ton sang sur mes vêtements. Les petits mensonges du roi n'ont eu aucun impact sur mes certitudes. J'ai senti que tu étais la *Vasta* avant même ton retour au palais. Et puisque maintenant Éva est en vie à nouveau, nous n'avons plus qu'à l'éliminer, encore, pour être sûrs que l'entièreté du pouvoir dont tu dois hériter te revienne.

La nocturna leva vers lui des yeux noirs. Depuis combien de temps complotait-il tout cela ? Depuis le jour où Ardamir avait enfoncé ce poignard dans le cœur de sa sœur ? Pourquoi ne pas avoir empêché son ami d'utiliser ce dernier ?

Sûrement pour avoir l'occasion de pouvoir rembourser sa dette. Elle en eut la nausée.

— Et maintenant ? cracha-t-elle, la mâchoire crispée.

Elienor s'apprêtait à répondre, mais Aria surgit dans la bibliothèque, l'air affolé. Elle secoua les mains et se précipita vers Ardamir, qui se redressa, sa longue cape ondulant derrière lui.

— Votre Majesté, c'est terrible !

Le roi échangea un regard avec ses amis. Aria sembla se demander ce qu'il arrivait à Wyllina, mais ne fit aucune remarque. Elle paraissait trop paniquée pour s'en préoccuper.

— Par Presca, c'est… Les abyssiens, ils déclarent la guerre ! Ils sont en train d'envahir ma région. La région des nains !

Wyllina ne trouva rien à dire. À l'image d'Elienor et du roi, qui restèrent immobiles, comme frappés à la tête par un coup de marteau. La nocturna se redressa tant bien que mal, encore faible malgré son état qui se stabilisait.

— Comment ça ? Ils ne peuvent pas faire ça, si ?

— Il n'y a plus de Duc, expliqua Ardamir avec horreur. C'est un territoire à prendre.

— Et leur peuple a beaucoup souffert de cette gangrène, appuya Elienor. Ils en ont assez de vivre reclus dans l'océan.

Ils s'observèrent tous, l'un après l'autre.

Aucun n'avait besoin de prononcer un nom pour savoir qui était derrière tout ça.

Nérion.

— La réserve d'armes, reprit Wyllina. Celle qu'Erwin avait dérobée, vous l'avez cachée où ?

Le roi et Elienor se fixèrent un moment avant de soupirer en même temps.

— Sous la maison du Duc de Stanster, articula lentement Ardamir. Dans la région des nains.

Ce fut la douche froide.

Éva était en vie, Nérion la possédait, et il déclarait la guerre.

Une fois de plus, ce serait contre sa sœur que Wyllina devrait se battre.

Épilogue

Lysandre se faufila au travers de la forêt, dans la nuit noire. Ce qu'il venait de faire mettrait un terme à sa vie sur Vaquoria, si quelqu'un découvrait qu'il était l'auteur du meurtre de la *Vasta*.

Mais soyons honnêtes. Le peuple était le seul à croire à cette machination. Il avait bien senti quelque chose de différent chez Wyllina. Et lorsqu'il l'avait vue parmi la foule, le soulagement qui l'avait surpris était si intense qu'il en avait perdu ses moyens. Pour lui, c'était elle qui devait monter sur ce trône. Il savait qu'elle était la *Vasta* légitime depuis qu'elle lui avait avoué avoir tué Erwin de ses propres mains. Quand Nérion l'avait envoyé pour tuer la *Vasta*, c'était elle qu'il s'attendait à viser avec son arc et ses flèches.

Bien entendu, il n'avait rien dit à Nérion. Il n'avait pas insisté pour que Wyllina s'enfuît de son bateau, lorsque Nérion avait trouvé le corps d'Éva, pour tout dire à son ami de longue date, par la suite. Ce n'était pas vraiment un mensonge, mais plutôt un non-dit. Et pour Nérion, Lysandre avait fait exactement ce qu'il était censé faire.

Il avait tué la *Vasta*.

Ses motivations restaient floues. Lorsque Nérion les avait convoqués sur son navire, le jour où il avait repêché le corps d'Éva, il lui avait ouvertement révélé qu'il souhaitait que Wyllina identifiât sa sœur. Il avait d'ailleurs été fou de rage lorsqu'il s'était aperçu qu'elle s'était enfuie. Bien sûr, Lysandre avait trouvé une excuse pour justifier le fait qu'il ne l'en eût pas empêchée.

Parce que si l'abyssien et l'elfe étaient amis depuis longtemps, cela faisait quelques semaines que Nérion le tenait à l'écart de ses plans. Néanmoins, il n'était pas stupide, et il avait très vite compris le sort qu'il réservait au corps d'Éva. C'était pour la même raison qu'il l'avait envoyé tuer la *Vasta* sur le point d'être couronnée ce soir-là. Il voulait la ramener à la vie, et qu'elle fût encore en possession du pouvoir.

En tuant la *Vasta* à peine couronnée, il pensait que ce pouvoir resterait à Éva. Et s'il avait découvert que Wyllina était l'héritière de son pouvoir, cela ferait bien longtemps qu'il l'aurait tuée, elle aussi.

Il se garderait bien de lui dire la vérité.

Mais le meurtre de la Duchesse restait mystérieux. Lysandre avait cru comprendre qu'il y avait un rapport avec un poignard qu'il avait reçu d'Elienor, mais il n'en était pas certain.

Il fendit l'air et aperçut rapidement les lueurs du port d'Overtus, au loin. Il fit une pause, et observa la vue en contrebas, perché au sommet d'une colline. Plusieurs navires arrivaient de nulle part, parfois même de sous l'eau. De la fumée s'échappait de façon éparse, un peu partout dans le village. Et des cris s'élevaient dans la nuit, perçant l'obscurité.

Que se passait-il ?

Il ajusta son carquois, et attrapa une flèche qu'il cala entre ses doigts, juste au cas où. La ville n'était plus qu'à quelques dizaines de mètres, et il ne tenait pas à se faire surprendre.

Mais lorsqu'il arriva à ses frontières, ce fut pourtant le cas. Des centaines d'abyssiens envahissaient les lieux, tuant tout le monde sur leur passage.

Mais qu'est-ce que ça voulait dire ? En hâte, il se fraya un chemin parmi les cadavres et les décombres des maisons démolies vers le port. Les odeurs de brûlé lui assaillaient les narines, plus encore que celle du sang. Et dans le fond de l'air, il sentit autre chose, qu'il ne connaissait pas très bien. Pourtant, il en reconnut très vite l'émanation.

De la poudre à canon.

Comme pour lui répondre, un coup de fusil retentit dans la noirceur de la nuit. Des armes à feu ? Sur Vaquoria ? C'était la première fois qu'il y en aurait. Les natifs n'auraient aucune chance. Personne ne se battait de façon aussi déloyale. Le corps à corps était une tradition, quelque chose que tous les natifs avaient instauré, pour ne pas devenir comme les humains avec leurs armes trop puissantes. En les utilisant, Nérion brisait déjà une cinquantaine de traités de paix.

Mais visiblement, il n'était plus à ça près.

D'où venaient ces armes ? Comment se faisait-il que les abyssiens en fussent en possession ?

Mais bon sang, que se passait-il ?

En ignorant du mieux qu'il put les ennemis, il repéra rapidement le navire de son ami, et avança vers lui, manquant plusieurs fois de se faire frapper par un abyssien en colère. La ville était à feu et à sang. Il n'avait jamais vu ça, sauf peut-être une fois, il y avait très longtemps.

Il n'était alors qu'un enfant. Cela lui rappelait la guerre des elfes noirs.

Nérion était-il responsable de ce carnage ? Pourquoi aurait-il lâché son peuple sur la terre ferme ? Depuis quand prévoyait-il ça ?

Il allait très vite le savoir.

Son carquois fut resserré autour de son dos, et son arc, passé en travers de son torse. En gravissant rapidement l'échelle de corde qui battait la coque du bateau sous l'effet du vent, Lysandre arriva promptement au pont. Là, il se laissa tomber sur le sol graissé par le sel. Des paillettes enflammées de cendre s'élevaient dans l'atmosphère, créant une averse de feu. Déjà, l'endroit était recouvert d'une fine couche grise, et il éternua lorsqu'il en respira, tentant de chasser l'odeur âpre du charbon.

Il se redressa en se frottant le nez, et repéra Nérion et ses moussaillons à l'autre bout du bateau. Ils étaient tous concentrés. Mais que se disaient-ils ?

L'elfe s'approcha, haletant. Il venait de courir depuis le midi, et la fatigue commençait à se faire sentir. Lorsqu'il l'aperçut, Nérion lui lança une œillade et lui adressa un signe de la main, pour lui signifier qu'il serait vite disponible.

— Alors, vous avez tous bien compris ? commanda-t-il à son équipage.

Ils hurlèrent leur approbation de concert. Lysandre les observa se disperser pour retrouver leurs postes. Ils étaient sur le départ.

— On va quelque part ? demanda l'elfe à son ami.

L'abyssien s'approcha de lui jusqu'à pouvoir toucher son bras. Il posa une main sur son épaule, et lui adressa un large sourire.

— Cap sur Stanster, répliqua l'abyssien. On a un territoire à conquérir.

Lysandre l'observa avec des yeux ronds, et manqua de s'étouffer en avalant sa salive.

— Alors ? reprit Nérion. C'est fait ?

Mais l'elfe ne fut pas capable de répondre sans délai. Est-ce que Nérion envisageait de… d'envahir la région des nains ? Il tenta pourtant de ne rien laisser paraitre de ses pensées. Il était son ami, mais cela faisait un moment qu'il n'était plus en accord avec ses choix. Et celui-ci était un parfait exemple de ce qu'il détestait chez Nérion. La folie des grandeurs, de la vengeance. De l'ambition.

— Oui, dit-il. J'ai tué la *Vasta*.

Nérion éclata d'un rire sauvage.

— *Thaz'ra, thaz'ra, zah xar'ka thaz'ra* !

Il lui donna plusieurs tapes dans le dos, et lui fit signe de le suivre. Sur le pont, ils se déplacèrent jusqu'à l'entrée de la cale. Lysandre dut user de toutes ses forces pour ne pas être déconcentré par les cris des civils, dans le village. Malheureusement, ils étaient de moins en moins nombreux. Si seulement il avait pu, il leur serait venu en aide.

Mais c'était impossible. Lysandre était un assassin, et Nérion était son ami.

Ils descendirent dans la cale où quelques-unes des bougies étaient allumées. L'odeur de pourri et de poisson mort ne la quittait plus, si bien que l'elfe eut du mal à ne pas vomir dans le dos de son ami. L'odorat beaucoup plus sensible des elfes n'était pas un avantage. Mais il avait rapidement appris à camoufler ses réactions, et même si la bile lui montait, son visage restait impassible.

— Nérion, depuis quand prévois-tu de…

— Le meurtre de ce Duc et de sa femme a été bénéfique de bien des manières. La première, c'est qu'on a le champ libre pour s'octroyer un tout nouveau territoire, qui ne demande qu'à être choyé. La deuxième, c'est que ce foutu poignard ne dévoilera plus jamais ses secrets à personne.

Lysandre eut un mouvement de recul, lorsqu'il aperçut Peter, penché sur quelque chose. À l'approche de Nérion, le syltain fit volte-face et lui adressa un sourire. Un sourire qui s'effaça quand il remarqua l'elfe. Que faisait cette petite chose ici ?

Wyllina avait donc bien intercepté des lettres de Nérion avec… lui ?

Le plus effrayant était certainement qu'il avait l'air d'être le plus inoffensif. Mais pourquoi ? Que cherchait-il ?

De l'autre côté de la cale, des barreaux furent frappés, et Lysandre se retourna en sursaut. À cause de l'obscurité, il ne voyait rien. Mais il reconnut aussitôt la voix qui s'échappa des ténèbres.

— Lysandre ! Qu'est-ce que c'est que ce bordel ! Vous me le payerez, attendez un peu de voir de quel bois je me chauffe !

Pullman.

Lysandre resta pantois, incapable de bouger. Mais que se passait-il ?

Une tape dans le dos de Nérion lui fit reprendre ses esprits. Il détacha difficilement son regard de l'endroit d'où s'élevait la voix de Pullman, et s'intéressa à l'abyssien. Celui-ci observait avec avidité quelque chose, derrière son dos, là où se trouvait Peter.

Et quand Lysandre se retourna, le choc fut plus fort encore. Éva, qui avait tout d'une morte, se redressait pourtant, l'œil vide. Elle sonda les environs de ses yeux blanchis par le trépas. Et si Peter avait recousu la plupart de sa peau, des lambeaux de chair pendaient mollement de son visage, de ses bras et de ses jambes. Elle était tout à fait nue, si bien qu'il se sentit obligé de détourner le regard.

La nécromancie… Jamais il n'en avait vu de ses propres yeux, mais il savait une chose : ce genre de pratique était dangereuse et moralement discutable. Que comptait faire Nérion d'elle ?

— Grâce à elle, lui chuchota Nérion comme pour lui répondre, nous serons invincibles. Voici la *Vasta* de Vaquoria, Éva. La *Vasta* est morte, longue vie à la *Vasta* !

Les moussaillons et Peter répétèrent ces derniers mots avec une vigueur étrange.

Mais Lysandre était incapable de dire quoi que ce soit. Éva le regarda dans les yeux pendant de longues secondes.

Il vomit sur les chaussures de l'abyssien, qui l'insulta en riant.

L'elfe se redressa et observa la *Vasta* sombre. Elle n'était pas vraiment là. On le voyait clairement. Son air était perdu, et il n'était même pas sûr qu'elle pût parler.

Voilà qu'elle se trouvait piégée entre deux états.

Entre la vie et la mort.

Mais Éva n'était pas une reine pour Nérion, et il le comprit tristement.

Elle était une arme.

La pire de toutes.

Glossaire

Les quelques mots natifs présents dans le texte sont regroupés ici avec leurs définitions.

Ith'rii th'athos : « Je n'y crois pas », dans la langue des abyssiens.
Kah'sok : « Putain », dans la langue des abyssiens.
Thaz'ra, thaz'ra, zah xar'ka thaz'ra : « Parfait, parfait, ça ne pouvait être plus parfait ! », dans la langue des abyssiens.
Ir rekh gurak, fah morir dethral ! : « Et même ici, on vient me faire chier » dans la langue des nocturnas.
Drak'tharn : « Connard », dans la langue des nocturnas.

Vasta : la grande reine de Vaquoria.
Rova : le grand roi de Vaquoria.

Remerciements

En premier lieu, je tiens à remercier ma maman, qui m'a toujours encouragée dans mes projets d'écriture et qui a été la première à lire mes histoires (même celles qui n'étaient pas au point !). Elle investit beaucoup de son temps pour me conseiller et m'offrir son expertise. C'est aussi grâce à elle que j'ai commencé la lecture, et je ne la remercierai jamais assez de m'avoir fait découvrir cette passion.

Grâce à elle, j'ai persévéré et amélioré mon style d'écriture et mon imagination.

Merci à Yann Templé, pour ses corrections et sa patience. Merci pour nos discussions, pour notre complicité et pour notre amitié naissante. Nous réservons encore de belles surprises aux lecteurs, et j'espère que tu seras toujours à mes côtés dans ma carrière d'autrice ou pour écouter mes déboires.

Merci à l'équipe de BOD, sans qui tout cela n'aurait pas été possible.

Merci à Stef, à Véronique, à Érine, à Élodie, à Apolline, à Bénédicte, à Boo.kishDreams, à notre Panda qui lit, à Chacha, à Méloée, à Pauline, à Mewan, à Régi (rgi_books) et à Cora, mes partenaires et chroniqueurs sur la plupart de mes textes.
Sans vous, cette aventure n'aurait pas la même saveur.

Merci à Dimitri, mon compagnon et père de mon fils, qui m'a toujours soutenue avec une grande fierté, qui a subi des soirées entières durant lesquelles je m'isolais pour écrire ou corriger, encore, ce texte. Et qui, pour cette saga, prête son prénom à l'un des personnages principaux.

Merci à mon fils, pour m'avoir donné l'impulsion que j'attendais pour oser franchir le pas de l'édition et de la publication de mes textes. Sans toi, Gabriel, mes livres gonfleraient mon disque dur sans n'être jamais lus par personne. Tu es trop petit pour lire ces quelques lignes, mais c'est à toi que je dédie tout mon travail. Ta maman aura fait, en plus de toi, quelque chose qui laissera peut-être une marque dans l'esprit de quelqu'un. Et ça, c'est le plus important.

Merci à mes lecteurs, pour m'avoir fait confiance et pour avoir donné leur chance à Wyllina et Dimitri, j'espère qu'ils ont captivé vos jours et vos nuits, que vous en gardez un beau souvenir et qu'ils vivront encore un peu dans votre cœur.

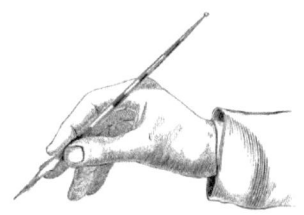

De la même autrice

No salt, just Pepper, Tome 1 : *les yeux ambrés du chat sauvage* (2024)
No salt, just Pepper, Tome 2 : *les jeux de l'enfer* (2024)
No salt, just Pepper, Tome 3 : *Titre à définir* (à paraitre, 2025)
Les Corbeaux ou le journal de Kialys (2024)
Les Ombres du Givre, Tome 1 (2024)
Les Ombres de…, Tome 3 (à paraitre, 2025)

…

TikTok : @cha_deghilage_autrice
Facebook : charlotte deghilage autrice
Instagram : @charlotte.deghilage.autrice
Thread : @charlotte.deghilage.autrice
Site internet : www.charlottedeghilage.com
Page Amazon Author : Charlotte Deghilage